Gebissener Vampir

Chroniken der Gebissenen

Brogan Thomas

ÜBERSETZT VON
LISA GRÖPPER FÜR LITERARY QUEENS

GEBISSENER VAMPIR

BROGAN THOMAS

Für meinen Ehemann

KAPITEL EINS

Die Haustür schlägt zu, und mein Herz macht einen Sprung. Ein scharfer Mix aus Angst und Vorfreude windet sich in meiner Brust. Ich lasse das Geschirrtuch auf die Arbeitsplatte fallen und eile in den Flur.

»Perfektes Timing! Das Abendessen ist fast fertig. Ich habe dein Lieblingsgericht gemacht.«

Jay streift seinen schneebestäubten Mantel ab. »Hi, Schatz.« Er küsst mich auf die Wange, und als er sich an mir vorbeidrückt, stößt er mir mit seinem knochigen Ellbogen gegen das Schlüsselbein.

Ich keuche und stoße gegen die Wand.

»Alles okay da unten, Kurze?«

»Schon gut. Mein Fehler.« Ich verziehe das Gesicht und reibe die pochende Stelle.

Jay hatte noch nie ein gutes räumliches Gespür. Er

besteht nur aus Ellbogen und Knie, und ich sollte es eigentlich besser wissen, als ihn im engen Flur zu begrüßen. Außerdem ist er immer besonders tollpatschig, wenn er lange gearbeitet hat.

Er verschwindet in der Küche, und der Geruch von chinesischem Essen strömt aus der braunen Tüte, die er trägt.

Oh nein. Ich eile hinterher.

»I–ich habe gekocht. Ich habe gesagt, ich koche.« Die einst gemütliche Küche fühlt sich plötzlich stickig an.

Er winkt ab. »Ja, ja, aber heute habe ich keine Lust auf dein Essen. Ich wollte ein Take-away.« Ohne mich anzusehen, stellt er die Tüte ab, reißt sie auf und zieht einen Plastikbehälter heraus. Soße spritzt auf die makellos weiße Arbeitsfläche, als er den Deckel abnimmt. Er wischt sie nicht weg – bemerkt es nicht einmal – schnappt sich einfach eine Gabel und marschiert mit seiner Beute ins Wohnzimmer.

Jay lässt sich in den Sessel fallen, legt die Füße hoch, während der Fernseher vor sich hin dudelt, und schaufelt das Essen in sich hinein, als hätte er tagelang nichts gegessen.

Meine Hände ballen sich an den Seiten. Stunden. Ich habe *Stunden* gebraucht, um ein perfektes Beef Wellington zuzubereiten, und er konnte sich nicht einmal die Mühe machen, mir zu schreiben, dass er andere Pläne hat. Ich knirsche mit den Zähnen, als ein Klecks orange Soße auf sein Hemd tropft. Er flucht, hält sich den Stoff an die Lippen und leckt den Fleck ab.

Ich arbeite im Schnitt vierzehn Stunden am Tag. An meinem einzigen freien Tag habe ich das Haus blitzblank geputzt, seine Hemden gebügelt und sein Lieblingsessen gekocht. Das Mindeste wäre, dass er es isst.

Aber ein Streit ändert nichts.

Im letzten Jahr war er ständig beschäftigt – mit geheimnisvollen Kunden, kam zu allen möglichen Uhrzeiten nach Hause – und währenddessen habe ich ihn und das Familienunternehmen unterstützt. Ich kümmere mich um das Marketing, und trotzdem bin ich irgendwie zur Bürosklavin geworden: Buchhaltung, Lohnabrechnung, sogar Kaffeebesorgungen. Ich mache so viel, dass nie genug Stunden am Tag bleiben, aber angeblich arbeiten wir ja auf etwas hin – auf unsere Zukunft.

Ich zwinge meine Schultern, sich zu entspannen, öffne die Fäuste und strecke die Finger. Kein Grund, wütend zu werden. Er meint es nicht böse. Streiten bringt ihn nur dazu, sich noch mehr zu verschließen. Ich kann an einer Hand abzählen, wie oft ich je einen Streit gewonnen habe.

Außerdem gibt es heute Abend etwas Wichtigeres zu besprechen.

Ich beobachte ihn, während ich innerlich die Rede durchgehe, die ich mir schon tausendmal zurechtgelegt habe. Um mir Mut zu machen, habe ich unzählige Motivationspodcasts gehört. Ich habe das Recht, um das zu bitten, was ich will.

Wir sind seit zehn Jahren zusammen. In dieser Zeit haben wir die Verlobungen und Hochzeiten aller anderen gefeiert – nur unsere nicht.

Im Menschensektor ist die Ehe nicht nur romantisch, sie ist ein Schutz davor, von der Straße weg entführt und zum Spielzeug einer Kreatur gemacht zu werden. Menschlich zu sein ist gefährlich in einer Welt voller Monster. Langzeitbeziehungen ohne Ehe zählen in unseren Gesetzen und ihren kaum etwas.

Aber Jay sieht das anders.

Ich wollte nie um einen *Halt-den-Mund*-Ring betteln, nie auf eine Verpflichtung drängen. Jay ist ein Freigeist – die Ehe ist nichts für ihn, und jahrelang habe ich so getan, als sei ich damit einverstanden. Aber ich bin es nicht.

Mums Stimme klingt mir noch im Ohr: »*Warum sollte ein Mann die Kuh kaufen, wenn er die Milch umsonst bekommt?*« Ich verabscheue diesen Spruch. Und doch – vielleicht hatte sie nicht ganz unrecht. Ich dachte, die Zeit würde seine Meinung ändern.

Zehn Jahre. Tief in mir zucke ich zusammen. Ich dachte, ich tue ihm etwas Gutes, wenn ich seine Bedürfnisse über meine stelle. Aber ich bin jetzt vierzig. Jeder Geburtstag nagt an mir, die mitleidigen Blicke der Freunde häufen sich, und meine Zweifel werden lauter. Was stimmt nicht mit mir? Warum will der Mann, den ich liebe, mich nicht heiraten? Bei jedem besonderen Anlass halte ich den Atem an und denke: *Ist es heute so weit?* Und jedes Mal: nichts.

Die Enttäuschung zerfrisst mich, bis ich mich kaum noch selbst erkenne.

Es reicht. Ich habe zu viel investiert, um ohne einen Kampf zu gehen. Ich hoffe, er wird mir entgegenkommen, mich auffangen, wenn ich von dieser sprichwörtlichen Klippe springe, zugeben, dass er ein Narr war, und endlich bereit sein, sich zu binden.

Zusammen könnten wir ein glückliches und sicheres Leben haben.

Ich greife nach der Fernbedienung und schalte den Fernseher aus.

Jay wirft mir einen finsteren Blick zu. »Gleich kommt Fußball, Schatz.«

»Ich weiß.« Mein Puls hämmert. Ich setze mich auf die Kante des Couchtisches, ihm gegenüber. »Wir müssen reden.«

Er verdreht die Augen, schiebt sich ein weiteres Stück Huhn in den Mund und gestikuliert vage mit der Gabel. »Na los, spuck es aus. Wenn du wegen des Essens sauer bist, stell meins in den Kühlschrank. Wir haben doch Tupperware, oder?«

Sei mutig, Winifred.

Ich beuge mich vor. »Jay, ich weiß, das ist nicht dein Lieblingsthema, aber es ist mir wichtig –«

Er hört kaum zu, konzentriert sich mehr darauf, eine vereinzelte Möhrenscheibe im Behälter zu erwischen. »Red weiter«, murmelt er.

Ich strecke die Hand aus und berühre seine, doch er schüttelt mich ab, als wäre ich lästig. *Abgewiesen.* Schon wieder abgewiesen. Nein, wie er immer sagt, ich reagiere über. Bin zu empfindlich. Ich ziehe die Hand zurück und spiele mit der Fernbedienung.

»Jay«, beginne ich erneut und atme scharf ein. Mein Instinkt schreit, ich solle es lassen, aber ich kann nicht. Nicht dieses Mal. »Ich will über uns reden.«

Er hebt den Finger, um mich zum Schweigen zu bringen. Die Pause zieht sich, schwer und gespannt. Sein Gesichtsausdruck wechselt: leer, genervt, dann etwas völlig anderes.

Schließlich lacht er.

Er lacht.

Kein nervöses oder überraschtes Lachen – ein bösartiges, scharfes Lachen, das meine Haut prickeln lässt. Ein Messer, das meine tapfere Fassade durchschneidet. Mein Selbstvertrauen wieder einmal zerschneidet.

Jay lässt die Gabel in den Behälter fallen und lehnt sich zurück, ein fieses Grinsen breitet sich aus. »Uns«, wiederholt er. Dann wird seine Stimme hart. »Ach, ich verstehe. Das schon wieder. Du kannst die Dinge einfach nicht ruhen lassen. Komm schon, Schatz. Hast du nicht alles, was du willst? Ein schönes Haus, schöne Autos. Warum einen Stempel draufdrücken?« Er packt die Gabel wieder und sticht auf ein weiteres Stück Huhn ein.

Ich schlucke, meine Kehle ist eng. »Es ist kein Stempel. Es geht um Sicherheit.«

Er schnaubt. »Nicht schon wieder. Keine Vampire schleifen dich aus dem Bett. Keine Wandler reiben sich an deinem Bein. Du bist völlig sicher. Hör auf, so dramatisch zu sein. Und du wunderst dich, warum ich dich nicht heiraten will.«

»Jay –«

»Nein.« Ruhig. Endgültig.

»Aber ich – Ich möchte, dass wir –«

»Nein.«

Das war's. Keine Diskussion.

Gut genug, um sein Bett zu teilen, nicht gut genug, um seine Frau zu sein.

Ein Knoten der Angst zieht sich in meinem Magen zusammen. »Wenn ich nicht gut genug bin, um zu heiraten –«

Er unterbricht mich mit einem kurzen Lachen. »Mach

das nicht, Winifred. Du weißt, dass du es liebst, dich um mich zu kümmern. Das Haus läuft auf meinen Namen. Wenn du gehst, verlierst du alles. Und dein Job? Glaubst du, meine Eltern behalten dich, wenn du nicht mehr meine Freundin bist? Gehst du hier raus, bist du für sie gestorben. Für uns alle.«

Gestorben.

Ich starre ihn wie betäubt an.

»Hab ich mir gedacht. Jetzt sei nicht albern und hol mir ein Bier.« Er schnappt sich die Fernbedienung und schaltet den Fernseher wieder ein.

Gut.

Gut. In Ordnung.

Meine Hand zittert, als ich mir eine blonde Strähne hinters Ohr streiche. Meine Brust ist eng, die Enttäuschung drückt, aber der Autopilot übernimmt. Ich hole ein Bier, drücke es in seine wartende Hand, sammle den leeren Behälter ein und wische das klebrige Chaos in der Küche weg.

Mein Kopf rast.

Ich lehne mich gegen die Küchenzeile und lasse die Realität einsickern. Ein Schluchzen bleibt mir im Hals stecken, meine Arme hängen schlaff an meinen Seiten. Es lief genauso, wie ich befürchtet hatte. Ich brachte kaum zwei Sätze heraus, bevor er mich abblockte.

Ich bin enttäuscht von ihm, aber ... noch mehr bin ich enttäuscht von mir.

Ich schäme mich.

Schäme mich, dass ich es gewagt habe, zu hoffen. Gewagt habe, mehr zu wollen, zu glauben, ich wäre es wert, geliebt zu werden. Wert, dass man für mich kämpft.

Ich schäme mich so sehr.

Mit zitternden Fingern presse ich meine Hand auf den Mund, während Tränen mir über die Wangen laufen und die bittere Wahrheit in meiner Kehle brennt. Tief in mir wusste ich immer, dass ich für ihn nicht genug bin – oder zumindest nicht in seinen Augen. Er zeigt es mir auf hundert kleine Weisen: mit jedem abfälligen Kommentar, jeder egoistischen Entscheidung. Sogar heute Abend hat er nur Essen für sich mitgebracht.

Und doch habe ich mich an ihn geklammert, so getan, als würde ich es nicht bemerken, mich betäubt, weil die Wahrheit zuzugeben bedeutet hätte, zu gehen – und dazu war ich nicht bereit.

Ich war nicht bereit. Bis jetzt.

Ich bin immer noch nicht so weit.

Winifred, willst du für den Rest deines Lebens so geliebt werden?

Ein hohles, bitteres Lachen entweicht mir hinter meiner Hand. Ich war so verliebt, so benebelt von Hoffnung, dass ich die offensichtlichen Warnsignale übersehen habe, die ihn wie eine Fahne umgaben und uns beide gefesselt haben.

Mum hätte Jay gehasst. Gehasst, wie er mich behandelt. Ich habe ihn kurz nach ihrem Tod kennengelernt, als ich vor Trauer zerbrochen und völlig verletzlich war. Sie war in das Kreuzfeuer eines magischen Kampfes geraten. Ein Zauber war fehlgegangen, hatte in eine Menschenmenge getroffen und sie augenblicklich getötet. Alter, vertrauter Schmerz frisst mir ein weiteres Loch in die Brust. Es war meine Schuld. Wenn ich sie nur nicht gebeten hätte, dieses Paket abzuholen.

Vielleicht habe ich ihn deshalb in mein Leben gelassen.

Deshalb eine Beziehung verfolgt, die ich nie toleriert hätte, wenn sie noch am Leben gewesen wäre. Schon in den ersten Tagen war Jay abweisend gegenüber meinen Gefühlen.

Ich wische mir das Gesicht ab, während sich etwas in mir verschiebt. Selbst die gütigsten Seelen haben ihre Grenzen, und Jay wird lernen, dass er keine unbegrenzten Chancen bekommt. Heute Abend hatte er zwei Möglichkeiten: sich binden oder zusehen, wie ich gehe.

Mir reicht es.

Zu bleiben würde mich jetzt nur noch verletzen.

Ich starre auf das Beef Wellington, das auf seinem Gitterrost ruht, auf den goldbraunen Blätterteig, der würzige Pilzduxelles und das perfekt medium-rare gegarte Rinderfilet umhüllt. Ich trete das fußbetriebene Pedal des Mülleimers, der Deckel klappt auf. Das Wellington vom Rost zu reißen – mir die Finger zu verbrennen, Teigkrümel unter die Nägel zu bekommen – und es hineinzuwerfen, ist ein einziger, wütender Handgriff. Die Dauphinoise-Kartoffeln und die grünen Bohnen folgen.

Er bekommt von mir nichts Schönes mehr.

Ich werde einen neuen Wohnort und einen neuen Job brauchen. Seine Mutter wird mir das Leben zur Hölle machen. Es wird ein Albtraum. Ich habe keine Familie, kein Sicherheitsnetz. Aber die rosarote Brille ist abgesetzt, und ich kann nicht bleiben.

Ich werde nicht bleiben.

Kapitel Zwei

Vier Monate später

»Komm ja nicht wieder!«, brüllt mein Vermieter, während er meine Sachen aus dem Fenster im ersten Stock des schäbigen kleinen Hauses wirft. Sie prasseln um mich herum auf den Rasen, verteilen sich über das Gras und verfangen sich in der dornigen Hecke, die die Straße säumt.

Wow. Er ist wütend. Wie eine richtige Vollpfeife stehe ich nur da, den Mund offen, und starre.

Ein dumpfes Klopfen ertönt, als ein wedelnder Schwanz das Gras trifft, begleitet von einem spielerischen Knurren. Ich blicke zu dem Hund, der das alles ausgelöst hat, und sehe, wie er genüsslich auf einem Stück schwarzem Stoff herumkaut, das er zwischen seinen grau-weißen Pfoten festhält.

»Baylor, nein, im Ernst? Musst du das wirklich tun?«

Er sabbert, reißt meine Lieblingsunterhose in Stücke – die teure Satin-und-Spitzen-Variante. Ich stöhne und reibe mir die Augen. Ich weiß es besser, als sie ihm wegzunehmen. Ein Husky-Unterwäsche-Tauziehen am Samstagmorgen steht nicht auf meiner To-do-Liste.

Immerhin hält ihn die Ablenkung beschäftigt und davon ab, noch etwas anderes kaputtzumachen.

Hoffe ich.

Ich starre auf das wachsende Chaos und reibe mir den verschwitzten Nacken. Meine Sachen so am Boden zu sehen, ist fast überwältigend – vor allem die, die in den Blumenbeeten gelandet sind und jetzt mit Erde verschmiert sind.

Ich werde alles waschen müssen. Ich liebe Kleidung, aber seit ich streng aufs Geld achten muss, wird jedes Teil mit Bedacht ausgewählt. Meine sorgfältig zusammengestellte Kapselgarderobe– bei der alles miteinander kombinierbar ist – ist für mich ein kleiner Stolz, genau wie mein Make-up.

Mein Make-up ... Galle steigt mir in den Mund. Ich schließe die Augen. Das meiste wird den Sturz aus dem Fenster nicht überleben. Einige Paletten sind schon zerbrochen, und ich will gar nicht genauer hinsehen. Weinen werde ich nicht – nicht, solange die Zuschauer sich an der Show erfreuen.

Ein paar Nachbarn spähen aus den Fenstern, während die Mutigeren in ihren Türrahmen stehen bleiben, Kaffeetassen in den Händen, und sich ganz offensichtlich auf meine Kosten amüsieren.

Ich weiß, wie die Leute mich sehen – blond, blaue

Augen, zierlich, unauffällig. Sie verurteilen mich, bevor ich überhaupt den Mund aufmache: Dumm. Sanft. Schwach. Mittleren Alters.

Es stört mich nicht. Sollen sie denken, was sie wollen. Die Version von mir, die sie im Kopf haben, ist nicht real. Nur mein eigenes Bild von mir zählt.

»Das hast du davon, wenn du betrügst!«, ruft eine Frau, bevor sie ihre Tür zuschlägt. Das Geräusch hallt die Straße hinunter.

Meine Wangen brennen. »Ich habe ihn nicht betrogen«, murmele ich. Lauter rufe ich: »Er ist mein Vermieter!« Als ob ich mit Derek etwas anfangen würde. »Er ist nicht mal ein Freund.«

Ich zucke zusammen, als mich etwas an der Stirn trifft. *Autsch.* Das Quietschhuhn-Hundespielzeug gibt einen komischen Ton von sich, als es ins Gras fällt. Baylor fixiert es, lässt ein leises »Ahuu«, hören und widmet sich dann wieder dem nassen, seidigen Stoff unter seinen Pfoten.

Das ist alles seine Schuld. Verfluchter Hund.

Ich seufze, ziehe die Schultern hoch und beginne – mit einem Auge auf Baylor und dem anderen auf das Fenster über mir – meine Sachen einzusammeln und aus den Büschen zu zerren. Die Stängel verhaken sich in meinen Ärmeln und zerkratzen meine Hände. Ich schiebe meine verstreuten Besitztümer zu einem Haufen zusammen, in der Hoffnung, dass Derek irgendwann auch meine Taschen hinunterwirft.

Baylor ist eigentlich ein guter Hund. Es ist nicht seine Schuld, es ist meine. Er hat viel durchgemacht. Er leidet unter Trennungsangst, und ich kann es ihm nicht verdenken – seine Besitzer sind vor ein paar Wochen gestorben, und ich bin ein schlechter Ersatz.

Ich weiß nicht, was zum Teufel ich da tue.

Was ich weiß, ist, dass ein dreijähriger Husky nicht gerade ideal für jemanden ist, der zum ersten Mal einen Hund hat.

Zuerst hat er die Kabel im Kofferraum meines Autos angekaut und die Lichter beschädigt. Ich dachte, ich wäre besonders fürsorglich, als ich die Sitze umklappte, damit er mehr Platz hatte, um seinen flauschigen Hintern und seine mürrische Laune hineinzukuscheln. Mir war nicht klar, dass er sie zum Fressen gernhaben würde.

Ich konnte mir die Reparatur nicht leisten, aber ich hatte keine Wahl, da ich ein Auto für die Arbeit brauche. Also habe ich es heute reparieren lassen, eine wasserdichte Abdeckung für den Rücksitz gekauft und gleich in zwei Hundegitter investiert: eines, um den Zugang nach vorn zu blockieren, und eines, um den Kofferraum und seine leckeren Kabel zu schützen.

Ich dachte, ihn in meinem Zimmer einzusperren, während ich zum Autohaus fahre, wäre sicher.

War es nicht.

Ich war nicht lange weg, vielleicht fünfundvierzig Minuten. Aber als ich zurückkam, war ein Loch in der Tür meines Ein-Zimmer-Apartments, und Baylor steckte den Kopf hindurch, wedelte mit dem Schwanz, und hatte ein riesiges Hundelächeln im Gesicht.

Er war überglücklich, mich zu sehen.

Derek war gerade da, um einen tropfenden Wasserhahn zu reparieren, und sah den Schaden gleichzeitig mit mir.

Ich reibe mir die schmerzenden Oberarme, wo fingerförmige Blutergüsse meine Haut zieren. Das empfindliche Fleisch pocht unter meiner Berührung. Er hat mich die Treppe hinuntergezerrt und uns beide rausgeworfen. Ich blicke finster zum Fenster hinauf. Nein, Derek ist nicht mein Freund.

Mein Föhn landet als Nächstes, das Plastik zerspringt auf dem Gehweg. »Oh nein.« Ich stürze zu Baylor, in der Überzeugung, dass er im Auto sicherer ist.

Keine Hundeleine in Sicht. Ich improvisiere mit einem Kniestrumpf, schlinge ihn um sein Halsband und lasse mich von ihm zum Wagen ziehen. Er springt auf den Rücksitz, windet sich, sein rauchgrauer Schwanz schlägt mir gegen die Seite, während er die neue *Anti-Husky*-Deko inspiziert.

Das Frühlingswetter hat noch immer einen kühlen Beigeschmack, aber ich lasse die Fenster einen Spalt offen, bevor ich zurücklaufe, um meine Sachen zu retten. Wenigstens muss ich sie nicht die Treppe hinuntertragen.

Eine abgenutzte Tasche schrammt beim Herunterfallen über die roten Ziegel. Endlich. Ich stopfe Arme voller Kleidung hinein.

Traurig ist, dass das nicht einmal zu den zehn schlimmsten Dingen gehört, die in den letzten vier Monaten passiert sind. Schon der bloße Gedanke daran dreht mir den Magen um. Wenn ich zu lange darüber nachdenke, wird mir schlecht.

Vor vier Monaten, mit völlig zerschlagenem Stolz, bin ich ausgezogen und habe ein schäbiges, schimmelndes Zimmer gemietet. Jay hat nicht angerufen, aber seine Mutter hat mir um zwei Uhr morgens eine E-Mail geschickt, in der sie mich mit *sofortiger Wirkung* gekündigt hat.

Tief in mir wollte ich, dass Jay mich vermisst. Dass er um mich kämpft. Doch während Tage zu Wochen wurden, führte seine Familie einen regelrechten Krieg gegen meinen Ruf, aber Jay blieb verdächtig still.

Sieben Wochen später scrollte ich auf meinem Handy, als mein Daumen innehielt. Jays Gesicht leuchtete mir entgegen, lächelnd, den Arm um eine andere Frau gelegt.

Aus Gründen, die ich immer noch nicht erklären kann, las ich die Bildunterschrift: Er würde *sie* heiraten.

Mir wurde erst bewusst, dass ich die Luft angehalten hatte, als meine Brust zu brennen begann. Ein dumpfes Dröhnen füllte meine Ohren, während ich mit zitternden Händen auf das Handy starrte. Der Verrat – die Endgültigkeit – traf mich wie ein Schlag in den Magen.

Ich löschte sämtliche Social-Media-Accounts. Nur noch ein *Es tut mir so leid* oder *Geschieht dir recht* von meinen angeblichen Freunden, und ich wäre explodiert.

Als ob er mir noch zusätzlich das Messer hineindrehen wollte, spürte Jay mich auf, nur um mir eine Hochzeitseinladung zu schicken.

Eine verdammte Hochzeitseinladung! Ich war fassungslos. Der Hochzeitstag ist im Juni – an meinem Geburtstag. Die Demütigung brannte unter meiner Haut. Ich fühlte mich klein und dumm. Am liebsten hätte ich mich zusammengerollt und wäre verschwunden.

Ich rede mir immer wieder ein, dass es nicht meine Schuld war. Unsere Beziehung war wie ein Buch, das zu nah vor mein Gesicht gehalten wurde – erst, als ich es auf Armlänge hielt, konnte ich die Worte lesen. Mit Abstand konnte ich endlich die ganze Geschichte sehen, und jetzt schiebe ich die Erinnerungen beiseite, nur um funktionieren zu können.

Ich kann nicht glauben, dass ich so lange mit einem Mann zusammen war, der so absichtlich grausam war.

Ich greife nach einem weiteren Teil und stopfe es in die Tasche. Menschen sind kein bisschen besser als die Monster, die im Dunkeln lauern und nur darauf warten, dass wir dummen Menschen auch nur einen Hauch von Schwäche zeigen.

Die einzige Person, mit der ich in Kontakt geblieben bin, war die Frau eines von Jays Freunden, Amy. Sie entschied sich, zu mir zu halten, was mich überraschte. Amy nahm kein Blatt vor den Mund, sie tätschelte mir nie den Arm und sagte: »Das wird schon.« Sie war wütend – zornig in meinem Namen – und sagte nie: »Ich hab's dir ja gesagt.« Stattdessen stand sie an meiner Seite, ließ mich wütend sein, ließ mich trauern, ließ mich hassen. Ließ mich an ihrer Schulter weinen. Amy war eine wahre Freundin.

Und dann war sie weg.

Ein einfaches Abendessen. Ein lustiger Abend mit ihrem Mann Max im Vampirsektor. Sie kamen nie nach Hause.

Ein Vampir hat sie getötet.

Ich schlucke den Kloß in meinem Hals hinunter. So kam ich zu Baylor. Hier kümmert sich niemand um Tiere – keine Tierheime, keine Rettungsgruppen –, also sind es nur er und ich.

Amys Tod war der Weckruf, den ich brauchte. Er riss mich aus den letzten Tagträumen über Jay und zwang mich, einer echten Tragödie ins Auge zu sehen. Meine zerbrochene Beziehung war nichts im Vergleich zum Mord an meiner besten Freundin.

Jetzt sitze ich da mit einem Herzen voller Trauer und einem depressiven, anhänglichen Hund.

Und jetzt das hier.

Ja, es schafft es nicht einmal in die Top Ten.

Ich schniefe, der Hals ist eng, die Brust schmerzt unter all der Last.

Wir werden klarkommen. Wir müssen.

Es muss besser werden. Das hier muss das Schlimmste sein. Das muss der Tiefpunkt sein.

... oder?

Als sich das Fenster wieder öffnet, sammle ich meinen Mut. Ich bin nicht mehr der Fußabtreter, der ich einmal war. Ich lerne, für mich selbst einzustehen.

»Du schuldest mir Miete!«, schreie ich. »Ich habe den ganzen Monat bezahlt, und wir haben einen Vertrag!« Mit meiner Kaution rechne ich ohnehin nicht mehr.

»Verschwinde, Winifred!«, brüllt Derek, steckt seinen Kopf mit den fettigen Haaren aus dem Fenster und funkelt mich an. »Dank deinem Köter schuldest du mir eine neue Tür.«

Es beginnt zu regnen. »Kannst du bitte einfach aufhören? Ich habe doch gesagt, es tut mir leid. Er wollte die Tür nicht fressen.«

»Ich habe dich gewarnt, dass du den Hund nur eine Woche behalten darfst. Jetzt sind es zwei. Ich habe gesagt: keine Haustiere! Wenn ich mit dir fertig bin, wird dir niemand mehr ein Zimmer vermieten. Du bist in dieser Stadt erledigt.« Als wäre er der Vermieter des Jahres. »Du hättest der Welt einen Gefallen tun und das Vieh einschläfern lassen sollen!«

Ich schnappe nach Luft. »Also bist du jetzt ein Hundekiller?«

»Bei dem schon. Er hat überall auf meine Blumentöpfe gepinkelt. Er ist eine untrainierbare Plage.«

»Derek, das kannst du nicht machen. Ich habe Mieterrechte. Du kannst uns nicht einfach rausschmeißen, ohne dass wir irgendwohin können. Das ist ein Todesurteil!«

Kaum sage ich »Todesurteil«, verschwinden die neugierigen Nachbarn, und die Straße versinkt in Schweigen.

Ich stehe allein in der Kälte, Nieselregen spritzt mir ins Gesicht, der Wind zerrt an meinen Haaren. Passiert das hier wirklich?

»Das hättest du dir überlegen sollen, bevor du dieses unkontrollierbare Biest in mein Haus gebracht hast. Handlungen haben Konsequenzen, Winifred.«

»Ich repariere die Tür, und ich wasche alle Blumentöpfe. Bitte, Derek –« Ich würde sogar auf Knien betteln, nur um ein Dach über dem Kopf zu behalten. Stolz ist nutzlos, wenn wir am Ende tot sind.

»Nein«, schnauzt er, und das Fenster knallt zu.

Wie betäubt starre ich auf die Scheibe, ein tiefer Seufzer baut sich in meiner Brust auf. Dann mache ich weiter. Was soll ich auch sonst tun?

Eins nach dem anderen rette ich den Rest meiner Sachen. Es ist wie Tetris, alles in den winzigen Kofferraum, den Fußraum und den Beifahrersitz zu stopfen. Der große Sack Hundefutter – für empfindliche Haut und Mägen –, den man zur Vordertür hinausgeworfen hat, wird als

Nächstes hineingequetscht, gefolgt von Baylors Näpfen. Der Hund frisst besser als ich.

Ich lasse mich auf den Fahrersitz fallen und schlage die Tür zu, stoße einen zittrigen Atemzug aus. Keine Taschentücher in Sicht, vermutlich liegen sie irgendwo tief vergraben unter meinem halben Leben. Ich wische mir die Nase mit dem Handrücken ab und schwöre mir, nicht zusammenzubrechen.

»Komm schon, Fred. Alles wird gut. Das ist nur ein Ausrutscher.« Es muss so sein. Alles passiert aus einem Grund, sonst wäre das Universum reines Chaos. Ja, alles passiert aus einem Grund, und die guten Menschen, die besonderen Menschen, sterben zuerst.

Meine Unterlippe bebt. Amy wäre so enttäuscht von mir. Wir haben keinen Ort, an den wir gehen könnten, und wir können nicht einmal in einer Pension oder einem Hotel unterkommen. Niemand nimmt einen Hund und mich. Aber ich weigere mich, Baylor im Stich zu lassen.

Ich habe keine Ahnung, was ich als Nächstes tun soll.

Wenn Derek mich nur die Dinge hätte reparieren lassen. Ich verstehe, warum er wütend ist. Das Loch in der Tür war riesig, überall Holzsplitter im Teppich, aber er musste mich nicht verletzen oder uns hinauswerfen.

Es ist ein Albtraum.

Baylor jault, schnüffelt und streckt seine Zunge durch das Gitter, versucht, mich zu erreichen.

»Schon gut, Kumpel«, murmele ich und versuche, uns beide zu überzeugen. Ein anderer Gedanke trifft mich: Ich hatte keine Gelegenheit, die Splitter auf dem Boden mit der Größe des Lochs zu vergleichen, bevor wir hinausgeworfen wurden. Ich habe also keine Ahnung, ob er welche verschluckt hat.

Vielleicht hat er ein Stück bleihaltiges Achtzigerjahre-Holz gefressen. Wer weiß, was das mit seinem Magen anstellt. Mein Bauch zieht sich zusammen. Uns steht wohl ein teurer Notfalltierarztbesuch bevor.

»Wir gehen zum Hundedoktor, damit dein Bäuchlein in Ordnung ist, und dann finden wir ein neues Zuhause.« Ich lege meine Hand gegen das Gitter. »Alles wird gut. Ich lasse dich nicht im Stich.«

Ich darf ihn nicht im Stich lassen. Amy hat ihn geliebt – ihr Fellbaby. Was für ein Mensch wäre ich, wenn ich ihn aufgebe?

Ich kann immer noch nicht glauben, dass ich in dieser Situation bin.

Aus dem Augenwinkel sehe ich Derek durchs Fenster starren, während er ein Schild an die Scheibe klebt: ZIMMER ZU VERMIETEN.

Ich stoße ein bitteres Lachen aus. Wenn ich noch länger bleibe, ruft er die Polizei. Ich stöhne und starte den Wagen, der Motor brummt los. Langsam fahre ich aus der Einfahrt. Sicherlich wird alles gut.

Es kann nicht schlimmer werden.

KAPITEL DREI

DA BAYLOR SICH DURCH PLASTIK, Kabel und Holz frisst, beginne ich mich jedes Mal zu schämen, wenn wir die Tierarztpraxis betreten. Als wäre ich die unfähige Närrin, die hilflose Tierhalterin, die schon wieder mit ihrem Husky-Kumpel hereingeschneit kommt.

Ich rechne fast damit, dass sie mich melden. Doch nach einer gründlichen Untersuchung kommt die Tierärztin zu dem Schluss, dass alles in Ordnung ist – keine Splitter, keine Farbreste im Magen – und schickt uns nach Hause mit der Anweisung, ihn im Auge zu behalten. Sieht so aus, als ob ich die nächsten Tage auf Kot-Patrouille sein werde. Wunderbar.

Ich fahre zu einem Supermarkt in der Nähe und parke ganz am Rand des Parkplatzes, fern vom Trubel. Regen trommelt gegen die Windschutzscheibe, und hinter den drohenden Wolken hängt die Sonne tief, wirft lange Schatten über den Asphalt. Der Tag neigt sich schnell dem Ende, und ich habe immer noch keinen Platz für uns gefunden. Wir brauchen eine Unterkunft.

Meine Schultern schmerzen, die Augen brennen, und die Angst nagt an mir. Da die Online-Suche im Wartezimmer der Tierärztin erfolglos blieb, probiere ich es altmodisch: Ich falte eine Lokalzeitung auseinander und umkreise Anzeigen mit wachsender Verzweiflung.

»Hallo, ja, ich rufe wegen des Zimmers an –«

»Das Zimmer ist weg.« Klick.

Die Anzeige war doch erst am Freitag erschienen. Ich seufze, drücke mir das Handy gegen die Stirn und mache weiter.

Ich versuche die nächste Nummer. »Guten Tag. Ich rufe wegen des Zimmers an, das Sie vermieten.«

Eine Pause, dann ein leises Räuspern. »Hören Sie, Liebes«, sagt eine Frau sanft, »heißen Sie zufällig Winifred Crowsdale?«

»Äh ... ja.«

»Sie bekommen kein Zimmer, Liebes.«

»Es war mein Hund. Ich habe nichts beschädigt«, flüstere ich.

»Ich weiß. Ich glaube auch nicht, dass Sie komplett zum Wandler geworden sind und eine Tür durchgekaut haben. Aber Derek hat sehr deutlich gemacht, was Sache ist. Niemand will es sich mit ihm verscherzen.«

Langsam stoße ich die Luft aus.

»Tut mir leid«, fügt sie hinzu.

»Nein, schon gut. Danke, dass Sie ehrlich sind.« Ich lege auf und starre auf das Handy. Das ist doch lächerlich.

Ich arbeite mich durch die übrigen Anzeigen, eine nach der anderen. Jedes Mal dieselbe Antwort: keine Haustiere, keine freien Zimmer oder direkte Ablehnung. Selbst die Wohnungen weit über meinem Budget sind plötzlich vom Markt verschwunden. Ich versuche es sogar mit der Anzeige eines heruntergekommenen Reihenhauses. Keine Chance.

Derek war schneller.

Niemand will das Risiko eingehen, an die Frau zu vermieten, die sich mit ihm angelegt hat. Er ist Vorsitzender des lokalen Vermieterverbandes und hat wohl sofort nach dem Zuschlagen des Fensters angefangen, herumzutelefonieren, und zweifellos Fotos von der beschädigten Tür per E-Mail verschickt.

Ich weiß nicht weiter.

Mit hängendem Kopf erkenne ich: Ich muss weg. Es gibt keine andere Wahl. Ich muss weiter raus, vielleicht ganz aus der Gegend verschwinden.

Baylor schnarcht, sein flauschiger Körper ausgestreckt auf dem Rücksitz, völlig ahnungslos, dass unsere Welt gerade zusammenbricht. Ich beobachte, wie sich sein Brustkorb hebt und senkt. Mir bleibt nichts anderes übrig, als nachzudenken und jemanden zu finden, den Derek noch nicht erreicht hat. Ich bin eine gute Mieterin, mit genug Geld für die Miete und eine kleine Kaution – nicht viel, aber ausreichend.

Die Zeitung knistert in meiner verkrampften Hand. Ich wünschte, ich könnte sagen, das sei eine Überraschung, aber es ist derselbe Mist in einer anderen Verpackung. So wie vor ein paar Monaten, als Jays Eltern mich feuerten und meinen Ruf zerstörten, sodass ich meine Marketingkarriere nicht fortsetzen konnte. Das war mein Job, bevor mein

Leben den Bach runterging, und jetzt will mich kein seriöses Unternehmen mehr einstellen.

Der einzige Job, den ich noch bekommen konnte, war Essenslieferantin – da ist es egal, wer du bist, solange du pünktlich das Zeug ablieferst.

Ich tippe das Handy gegen mein Knie, während ich nachdenke. Ich muss meinen Suchradius vergrößern. Es muss jemanden geben, den Derek noch nicht erreicht hat. Um meinetwillen, um des schlafenden Hundes auf dem Rücksitz, muss ich weitersuchen. Sonst werde ich bis Ende der Woche zur Statistik. Irgendein Ungeheuer wird uns wie Sardinen aus der Dose aus dem Auto zerren.

Man sagt, der Menschensektor sei sicher, aber das stimmt nicht. Hier zu leben bedeutet nicht, dass man geschützt ist. Unsere Grenzen sind schwach, unsere Verteidigung gegen die anderen Sektoren lächerlich. Jeder tut so, als sei es normal, nach Einbruch der Dunkelheit im Haus zu bleiben.

In unserer Welt haben sich die Menschen weiterentwickelt – oder zurückentwickelt, je nachdem, wie man es sieht. Menschliche Derivate nennt man uns. Unsere DNA ist immer noch menschlich, aber mit einer zusätzlichen Besonderheit: Fangzähne, Klauen, Magie.

Manche von uns haben ein bisschen Extra, andere eine Menge, und wieder andere fast nichts. Reine Menschen – die ursprüngliche DNA-Variante – sind im Vergleich verletzlich und beinahe ausgestorben. Vor vierzig Jahren verabschiedete die Regierung radikale Gesetze, die den Derivaten Autonomie gewährten und das Land in Sektoren aufteilten. Jede Spezies regiert nun ihr eigenes Gebiet.

Ich blicke auf die Zeitung. Es sind nicht nur Vampire,

Wandler oder Magiebegabte, vor denen man sich in Acht nehmen muss. Es sind auch die reinen Menschen. Manchmal sind es diejenigen, die dir morgens zulächeln und dich nachmittags aussperren.

Obdachlos.

Wir sind obdachlos.

Ich lasse das Elend über mich hinwegrollen, nur für einen Moment – niemand sieht mich – und Bitterkeit durchflutet meine Gedanken. Was habe ich mit meinen einundvierzig Jahren schon vorzuweisen? Ich bin eine Blamage, und ich bin ... erschöpft.

Ich bin so müde von allem.

Müde davon, mich gerade so durchzuschlagen, müde davon, niemals etwas Festes zu haben, an dem ich mich festhalten kann. Jedes Jahr, jeder Monat, jeder verdammte Tag reibt ein weiteres Stück von mir ab. Es ist, als wäre ich nichts.

Ich will Stabilität, einen richtigen Job und einen Ort, den ich mein Eigen nennen kann.

Liebe.

Ich wollte Amys Leben.

Macht mich das zu einem schlechten Menschen?

Ich habe mich für sie gefreut, aber ich war auch neidisch auf ihren Ehemann, ihr Zuhause und ihr Glück. Und jetzt? Jetzt fühle ich mich schuldig, weil ich nicht mehr neidisch bin. Sie ist weg. Ihr Leben, ihre Träume, ihre Zukunft – fort.

Alles wurde ihr entrissen.

Amys und Max' Tod hat in mir eine tiefe Wut hinterlassen. Ein Teil von mir weiß, dass es falsch ist, eine ganze

Gruppe wegen einer Tragödie zu verurteilen, aber es ist schwer, es nicht zu tun.

Die Vampire machen, was sie wollen, und die menschlichen Gesetze schützen uns nicht, wenn wir ihre Grenzen überschreiten. Wir sind Bürger zweiter Klasse in einer Welt voller Monster, und niemanden kümmert es.

Das hier ist die Hölle. Denn die Hölle ist kein Feuer, kein Schwefel, kein Ort der Bestrafung für die Verdammten nach dem Tod. Die Hölle ist hier.

Baylor gähnt, streckt Vorder- und Hinterbeine gleichzeitig aus wie ein Seestern – und lässt dann einen fahren. Laut. Der Geruch trifft mich sofort. Er ist widerlich. Mir wird übel. Er ist so schlimm, dass ich ihn auf der Zunge *schmecke*.

»Oh mein Gott, Baylor.« Ich schlage mir eine Hand auf die Nase und taste nach dem Fensterknopf.

Er niest einmal, rollt sich enger zusammen und schläft prompt wieder ein, völlig unbeeindruckt von der chemischen Waffe, die er entfesselt hat.

Ich kichere und drehe den Kopf, atme so viel frische Luft ein wie möglich. Selbst die Abgase auf dem Supermarktparkplatz riechen besser. Typisch Baylor, mich zum Lachen zu bringen. Ich schließe die Augen, atme tief ein und lasse die Welt an den Rändern verschwimmen. Wenn ich die Panik abebben lasse, finde ich vielleicht Klarheit und eine Lösung.

Baylors gleichmäßiges Schnarchen erfüllt das Auto, seltsam beruhigend. Jeder Atemzug erdet mich, während ich mich auf diesen sanften Rhythmus konzentriere.

Meditation habe ich nie gelernt. Ich lasse mich von der seltsamen Gabe leiten – was auch immer es ist. Ich würde mich nicht als Hellseherin bezeichnen, aber da ist ... etwas in mir. Dieses Ziehen, dieses Bewusstsein, das wie ein unausgesprochener Befehl klingt. Ein Gespür. Ein Wissen. Es sitzt zwischen Brust und Bauch, ein sanftes Ziehen, das ich schon immer gespürt habe.

Vielleicht ist es Mustererkennung. Eine scharfsinnige Intuition. Ich konnte schon immer Veränderungen in der Energie spüren, die emotionale Spannung in einem Raum erfassen. Das hat mich im Marketing so erfolgreich gemacht – meine Ideen waren immer einen Schritt voraus.

Manchmal baut sich der Drang so schnell auf, dass ich handle, bevor ich überhaupt merke, was ich tue. Je älter ich werde, desto öfter passiert es – so wie in der Nacht, als Amy und Max ausgingen. Ich hatte ein ungutes Gefühl und rief sie an, aber sie ging nicht ran. Ich hatte nie die Chance, sie zu warnen. Jeden Tag wünschte ich, ich hätte es ernster genommen. Aber ich war da, um Baylor danach zu retten.

Ich weiß, dass das menschliche Gehirn komplex ist. Ich weiß, dass Magie existiert – zumindest für einige. Wie jeder Mensch wurde auch ich getestet, und ich habe keine Magie. Trotzdem vertraue ich meinen Instinkten, wenn sie für andere schreien, selbst wenn ich sie zehn Jahre lang für mich selbst ignoriert habe. Wenn das keine Magie ist, dann ist es nah genug dran.

Hinter meinen geschlossenen Lidern wirbeln Farben, Bänder aus schimmerndem Rauch in wechselnden Tönen. Blitze zucken durch die Dunkelheit, Energiewirbel drehen sich, als wollten sie mir etwas zeigen. Ich leiste keinen Widerstand und lasse es über mich hinwegspülen.

Und im selben Moment schwindet die Panik.

Ich öffne die Augen und blicke auf die Zeitung.

Alle passenden Anzeigen, die ich angerufen habe, sind durchgestrichen. In einer winzigen Ecke der Inserate fällt mir eine kleine Anzeige auf. Der Text ist so klein, dass er kaum zu lesen ist. **Zimmer zu vermieten. Haustiere erlaubt.** Zuerst habe ich sie ignoriert, weil keine Telefonnummer angegeben ist – nur eine Adresse.

Ich bin verzweifelt genug, es zu versuchen. Außerdem sitze ich schon im Auto und habe nichts zu verlieren. Also sehe ich es mir an.

Ich gebe die Postleitzahl ein, starte den Motor und fahre vom Parkplatz. Dem Navi folgend, biege ich links ab. Ich fahre nach Südosten, in Richtung der Vampire.

Mit jedem Kilometer, den ich der geheimnisvollen Unterkunft näher komme, wird der Regen stärker. Meine Finger trommeln auf dem Lenkrad. Ich hoffe, dass jemand zu Hause ist und Derek sie nicht schon erreicht hat. Es sind nur etwa dreißig Minuten vom Supermarkt entfernt, und doch fühlt es sich an, als wären wir schon ewig auf dieser Straße.

Hinter dem Asphalt erstreckt sich Ödland, das die Menschen von den Vampiren trennt. Ich will nicht näher an diese Monster heran. Je näher wir dem Vampirsektor kommen, desto stärker prickeln meine Nerven.

Es fühlt sich immer mehr so an, als würde ich der Sonne hinterherjagen.

Die Feuchtigkeit meiner nassen Kleidung beschlägt unaufhörlich die Scheiben und zwingt mich dazu, die Augen zusammenzukneifen. Ich fummle an den Lüftungen herum, um die Frontscheibe freizubekommen. Das Letzte, was ich brauche, ist, in einen Graben zu fahren. Ich folge der Anweisung des Navis, nach rechts auf einen schmalen Weg abzubiegen.

Die Straße windet sich durch dichtes Gebüsch und Bäume, bis sich das Grün lichtet und ein einzelnes Haus im Regen auftaucht.

Ich halte am Straßenrand an, mein Atem stockt, während ich versuche, Einzelheiten zu erkennen.

Selbst bei strömendem Regen wirkt es malerisch. Makelloser roter Ziegel mit dekorativen Verzierungen, sogar das Dach trägt kunstvolle Firstziegel, ohne einen einzigen Riss oder Sprung. Die Erkerfenster sind perfekt, ihre Rahmen gerade und ordentlich, das Glas glänzt. Ich bin keine Architektin, aber es scheint viktorianisch zu sein, vermutlich älter als die Straße selbst.

Wer weiß. Es ist kein Bauernhaus, und doch steht es hier allein. Seltsam. Keine Nachbarn – zumindest keine menschlichen –, denn der Vampirsektor grenzt direkt an den Garten hinter dem Haus.

»Sei brav, ich bin gleich wieder da«, sage ich zu Baylor, der inzwischen hellwach ist. Ich lasse die Fenster einen Spalt offen, schnappe mir meine Jacke vom Beifahrersitz, springe hinaus und ziehe sie über. Der prasselnde Regen hämmert auf meine Kapuze, erdrückt meine Gedanken. Trocknen kann ich sie später, falls das hier in die Hose geht.

Dieses Haus könnte ein Glücksfall sein.

Der Tag ist trüb und tropfnass, und doch ist das Haus es nicht. Es steht fest und strahlend da, als hätte es auf mich gewartet. Für einen Moment wage ich zu hoffen, dass dies der Ort ist, an dem sich endlich etwas ändert.

Dann drängt sich ein anderer Gedanke auf – *das ist zu schön, um wahr zu sein*. Vielleicht hat jemand zum Spaß eine falsche Anzeige in die Zeitung gesetzt, um die Besitzer zu ärgern. Es kommt mir wahrscheinlicher vor, als dass wir hier wirklich einziehen dürfen.

Wasser sickert in meine Schuhe, während ich Baylors empörtes Jaulen ignoriere und am Gehweg entlang nach hinten spähe. Eine hohe, feste Ziegelmauer umschließt den Garten – perfekt für Baylor. Sicher. Geschützt.

Der freche Husky würde hier niemals ausbrechen können.

Ich gehe wieder nach vorn und bleibe stehen. Das Holztor öffnet sich von selbst, mit einem unheimlichen, fast einladenden Quietschen.

Na toll, wie gruselig.

Es muss ein kaputtes Schloss haben.

Trotz des Wetters bleibt der Vorgarten unheimlich perfekt: leuchtende Blumen, unversehrt von Wind oder Regen, der Rasen auf fast laserartige Präzision gestutzt. Als ich genauer hinsehe, bemerke ich ein feines Schimmern in der Luft. Etwas zwingt mich, es zu berühren, um herauszu-finden, ob es echt ist oder Einbildung. Ich strecke die Finger hindurch, und ein warmes Summen legt sich auf meine Haut.

Ja, hier gibt es Magie.

Es ist eine Schutzzauber-Barriere.

Das Haus eines Magiers im Menschensektor, direkt neben den Vampiren? Das ergibt keinen Sinn. Manche superreiche Leute nutzen Magie, um ihr Eigentum zu sichern, aber solche Typen würden sicher kein Zimmer vermieten.

Misstrauisch mustere ich das Grundstück, doch meine

überempfindliche Intuition – die jetzt eigentlich Alarm schlagen müsste – bleibt still.

Na gut, ich habe mir versprochen, mutiger zu sein. Ich atme tief durch, und ohne das unheimliche Tor zu berühren, trete ich durch die Schutzbarriere und gehe den Gartenweg hinauf.

Der Regen hört auf, als hätte jemand den Hahn zugedreht. Ich werfe einen Blick zurück zur Straße. Dort schüttet es weiter wie aus Kübeln, aber kein einziger Tropfen fällt innerhalb der Gartenmauern.

Wow. Das ist ein mächtiger Schutzzauber.

Ich bleibe auf der vorderen Stufe stehen und betrachte die Tür. Sie ist in tiefem Petrol gestrichen, ihre Buntglasfenster fangen das matte Tageslicht ein und streuen warme Lichtreflexe aus Rot, Gold und Grün. Auffällige Formen – Rauten und Kreise – glitzern wie Juwelen im Holz.

Ich klopfe. Meine Fingerknöchel berühren kaum die Oberfläche, da schwingt die Tür lautlos auf und enthüllt einen einladenden Flur, dessen Boden mit schwarz-weißen Karofliesen ausgelegt ist. Gefärbtes Licht ergießt sich über die Fliesen, als wolle es mich hereinlocken. Lächerlich – aber ich denke, dieses Haus könnte meine erste wahre Chance auf ein Zuhause sein. Es steht fest und makellos da, als wollte es sagen: *Du bist jetzt zu Hause. Komm herein.*

»Hallo?«, rufe ich leise. »Ich komme wegen des Zimmers.« Meine Stimme hallt wider, und der Schutzzauber summt als Antwort. Ich lehne mich vor, spähe in den Flur. Ein leerer Schuhständer steht an der Seite, und eine blitzblank polierte Treppe windet sich nach oben.

Der Ort wirkt altmodisch, zeigt jedoch, wie der Garten, keinerlei Abnutzung. Alles ist perfekt gepflegt.

Da wird mir klar, dass das Haus selbst magisch ist.

Ein Zaubererhaus.

Ich stolpere zurück. So etwas habe ich noch nie gesehen – nur wenige Menschen haben das. Ich habe nur in den obligatorischen Magiestunden in der Schule von ihnen gehört, und wenn meine Erinnerung mich nicht trügt, sind sie reine Magie, fähig, Materie zu beeinflussen und sich nach Belieben zu versetzen.

Sie besitzen Kräfte, über die der Magiesektor nicht spricht.

Der Legende nach bewahrt ein Zaubererhaus die Seele seines Schöpfers.

Sie verfügen über ein Bewusstsein.

Warum sich jemand nach dem Tod dafür entscheiden sollte, ein Haus zu werden, weiß ich nicht. Der Gedanke erschüttert mich. Es ist ja nicht so, als bekämen sie eine zweite Chance. Sie sind einfach ... gefangen. Beobachtend. Wartend.

Es ist beunruhigend, als gäbe es eine unheimliche Seite daran. Ich schüttle den Gedanken und meine überaktive Fantasie ab.

Ich bin aus einem bestimmten Grund hier. Wenn ein magisches Haus bereit ist, meinen chaotischen Hund und mich aufzunehmen, wäre ich verrückt, es nicht zu versuchen. Ich straffe die Schultern, hebe das Kinn und trete über die Schwelle.

Die Tür fällt mit einem Knall hinter mir ins Schloss.

Kapitel Vier

Meine Schultern ziehen sich fast bis zu den Ohren hoch, als Angst meinen Puls in die Höhe treibt, doch ich zwinge mich zu atmen, mich zu entspannen und mich umzusehen. Abgesehen davon, dass die Tür zugeschlagen ist, hat sich nichts verändert.

Kaum denke ich das, erscheinen auf der Mahagoni-Anrichte ein Stapel Papiere und ein Stift.

Ich starre sie an.

Als ich näher trete, lese ich in kunstvollen Buchstaben *Mietvertrag* am oberen Rand des verzauberten Pergaments, mit meinem Namen und Baylors bereits eingetragen. Meine Hand zittert, als ich es aufnehme. Es ist ein Standardformular, ganz ähnlich dem, das ich vor vier Monaten bei Derek unterschrieben habe – nur dass Dereks Dokument nicht magisch war. Wäre es das gewesen, wäre ich jetzt nicht obdachlos.

Magische Dokumente sind berüchtigt komplex, doch eines ist sicher: Man kann in ihnen nichts verbergen. Darum heuert man Papiermagier an – einige der Furcht einflößendsten Personen, denen man je begegnen wird.

Was sie mit einem einzigen Blatt Papier anstellen können, ist unfassbar. In der Geschäftswelt sind sie gnadenlos bekannt – unterschreibst du und hältst dich nicht daran, bist du verloren. Ist es *dein* Dokument und du betrügst, sind die Strafen noch schlimmer. Dieses Papier zu sehen, beruhigt mich tatsächlich: Das Haus will mir also nicht die Seele stehlen. Alles scheint seine Ordnung zu haben.

Die Miete ist höher als das, was ich zuvor gezahlt habe, aber darin enthalten sind die Nebenkosten, mein Essen und Baylors teures Hundefutter. Ein gutes Angebot, wirklich. Nun, da ich mich von meinem ersten Schrecken erholt habe, fühle ich mich seltsam ... sicher.

Ich habe mich schon lange nicht mehr sicher gefühlt.

Noch immer macht mir die Nähe zum Vampirsektor Sorgen, aber dieser Ort ist mächtig. Der Schutzzauber hält den Garten in Blüte, unberührt von Wind und Regen. Wenn er das Wetter innerhalb seiner Grenzen beherrschen kann, wird er auch jeden abtrünnigen Vampir fernhalten, der Lust auf einen Winifred-und-Baylor-Snack hätte. Ich bin hier sicherer als irgendwo sonst im Land.

Die Erleichterung trifft mich so heftig, dass ich für einen Moment schwanke und die Augen schließen muss.

Ich habe das Zimmer nicht einmal gesehen. Ich muss mich beruhigen ... doch ich könnte sofort einziehen. Alles, was ich tun muss, ist unterschreiben. Ich nehme den Stift und setze meine Unterschrift, bevor das Zaubererhaus es sich anders überlegen kann.

Die Miete ist sofort fällig und dann jeweils am Ersten eines Monats. Ich muss das Geld nur hier, auf der Anrichte, ablegen, und das Haus kümmert sich um den Rest.

Ich zähle den Betrag in bar ab und staple die Scheine ordentlich. Sowohl das Geld als auch der Mietvertrag verschwinden.

»Darf ich mir ein Schlafzimmer aussuchen?«, frage ich das Haus. Ich komme mir ein wenig albern vor, will aber höflich sein. Da die Magie mich nicht hinausbefördert, werte ich das als Zeichen, dass alles in Ordnung ist. Um nicht überall Tropfen zu hinterlassen, hänge ich meine nasse Jacke an den Ständer und ziehe die Schuhe aus. Ich habe beschlossen, dieses Haus so zu behandeln, als wäre es eine Person – denn auf gewisse Weise ist es das.

Wäre ich in einem Gebäude gefangen, würde ich wollen, dass seine Bewohner höflich und freundlich sind. Es muss eine einsame Existenz sein.

Vielleicht lebte in diesem Haus, als der Zauberer seine Seele verband, noch eine Familie – seine Familie. Dann verging die Zeit, die Familie starb, und die Seele blieb allein zurück. Vielleicht will sie deshalb ein Zimmer vermieten.

»Ich weiß, wie du dich fühlst«, flüstere ich. Und wenn es mir genauso wie mit Baylor das Gefühl gibt, weniger allein zu sein, wenn ich mit einem Haus rede – dann soll es so sein.

Die Treppe knarrt nicht, während ich hinaufsteige. Das Holz des Geländers ist warm unter meinen Fingern. Oben finde ich vier offene Türen: ein Badezimmer und drei

Schlafzimmer. Zwei sind gleich groß, das dritte ein kleines Kämmerchen.

Das Bad ist wundervoll. Eine große, frei stehende Wanne mit Löwenfüßen steht direkt unter dem mattierten Fenster, während eine großzügige Regendusche mich einlädt, den Schmutz dieses Tages abzuwaschen. Ich weiß nicht, wie das Haus sich selbst erneuert, solche modernen Annehmlichkeiten gab es sicher nicht beim Bau. Vielleicht recherchiere ich das später mal genauer.

Das Hauptschlafzimmer geht zum Vorgarten hinaus. Es ist altmodisch, aber hübsch. Die Wände sind mit zarter, blumengemusterter Tapete bedeckt, geschmückt mit kleinen Rahmen, die feine, handgezeichnete Porträts längst vergessener Menschen zeigen. Ich frage mich, ob es einst geliebte Angehörige waren. Erinnerungen.

Blumentapete und passende Bettwäsche ... Normalerweise würde ich so viele Muster hassen, aber hier gefallen sie mir irgendwie.

In der Ecke steht ein Holzkleiderschrank, sein dunkles Holz auf Hochglanz poliert, daneben ein kleiner Schminktisch mit ovalem Spiegel.

»Es ist so hübsch«, sage ich und entscheide, dass das Zimmer nach vorn meine beste Wahl ist. »Wenn es dir recht ist, wäre dieses Zimmer perfekt.«

Ich trete ans Fenster, schiebe die Vorhänge beiseite und spähe hinaus. Die Dämmerung bricht herein, ich muss mich beeilen. Ich lasse den Vorhang fallen.

»Ich muss Baylor holen und meine Sachen hereinbringen.«

Ich eile die Treppe hinunter, ziehe Mantel und Schuhe an und renne zum Auto.

Eine weiße Pfote kratzt am Fenster. Ich verziehe das Gesicht. Hinter der Scheibe heult Baylor kläglich, und seine blauen Augen rollen, als hätte er stundenlang gelitten – dabei sind noch nicht einmal zwanzig Minuten vergangen.

»Schon gut, schon gut«, sage ich und ziehe seine Leine aus meiner Tasche, die ich zuvor zwischen meinen verstreuten Sachen gefunden hatte. Ein ungutes Gefühl beschleicht mich: Er wird mir bestimmt entgegenspringen und mich platt drücken. Ich atme tief durch und halte die Tür noch geschlossen, während er mich breit angrinst.

Er winselt protestierend.

»Warte. Sitz.« Schwanzwedeln. Hinternwackeln. Baylor setzt sich nicht. »Sitz«, wiederhole ich strenger. Er jault lauter, gehorcht aber schließlich doch. Ich mache zwar keine Faust in die Luft – es ist nur ein kleiner Erfolg –, aber ich bin stolz auf den Fortschritt.

Ich öffne die Tür einen Spalt und hänge die Leine an sein Halsband. »Bleeeib.« Er bleibt. Ich öffne weiter. »Bleeeib.« Er bleibt. Ich öffne noch ein Stück, und da springt mir schon ein fluffiger Husky entgegen.

Beinahe verliere ich das Gleichgewicht, doch ich greife nach der Tür, bevor wir beide auf den Boden krachen. Er hüpft, zerrt, stupst, noch mal ein Ruck. Die Leine brennt in meiner Handfläche.

Ich schließe das Auto, lasse den Rest fürs Erste zurück, und Baylor zieht mich zu unserem neuen Zuhause.

»Du musst brav sein und dieses Haus respektieren«, warne ich ihn. »Keine Faxen, Baylor. Ich meine es ernst, bestes Benehmen.« Das Tor schwingt auf, und Baylor zieht mich zur Haustür, die sich für uns öffnet.

»Danke.«

Drinnen schnuppert er überall herum. Ich behalte sein Hinterteil im Auge und bete, dass er nicht das Bein hebt.

Bei dem Gedanken, was das Haus wohl denken würde, wenn er pinkelt, zucke ich zusammen. »Bitte nicht pinkeln, Baylor.« Normalerweise ist er stubenrein, aber wer weiß, wie Magie auf ihn wirkt? Emotionales Pinkeln ist bestimmt ein Ding.

»Können wir ... äh, den Garten benutzen?«, Eine andere Tür geht knarrend auf, also folge ich dem Geräusch, während Baylor mich in die Küche zieht.

Der Raum ist geräumig, mit hohen Decken und großen Fenstern, durch die Licht strömt. Die Schachbrettfliesen ziehen sich vom Flur weiter. Ein feiner Duft nach Holz und Kräutern liegt in der Luft. Cremefarbene Holzschränke säumen die Wände, die Eichenmaserung noch sichtbar, die Messinggriffe reflektieren das Licht. Ein Porzellanwaschbecken mit altmodischen Messinghähnen thront unter einem Fenster mit Blick in den Garten.

Wir erreichen die Hintertür – sie schwingt auf – und treten hinaus in einen gepflegten Hof, der von Backsteinmauern umschlossen ist.

Ich schaue mich in dem Garten im Landhausstil nach Dingen um, die Baylor zerstören könnte. Keine Plastikstühle, keine Holzzäune, nur solider Backstein, den er nicht anknabbern kann. Auch hier hat der Schutzzauber den Regen ferngehalten, die Steinplatten sind trocken. Baylor kann spielen, ohne sich schmutzig zu machen. Erleichtert atme ich auf.

Die Blumenbeete sind verdächtig kahl: nur dunkle Erde, wo grüne Triebe sein sollten. Ich verenge die Augen und murmele: »Hast du den Garten leergeräumt, bevor wir rausgekommen sind?«

Ein Flirren von Magie in der Luft fühlt sich wie eine Antwort an.

Baylor beobachtet mich, die Ohren gespitzt, der Schwanz wedelt. »Sei brav.« Ich löse die Leine, und er schießt davon, noch voller Energie trotz seines Spaziergangs vor ein paar Stunden. Er schießt in eine entfernte Ecke und schnuppert intensiv. Da wird er eine Weile bleiben. »Wenn er gräbt, nehme ich eine Schaufel und fülle es wieder auf.«

Neben der Hintertür steht ein Metallnapf mit Wasser – offenbar vom Haus bereitgestellt. Ich sehe ihn an, dann die Mauern, fassungslos. »Danke. Das ist sehr aufmerksam.«

Schnell gehe ich zurück durch die Küche, den Flur entlang und hinaus zum Auto. Es wird dauern, alles auszupacken, und ich möchte nicht, dass alles noch nasser wird.

Am Auto angekommen, kurbele ich die Fenster hoch und erstarre – der Beifahrersitz und der Fußraum sind leer.

»Jemand hat alles gestohlen«, murmele ich und suche die Straße ab. Dann sehe ich, dass auch der Kofferraum leer ist. Hat das Haus ...? »Das kann doch nicht möglich sein. Oder?« Meine Augen wandern über die stille Straße und bleiben an einer neuen Besonderheit hängen. Offenbar ist es möglich. Ich schüttele den Kopf, unfähig zu glauben, was ich sehe.

In der Zeit, die es brauchte, Baylor im Garten unterzubringen, hat das Haus irgendwie eine Einfahrt bekommen. Und eine Garage.

Im Vergleich dazu ist das Ausladen nichts.

Ich fahre das Auto auf die neue Einfahrt, schließe es ab und gehe benommen hinein. Nachdem ich Mantel und

Schuhe abgestreift habe, eile ich die Treppe hinauf und stelle fest, dass das Haus tatsächlich alles aus dem Auto genommen und ordentlich verstaut hat.

Es hat alles genau so weggeräumt, wie ich es mag.

Alle meine Kleider sind sauber, trocken und nach Farben geordnet, von groß nach klein, und nach Jahreszeiten sortiert. Es ist mein eigenes kleines, merkwürdiges System.

Das Zaubererhaus hat außerdem mein Make-up und meinen Föhn ersetzt. Sprachlos starre ich darauf. Meine Unterlippe zittert. Ich weine nicht – ganz bestimmt nicht. Ich greife ein Taschentuch vom Schminktisch, tupfe meine Augen ab und putze mir dann die Nase.

»Danke. Das ist wirklich lieb.« Ich klopfe gegen die Wand. »Vielen, vielen Dank.«

Ich sehe im Bad nach. Und tatsächlich: Alles ist an seinem Platz – Haarprodukte, Seife, genau so, wie ich es mag.

»Ich sollte besser nach Baylor sehen.«

Ich gehe zum Garten hinaus, so hastig, dass ich meine Schuhe vergesse, doch die fürsorgliche Magie regt sich erneut, und einen Moment später stehen sie schon an der Tür bereit. Diese Freundlichkeit überwältigt mich. Ein ungewohntes Gefühl. »Nochmals danke.«

Baylor erkundet immer noch. Sein Schwanz wedelt, als er mich entdeckt, und er zeigt ein breites Hundegrinsen.

Ich lehne den Kopf an den Türrahmen, während der Druck in meiner Brust endlich nachlässt. Es ist lange her, dass wir beide einen Grund zum Lächeln hatten.

»Liebst du das Haus und den Garten, Kumpel? Ich auch.«

Kapitel Fünf

Eine Woche später

Ich sitze im Wohnzimmer und schaue zu, wie Baylor mit einem Kissen ringt. Mit einem tiefen, grollenden Knurren robbt er auf dem Bauch über den dunkelgrünen Teppich, die Zähne blitzen, während er nach einer Quaste schnappt.

Das Kissen schießt in die Luft, wirbelt herum, stupst ihn am Hintern, saust vorbei und landet auf der anderen Seite des Raumes.

»Wuff-huff. Pffft«, beschwert sich Baylor, sein Atem kurz und stoßweise. Er bemerkt, dass ich zuschaue, und knurrt erneut.

Ich hebe die Hände zum Schein der Kapitulation. »Hey, schau nicht mich so an. Ich kontrolliere das Haus nicht. Du weißt, dass du nicht auf den Möbeln herumkauen darfst, Kumpel. Das ist nicht erlaubt.«

Ich führe inzwischen Buch: Zaubererhaus zehn, Baylor null.

Ein selbstgemachtes Leckerli materialisiert sich aus dem Nichts und schwebt knapp über ihm. Baylors Nase zuckt. Mit weit aufgerissenen Augen legt er den Kopf schief, starrt es an, während sein Schwanz über den Teppich wischt. Er springt hoch, schnappt danach, doch es hängt zu hoch. Ein klägliches Winseln entweicht ihm.

Das Leckerli bleibt in der Luft.

Baylor schleicht im Kreis darum herum, vorsichtig. Dann, als folge er einem stummen Befehl, setzt er sich. Das Leckerli sinkt, und mit überraschender Sanftheit öffnet er das Maul. Es wird ihm behutsam hineingelegt, und er knabbert es voller Freude, der Schwanz rotiert wie ein Helikopter.

Ein weiteres Leckerli erscheint, und Baylor plumpst auf den Bauch. Noch eins, und er rollt sich glatt auf den Rücken. Ein viertes taucht auf, und er setzt sich kerzengerade hin und reicht die Pfote.

»Was zum ...« Ich starre mit offenem Mund, ungläubig. Ich kann nicht glauben, was ich da sehe. In nur einer Woche von einem Haus dressiert. Ich ... kann es einfach nicht fassen.

Die antike Uhr auf dem Kaminsims schlägt leise und erinnert mich an meine Pflichten. Ich werfe einen Blick auf mein Handy. Der friedliche Morgen ist vorbei, es ist Zeit zu arbeiten. Seit wir hier wohnen, hat Baylor im Grunde einen Vollzeit-Sitter, also kann ich mich darauf konzentrieren, zusätzliches Geld zu verdienen, und mich aus diesem bodenlosen Berg von Rechnungen herauszuarbeiten.

Für Nachtschichten bekommt man als Fahrerin fast das Doppelte, aber sie sind heikel. Menschen bleiben normalerweise nach Einbruch der Dunkelheit drinnen, außer Reichweite der Raubtiere, was Hauslieferungen zu einem großen Geschäft für alle mit entsprechender Lizenz und einwandfreiem, menschlichem Hintergrundcheck macht. Ich weigere mich, nach Einbruch der Dunkelheit zu arbeiten. Aber es ist nicht sicher. Also bleibe ich bei den Tagesjobs.

»Bist du sicher, dass du mit ihm klarkommst?«, frage ich.

Die Wohnzimmertür knarrt zur Antwort.

Ich nehme das als Bestätigung. In den letzten Tagen bin ich sensibler für das Haus geworden, verstehe immer besser, wie es kommuniziert. »Na gut, danke. Ich bin vor Einbruch der Dunkelheit zurück.«

Baylor bemerkt nicht einmal, dass ich mich davonschleiche und ins Auto springe. Ich grinse, als ich eine Lunchbox auf dem Beifahrersitz entdecke, zusammen mit einer Glasflasche Saft. Ein schneller Blick hinein zeigt mir einen Salat – Sellerie, Walnüsse und ein göttlich duftendes Dressing – plus ein Apfel und eine Banane.

Ich bin so dankbar, wie das Haus sich um uns kümmert. Hierherzuziehen war die beste Entscheidung, die ich je getroffen habe.

Ich fahre in die Stadt.

Mit der Zeit habe ich mir einen optimalen Standort erschlossen, ein Einzugsgebiet, das sechs Imbisse, mehrere Büros und eine Ansammlung von Wohnhäusern abdeckt.

Wenn es ruhiger wird, drehe ich eine Runde, und die App versorgt mich mit einem stetigen Strom schneller Aufträge. Bis zur Mittagszeit kommen die Bestellungen herein, heute verspricht ein produktiver Tag zu werden.

Während ich am Abholpunkt auf eine Bestellung warte, huscht ein beschäftigter Kellner vorbei. Er nickt mir zur Begrüßung zu, seine weiße Schürze sitzt etwas schief. Der Laden brummt vor Leben. Ich habe Abholungen hier bisher vermieden, weil es das Lieblingsrestaurant von Jays Mutter ist. Doch heute läuft es schleppend, und ich kann es mir nicht leisten, wählerisch zu sein.

In der Luft liegt der Duft von Knoblauch und herzhaften Gewürzen. Hinter mir erklingen das rhythmische Klirren von Tellern, das sanfte Klimpern von Gläsern und das leise Summen von Gesprächen, durchbrochen von Gelächter.

Eine vertraute Stimme schneidet durch den Lärm. Ich verkrampfe, stöhne und lege den Kopf in den Nacken, während ich still um göttliches Eingreifen bete. Habe ich sie etwa herbeigedacht? Ausgerechnet heute muss sie hier sein. Warum ich?

»Samantha sagte, Peter –«

»Moment mal. Ist das nicht die Frau, die mit deinem Sohn zusammen war?« Die Stimme ihrer Freundin hat den freudigen Tonfall einer, die Klatsch liebt und es genießt, gemein zu sein.

»Ja«, antwortet die Frau. »Das ist die Schlampe, die ihm das Herz gebrochen hat.«

Schlampe? Wen nennt sie hier eine Schlampe? Abgesehen von meinen Gesprächen mit Amy habe ich nie ein schlechtes Wort über Jay verloren, aber es wird immer schwerer, den Mund zu halten.

»Diejenige, die Geld von euren Firmenkonten veruntreut hat?«

Ach, geht das schon wieder los.

Ich drehe mich zu ihnen, halte die Arme bewusst locker an den Seiten. Am liebsten würde ich sie verschränken, aber ich weigere mich, dieser Regung nachzugeben. Körpersprache ist in dieser Situation alles, und ich will nicht, dass sie denkt, sie könne mich einschüchtern oder mir Angst machen. Ich setze meine beste ausdruckslose Miene auf.

»Ja, das ist sie«, faucht sie. Ihre blauen Augen – die Jays so ähnlich sind – verengen sich voller Verachtung, während sie mich mustert. Mit einem spöttischen Blick streift sie meine legere Kleidung, ihre Lippen kräuseln sich vor Abscheu. Mein Outfit kann mit ihrem makellosen Designeranzug und den perfekt frisierten grauen Haaren nicht mithalten.

Der Drang, mich ihr gegenüber zu verteidigen, ist fast überwältigend. *Komm schon, Fred, du musst nicht mehr höflich sein.* »Verleumdest du mich immer noch, Theresa?« Die Worte rutschen mir heraus, ehe ich sie stoppen kann.

»Verleumdung? Es ist keine Verleumdung, wenn es wahr ist.«

»Ist es wahr?«, fordere ich heraus. »Wo sind deine Beweise?« Ich hebe die Hände, lege die Handgelenke aneinander, als trüge ich Handschellen. »Wo ist die Polizei? Wenn ich eine Diebin wäre, müsste ich längst verhaftet sein. Niemand klopft an meine Tür, weil es nicht wahr ist. Du bist eine Lügnerin.«

»Was Jay nur je in dir gesehen hat, klein, dick –«

Ich höre nicht weiter zu. Früher, als ich jünger war, hätte ihr Gift mich zerstört. Aber ich bin nicht mehr diese naive Frau.

Jahre, in denen ich ihre scharfe Zunge ertragen musste, haben mich abgehärtet, und heute weiß ich, wer ich bin. Mein Selbstwertgefühl wackelt manchmal noch, aber ich kenne meinen Wert. Jemand wie sie, die es akzeptabel findet, andere wegen ihres Körpers zu beschimpfen, zu lügen und die Karriere eines Menschen zu sabotieren, nur weil dieser ihren Sohn verlassen hat, wird das niemals verstehen.

Ihre Grausamkeit entspringt Schwäche, nicht Stärke.

Ich richte mich etwas mehr auf, als würde eine Stahlstange meine Wirbelsäule stützen. Obwohl sie größer ist, neige ich den Kopf so, dass ich auf sie herabblicke, und höre wieder hin.

»Ich bin so froh, dass Jay dich nicht geheiratet hat.« Sie wendet sich ihrer Freundin zu und schnaubt. »Kannst du dir vorstellen, dass sie Teil unserer Familie wäre? Um Himmels willen. Melissa, seine Verlobte, ist ihm so viel ebenbürtiger – sie hat einen Abschluss. Sie ist klug.«

Ich habe einen Abschluss. Ich bin klug.

Sie muss enttäuscht sein, dass ich nicht so reagiere, wie sie es sich erhofft. Von der Hochzeit ihres kostbaren Sohnes weiß ich ohnehin schon.

»Und Melissa ist ein wahres Wunder. Sie sind seit

einem Jahr zusammen, und er weiß, dass sie die Richtige ist –«

Ich erstarre. Was? Ein Jahr?

Sie sind seit einem Jahr zusammen?

Aber ... aber ich habe ihn erst vor knapp fünf Monaten verlassen. Er hat mich betrogen? Nein – das kann nicht stimmen.

Komm schon, Fred, sei nicht so naiv. Natürlich hat er! Er ist ein vierundvierzigjähriges, verzogenes Kind, das will, was es will, wann es es will. *Du bist jetzt wohl nicht mehr so aufmerksam, oder?*, höhnt meine innere Stimme. Was Jay betrifft, habe ich vor Jahren aufgehört, auf meine schreiende innere Stimme zu hören. Ich dachte, ich sei scharfsinnig, glaubte sogar, ich hätte eine übernatürliche Gabe. Eine Gabe? Was für ein Witz. Es ist nichts Besonderes an mir.

Mit wie vielen anderen Frauen hat er mich noch betrogen?

Alles verschwimmt um mich herum. Meine Ohren und meine Nase fühlen sich verstopft an. Das Gewicht ihrer Worte erdrückt meine Brust, und die Welt verzerrt sich, als wäre ich auf dem Grund eines Schwimmbeckens.

Nicht weinen. Nicht weinen. Bitte weine nicht vor dieser Frau.

»Nach allem, was ich für ihn getan habe«, murmele ich. »Ich hätte nicht gedacht, dass er mich betrügt.«

»Wie bitte?« Jays Mutter faucht. »Betrügen? Wie kann man einen Platzhalter betrügen?«

Autsch.

»Wage es ja nicht, über meinen Sohn zu reden.« Sie schreitet vor, die Absätze klacken auf den Fliesen. Mit einem spitzen Nagel stößt sie mir gegen das Brustbein.

»Du.« *Piks.* »Bist.« *Piks.* »Nutzlos.« *Piks.* »Eine Schande.« *Piks.* »Nicht gut genug für meinen Sohn.« *Piks.* »Natürlich hat er dich ersetzt. Wie nennt man das noch, Margaret?« Sie wirft ihrer Freundin einen Blick zu, die uns nur mit offenem Mund anstarrt.

»Genau«, fährt Theresa fort. »Beziehungshopping, so heißt das. Zu meiner Zeit hatten wir dafür keine Worte, aber jetzt ist es überall. Er hat sich dich warmgehalten, während er seine neue Verlobte ausprobiert hat.« Sie lächelt kalt. »Die beste Entscheidung, die er je getroffen hat, war, dich loszuwerden.«

»Ich habe ihn verlassen«, sage ich leise, meine Stimme schwer von der Last. Dort, wo sie mich gestoßen hat, pocht es scharf. Als sie mich erneut piekst, schlage ich ihre Hand weg. Ich reibe mir die Brust, plötzlich wütend. »Fass. Mich. Nicht. An.«

Hinter dem Tresen wird meine Bestellung aufgerufen. Ich wende mich ab, greife die Tüte mit einem »Danke« und verschwinde so schnell wie möglich. Ich habe einen Job zu erledigen. Dank ihr sitze ich nicht in einem schicken Büro, wo ich die Arbeit mache, für die ich ausgebildet wurde. Aber verdammt noch mal, ich lasse nicht zu, dass sie mir diesen Job auch noch nimmt.

»Wage es ja nicht, mich stehen zu lassen!«, kreischt Theresa.

Ich beachte sie nicht und gehe einfach weiter. Ihre Stimme wird lauter hinter mir, aber ich höre nicht mehr zu. Ich verlasse das Restaurant durch die Seitentür, eile zu meinem Auto und fahre wie in Trance los, um die Bestellung abzuliefern.

Ich bin so enttäuscht von mir selbst, dass ich mich von

Theresa aus der Fassung bringen lassen habe. Keine Ahnung, warum mir die Meinung dieser Frau überhaupt wichtig ist. Ich hätte mich nicht darauf einlassen sollen und sie ignorieren sollen. Das ist meine Schuld.

Warum können Jay und seine schreckliche Mutter nicht aus meinem Leben verschwinden?

Als Kind habe ich einmal gelesen, dass es doppelt so lange dauert, über jemanden hinwegzukommen, wie die Beziehung gedauert hat. Ich will nicht die nächsten zwanzig Jahre an Jay denken. Eigentlich will ich überhaupt nicht mehr an ihn denken – nicht in zwanzig Jahren, nicht in zwanzig Minuten. Keinen Gedanken werde ich mehr an diesen Mann verschwenden.

Vielleicht lügt Theresa, aber was, wenn nicht? Was, wenn er mich wirklich betrogen hat? Ich konnte nie verstehen, wie Jay nach nur zwei Monaten einer anderen Frau einen Antrag machen konnte, aber jetzt ... Ja, so ergibt das mehr Sinn.

Amy hat immer gesagt, Jay sei ein narzisstisches Arschloch.

Ich könnte Stunden damit verschwenden, zu analysieren, was in diesem Mann vorgeht, aber am Ende ist es sinnlos. Alles, was ich tun kann, ist, ihn an seinen Taten zu messen und daran, wie sie mich fühlen lassen. Und die Wahrheit ist: Ich mag die Person nicht, die ich in seiner Gegenwart und in der seiner Familie bin.

Und ich muss aufhören, diesen Menschen Macht über mich zu geben.

Was auch immer sie denken oder fühlen, es hat nichts mit mir zu tun.

Meine Hände umklammern das Lenkrad, die Knöchel

werden weiß, während ich fahre. Nachdem die Lieferung erledigt ist, nehme ich gedankenlos den nächsten Auftrag an, ohne auch nur hinzusehen.

Ein Teil von mir will die Hochzeitseinladung mit *Ja* beantworten, hingehen und zusehen, wie er sie heiratet. Wie er Melissa heiratet. Vielleicht würde mir das das geben, was ich brauche, um wirklich loszulassen. Heilung, Abschluss und die Erleichterung zu wissen, dass Jay und seine Mutter offiziell das Problem einer anderen sind.

Ich tippe die Adresse der nächsten Lieferung ins Navi ein – und merke, dass ich einen *riesigen* Fehler gemacht habe.

Es geht in den Vampirsektor.

Mir wird schlecht. »Ach, verdammt nochmal.« Ich schlage die Hand gegen das Armaturenbrett, hart genug, dass meine Handfläche brennt. Warum habe ich das getan? Warum habe ich die Lieferung angenommen, ohne hinzusehen? Ich kann nicht glauben, dass ich einen Auftrag für den Vampirsektor angenommen habe. »Fred, Dinge passieren aus einem Grund«, murmele ich, versuche, mich selbst zu überzeugen, dass alles gut wird.

Ich blicke aus dem Fenster.

Die Sonne scheint.

Was könnte schon schiefgehen? Außerdem sind es noch drei Stunden bis zum Einbruch der Dunkelheit. Ich habe genug Zeit, hin und zurückzukommen. Es wird schon gutgehen. Vampire sind tagsüber tot, und ihre Jungvampire, Versklavten und Blutspender müssen trotzdem normales Essen bekommen.

Immerhin ist die Fahrt lang, was bedeutet, dass die Liefergebühr riesig sein wird. Ich werfe einen Blick auf die

Karte auf meinem Handy. Der Ort liegt nah an der Grenze, direkt am Rand. Ein schneller Abstecher. Und er liegt in der Nähe des Zaubererhauses. Sobald ich fertig bin, kann ich nach Hause fahren.

Ja. Es wird schon gutgehen.

Kapitel Sechs

Eine Vampirlieferung an einem beliebigen Freitagabend. Großartig. Ich kann nicht glauben, dass ich das wirklich mache – aber den Auftrag zu stornieren, würde sich in meiner Akte niederschlagen, und dieses Risiko kann ich mir nicht leisten. Ich brauche diesen Job und darf kein Öl ins Feuer gießen – wenn Theresa jemals herausfindet, wo ich arbeite, wird sie mich melden.

Es würde mich nicht überraschen – sich einzumischen ist schließlich ihr Lieblingshobby. Eine gezielte Frage an das Personal im Restaurant würde sofort verraten, dass ich Fahrerin und keine Kundin bin. Ich muss absolut makellos bleiben, also darf ich diesen Job nicht ablehnen.

Ich hole die Bestellung von einem gehobenen Restaurant ab – wahrscheinlich die teuerste Lieferung, die ich je machen werde. Ein Stillstandzauber hält das Essen kochend heiß, als wäre es gerade erst aus der Küche gekommen. Wenigstens muss ich mir keine Sorgen machen, dass das Essen kalt wird. Eine wirklich teure Lieferung.

Um meine Nerven zu beruhigen, starte ich einen Motivationspodcast. Ich höre aufmerksam zu, nicke im Takt zur sanften Stimme der Podcasterin, die mich daran erinnert, mein Schicksal selbst in die Hand zu nehmen. Dreißig Minuten später – und nachdem ich gelernt habe, meiner fiesen inneren Stimme einen Namen zu geben – fahre ich an der Abzweigung nach Hause vorbei.

Kurz darauf erhebt sich ein riesiges Schild über den Fahrspuren: **ACHTUNG: SIE BETRETEN DEN VAMPIRSEKTOR.**

Mein Herz setzt einen Schlag aus, und sofort schalte ich den Podcast aus, um mich zu konzentrieren. Anders als im Wandlersektor im Norden und im Magiesektor im Südwesten gibt es hier keine hohen Mauern oder imposanten Barrikaden. Die Straße verbreitert sich zu spurähnlichen Durchfahrten wie an einer Mautstelle, jede mit einem leeren Häuschen versehen. Ein grünes Licht signalisiert mir, dass ich weiterfahren darf – Menschen, die den Vampirsektor betreten, brauchen keine Papiere.

Die Gegenfahrbahn ist eine ganz andere Sache, dort reihen sich Wachen und Ausweiskontrollen. Als lizenzierte Lieferfahrerin kann ich dank des elektronischen Chips am Wagen auf dem Rückweg die Schlange überspringen.

Der Grenzübergang liegt jetzt still da, kurz vor Sonnenuntergang wird er voller Verkehr sein. Ein Blick auf die Uhr verrät mir, dass mir noch etwas mehr als zwei Stunden Tageslicht bleiben. Mehr als genug.

Hinter mir schrumpft die Kontrollstelle, und der

Asphalt wird seidig glatt. An jedem Gebäude glitzern die Fenster mit UV-blockierendem Glas. Alles wirkt hier glänzender, fast zu makellos. Je weiter ich fahre, desto größer werden die Anwesen, und der Reichtum ihrer Besitzer ist nicht zu übersehen.

Vampire sind territorial, sie brauchen Platz für ihre »Familie«. Sie leben in kleinen Gruppen, sogenannten Clans, die jeweils aus einem Meistervampir, niederen Vampiren, Jungvampire, Versklavten, Blutspendern und Tageswachen bestehen. Einem Clan zu dienen ist – so behaupten sie – eine Ehre.

Eine Ehre, einem Leichnam zu dienen.

Vampire sind die unheimlichsten aller Derivate. Der Vampirstrang der DNA aktiviert sich erst, wenn sein Wirt den letzten Atemzug getan hat. Nur der Tod erweckt die wahre Magie in ihrem Blut. Wiederbelebt, bleiben sie unverweste, doch eindeutig Tote, deren Existenz sich um ein unstillbares Bedürfnis nach dem Blut der Lebenden dreht.

Sie sind Parasiten. Parasiten, die rechtlich immer noch als Menschen gelten. *Menschen.* Sie haben für diese Bezeichnung gekämpft – und wer würde es wagen, einer Tötungsmaschine den Status abzusprechen?

Doch allmächtig sind sie nicht. Bei Sonnenaufgang kippt etwas in ihrer Magie, raubt ihnen die Kraft und macht sie bis zum Einbruch der Nacht bewegungslos. Vielleicht lädt sie das Tageslicht auch wieder auf – eine Kraft, die ihre Körper nicht ertragen können –, sodass die Magie in ihrem Blut sie abschaltet, wie ein ferngesteuertes Auto, dessen Batterie leer ist. Das bedeutet auch, dass direktes Sonnenlicht tödlich ist.

Jungvampire sind lebende Vampire, die noch auf ihren Tod warten. Sie sind kaum mehr als leicht verbesserte Menschen – schärfere Sinne, größere Geschwindigkeit – aber nichts Außergewöhnliches. Ich bin mir nicht einmal sicher, ob sie Blut trinken. Sie altern und zeigen eine gewisse Lichtempfindlichkeit, doch sobald sie sterben und ihre vampirischen Kräfte erwachen, stellt die Magie sie auf ihr biologisches Idealalter zurück. Perfekt, um Beute zu jagen.

Versklavte sind Langzeit-Blutspender und Diener. Sie beginnen als Menschen mit geringen Spuren von Vampir-DNA, doch jahrelange rituelle Aderlässe und Blutmagie verändern sie. Regelmäßige Fütterungen – sowohl das Geben als auch das Empfangen des Blutes ihres Erzeugers – wandeln ihre Chemie, bis sie halb Mensch, halb Vampir sind.

Ein Versklavter überlebt einzig nach dem Willen seines Vampirs. Nach allem, was ich gelesen habe, besitzen sie keinen freien Willen und müssen regelmäßig mit dem Blut ihres Meisters versorgt werden, nur um weiterzuleben.

Ein Straßenschild ruft mir ins Gedächtnis: Irgendwo weiter vorn steht ein Schloss, Residenz des Großmeisters des Vampirrats, des Gebieters des Sektors – manche sagen, der ganzen Welt.

Ein Schloss, wie originell. Pünktlich wie bestellt tauchen schmiedeeiserne Tore auf, die in einen baumbestandenen Tunnel führen, flankiert von mehr bewaffneten Wachen, als ich an der Grenze gesehen habe.

Ja, Vampire sind Furcht einflößend.

Der Verkehr wird dichter. Fußgänger drängen sich in dicken Mänteln zusammen, trotz des warmen Abends. Ihre leeren Blicke lassen mir eine Gänsehaut über den Rücken laufen. Vornehme Läden, Bäume und leuchtende Blumenbeete rahmen die Gehwege ein wie in einem Hochglanzprospekt. Zur Linken glitzert ein See mit einer gepflegten Joggingstrecke, während zur Rechten elegante Wohnblöcke in die Höhe ragen.

Als die Gebäude enger zusammenrücken, schrumpfen die Häuser – noch immer makellos, aber bescheidener im Vergleich. Mein Navi meldet sich, ich setze den Blinker und biege in die Lieferstraße ein. Jeder Garten ist bis ins kleinste Detail gepflegt. Bei einem Haus steht das Seitentor offen, es klappert im Wind an den Scharnieren. Durch den Spalt sehe ich eine riesige Mülltonne, wie man sie sonst nur bei Restaurants oder Firmen sieht. Wozu braucht ein Privathaushalt ein Monsterding wie das?

Ich fahre langsam bis zur Adresse, stelle den Wagen am Bordstein ab, der Motor tickt nach. Das Haus hat eine wunderschöne Eichenveranda. Die Balken sind dick – wahrscheinlich so dick wie mein Oberschenkel – und vermutlich handgefertigt. Es ist wirklich hübsch, mit blauen Blumen, die sich darumwinden, und einer Haustür in einem fröhlichen Gelb.

Ich greife nach der Tüte und jogge den Weg hinauf. Ein schnelles Foto der gelben Tür beweist die Lieferung. Noch bevor ich klopfen kann, fliegt die Tür auf.

»Guten Tag.« Ich vermeide Blickkontakt – zu sehr bin ich damit beschäftigt, mit der App herumzufummeln. *Warum lädt das Foto nicht hoch?*

»Schön, dass Sie es auch mal schaffen. Warum hat das so lange gedauert?«, knurrt ein Mann.

»Es tut mir leid, Sir«, erwidere ich freundlich, professionell. Mit jemandem, der *hangry* ist, streite ich mich nicht. »Das Restaurant liegt auf der anderen Seite der Grenze. Vierzig Minuten Fahrt. Aber bitte machen Sie sich keine Sorgen, das Essen steht unter einem Stillstandzauber, es ist noch kochend heiß.« Endlich lädt das Foto hoch, dann sehe ich auf – und vergesse fast zu atmen.

Mein Lächeln verschwindet und ich starre ihn fassungslos an.

Beide Hände gegen den Türrahmen gestemmt, Schultern angespannt in stummer Herausforderung. Er trägt ein schwarzes T-Shirt, das die Muskeln darunter andeutet. Tiefer unten füllen seine kräftigen Oberschenkel die Jeans, kunstvoll an den Knien aufgerissen, und schwarze Lederstiefel runden das Ganze ab – ein einziger »Ich-kann-dich-mühelos-umbringen«-Vibe. Er ist so gewaltig, dass er die Türöffnung komplett ausfüllt. Würde er sich ganz aufrichten, würde er den Türsturz überragen.

Er räuspert sich, und ich zwinge meinen Blick zurück zu ihm.

Violettgraue Augen, ein silberner Ring durch die Unterlippe. Auf einer Seite fällt glattes, rabenschwarzes Haar über die Schulter. Die andere ist rasiert und mit kunstvollen Spiralen tätowiert, die sich über die Kopfhaut ziehen, hinter dem Ohr verschwinden und den Hals hinabwandern, den muskulösen Arm und die Hand umschlingen – ein atemberaubendes Muster.

In einer Welt, die besessen ist von Konformität, ist er die Verkörperung der Rebellion.

Der Mann ist … großartig.

Ich lache innerlich über mich. *Großartig? Wirklich? Du*

bist so ein Freak. Reiß dich zusammen, Winifred. Er ist viel zu jung.

Er verzieht das Gesicht. Er ist wütend. Und ziemlich unheimlich.

Ist er ein Versklavter oder nur ein Blutspender? Ich sehe keine Bisswunden, und ich kann mir nicht vorstellen, dass er sich freiwillig als Nahrung hergibt. Er ist bei Tageslicht aktiv, also kein voller Vampir, doch das Haus hinter ihm liegt im Dunkeln, und er achtet darauf, keinen Schritt in die Sonne zu tun.

Also ein Jungvampir.

Die Tüte wird mir aus der Hand gerissen. »Kein Trinkgeld«, knurrt er.

Das Gift in seiner Stimme reißt mich aus meiner Trance. Ich senke den Blick und zucke mit den Schultern. Was soll ich darauf sagen? »Danke.« Für die Lieferung wurde ich gut bezahlt – ein Lächeln käme nur herablassend rüber.

Ich nicke respektvoll. »Trinkgeld ist nicht verpflichtend, Sir. Guten Appetit.«

»Was auch immer.« Seine Unterarme spannen sich an, als er zurücktritt und mit einem Tritt die Tür zuknallt.

Wow. Beinahe hätte er mir die Nase abgerissen.

Ich drehe mich auf dem Absatz um und haste zum Auto zurück. Schön, Furcht einflößend – und unhöflich. Hoffentlich reicht er keine Beschwerde ein. Am Ende der Straße spüre ich einen fast unwiderstehlichen Drang nach links zu gehen, hin zu dem Themenrestaurant, in dem Amy und Max ihre letzte Mahlzeit gegessen haben.

Ich muss es sehen.

Wochenlang habe ich mir Onlinekarten angesehen, die Street-View-Bilder obsessiv studiert, zu verängstigt, um selbst einen Fuß in den Vampirsektor zu setzen. Doch jetzt, da ich hier bin, ist der Drang, es mit eigenen Augen zu sehen, überwältigend.

Laut den Nachrichten stand ihr Wagen noch auf dem Restaurantparkplatz, als ihre Leichen Kilometer entfernt gefunden wurden. Das Restaurant behauptet, sie seien allein gegangen, und die Polizei stimmt zu – und doch wirkt etwas an dieser Geschichte falsch.

Es dauert nur fünf Minuten, rede ich mir ein, *nur ein kurzer Blick*. Doch der Sonnenuntergang ist nur noch eine Stunde und fünfunddreißig Minuten entfernt, und ich kann es mir nicht leisten, so knapp zu kalkulieren. Ich kenne weder die Gegend noch ihre Leute.

Daher zwinge ich mich, nach rechts abzubiegen.

Schon während ich davonfahre, schmerzen meine Gedanken vor dem Wissen, dass die Antworten, die ich suche, direkt hinter mir liegen. Aber immerhin war ich hier, habe die Lieferung gemacht und mich relativ sicher gefühlt. Ich kann zurückkehren, wenn die Zeit reif ist.

Der Kontrollpunkt erscheint. Mein Tag piept, das Licht springt auf Grün, und ich rolle ohne anzuhalten hindurch. Sobald die Reifen meines Wagens den Menschensektor erreichen, überflutet mich Erleichterung.

Fünf Minuten später trete ich durch die Haustür, wo mir ein reichhaltiger, herzhafter Duft aus der Küche entgegenweht. Mein Magen knurrt.

»Hallo, Schatz, ich bin daheim«, rufe ich, und die Magie des Hauses streift meine Wange wie eine Begrüßung.

Wie sehr wünschte ich, ich wäre eine Magierin. Ich vermute, das Haus würde mit einem echten Magienutzer pausenlos plappern.

Gerade als ich die Schuhe ausziehe, kracht die Hintertür, und Baylor schießt aus dem Garten herein, Krallen rutschen über den Boden. »Hey, Kumpel. Hattest du einen guten Tag? Warst du brav? Ich hab dich vermisst, ja, das hab ich.« Ich wappne mich, meine Knie bekommen die volle Wucht seines Frontalangriffs ab, und während er sich windet, vergrabe ich die Finger in seinem dichten, rauchgrauen Fellkragen. »Was für ein braver Junge.« Seine Augen schließen sich halb vor Glück.

Seit wir hier wohnen, ist er ausgelassener, fast wieder wie ein Welpe, und es macht mir nichts aus, dass er das Haus mehr liebt als mich.

Die Tür zum Esszimmer knarrt.

»Das Abendessen ist fertig? Großartig – einen Moment noch.« Ich husche in die Küche, wasche mir die Hände und eile ins Esszimmer.

Am fernen Ende des langen Mahagonitisches ist ein Platz gedeckt. Mit einem höflichen Scharren schiebt sich ein Stuhl mit hoher Lehne zurück, der stille Jungvampire des Hauses. Heute Abend gibt es wieder gesundes Essen: perfekt rosa gegarter Lachs, Frühkartoffeln, Spargel. Herrlich.

»Danke, das sieht fantastisch aus.« Ein grauer Fellblitz huscht am Rand meines Blickfeldes. »Baylor, nein!«, Der schamlose Schmarotzer stürzt sich auf den Teller, nur um prompt vom Boden zu schweben. Prustend sehe ich zu, wie er durch das Esszimmer zurück in die Halle driftet. Pfoten trampeln in der Luft, bis das Haus ihn direkt vor der nun gesicherten Schwelle absetzt.

Er klappt mit einem theatralischen Winseln zusammen, die Nase Millimeter vom Bann entfernt, Sabber tropft auf die Fliesen.

Ich lache. »Gute Rettung«, sage ich zum Haus, während ich mich über den Teller hermache. »Ich hoffe, er war heute nicht zu anstrengend. Danke, dass du wieder auf ihn aufgepasst hast.«

Beim Essen erzähle ich von meinem Tag, inklusive Theresas Theatralik. Mein Wasserglas bebt vor Missfallen. »Ich weiß, sie ist furchtbar. Jay hat mir im Grunde einen Gefallen getan. Schon seltsam, wie die schlimmsten Momente uns auf den richtigen Weg bringen. Das Schicksal hat einen verdrehten Sinn für Humor. Seine arme Verlobte Melissa wird nicht wissen, was sie getroffen hat. Ich bin dankbar, dass ich keine weitere Sekunde mehr mit Theresa ertragen muss.«

Mit einem leisen *Plopp* erscheint neben meiner Gabel Jays Hochzeitseinladung. Elfenbeinfarbene Spitze, Goldfolie, absurd dicke Pappe.

Oh nein.

»Im Ernst?«, murmele ich. »Soll ich jetzt mit *Nein* antworten? Kann ich nicht einfach so tun, als wäre sie nie angekommen?« Ich schiebe die Einladung beiseite.

Ein Stift erscheint.

Stöhnend reibe ich mir mit der Hand über das Gesicht. Das Zaubererhaus ist so herrisch. »Wahrscheinlich hat er mir das geschickt, um gemein zu sein, oder als Warnung. ›Du bist gegangen, schau, was ich erreicht habe.‹ Das Ganze fühlt sich wie eine Strafe an. Wenn ich antworte, tappe ich dann nicht genau in die Falle?«

Seine Motive zu erraten, ist sinnlos. Es ging nie um mich, es ging immer nur um ihn.

Ich weiß, dass das Haus recht hat, und ich weiß, dass ich diese ganze Jay-Saga endlich beenden muss. Ich nehme den Stift. Am liebsten würde ich so fest in die Karte ritzen, dass ein Loch zurückbleibt. Stattdessen markiere ich sorgfältig das Kästchen, das besagt, dass ich die Einladung leider ablehne. »Ich schätze, das bringe ich am Montag zur Post«, knurre ich.

Die Einladung und der Stift verschwinden im selben Augenblick.

»Du kannst sie verschicken?« Die Schublade des Mahagonisideboards klappert zur Bestätigung. »Oh. Okay, na ja, danke.« Ich habe keine Ahnung, wie weit die Macht des Zaubererhauses reicht. Schon der bloße Gedanke daran macht mir Kopfschmerzen – seine Fähigkeiten sind erstaunlich.

»Nachdem ich diese Begegnung mit Theresa hatte, habe ich eine Lieferung angenommen, ohne hinzuschauen, und bin im Vampirsektor gelandet«, gestehe ich. Der ganze Tisch rüttelt. »Es war okay, mir geht's gut, ich habe schon schlimmere gruselige Orte auf der anderen Seite der Stadt gesehen. Der Vampirsektor ist zumindest tagsüber nicht so schlimm, wie ich dachte.« Ich knabbere an einem Spargel. »Ich wollte zum Restaurant – zu dem, in dem Amy und Max waren, bevor sie ermordet wurden –, um ein paar Fragen zu stellen.«

Eine Gabel erscheint aus dem Nichts und piekst mir in die Hand.

»Hey, autsch, keine Waffen nötig. Ich bin nicht hingegangen. Es war zu nah an der Dämmerung. Aber ich wollte. Ich will wieder hin. Es erscheint mir einfach dumm, jedes Mal bis in die Stadt zu fahren, wo der Vampirsektor praktisch im eigenen Hinterhof liegt. Ich glaube, ich werde morgen zurückgehen, in der Gegend arbeiten und ein bisschen herumschnüffeln.«

Ich ziehe meine Hand zurück, als die Gabel wieder nach mir sticht. Innerlich muss ich schmunzeln – das Haus versucht, mich zu erziehen, so wie es Baylor erzieht.

»Ich werde vorsichtig sein, das verspreche ich. Ich will nur ... Ich weiß auch nicht. Ich weiß nicht, was ich tun kann. Ich bin ein kleines Rädchen in einer riesigen Maschine, und es gibt nichts, was ich tun kann. Nicht gegen Vampire, das weiß ich, aber für meinen eigenen Seelenfrieden muss ich es wenigstens versuchen.«

Die Gabel wackelt, ich schlage meine Hand darauf und drücke sie gegen den Tisch.

»Ich weiß, ich weiß. Ja. Es ist dumm, ich werde nicht hingehen.« Das ist eine Lüge. Ich schnappe mir die widerspenstige Gabel und meinen leeren Teller, um sie in die Küche zu tragen, aber bevor ich mich bewegen kann, verschwinden beide aus meinen Händen – das Haus will nicht, dass ich den Abwasch mache. Ich weiß, dass sie später wieder an ihren Platz zurückkehren werden, gespült und ordentlich verstaut.

Ich muss nie einen Finger rühren, um zu putzen; das Haus erledigt alles. Jede Oberfläche bleibt makellos, und meine Kleidung taucht wieder im Schrank auf – gewaschen, gefaltet und gebügelt. Ich liebe es.

Amy hätte es gehasst. Ich lächle, obwohl der Gedanke schmerzt. Ihre Erinnerung lebendig zu halten, ist wichtig. Ich muss an sie denken, denn solange ich das tue, ist sie nicht wirklich weg. Man kann nicht wirklich tot sein, solange man nicht vergessen wird.

Amy war eine emotionale Putzfee. Wann immer sie

traurig war, hat sie geputzt. Wütend? Sie hat geputzt. Glücklich? Genau, sie hat geputzt.

Ich kann mir fast die Schlachten vorstellen, die sie gegen ein Haus geführt hätte, das sich selbst sauber macht: die Hausarbeitskriege.

»Hast du Lust auf einen Film?«

Der Fernseher im Wohnzimmer springt an, und der Duft von Popcorn zieht herüber. Filmabend also.

KAPITEL SIEBEN

ICH HATTE RECHT DAMIT, im Vampirsektor zu arbeiten: Fast keine Menschen liefern hier Essen, und die Gebühren – selbst tagsüber – sind fast doppelt so hoch wie das, was ich jenseits der Grenze verdiene. Warum sollte ich also nicht hier arbeiten? Weniger Zeit auf der Straße, weniger Sprit, mehr Geld. Kinderleicht.

Heute Morgen bin ich statt Richtung Stadt direkt zu den Vampiren gefahren.

Jetzt stehe ich vor *One Bite Won't Hurt*, dem Themenbistro, in dem Amy und Max ihre letzte Mahlzeit hatten. Gänsehaut überzieht meine Arme. Von außen wirkt es eher wie ein Spukhaus als wie ein Gourmetrestaurant, doch das neonfarbene OPEN-Schild leuchtet hell und hält damit das Versprechen der Website von einem 24-Stunden-Service.

Nach einem langen Spaziergang, um Baylor vor der

Arbeit müde zu machen, habe ich das Frühstück ausgelassen, und so gegen elf fühlt sich eine Mahlzeit gerechtfertigt an. Und wenn ich nebenbei ein kurzes Gespräch mit dem Personal über einen sehr öffentlichen Mord führe, ist das doch völlig normal. Oder?

Ich hole tief Luft, wische mir die feuchten Handflächen an der Jeans ab und zupfe an meinem neu ernannten Vampirjäger-Shirt – in Wirklichkeit nur ein schwarzes, schweißableitendes Sportshirt mit langen Ärmeln und hohem Kragen, das sich eng um meinen Hals legt. Stoff am Hals fühlt sich sicherer an – wer weiß, ob Vampire freie Kehlen so genau begutachten wie Schokoholiker ein Stück Kuchen.

Nicht, dass ich vorhätte, überhaupt Vampire zu treffen.

Die Glocke über der Tür kichert wie ein Halloween-Spielzeug, und ich zucke zusammen. Vor mir thront ein Empfangstisch in Form verchromter Reißzähne, und dahinter steht das Prunkstück des Raumes: ein falscher Blutbrunnen.

Eine Wand aus purpurfarbener Flüssigkeit rinnt über glattes Glas und wird von hinten beleuchtet, sodass sie wie eine pulsierende Ader wirkt. Das sanfte, rhythmische Tropfen in das flache Becken darunter ist seltsam beruhigend. Für einen Moment verdichtet ein Zauber die Luft mit einem schwachen metallischen Geruch, künstlich und doch beunruhigend echt, bevor der Duft wieder verfliegt.

Samtvorhänge und mit Spinnweben bedeckte Kronleuchter runden den Kitsch ab. Online-Fotos haben nie eingefangen, wie konsequent das Ganze ist. Amy, die Horrorfanatikerin, hat es vermutlich geliebt.

Eine Angestellte rauscht herbei, der Umhang schwingt,

Plastikzähne verzerren ihr Lächeln. Der gleiche stumpfe Schleier, den ich gestern schon bei anderen bemerkt habe, trübt ihre Augen. Sie sieht erschöpft aus. Vielleicht zermürbt das Leben hier wirklich die Menschen. Ich sollte heimfahren – Geld ist nicht alles –, aber die Wahrheit ist wichtiger als Bequemlichkeit.

»Guten Morgen. Willkommen bei *One Bite Won't Hurt*«, lispelt sie mit ihren Reißzähnen. »Ein Tisch für eine Person?«

»Ja, bitte. Servieren Sie noch Frühstück?«

»Natürlich. Kommen Sie mit.« Sie führt mich zu einem Tisch ganz hinten – perfekt, um den Raum zu beobachten – und reicht mir dann die Speisekarte.

Als sie zurückkommt, bestelle ich das Frühstücksspezial.

Der Teller ist pure Theaterkunst: scharlachrote Bohnen, ein Ei in Form von Reißzähnen, Würstchen wie Pflöcke, und ein Haufen knuspriger Speckflügel. Alles nur Gimmick – aber perfekt zubereitet.

Während ich esse, mustere ich die anderen Gäste. Ein älteres Paar – Mitte siebzig vielleicht – sitzt Hand in Hand da und kichert über ihre Teller. Zum Dahinschmelzen. Der Anblick zaubert mir ein Lächeln ins Gesicht.

Die Kellnerin schaut nach ihnen und wendet sich dann mir zu. Mein Magen zieht sich zusammen. Dies ist die perfekte Gelegenheit, meine Fragen zu stellen – aber soll ich einfach damit herausplatzen oder subtiler vorgehen?

Sie bleibt neben meinem Tisch stehen. »Schmeckt es?«

»Sehr, danke.« Ich räuspere mich. »Hätten Sie kurz Zeit für ein paar Fragen?« Ich werfe mein Haar zurück und spiele die zerstreute Blondine.

Sie verschränkt die Arme, blickt sich um. »Klar. Was ist los?«

»Ich bin Lieferfahrerin aus dem Menschensektor.« Ich deute mit dem Daumen Richtung Grenze. »Ich hatte hier eine Zustellung und finde die Gegend schön. Würden Sie empfehlen, hier zu leben? Ist es sicher?«

Sie atmet aus. »Ziemlich sicher, nur nachts nicht rumstreunen, aber das ist normal.« Ihr Lachen klingt brüchig.

»Muss man zu einem Clan gehören, um hier zu arbeiten?«

»Ja. Abgesehen von Jobs wie Ihrem gehört alles den Clans«, sagt sie. »Große Firmen, kleine Läden, dieses Restaurant.«

»Ach wirklich. Welcher Clan besitzt es?«

»Clan Nocturna. Ich gehöre zur Familie.«

»Wie tritt man bei?«

»Sie sehen aus wie der Typ, den die Vamps lieben würden.« Sie zögert. »Sie bräuchten das Sponsoring eines Vampirs, und die meisten Clans nehmen keine neuen Mitglieder auf.«

»Oh, okay, danke für die Info. Also sind Sie glücklich hier?«

Sie senkt den Blick. »Es ist ... okay.« Sie lehnt sich näher und senkt die Stimme. »Die Bezahlung ist gut, die Vampire sind wunderschön, und gebissen zu werden« – sie schaudert – »ist die reine Ekstase. Aber sie sind Soziopathen. Nicht menschlich. Manche versuchen, sich zu kümmern, aber sie tun es nicht. Interessieren Sie sich für eine Karotte? Vielleicht, wenn sie welkt, aber sie ist immer noch Nahrung, und so sehen sie uns. Sie haben sich über uns hinausentwickelt.«

Ihre Offenheit trifft mich wie ein Schlag. Ich lasse die Maske fallen – in Spielchen bin ich ohnehin schlecht.

»Ich habe gelogen. Ich bin hier, um Antworten zu bekommen. Meine Freunde Amy und Max Fisher wurden vor vier Wochen ermordet.«

»Ich erinnere mich.« Sie wischt den Tisch ab, ihre Hände zittern. »Wir hatten geschlossen, während die Polizei ermittelt hat. Mein Beileid, aber Sie sollten hier keine Fragen stellen. Wenn Sie die Falschen ansprechen, werden Sie verletzt oder schlimmer – getötet wie Ihre Freunde.«

»Brauchen Sie Hilfe?«, flüstere ich. Das Haus hat zwei freie Schlafzimmer.

Sie wirft mir einen Blick voller unverhohlener Verachtung zu. »Ich brauche keine Rettung.«

Verunsichert bedanke ich mich, bezahle die Rechnung und lege ein übergroßes Trinkgeld dazu. Mit ihrer Warnung in den Ohren trete ich hinaus – und direkt in eine Regenwand.

Der Platzregen prasselt auf mich nieder, während ich über den Parkplatz renne und mich auf den Fahrersitz werfe, leise meinen vergessenen Mantel verfluchend.

Anstatt mich einzuloggen und mit der Arbeit zu beginnen, rufe ich auf meinem Handy die Wegbeschreibung zu dem Ort auf, an dem Amys und Max' Leichen gefunden wurden.

Immer wenn Vampire töten, gibt es Spekulationen. Eine laute, wütende Gruppe namens *Human First* veröffentlicht alles, was sie in die Finger bekommen kann. Sie behaupten, nach Gerechtigkeit zu streben, doch in Wahrheit suhlen sie sich im Leid. Trotzdem weiß ich dank ihnen den genauen Fundort.

Regen trommelt auf die Windschutzscheibe, während ich fahre. Am Ziel halte ich am Straßenrand. Die Gegend fühlt sich falsch an. Warum hätten Amy und Max ausgerechnet hierherkommen sollen?

Die einzige Erklärung ist Erinnerungmagie: Ein Vampir muss sie dazu gebracht haben.

Fünf Minuten lang starre ich auf die nasse Scheibe. Als der Regen nachlässt, steige ich aus, stoße mit dem Fuß Steine, Löwenzahn und hartnäckiges Unkraut beiseite. Mit den Händen in die Hüften gestemmt, scanne ich den Boden. Nichts.

Ich erwarte einen Fleck, einen Rest von Blut, irgendeine Spur, die markiert, wo zwei bemerkenswerte Menschen gestorben sind. Aber da ist nichts. Nicht einmal ein vergessenes Stück Polizeiband.

Vor mir erhebt sich ein verfallenes Industriegebäude. Ich gehe ein paar Schritte darauf zu, doch ein plötzliches Geräusch lässt mich zusammenzucken. Meine Nerven liegen blank, ich komme mir albern und schreckhaft vor. Dunkle Wolken ziehen auf, schwer mit neuem Regen.

Ich haste zum Auto und schlage die Tür zu. Hierherzukommen war sinnlos. Ich weiß, dass ich nichts tun kann – sosehr ich es mir auch wünsche. Der gesunde Menschenverstand sagt mir, dass ich in den Menschensektor zurückfahren sollte. Aber jetzt bin ich schon hier, und einen Tag mit doppeltem Lohn gebe ich nicht einfach auf. Ich öffne die Liefer-App, logge mich ein, und eine Flut von Aufträgen überschwemmt den Bildschirm. Zwar kenne ich die Straßennamen nicht, doch das Geld ist die Lernkurve wert.

Ich arbeite mich Auftrag für Auftrag durch. Das ausgefallene Frühstück hält mich auf den Beinen, obwohl der Speck meine Zunge austrocknet. Ich kippe eine Flasche Saft herunter, nur um meinen Mund wieder zu befeuchten.

Gegen halb acht nehme ich noch einen letzten Auftrag an – zurück zu dem Haus mit der gelben Tür. Die Abholung ist in der Nähe, also fahre ich fünfzehn Minuten später dieselbe Straße entlang wie gestern. Der Regen kam und ging, und ich konnte den schlimmsten Schauern bisher ausweichen, doch genau in diesem Moment reißt der Himmel auf.

Ich stöhne, aber die Tür von Haus Nummer Zweiundvierzig schwingt schon auf. Er hat mich ankommen sehen – keine Chance, den Regen abzuwarten.

Ich packe die Tasche und stürze mich in die Sintflut.

Diesmal halte ich mein Handy verborgen, bis das Beweisfoto geschossen ist – keine Anfängerfehler mehr wie gestern. Jetzt wird mir klar, wie dumm und naiv ich war, beim allerersten Mal im Vampirsektor am Handy herumzufummeln. Das passiert mir nicht noch einmal.

Regen rinnt mir übers Gesicht, ein Tropfen hängt an meiner Nase. Ich schütze die Tasche, bis ich unter die Eichenveranda schlüpfe, und schon ist sie in seinem Griff. Seine Augen – heute mehr violett als grau – halten meinen Blick fest.

»Schneller diesmal«, bemerkt er.

Ich nicke, zitternd, unsicher, was ich sagen soll, und ängstlich, dass ich etwas Dummes oder Unhöfliches sage. Meine Kleidung klebt – ob Spätfrühling oder nicht, der

Wind raubt zehn Grad und stiehlt die Wärme aus meiner Haut. Ohne ihn aus den Augen zu lassen, hole ich mein Handy heraus, um den Lieferbeweis zu knipsen.

»Wo ist Ihr Mantel?« Er runzelt die Stirn, dann greift er sich mit einer einzigen flüssigen Bewegung über die Schulter und zieht den schwarzen Hoodie aus. Das T-Shirt darunter rutscht hoch, enthüllt eine Schicht Bauchmuskeln, bevor es sich wieder senkt.

Verdammte Hölle.

Ich schaue weg, sehe dann gar nichts mehr, als er mir den Hoodie über den Kopf stülpt.

»Sir ... bitte ... das müssen Sie nicht –«, murmele ich in den Stoff.

»Arme.«

Roboterhaft gehorche ich. Die Ärmel verschlingen meine Hände, samt Handy, und das Kleidungsstück hängt mir bis zu den Knien. Noch warm von seinem Körper, riecht es nach Moschus, Metall und etwas Dunklerem ... berauschend. Ich starre zu ihm auf.

Zufriedenheit mildert seinen Ausdruck: Mir ist warm, also akzeptabel.

Ein seltsamer Mann.

»Wann soll ich das zurückbringen?«, frage ich.

»Behalten Sie es. Nächstes Mal tragen Sie einen Mantel.« Die Tür knallt zu.

Ich schlage die Kapuze hoch, eile den Weg hinunter und klettere ins Auto. Wer macht so etwas? Wer gibt einer Lieferfahrerin seine Kleidung?

Ich kann nicht glauben, dass ich einfach dagestanden habe, mit offenem Mund, während er sich auszog und mir den Hoodie überzog.

Ich schüttle den Kopf und zupfe am Stoff. Ein silbern gesticktes Emblem hebt sich vom matten Schwarz ab: ein Vogel, die Flügel angelegt, auf einem runden Schild sitzend. An der Spitze seines Schnabels glänzt ein einzelner Blutstropfen rot.

Bevor ich den Motor starte, schlüpfe ich – den Hoodie anbehaltend – unter dem Stoff aus meinem durchnässten Oberteil. Viel besser. Meine Jeans sind immer noch klatschnass, aber die ziehe ich sicher nicht aus.

Ich logge mich aus der Arbeits-App aus, es ist Zeit, nach Hause zu fahren.

Der weiche schwarze Stoff des Hoodies bedeckt meine Finger, während ich die Gänge wechsle. Wie ein verliebter Teenager will ich darin leben, doch ich weigere mich, mich an die Kleidung eines Fremden zu klammern. Ich werde ihn waschen und morgen zurückgeben.

Morgen. Ein weiterer Tag Arbeit im Vampirsektor wird nicht schaden. Sonntag gibt es dreifachen Lohn, und ich muss nicht auf Aufträge warten. Das deckt Baylors letzte Missgeschicke.

Ich werde den Kopf unten halten und den Mund geschlossen. Ich bin zu der sehr vernünftigen Schlussfolgerung gekommen, dass ich die Morde an Amy und Max nicht aufklären kann und wahrscheinlich selbst das nächste Opfer wäre.

Wenn ich sterbe, wohin würde Baylor gehen?

Sich darauf zu verlassen, dass das Haus sich um ihn kümmert, wäre egoistisch, und ich will das Zaubererhaus nicht allein zurücklassen. In der kurzen Zeit, die ich dort lebe, habe ich mich nie sicherer gefühlt. So albern es klingt, das Haus ist mein Freund, und Baylor ist jetzt mein Fellbaby.

Noch einen Tag, dann verlasse ich das Vampirterritorium und konzentriere mich darauf, meine Schulden auf die langsame, vernünftige Weise abzubauen, verspreche ich mir.

Ein Marketingjob hier drüben, sicher außerhalb von Theresas Reichweite, ist verlockend, aber einem Vampirclan zu dienen, geht zu weit. Kurierarbeit ist das eine, Dienerschaft für einen Meistervampir etwas ganz anderes.

Während ich die Grenze überquere, spiele ich mit dem Gedanken, im Menschensektor freiberuflich unter einem anonymen Firmennamen zu arbeiten. Ich verziehe das Gesicht. Das Risiko, alles zu verlieren, ist einfach zu groß. Es würde mir das Herz brechen, eine Firma aufzubauen, nur damit Theresa auftaucht und alles ruiniert.

Ich weiß, ich sollte mein Leben nicht auf Angst aufbauen, aber der Gedanke, wieder alles zu verlieren, lähmt mich.

Ich bin es leid, Angst zu haben.

Vielleicht sollte ich zu der Hochzeit gehen ... Mein Herz setzt aus. Moment mal, das ist eine großartige Idee! Wenn Jay wirklich denken würde, ich sei eine Diebin, würde er mich dann zu seiner Hochzeit einladen?

Nein, würde er nicht.

Würde meine Anwesenheit öffentlich beweisen, dass Theresa lügt?

Vielleicht.

Ich parke, stürme hinein und rufe: »House, meinst du, ich sollte zur Hochzeit gehen?« Die Worte stolpern übereinander, während ich hastig meinen Plan erkläre.

Die Einladung materialisiert sich auf der Anrichte.

»Großartig, du hast sie noch nicht abgeschickt. Hast du Tipp-Ex?«

Das Häkchen bei *Bedauerlicherweise muss ich absagen* verblasst, nun ist *Ich nehme mit Freude an* markiert. Das Haus wählt sogar Rindfleisch als Hauptgericht.

»Tue ich das wirklich?« Meine Stimme zittert vor Angst und Aufregung. Der Gedanke macht mich regelrecht schwindelig. »Ja, verdammt noch mal, das tue ich. Ich werde hingehen, ein atemberaubendes Kleid tragen und Theresas Blick standhalten.« Sie werden es bereuen, mich unterschätzt zu haben.

Ich atme einen entschlossenen Seufzer aus, mit einem Hauch von Wahnsinn darin.

Oh mein Gott, ich gehe zur Hochzeit meines Ex!

Und ich hole mir mein Leben zurück.

Kapitel Acht

Das Wetter ist herrlich nach den gestrigen Regenschauern. Heute ist es warm und sonnig.

Ich arbeite wieder und habe früh angefangen, also vergeht der Tag wie im Flug. Als eine Lieferung für das Haus mit der gelben Tür auftaucht, setzt mein Herz aus, und ich drücke so schnell auf *Annehmen*, dass ich halb erwarte, mein Handy würde gleich in Flammen aufgehen.

Tag drei. Das wird langsam zur Gewohnheit – eine, die ich vermissen werde.

Grinsend wie eine Idiotin hole ich die Bestellung ab, versuche nicht zu rasen, und biege bald in die vertraute Straße ein.

Der frisch gewaschene Hoodie liegt in einer Klarsichttüte unter meinem Arm. An der Tür klopfe ich und warte. Nichts. Noch ein Klopfen. Immer noch nichts. Enttäuscht stelle ich das Essen und den Hoodie auf die Stufe, hebe mein Handy für das Lieferfoto –

Die Tür fliegt auf.

Ich strahle – und erstarre. Der Mann in der Tür ist nicht *er*. Ein Fremder starrt zurück. Mein Lächeln bricht weg, mir war nicht klar, wie sehr es mir etwas bedeutet, bis zu diesem Moment. Mein Gott, ich bin eine alberne mittelalte Frau. Ich muss zurück in den Menschensektor, wo ich hingehöre.

»Ich habe etwas Trinkgeld für dich«, sagt der Fremde und streckt etwas aus, das wie ein Bündel Geldscheine aussieht. Sein Daumen verdeckt das meiste davon.

Etwas an seinem Aussehen ist subtil falsch. Sein kurzes, dunkles Haar ist mit akribischer Präzision gekämmt, jede Strähne an ihrem Platz. Kreidebleiche Haut hebt Lippen hervor, die so karminrot sind, dass sie den Blick fesseln, ob man will oder nicht. Dunkelgraue Augen, ausdruckslos und wachsam, sind von einem verstörenden bordeauxroten Rand umgeben, wie getrocknetes Blut.

Mein Unterbewusstsein erkennt die Bedrohung. Mein Instinkt schreit *Gefahr*. Ich trete Von der Veranda zurück in das Sonnenlicht.

»Nein, das ist schon in Ordnung, danke. Das Trinkgeld ist im Lieferpreis enthalten. Guten Appetit.« Ich drehe mich um –

Schmerz explodiert, als er meinen Pferdeschwanz packt und mich ins Haus zerrt.

»Was tun Sie da? Lassen Sie los!« Ich kralle mich an seinem Handgelenk fest, versuche, das Brennen in meiner Kopfhaut zu lindern. »Lassen Sie los!«

Der wunderschöne Mann, der mir gestern seine eigenen

Kleider gab, damit mir warm ist, hätte das niemals zugelassen. Wo ist er? Warum ist er nicht hier, um mich zu retten? Ist er tot?

»Hilfe! Hilfe!«

Um mich zum Schweigen zu bringen, schleudert mich der Fremde gegen eine Wand. Einmal. Zweimal. Die Hand, die sich in meinem Haar verfangen hat, gleitet an meine Kehle, und ein scharfer Fingernagel ritzt unter meinem Kinn. Er hat Klauen.

»Sieh, was du mich hast tun lassen«, knurrt er, die Reißzähne entblößt. Als er mich packte, hatte die Sonne seinen Arm berührt, die Haut war schwarz geworden, und die Wahrheit trifft mich: ein *Vampir*, der am Tage wach ist.

Ich wende die Augen ab, starke Vampire können einem den Willen rauben, wenn man ihnen direkt in die Augen sieht. Aber er macht sich nicht die Mühe. Er reißt meinen Kopf zur Seite und gräbt seine Zähne in meinen Hals.

Es tut weh!

Ich schlage zu, mein allererster Faustschlag überhaupt, und sein Kopf ruckt zur Seite. Für eine Sekunde denke ich, mein Treffer könnte ihn aufhalten. Tut er nicht. *Dumm, Winifred.*

Das einzige Geräusch ist ein ekliges Schlürfen.

Der Raum dreht sich.

Dann wird alles schwarz.

Kapitel Neun

Ich erwache in der Dunkelheit, liege auf etwas Klumpigem, das mir in die Wirbelsäule drückt. Es stinkt nach Verwesung, mir wird übel. Ich schiebe den linken Arm aus, bis meine Hand eine Wand berührt. Sie klingt hohl unter meiner Handfläche. Plastik? Ein Sarg? Bin ich gestorben?

Mit der rechten Hand taste ich meinen Hals ab. Schmerz flammt auf. Die Haut ist aufgerissen, aber blutet nicht. Vor meinem inneren Auge tauchen der rote Mund und die Reißzähne auf … Oh Gott!

Fiebrig und bleiern zwinge ich mich hoch, stoße mir den Kopf und spüre, wie sich die Decke bewegt. Kein Sarg. Eine Mülltonne. Die Erinnerung flammt auf: die riesigen Tonnen neben den Häusern. Und jetzt wird mir klar, wofür sie sind. Nicht für Hausmüll, sondern für Leichen.

Leichentonnen, die einfach neben den Häusern stehen wie bei uns die grünen Biotonnen.

Unmöglich. Das kann nicht sein – die Behörden würden Massenmorde bemerken. Sie müssen einem anderen Zweck dienen.

Und doch bleibt die Tatsache: Ich bin in einer Mülltonne.

Der Vampir hat mein Blut getrunken und mich weggeworfen.

Als sich meine Augen an die Dunkelheit gewöhnen, erkenne ich Gliedmaßen. Ich bin nicht allein in dieser Tonne!

Hitze rauscht mir in den Kopf, Emotionen steigen mir in die Kehle. Ein Urinstinkt drängt mich, zu schreien. Zu schreien, zu schreien, zu schreien. Ich presse die Hand auf meinen Mund.

Winifred, reiß dich zusammen. Du bist in einer ausweglosen Lage. Wenn du jetzt panisch wirst, bist du wirklich tot. Auf die Straße zu stürmen und um Hilfe zu brüllen wäre leichtsinnig. Was, wenn der tagsüber wache Vampir noch in der Nähe ist?

Aber ich will nach Hause.

Ich muss nach Hause.

Ich muss hier raus!

Vorsichtig hebe ich den Deckel ein paar Zentimeter an und erkenne mit wachsendem Entsetzen, dass die Nacht hereingebrochen ist. Alle Vampire sind wach. Ich spähe durch den Spalt. Ein Zaun, ein breites Tor, die Straße dahinter.

Angst mischt sich mit tauber Entschlossenheit. Ich klettere über den Rand, stolpere fast vornüber, fange mich dann am Zaun. Das Holz drückt mir in den Rücken, während ich mich zum Tor taste. Es ist nicht verschlossen. Vorsichtig öffne ich es.

Stille – nur fernes Verkehrsrauschen.

Ich schlüpfe hindurch, schließe das Tor hinter mir. Mein Auto wartet am Bordstein. Den Schlüssel habe ich in der Tasche, aber mein Handy ist weg. Vermutlich habe ich es verloren, als er mein Haar packte ... Ich wimmere. *Denk nicht dran, Winifred. Nicht jetzt.* Ich unterdrücke den Drang, mich kleinzumachen und zum Auto zu kriechen.

Bitte, lass niemanden mich sehen.

Mit hoch erhobenem Kopf und dem Schlüssel in der Hand, gehe ich denselben Weg zurück, den ich heute Morgen fröhlich entlanggehüpft bin. Mein verfilztes Haar hängt schief im Pferdeschwanz, ich löse es, um den Biss zu verbergen.

Im Auto zittere ich. Meine Kleidung ist unversehrt, also wollte er wohl nur mein Blut. Ich sollte das Oberteil wechseln und eine Jacke anziehen, um meinen Hals zu verstecken, aber die Angst nagelt mich auf den Fahrersitz. Es kostet all meinen Mut, den Motor zu starten.

Bitte, lass niemanden mich sehen.

Mein Kopf bleibt leer, während ich fahre. Augen nach vorn, es gibt nichts zu sehen. Gar nichts. Am Grenzübergang piept der Chip, die Ampel springt auf Grün. Die Reifen rumpeln auf die holprigere Straße des Menschensektors.

Fünf Minuten später parke ich und wanke zur Haustür.

Das Haus erzittert, Türen klappern panisch. Verängstigt. Das Haus ist verängstigt.

»Mir geht es gut«, krächze ich. Eine Lüge. Ins Krankenhaus zu fahren, wäre wohl vernünftig, aber es ist zu spät. Mir war es bereits bewusst, als ich aus der Tonne kroch, als ich die Stille in meiner Brust fühlte.

Ich atme nicht.

Hastig ziehe ich meine Turnschuhe aus, will die Treppe hoch, verfehle die erste Stufe und stürze auf die Knie. Panik reißt mir ein Schluchzen aus der Kehle. Ich lege meine Hand auf die Brust – kein Herzschlag.

Der Vampir hat mich getötet, und doch bin ich noch hier.

Das ist unmöglich. Ich war kein lebender Vampir – die Tests mit fünfzehn haben es bewiesen. Mir fehlt die nötige DNA.

Ich sollte tot sein, oder schlimmer, willenlos – doch meine Gedanken sind klar. Neu verstorbene Vampire verlieren sich für Monate, ihre Köpfe vernebelt von nichts als Hunger.

Die Tür zum Flur knarrt, und Baylor schießt heraus, die Rute tief hängend. Er stoppt, die Nasenlöcher gebläht, die Ohren angelegt, und ein leises Winseln entweicht ihm.

Oh Gott. »Hallo, Kumpel. Schon gut, ich weiß, ich rieche komisch, aber ich bin es.« Er schleicht auf mich zu. Ich vergrabe die Finger in seinem Fell. Ich kann ihn fühlen. Ich kann denken.

Ich bin nicht willenlos.

Aber ich habe keine Ahnung, *was* ich bin.

Ich bleibe so lange am Boden hocken, bis das Haus mich hochhebt und in mein Schlafzimmer trägt. Magie knistert über meine Haut, schrubbt den Dreck weg und schließt die Wunde an meinem Hals. Unsichtbare Hände ziehen mir den Schlafanzug an.

Baylor zögert im Türrahmen, der Großteil seines Körpers noch draußen, atmet stoßweise. So ängstlich habe ich ihn seit Amys Tod nicht gesehen. Er winselt, und ich versuche, ihn zu beruhigen, doch kein Laut kommt über meine Lippen. Ich weiß nicht, was ich sagen soll.

Ich sinke in die Matratze. »Was ist mit den Fenstern?«, flüstere ich. »Was ist mit dem Sonnenlicht?« Die Dämmerung ist nur noch wenige Stunden entfernt.

Ein sanftes Pulsieren von Magie streicht mir über die Wange. *Du wirst sicher sein*, scheint es zu sagen.

»Deine Schutzzauber können mich wirklich davor bewahren, dass es mir wehtut?« Meine Stimme ist heiser.

Einem Teil von mir ist es fast gleichgültig, soll doch das Sonnenlicht mich holen. Aber der Gedanke, so zu verbrennen wie der Arm dieses Vampirs – verkohlte Haut, lebendige Qual – macht mir Angst. Ich hatte mir immer vorgestellt, alt und grau zu sterben, die Hand von jemandem haltend, den ich liebe – nicht so.

Nicht so …

»Ich verstehe es nicht. Man hat mich getestet. Ich bin ein Derivat-Mischling mit Spuren der DNA aller Kreaturen. Ich trage kaum Vampir in mir, nicht genug für den Status eines Versklavten, geschweige denn für eine volle Verwandlung. Wie konnte das passieren?«

Ich vergrabe mich unter der Decke und umklammere das Kissen.

»Ich will kein Vampir sein.«

Ein Vampir zu werden, sollte eigentlich ein bürokratisches Theater sein – Lizenzen, Papiere, Genehmigungen. Ganz offensichtlich bin ich ein Verwaltungsfehler, ein Freak, in eine Mülltonne geworfen wie Abfall.

Niemand – am allerwenigsten der Vampir, der mich als *Take-away* behandelt hat – hat erwartet, dass ich lebend ... untot ... davonkomme.

»Ich habe solche Angst«, hauche ich. »Wie soll ich so arbeiten? Liefere ich weiter im Vampirsektor aus und tue so, als würde ich dazugehören, oder gehe ich zurück in die Stadt und spiele Mensch? Was passiert, wenn ich Hunger bekomme?« Allein der Gedanke, jemandem wehzutun, lässt mich schaudern. Ich wäre lieber tot. Sie haben Amy verletzt, sie haben Max verletzt, sie haben mich verletzt. Ich will nicht sterben, aber ich will auch nicht das hier sein.

Magische Finger kämmen durch mein Haar.

Die Matratze senkt sich. Baylor klettert hoch und legt sich quer über mich wie eine schwere Decke. Ich schlinge die Arme um ihn – vorsichtig. Habe ich jetzt eine Superkraft? Ich weiß es nicht.

Anscheinend können Vampire weinen. Heiße, gleichmäßige Tränen rinnen mir über die Wangen.

Gerade, als ich dachte, ich hätte mein Leben zurück und die Kurve gekriegt, tat sich der Boden unter mir auf und ließ mich noch tiefer fallen.

Jetzt bin ich so weit unten, dass ich niemals wieder das Licht sehen werde.

Kapitel Zehn

Ich schrecke hoch. Kein langsames Hineingleiten in den Morgen. Nein – eben noch träumte ich, im nächsten Moment reiße ich die Augen weit auf. Sonnenlicht ergießt sich über die Bettdecke, Staubkörnchen und lose Fellbüschel wirbeln in der Luft, aufgewirbelt von meinem Atem.

Meinem Atem.

Ich atme!

Und mein Herz schlägt, Puls an den Schläfen, ein Pochen an der Basis meines Halses, das schneller wird, je mehr die Panik steigt. Ich bin bei Tageslicht wach, nicht tagsüber tot. Habe ich das alles nur geträumt?

Was zum Teufel geht hier vor?

Ich stolpere aus dem Bett und starre in den Spiegel auf dem Schminktisch. Weiße Narbengewebe ziehen sich über meinen Hals, ein Beweis dafür, dass der Biss echt war.

Ein Vampir hat mir die Kehle aufgerissen. Ich bin gestorben –

Nein, nichts da, Doris. Ich taufe meine innere Stimme um, wie es der letzte Podcast empfohlen hat. Wenn ich nicht völlig nutzlos in einer Ecke sitzen und vor- und zurückwippen will, schiebe ich ihren dramatischen Monolog an einen Ort, an dem ich mich später damit befassen kann.

In meinem Kopf habe ich mich immer als Mittzwanzigerin gesehen. Ich stelle mir nie vor, älter zu werden, deshalb ist es manchmal ein kleiner Schock, die alternde Frau im Spiegel zu sehen. Doch jetzt ist der Schock noch größer, denn ich sehe weniger aus wie ich selbst als je zuvor.

Meine Haut leuchtet, und das Gesicht, das mir entgegenstarrt, ist verfeinert. Das bin ich, zurückversetzt in meine biologische Blütezeit. Urlaubs-Glow – die Gesichtszüge geschärft und doch weicher. Die Wangenknochen definiert. Meine Poren verschwunden. Ich taste mit der Zunge über meine Zähne. Ich sehe nicht mehr aus wie ich selbst, und doch sind meine Zähne hartnäckig menschlich, und mein Körper fühlt sich schlanker, ja stärker an.

Ich sehe aus wie die beste Version meiner selbst.

Ich sehe aus wie ein Vampir.

Und ich weiß nicht, wie ich mich dabei fühlen soll.

Altern gehört zum Leben. Es ist nicht immer leicht. Als Frau sieht man, wie sich kleine Fältchen einschleichen, kleine Veränderungen im Körper, die sich nicht mehr zurückdrehen lassen. Und trotzdem habe ich mir mit vierzig gesagt, dass ich noch recht jung aussah. Ich glaube, das tat ich auch. Auch wenn irgendein Teenager mich wahrscheinlich auf den ersten Blick als uralt abgestempelt hätte.

Aber ich habe mich nicht uralt gefühlt. Ich fühlte mich wie ... ich. Eine Version von mir, die zu sich selbst gefunden hatte.

Das Alter hatte mich noch nicht zermürbt. Vielleicht war das Selbstvertrauen, oder vielleicht einfach Überlebenswille. Nach Jay musste ich mich neu aufbauen. Wenn nichts anderes, dann bin ich dankbar, dass ich frei davon bin. Kein Leben mehr unter der Last der Erwartungen eines anderen.

Aber jetzt werde ich nie mehr altern.

Nicht natürlich. Nicht allmählich. Einfach gar nicht.

Und in dieser Welt ist das kein Segen, sondern ein Verlust. Altern ist ein Geschenk, das nicht jeder bekommt. Es bedeutet, dass man lebt. Sich noch verändert. Noch Dinge erlebt.

Und ich glaube ... ein Teil von mir trauert darum.

Ich versuche, mir nicht mehr zu viele Gedanken darüber zu machen, was andere denken. Ich lerne, mich zu behaupten. Aufzuhören, das Opfer in den Geschichten anderer zu sein, und stattdessen die Hauptrolle in meiner eigenen. Und das – diese ... eingefrorene Version von mir – ist nur ein weiteres Päckchen, das ich zu tragen lernen muss.

Ich schaffe das. Ich muss nur wieder mutig sein.

Doch die Frage bleibt: Warum atme ich? Vampire sollen tagsüber Leichen sein, also warum sprühe ich vor Leben? Ist das das, was mit ihnen passiert?

Nein. Die stolzen Kreaturen würden ein Kunststück wie dieses in die Welt hinausschreien, nicht es geheim halten. Was auch immer das ist, es hängt mit meiner

Verwandlung zusammen. Oder mit etwas anderem, das eingegriffen hat, etwas wie Magie.

Meine Knie werden weich. Schwindlig plumpse ich aufs Bett.

»Haus?«, krächzt meine Stimme. »Hat deine Magie mich menschlich gemacht?«

Dielenbretter knarren, eine Brise regt sich, und dann – leise wie statisches Rauschen eines halb eingestellten Radios – eine leise, weibliche Stimme.

Ich starre. »Ich kann dich hören!« Angestrengt bemühe ich mich, jedes Wort aufzuschnappen. »Du bist leise, aber ... hast du gesagt, du hast mir mein Leben zurückgegeben? Bedeutet das, dass ich kein Vampir mehr bin?«

Ich ... Ich habe dir ein Geschenk gemacht. Während deine Artgenossen schlafen, wirst du bis zum Sonnenuntergang Mensch sein, sagt sie, nun deutlicher. *Der Tag gehört dir.*

Unglaublich. Ich bin immer noch ein Vampir, und doch ist mir die Hälfte meines Lebens zurückgegeben worden – halb Märchenfluch, halb Wunder. Ich falle zurück auf die Matratze und starre fassungslos an die Decke.

Die Schule hat nicht gelogen, als sie uns beibrachten, dass Zaubererhäuser über unerforschte Kräfte verfügen. Vampirmagie auch nur ein Stück weit rückgängig zu machen, ist erstaunlich.

»Danke, dass du mir hilfst.« Es ist mehr, als ich je zu hoffen gewagt hätte – selbst wenn, mein Herz wieder aufhört zu schlagen, sobald die Sonne untergeht.

Hilflos versuche ich, den Rest meines seltsamen Lebens zu planen. »Ich kann im Tageslicht arbeiten«, flüstere ich und Hoffnung flammt in mir auf. »Vor Einbruch der

Dunkelheit zu Hause sein, verborgen bleiben. Niemand muss es wissen.« Ich betaste mein verändertes Gesicht. »Wenn jemand fragt, behaupte ich, mich einer kosmetischen Behandlung im Magiesektor unterzogen zu haben.« Nicht, dass ich Freunde oder Kollegen hätte, die es bemerken würden.

Niemanden wird es kümmern.

Doch, das Haus kümmert sich.

»Das muss ungeheure Kraft gekostet haben«, flüstere ich. »Was hat es dich gekostet? Ich will nicht, dass du meinetwegen verletzt wirst.«

Mir geht es gut, flüstert sie zurück. *Du hast mir Angst gemacht. Ich habe mir Sorgen gemacht. Ich wollte nicht, dass du stirbst, oder dich leiden sehen, und ich wollte nicht, dass du von den Vampiren gejagt wirst oder fliehen musst. Ich mag es, euch beide hier zu haben.*

Meine Augen brennen. »Ich habe dich schon vorher als Freundin betrachtet. Jetzt, da ich dich hören kann – wirklich hören kann. Wie soll ich dich nennen? *Haus* klingt unhöflich.«

Nein. Die Frau, die ich war, ist vergangen, verloren in der Zeit. Ich bin nur ein Haus. Bitte nenne mich House.

»Du bist nicht *nur* ein Haus. Du bist meine Freundin, und du hast mich gerettet. Du hast mich so viele Male gerettet. Danke.« Ich wische mir über die Augen. Ein großer, ängstlicher Teil von mir will sich zusammenrollen, so tun, als passiere das alles nicht, und für immer in meinem Zimmer bleiben.

Doch ein kleinerer, lauterer, standhafterer Teil weigert sich, die Bösen gewinnen zu lassen.

Ich muss praktisch denken. »Ich nehme mir ein paar

Tage frei, um mich daran zu gewöhnen. Ein langer Spaziergang mit Baylor, dann fahre ich in die Stadt, um mir ein neues Handy zu kaufen. Hält der Zauber? Ich werde nicht, äh, in Flammen aufgehen, oder? Ich kritisiere nicht, ich bin nur völlig durch den Wind.«

Keine Angst. Es wird funktionieren, aber sei vor Einbruch der Dunkelheit wieder zu Hause, außer du willst, dass die anderen Vampire herausfinden, was du bist.

»Damit kann ich umgehen.« Das schaffe ich.

Ich ziehe mich an und pfeife nach Baylor. Er kommt aus dem Garten hereingestürmt, die Pfoten voller Erde – er hat wieder gegraben. Zum Glück repariert House den Schaden immer, füllt die Löcher, bevor ich sie überhaupt bemerke. Ein Chaos weniger, um das ich mich sorgen muss.

Ich schnappe mir seine Leine und eine Schirmmütze, ziehe sie tief ins Gesicht – sicher ist sicher.

Dann treten wir hinaus.

Innerhalb der Schutzkreise fühle ich mich sicher. Alles jenseits des Tores schnürt mir den Magen zusammen. Baylor ist das egal. Wir sind zu spät für unseren Spaziergang, und er macht kein Geheimnis daraus – er heult und zerrt an der Leine, voller Vorfreude. Meine Hand zittert, als ich nach dem Riegel greife. Bevor ich ihn berühre, schwingt das Tor auf.

»Danke.«

Gern geschehen.

Mein Herz stolpert. Es wird eine Weile dauern, bis ich mich an ihre Stimme in meinem Kopf gewöhnt habe. »Können alle Vampire dich hören?«

Nein. Bisher nur du und andere fühlende Dinge.

Wow, das muss ein einsames Dasein sein. Unsicher, wie

ich reagieren soll, schweige ich, während Baylor nach vorn stürmt, mich über die Grenze zieht, und schon bin ich draußen.

Die Sonne scheint mir ins Gesicht. Die Pflastersteine unter den Füßen. Ein frisch gemachter Vampir, mit einem menschlich schlagenden Herzen.

Gestern Nacht ist meine Welt untergegangen. Heute Morgen bin ich draußen, weil House mir den Tag zurückgegeben hat.

Ich weiß nicht, was kommt. Ich habe mich noch nie so instinktiv gefürchtet. Der Vampir in mir schreit, ich solle mich zurückziehen. Doch das andere in mir – das Wissen, das einst nur ein Flüstern war – ist nun eine klare Stimme. Sie sagt, ich bin sicher. Dass ich auf dem richtigen Weg bin und House vertrauen kann. Sie sagt: vorwärts.

Also entscheide ich mich dafür, vorwärtszugehen. Mit Baylor an meiner Seite schließe ich die Tür zu meinem alten Leben und lasse das Sonnenlicht mich finden.

Kapitel Elf

Als die Nacht hereinbricht und ich zu dem werde ... was auch immer ich jetzt bin, stehe ich in der Küche mit einem Pfirsich in der Hand und starre ihn an.

Wie wird er schmecken? Süß? Nach Pappe? Wird er mich krank machen?

Werden meine Reißzähne überhaupt richtig funktionieren? Sind sie ... kräftig? Sie schnappen heraus, wenn ich an sie denke, wenn ich hungrig oder wütend bin. Ich habe sie mit der Zunge betastet, sogar mit einem Handspiegel betrachtet. Nichts Elegantes oder Magisches – nur scharfe Zähne, die sich wie übermotivierte Eckzähne verlängern.

Ich weiß, Vampirspeichel ist gerinnungshemmend, Opfer verbluten nicht, außer ein Vampir will es, und er versiegelt die Einstichstellen. Eklig. Praktisch. Beides.

Meine Finger gleiten zu meinem Hals. Erinnerungen kommen hoch. *Nein.*

Es sei denn, ich muss unbedingt, will ich kein Blut trinken. Aber ich kann nicht leugnen, dass mich die Reißzähne faszinieren und was sie sonst noch können.

Könnte ich einfach … beißen? Mein Kiefer fühlt sich stärker an. Ich fühle mich stärker.

Bestimmte Tests sind unvermeidlich, wenn man plötzlich untot ist. Ein Pfirsich scheint ein vernünftiger Anfang, auch wenn flaumige Trichome nicht gerade menschlicher Haut entsprechen.

Ich hebe den Pfirsich und beiße hinein.

Die Schale gibt mit einem leisen *Plopp* nach. Der Geschmack ist … entsetzlich. Trocken, kreidig, wie verbrannte Asche – wie eine Werbung für gesunde Ernährung, die furchtbar schiefgegangen ist. Kauen fühlt sich an wie das Knabbern auf einem Gummistressball. Ich achte darauf, nichts zu schlucken. Entsetzt prüfe ich die Frucht, erwarte graue Fäulnis, doch das Fruchtfleisch ist perfekt – hellgelb, glänzend.

Trotzdem abscheulich.

Ich beiße noch einmal, nur um die Reißzahnbewegung zu üben, und ramme meinen rechten Reißzahn in den Kern. Nach einem unwürdigen Hin- und Herwackeln befreie ich mich wieder.

Sorgfältig spüle ich meinen Mund aus. Zweimal.

Um mich vom Nachgeschmack abzulenken, gehe ich zu Experiment zwei über: Stärke. Ich betrachte den gusseisernen Ofen. House kocht vermutlich nicht, das Essen erscheint einfach. Trotzdem, er ist massiv.

Ich hocke mich hin, hake meine Finger unter die Kante und hebe ihn an.

Er bewegt sich.

Ich hebe ihn ein paar Zentimeter vom Boden.

Was machst du da?, fragt House. Ihre Stimme ist kühl, aber belustigt. *Stell meinen Ofen sofort wieder hin.*

»Entschuldigung.« Ich setze ihn vorsichtig ab, achte darauf, die Fliesen nicht zu beschädigen, und reibe meine Hände an der Jeans ab. Meine Fingerspitzen sehen eingedellt aus von der Anstrengung. Sekunden später glättet sich die Haut, ist wieder makellos.

Interessant.

»Haben wir Knoblauch?«

Warum?

»Experiment drei: Knoblauch.«

Du weißt, dass das ein Mythos ist, oder? Dasselbe gilt für Weihwasser. Beides wird dir nichts anhaben. Aber wenn du deine Grenzen unbedingt testen musst ...

Eine Knoblauchzehe erscheint in meiner Handfläche.

»Danke.« Ich rolle sie zwischen meinen Fingern, dann werfe ich sie in den Mund und kaue vorsichtig. Schlimmer als der Pfirsich. Ich glaube, alles, was ich als Vampir in den Mund stecke, wird scheußlich schmecken.

Ich packe mir theatralisch an die Kehle, wanke dramatisch und gurgle.

Oh mein Gott, Fred! Fred! Oh mein Gott!, schreit House.

Ich breche lachend zusammen. »Bääh, Knoblauch ist widerlich«, sage ich, während House mich verflucht.

Ich drehe wieder den Wasserhahn auf – nichts.

»Komm schon, das war witzig.«

Überhaupt nicht. Ich dachte, du stirbst! Ich habe das Wasser abgestellt, weil du gelogen hast.

»Das war keine Lüge«, protestiere ich grinsend. »Das war Theater.«

Dann verbeug dich.

»Bitte? Es schmeckt grauenhaft.« Ich setze meine besten Welpenaugen ein, habe ich mir bei Baylor abgeschaut, der wahrscheinlich gerade Löcher im Garten gräbt.

Das Wasser fließt widerwillig. Ich spüle und spucke.

»Danke. Gut, Experiment vier: Klimmzüge. Ich wollte immer richtige machen. Wie ein Soldat. Kannst du ...?«

Ich kann eine Stange in den Türrahmen setzen.

»Das wäre perfekt, danke.« Eine Stange erscheint so hoch, dass ich mich strecken muss. Ich ziehe mich hoch. Das geht leicht. Meine Brust kommt mühelos über die Stange.

»Ja! Das ist genial.« Nach hundert Wiederholungen lasse ich mich fallen. Nicht heiß. Nicht verschwitzt. Daran könnte ich mich gewöhnen.

Was kommt als Nächstes?, fragt House, überraschend geduldig.

»Experiment fünf: Haut. Ich will mir in den Finger schneiden, um zu sehen, wie stark meine Epidermis ist.«

Du willst dich absichtlich schneiden?

»Ja.«

Ein ausgewogenes Wurfmesser erscheint vor meinen Augen. »Schick. Oh, kann ich es danach werfen?«

Experiment sechs? Natürlich. Ich bereite ein Ziel vor.

»Das ist genial, danke.« Zuerst setze ich die Klinge an meine Fingerspitze. Es ist, als würde ich versuchen, Kevlar anzuritzen – oder so, wie ich mir Kevlar vorstelle. Die Schneide drückt die Haut kaum ein.

Wenn sich jemand wirklich Mühe gäbe, könnte er dich verletzen, bemerkt House.

Ich drücke fester. Ein Blutstropfen quillt hervor – rubinrot – und verschließt sich nach zwei Sekunden wieder.

»Praktisch«, murmele ich. »So, jetzt die Wurfmesser.«

Die Garage ist vorbereitet.

Ich trabe zur Seitentür. Die Garage hat sich in eine Mini-Schießbahn verwandelt, Messerreihen glänzen im weichen Licht.

»Das ist großartig. Danke. Und bitte verurteile mich nicht – ich war als Kind furchtbar schlecht im Werfen.« Ich werfe das Messer mit einer Bewegung meines Handgelenks. Es dreht sich, verfehlt und klappert zu Boden. »Hm.« Noch mal. Und noch mal. Wenn ich es an der Klinge halte (wahrscheinlich dumm, aber Kevlar-Finger), bleibt es stecken … und fällt langsam wieder herunter.

»Scheint, ich brauche mehr Kraft.«

Mehr Kraft lässt es nur abprallen.

Wurfmesser sind im echten Leben dumm, sagt House trocken. *Der beste Weg, eine Waffe zu verlieren. Wenn sie nicht stecken bleibt, wirft jemand sie zurück.*

»Oh, das ist ein guter Punkt.« Ich räume die Messer ordentlich weg.

Ich *sollte* noch versuchen, etwas anders zu essen, aber der Pfirsich und der Knoblauch haben mir gründlich den Appetit verdorben. Vampire prahlen damit, dass sie nicht essen – angebliche überlegene der DNA: so effizient, so ordentlich, im Gegensatz zu den Wandlern und ihren

Fleischbergen. Vampire können alles in eine Tugend umbiegen.

Draußen irgendwo heult Baylor triumphierend über ein frisch ausgehobenes Loch. Ich lächle trotz allem.

»Na gut, die Experimente sieben bis zehn können warten.«

Gott sei Dank, murmelt House.

Kapitel Zwölf

Ein Monat später

Es dauert eine Weile, bis ich mich an mein neues untotes Leben gewöhne. Tagsüber bin ich menschlich und verletzlich. Nachts tue ich so, als hätte sich mein Leben nicht verändert.

Manche Aktivitäten sind tabu: Ich kann nachts nicht hinausgehen, und niemand darf mich so sehen. Sehr zur Belustigung von House führe ich weiterhin kleine Experimente durch. Wenigstens kann ich tagsüber noch essen.

Durch peinliches Ausprobieren haben wir herausgefunden, dass ich tagsüber normale Nahrung essen kann, aber wenn ich zu nah am Sonnenuntergang esse, sagen wir nach sechs Uhr, wird mir schlecht. Mein Körper braucht Zeit zur Verdauung, bevor ich für die Nacht *sterbe*. Ich habe versucht, Tee zu trinken, nur zum Test, und ihn sofort wieder erbrochen. Essen und Trinken sind eindeutig tabu, solange ich vampirisch bin. Im Sommer lässt sich das einrichten, die kurzen Wintertage werden ein Albtraum.

Das Einzige, das ich noch nicht probiert habe, ist das rote Zeug. Wenn ich es trinke, bin ich wirklich ein Vampir. Ich weiß, dass es so ist, doch es mir einzugestehen, ist eine andere Sache. Aber das Leben spielt eben nicht so, und so stehen wir vor einer Sackgasse.

Nach der Verwandlung hatten wir nicht erwartet, dass sich mein Körper verändert. Vampire sind auf genetischer Ebene unveränderlich, doch meine menschliche Tagseite ist es nicht, und die kollidierende Magie bringt alles durcheinander. Ich habe stark abgenommen.

Nun glauben wir, dass die Vampirmagie Blut in meiner Ernährung verlangt. Eisenpräparate helfen nicht, also hat House, wie immer erfinderisch, welches besorgt.

Heute Nacht ist Bluttest Nummer Eins.

Ich sitze am Esstisch und starre auf einen Becher Blut. House lässt ihn wackeln, und die Flüssigkeit zieht träge Kreise.

»Ich will das nicht trinken«, sage ich und rümpfe die Nase. Meine Reißzähne sind ausgefahren, wodurch ich leicht lispel, was ziemlich nervt.

Du musst, sagt House. *Es hält dich gesund – es sei denn, du möchtest lieber in Nichts zerfallen oder in eine wilde Raserei verfallen?*

»Ich will keine Raserei, aber trinken will ich das auch nicht.«

Trink es einfach. Wie einen Schnaps. Sicher hast du schon mal Schnäpse getrunken.

»Woher weißt du von Schnäpsen? Wurdest du nicht im viktorianischen Zeitalter geboren?«

Vielleicht bin ich Ende des 19. Jahrhunderts geboren, aber ich bin nicht völlig ahnungslos, schnaubt House.

»Ich kippe nichts runter, das so widerlich riecht. Das ist eklig«, jammere ich.

Egal, eklig oder nicht – wenn es dich am Leben erhält.

Ich lasse die Stirn auf den Tisch sinken.

»Am schlimmsten ist der Geruch. Es stinkt nach Chemikalien und leicht faulig, als ob es schon verdorben wäre. Nicht gerade appetitlich.« Ich schaudere. Noch komme ich immer vor Einbruch der Dunkelheit heim, daher weiß ich nicht, wie Menschen für die Monster-Version von mir riechen. Ich will es auch nicht wissen – es fühlt sich wie Kannibalismus an.

»Wo hast du es her?«

Schweigen.

»House. Wo hast du das Blut her?«

Meine Magie hat Tentakel, die ich ein Stück weit ausstrecken kann, antwortet sie, *damit kann ich kleine Dinge unauffällig besorgen. Das meiste bestelle ich einfach und lasse es liefern, aber Blut ist etwas anderes. Die Vampir-höfe haben ein Lagerhaus – ich habe ein paar Beutel ausgeliehen.*

»Ausgeliehen? Ja klar. Großartig.« Jetzt stiehlt House auch noch von den Vampiren.

Es ist sauber, null negativ, wenn dir das hilft.

»Nein, tut es nicht. Also, wie bestellst du Dinge?« Ich mag Zeit schinden, aber ich bin auch neugierig.

Meine Magie. Ich war eine Papiermagierin.

»Eine Papiermagierin? Wow«, murmele ich. Das erklärt

die Anzeige in der Zeitung und den Mietvertrag. House war eine verdammt Furcht einflößende Magierin.

Jetzt hör auf, Zeit zu schinden, und trink das Blut.

Resigniert hebe ich den Becher. Ob kalt oder warm, es wird dickflüssig und metallisch schmecken. Ich schließe die Augen, tue so, als wäre es Tequila, und kippe es runter. Kupferner Schlamm legt sich in meinen Hals, ich würge, zwinge es aber hinunter. Nicht einmal mit Wasser nachspülen kann ich – der Nachtkörper verträgt es nicht.

Kein Energieschub folgt. Ich sitze da, mir ist leicht übel. Ich schlucke und kämpfe gegen das Erbrechen. Nach ein paar Atemzügen lässt das Gefühl nach. Ich nicke. »In Ordnung. Das war ... okay. Ich gehe mir die Zähne putzen.«

Der Becher verschwindet.

»Danke«, seufze ich und gehe nach oben.

Bald logge ich mich in den Kundenservice-Nachtjob ein, den ich angenommen habe. Ein Vorteil, keinen Schlaf zu brauchen. Mein menschliches Ich *ruht*, während der Vampir *arbeitet*, was bedeutet, dass ich praktisch vierundzwanzig Stunden am Tag wach bin.

Und dennoch – unglaublicherweise – schleicht sich Langeweile ein.

Keiner meiner Motivations-Podcasts hat je behandelt, wie man ein Vampir wird. Nicht einer. Es gibt keinen *Fünf Schritte, um deine Kraft nach dem Untod zurückzuerlangen*-Podcast. Kein *Vampir für Dummies*, ich habe nachgesehen.

Nachdem ich noch ein paar Stunden gearbeitet habe, logge ich mich um zwei Uhr morgens aus dem System aus und strecke mich. Ich lasse mich auf das Sofa sinken, balanciere den Laptop auf den Knien, und starre den Flur hinunter zur Haustür. Baylor schnarcht zu meinen Füßen, zufrieden und ahnungslos.

Ich muss mich bewegen. Dieser Gedanke geht mir schon die ganze Nacht durch den Kopf.

Ich muss mich bewegen. Ich werde hier drinnen wahnsinnig.

Tagsüber mache ich immer noch Lieferfahrten, aber nachts bin ich gefangen, und wo mir einst die Sicherheit des Hauses Trost spendete, ruft nun die Dunkelheit. Ich will meine Vampirfähigkeiten testen. Hier draußen, mitten im Nirgendwo, scheint es die perfekte Gelegenheit ... aber sollte ich?

Ich weiß, dass es dumm ist, nachts hinauszugehen. Gefährlich. Aber das Blut, das ich getrunken habe, singt in meinen Adern, und das Gefühl macht mich kribbelig und unruhig.

Ich muss mich bewegen.

Ich springe auf, schnappe mir einen Mantel und ziehe die Turnschuhe an. »Ich gehe mir die Beine vertreten.« Dann schlüpfe ich hinaus und eile den Gartenweg hinunter.

Es ist nicht sicher, murmelt House hinter mir.

Ich ignoriere sie.

Am Tor bleibe ich stehen, die Hände in die Hüfte gestützt, und schaue die stille Straße entlang. In der Ferne summt der Verkehr an der Grenze. Sonst nichts. Stille.

Tagsüber gehe ich mit Baylor oft hier entlang, doch in der Dunkelheit verwandelt sich der Weg. Die Nacht wirkt lebendig. Ich kann an einer Hand abzählen, wie oft ich draußen im Dunkeln war. Die Neuheit ist berauschend.

Ich kreise mit den Schultern und beginne zu joggen. Sport war nie meins, nur so viel, um mich fit zu halten. Einen richtigen Lauf habe ich seit dem Sportunterricht in der Schule nicht mehr gemacht. Doch heute Nacht ist es anders. Heute Nacht fühle ich mich stark.

Obwohl ich nicht mehr atmen muss, falle ich aus Gewohnheit in den Rhythmus. Meine Muskeln brennen nicht und ermüden nicht, sie werden durch Magie angetrieben, nicht durch Sauerstoff. Wo ich früher nach einer Minute außer Puste gewesen wäre, ist die Bewegung jetzt mühelos.

Als Experiment halte ich den Atem an. Meine Füße schlagen gleichmäßig und schnell auf die Straße. Ich bin nicht einmal außer Atem. Meine Schritte bleiben geschmeidig, meine Lunge unbeeindruckt, doch ich atme trotzdem wieder ein – kein Grund, zu testen, wie lange ein menschliches Gehirn ohne Sauerstoff aushält.

Ich laufe eine Runde zurück zum Haus, bleibe dann aber stehen, angezogen von dem Brachland dahinter. In der Ferne leuchtet der Vampirsektor: Gebäude, Türme, erhellte Fenster. Als Mensch waren diese Lichter unsichtbar. Jetzt ist meine Nachtsicht gestochen scharf, als hätte ich ein Fernglas vor den Augen.

Ich blicke zum Haus, so nah, und treffe dann eine leichtsinnige Entscheidung. Statt hineinzugehen, biege ich ins Grüne ab. Querfeldein. Der Boden ist steinig, durchzogen von stacheligen Unkräutern. Normalerweise würde ich Angst haben, mir den Knöchel zu verstauchen, doch heute Nacht bin ich wendig, meine Füße berühren den Boden kaum. Der Wind peitscht durch mein Haar. Es ist berauschend. Das ist –

Das macht *Spaß*.

Ich grinse immer noch, als mir klar wird, wie weit ich gelaufen bin. Ich habe die Grenze überquert, bis ganz an den Rand des Vampirsektors.

Ein Schrei zerreißt die Luft. Wachen. Sie müssen mich gesehen haben.

Scheiße.

Kapitel Dreizehn

Ich schlage die Kapuze hoch, schiebe die Hände in die Taschen und schlendere weiter, als würde ich hierhergehören. Nur ein harmloser Nachtschwärmer. Ein weiterer Ruf, diesmal schärfer. Angst schnürt mir den Magen zu.

Vielleicht halten sie mich für einen Teenager.

Vielleicht ignorieren sie mich.

Wenn sie mir folgen, werden sie denken, ich würde fliehen – oder spionieren – und ich kann schlecht erklären, was ich bin, oder? Ich darf sie auf keinen Fall zurück zu House führen.

»Hey! Du da!«

Stiefel dröhnen näher. Stimmen bellen Befehle. Panik packt mich. Ich gehe weiter.

Nicht rennen.

Nicht –

»Du! Stehen bleiben!« Eine Hand packt meine Schulter.

Mein Instinkt Gibt mir einen einzigen Befehl: *Renn!*

Ich renne los. Nicht in Richtung des sicheren Zuhauses, sondern davon weg – tiefer in die Nacht hinein und bete, dass ich nicht den größten Fehler meines Lebens gemacht habe.

Der Sektor verschwimmt – Laternenmasten ziehen sich in die Länge, Schaufenster verwischen, parkende Autos stehen starr wie Statuen.

Ich kann rennen, wirklich rennen, und ich werde nicht müde.

Aber die Wachen können auch rennen. Sie sind älter, stärker, erfahrener. Vampirmäßig bin ich kaum den Windeln entwachsen. Ich spüre, wie sie näher kommen, halte den Blick aber stur nach vorn gerichtet, entschlossen, das Tempo nicht zu verlieren. Ein scharfer Zischlaut saust über meine Schulter, Funken sprühen.

Sie schleudern Zauber nach mir!

Ich haste um eine Ecke und laufe direkt in eine Falle. Ein riesiger Kerl mit bösartigem Gesichtsausdruck versperrt den Gehweg. Als ich nach links ausweiche, trifft mich ein Zauber im Rücken. Hitze breitet sich aus wie zähe Netze, bindet meine Arme und Beine zusammen. Na toll.

»Kleines Miststück«, knurrt er und stapft näher.

»Warum bist du weggerannt? Es ist nach der Sperrstunde, kurz vor Morgengrauen«, sagt der zweite Wachmann – der, der mir nachgesetzt hat.

»Der führt nichts Gutes im Schilde.« Der erste reißt meine Kapuze nach unten. Der Ruck zerrt an meinem blonden Pferdeschwanz, das Haar löst sich und fällt mir über die Schultern. »Oh ... *Sie* führt nichts Gutes im Schilde.«

Sie starren.

»Gute Frau, was machst du hier? Du hast die Perimeter-Schutzzauber ausgelöst, als du aus dem Menschensektor kamst.«

Ich presse die Lippen aufeinander.

»Schweigen, ja? Wir werden alles erfahren, was du zu verbergen versuchst, wenn wir mit deinem Clanmeister sprechen.«

»Immerhin ist sie nicht blutverschmiert.« Der große Wachmann schnuppert. »Nicht ein Tropfen.«

»Sie ist eine niedere, kaum mehr als ein Jungvampir. Allein dürfte sie nicht unterwegs sein«, fügt der zweite hinzu. Er packt meine Arme, hebt mich hoch, und ich hänge in der Luft, während er mich zu einem Van mit der Aufschrift *GRENZPATROUILLE* trägt. Er öffnet die Hecktür und wirft mich hinein. Keine Rechte werden verlesen, die Verfahren scheinen hier offenbar anders zu laufen.

Erstarrt vor Demütigung sitze ich da, während wir ungefähr fünf Minuten fahren. Als die Tür sich endlich wieder öffnet, sind wir in einer grell beleuchteten Tiefgarage. Derselbe Wachmann hilft mir heraus und schleppt mich zu einer Reihe von Stahltüren.

Drinnen erwartet mich eine Station wie aus einer menschlichen Polizeiserie – grelle Neonröhren summen über uns, die Wände sind in stumpfem Grau gestrichen, Plastikstühle sind ordentlich in Reihen verschraubt. In der Luft liegt ein Hauch von Bleichmittel und etwas Metallisches – altes Blut vielleicht, oder Magie.

Ein einziger nüchterner Schreibtisch erstreckt sich an der fernen Wand, und der Vampir dahinter mustert mich über einen Monitor hinweg.

Ich zwinge ein schiefes Lächeln auf mein Gesicht, obwohl ich Todesangst habe. Ich muss hier raus, bevor ich wieder menschlich werde.

Der Fangzauber löst sich. Ein weiterer Wachmann packt mein Handgelenk, schlägt es auf die Theke und legt die Unterseite frei. »Das ist ein Scherz, oder?«, knurrt er.

»Sie ist nicht markiert.«

Nicht markiert? Was meinen die damit?

Sie glotzen, als hätte ich zwei Köpfe. Ich bleibe still, doch der Gewahrsam-Vampir bemerkt meine Verwirrung und wird milder.

»Jeder Vampir trägt das Clansiegel am linken Handgelenk. Bist du so frisch, dass man dich noch nicht gezeichnet hat?«

»Das verstößt gegen unsere Gesetze«, stellt der dritte Wachmann fest.

Oh oh.

Starr auf die Tischplatte blickend, blende ich die Diskussion der Wachen darüber, was sie mit mir anstellen sollen, aus. Mir war nicht klar, dass Vampire am Handgelenk markiert werden. Ich kann mich hier nicht herausreden. Ich war noch nie in Schwierigkeiten, und jetzt seht mich an – kaum, dass ich versuche, ein richtiger Vampir zu sein, lande ich in diesem Schlamassel.

Sehr gut gemacht, Fred.

Eine Tür schlägt auf.

Sofort verstummen die Stimmen. Schritte hallen durch den Raum. Ich halte den Blick gesenkt, um den Neuankömmling nicht zu sehen, aber die Ehrfurcht der Wachen und das Prickeln der Macht in meinem Rücken verraten mir, dass er ihnen übergeordnet ist.

Die schiere Wucht der Präsenz des Vampirs hämmert auf meine Sinne ein und lässt meine Haut kribbeln. Er ist ein magisches Kraftpaket. Ich kauere mich noch kleiner zusammen. *Ich stecke in so großen Schwierigkeiten.*

»Sir, dieser Vampir lief vom Menschensektor über das Brachland«, berichtet einer der Wachen. »Sie hat die Schutzzauber ausgelöst, und wir haben sie festgenommen.«

»Hat sie Widerstand geleistet?«

»Nein, Sir. Sie ist gerannt, aber sobald sie verzaubert war, kooperierte sie. Sie hat allerdings kein Wort gesagt – offensichtlich verängstigt. Das Problem, Sir, ist, dass sie unmarkiert ist.«

Elegante Schuhe treten in mein Blickfeld. Poliert. Teuer.

»Sieh mich an«, knurrt der Neuankömmling.

Es kostet mich jede Kraft, den Kopf zu heben.

Violettgraue Augen treffen die meinen – Augen, die ich erkenne – und für einen Moment spüre ich Erleichterung. Ich hatte befürchtet, dass er verletzt worden sein könnte, nachdem ich … getötet wurde. Doch er lebt – na ja, untot – und ist unübersehbar derjenige, der hier das Sagen hat.

Er ist ein Vampir.

Warum war er dann wach, als wir uns tagsüber trafen?

In diesen violettgrauen Augen liegt kein Funken von Wiedererkennen, für ihn bin ich nur eine Lieferfahrerin, ein Staubkorn in seiner Welt. Ausdruckslos mustert er mich.

Ich versuche, den Blick zu erwidern. Die zerrissenen Jeans und das T-Shirt sind verschwunden. Jetzt trägt er einen dunkelgrauen Anzug, so genau geschneidert, dass er wie an seinen Körper modelliert wirkt, dazu ein passendes Hemd und eine Krawatte, die das Violett seiner Augen noch vertiefen. Sein Haar ist eng am Kopf geflochten, und er trägt immer noch das Lippenpiercing, das ihn eigentlich unprofessionell wirken lassen sollte und doch passt es perfekt zu ihm.

Nicht, dass ich diesen Mann kennen würde – er ist ein Fremder – aber ich glaube, egal, was er trägt, er wird es mit Stolz und mit Macht tragen. Halb Krieger, halb milliardenschwerer Tycoon.

»In Ordnung, meine Herren, ich übernehme ab hier.« Er packt meinen Ellbogen. »Vergesst die Akten. Sie war nie hier.«

»Sir? Kennen Sie sie?«, fragt der große Wachmann.

Ein Blick von ihm bringt ihn zum Schweigen.

»Natürlich, Sir«, sagt der Verwahrungsbeamte hastig. Er klatscht in die Hände. »Bravo, Team, der Tag bricht an. Alles verriegeln.« Der Raum leert sich.

Mein Gelbe-Tür-Vampir führt mich durch eine weitere Tür und einen langen Flur entlang. Sein Griff ist überraschend sanft. Er lenkt mich in ein dunkles Büro, knipst das Licht an und setzt mich auf einen unbequemen Plastikstuhl. Das Büro ist klein, fast erdrückend, und ich habe keinen Zweifel, dass hier Verhöre stattfinden.

Er durchsucht seine Taschen, holt ein kleines Gerät hervor und drückt einen Knopf. Ein leises Klingeln erfüllt meine Ohren. Magie blüht auf, vernebelt Wände, Boden, Tür und Decke. Schallschutz vielleicht oder ein Privatsphärenzauber.

Er führt ein kurzes Telefonat. »Ich habe sie gefunden.

Ich brauche ein Auto zur Station. Notfallprotokoll Eins.«
Nachdem er das Handy wieder eingesteckt hat, umfasst er
mein Kinn, neigt meinen Kopf zurück und legt die Narbe
an meinem Hals frei.

»Wer hat dir das angetan?«, knurrt er.

Kapitel Vierzehn

Ich starre ihn an, während er vor mir aufragt. Seine Körperwärme strömt über meine Haut, und ein klarer Duft – Moschus, Metall und etwas Dunkleres, das meine Vampirsinne nun als Macht erkennen – füllt meine Lunge.

»Du warst ein Mensch, und jetzt bist du es nicht mehr. Also frage ich noch einmal: Wer hat dir das angetan?«

Ich kann kaum glauben, dass er sich an mich erinnert, sein vorheriger ausdrucksloser Blick hat mich völlig getäuscht.

Seine Wut über meine Verwandlung ist greifbar.

Der Gelbe-Tür-Vampir lässt mein Kinn los, greift nach der Rückenlehne des Stuhls und dreht ihn mühelos, sodass meine Schultern gegen den Tisch krachen. Mit den Händen links und rechts von mir abgestützt, beugt er sich vor und schließt mich ein.

Oh Gott. Wenn mein Herz schlagen würde, würde es jetzt rasen.

Neben ihm komme ich mir winzig vor, fast ein halber Meter trennt uns. Zwar sitze ich auf dem Stuhl, aber ich könnte ebenso gut auf dem Boden kauern.

»Der Zauber gibt uns Privatsphäre«, sagt er, seine Stimme tief, doch vibrierend vor Zorn. »Winifred Crowsdale, beantworte meine Frage. Wer. Hat. Dir. Das. Angetan?«

Was zum Teufel? Dahin mit den guten Manieren! »Woher kennst du meinen Namen?«

Das ist wohl mein kleinstes Problem. Ich sitze in einem versiegelten Raum mit einem wütenden Vampir. Meine nächtlichen Eskapaden werde ich sicher nicht erwähnen, aber ich kann ihm wenigstens sagen, wie ich gebissen wurde. Ich lecke mir über die Lippen und er verfolgt die Bewegung wie ein ausgehungerter Mann.

Seine Augen verdunkeln sich zu einem Sturmgrau. »Bitte beantworte meine Frage.«

»Ein Mann hat ein Take-away zu deinem Haus bestellt«, presse ich hervor.

»Wann?«

»Am Tag, nachdem du mir deinen Hoodie gegeben hast.«

»Das ist unmöglich.«

»*Unmöglich?*« Bittere Hitze steigt in meiner Stimme auf. Er hat mich nicht gerade Lügnerin genannt, oder?

»Ich nenne dich keine Lügnerin«, sagt er, seine Augen verengen sich, als könnte er meine Gedanken lesen, »aber niemand hätte in diesem Haus sein dürfen.«

»Er hat die Tür mitten am Tag geöffnet. Genau wie *du* war er tagsüber wach.«

Eine innere Warnstimme flüstert: *Sag nicht zu viel.* Das ist gefährliches Terrain – wütender Vampir, schwere Magie, verschlossene Tür – ihn zu provozieren ist eine sehr schlechte Idee.

»Ich sage die Wahrheit. Es war Sonntag, der Tag, nachdem du mir den Hoodie geliehen hast. Jemand hatte eine Lieferung an deine Adresse bestellt. Ich habe das Essen abgeholt, dir den Hoodie zurückgebracht, und einer deiner Freunde fand, ich wäre ein guter Snack. Er hat mich an den Haaren hineingezerrt und mir die Kehle aufgerissen. Vor Schock und Blutverlust bin ich ohnmächtig geworden oder gestorben, ich weiß es nicht genau.« Ich zucke unbeholfen mit den Schultern.

»Ich bin so aufgewacht, in deinem Leichencontainer.« Meine Stimme bricht. »Ihr seid wirklich ein Haufen kranker Bastarde ohne Selbstkontrolle. Es wundert mich, dass die menschliche Regierung euch nicht längst ausge-löscht hat.«

Sein Ausdruck verfinstert sich, ein Muskel zuckt in seinem Kiefer. »Auslöschen? Vergisst du, dass *du selbst* ein Vampir bist?«

»Allerdings. Dein Kumpel hat mich ermordet. Danke dafür.«

»Wir schweifen ab«, sagt er schneidend. »Wie sah er aus?«

Ich beschreibe alles, woran ich mich erinnere: seine kalkweiße Haut, den blutroten Mund, die dunkelgrauen Augen, wie er im Sonnenlicht verbrannte. Seine Kleidung, seine Haltung, den Tonfall seiner Stimme und was dann geschah.

Während ich spreche, zuckt sein Kiefer. *Er weiß etwas.*

»Wie bist du verwandelt worden?«

»Ich habe keine Ahnung.«

Er tritt von mir zurück und beginnt, auf und abzugehen, während er sich den Nacken reibt. Ich nutze die Pause, um tief durchzuatmen.

»Du bist noch so neu«, sagt er und wirft mir einen Blick zu. »Du atmest noch. Du bist seit über einem Monat ein nicht registrierter Vampir ohne Clan. Wie viele Leichen?«

»Leichen?«, wiederhole ich ungläubig. »Im Sinne von Menschen? Keine. Denkst du, ich renne herum und ermorde Menschen? Ich bin nicht wie du oder deine Freunde.« Unsere Blicke kreuzen sich. Es fällt mir schwer, meinen Zorn zu zügeln. Das bin nicht ich – normalerweise bin ich die, über die man hinweggeht, nicht die, die sich wehrt.

Doch dieser schöne Mann macht mich streitlustig.

»Es ist weniger als eine Stunde bis zum Morgengrauen. Ich muss dich an einen sicheren Ort bringen.«

»Ich will einfach so tun, als wäre dieser Tag nie passiert, und nach Hause gehen.«

»Wo ist dein Zuhause?«

»Das geht dich nichts an. Ich kenne dich nicht.«

»Ich bin die einzige Hilfe, die du hast.«

Ich verziehe das Gesicht, beschämt darüber, wie ich reagiere. Es ist nicht *seine* Schuld, dass ich verwandelt wurde. Ich mildere meinen Ton. »Es tut mir leid, ich will nicht unhöflich sein. Ich bin nur ... verängstigt. Es war alles zu viel.«

Ein Klopfen unterbricht uns. Er öffnet die Tür einen Spalt, spricht mit jemandem, dann schließt er sie wieder, etwas Kleines in der Hand.

»Winifred, Vampire existieren nicht ohne einen Clan. Um zu überleben, musst du dazugehören. Es gibt kein Verstecken und kein Davonlaufen. Bisher hast du es geschafft, aber die Zeit ist abgelaufen. Lass mich helfen. Lass mich jetzt übernehmen.«

»Übernehmen? Wie?«

Sein Handy klingelt. Seine Schultern spannen sich an, doch er ignoriert den Anruf.

Das Gewicht seiner ungeteilten Aufmerksamkeit lastet auf mir. Es ist beunruhigend – als stünde ich in der Gegenwart eines Gottes.

»Ich wünschte, ich könnte dir mehr Zeit geben, aber du hast keine mehr.« Er tritt näher und baut sich vor mir auf. »Bitte vergib mir. Ich werde nicht zulassen, dass dir etwas geschieht, und ich werde *nicht* zulassen, dass du in die Hände eines anderen Clans fällst.«

Er bewegt sich blitzschnell, packt mein linkes Handgelenk, dreht es um und drückt ein kleines Objekt gegen meine Haut.

Ein Quieken entweicht mir, als brennender Schmerz meinen Arm hinaufschießt.

»Aua!«

Magische Farben schimmern, während sich ein Siegel in glühendem Rot in mein Fleisch brennt. Ein Vogel ... eine Krähe oder ein Rabe sitzt auf einem Schild, Blut tropft von seinem Schnabel.

Er ritzt sich den Daumen mit einem Fangzahn auf, dunkles Blut tritt hervor, und er verschmiert es über dem Mal. »Du bist jetzt Mitglied meines Clans«, sagt er ruhig und kalt.

Igitt, wie hygienisch – verdammte Vampire.

»Es tut weh.«

»Ich weiß. Es ist zu deinem Schutz.«

Ich drücke meinen brennenden Arm an meine Brust. »Zu meinem Schutz? Was ist mit meiner Zustimmung?«

»Dafür war keine Zeit.« Er streckt mir die Hand hin. »Komm, ich habe ein Safe House für dich organisiert.«

Ich bin so wütend, dass meine Reißzähne meine Lippe aufritzen, aber meine Intuition schreit mich an, mit ihm zu gehen. Vorerst. Benommen und völlig überfordert lege ich meine Hand in seine.

Macht strömt aus seiner Berührung, flutet meine Finger – meinen ganzen Körper.

Was um alles in der Welt ist das? Es geschah nicht, als die Wachen mein Handgelenk gepackt haben. Es muss ein Vampirding sein, er ist so mächtig. Ich versuche, meine Hand loszureißen, aber sein Griff wird nur fester. Er zieht mich durch die Station zum unterirdischen Parkplatz, wo ein Auto mit verdunkelten Scheiben wartet.

»Du bringst mich nicht zurück in dieses Haus, oder?« Damit meine ich das Haus, in dem ich gestorben bin.

»Nein.« Die Hitze von seiner Hand legt sich auf meinen unteren Rücken. »Steig ein.«

»Versprich es mir.«

Sein Körper wird steif, als er mich anstarrt. »Bei meiner Ehre. Können wir jetzt bitte gehen?«

Gehorsam folge ich und rutsche über den Ledersitz.

Panik nagt an mir, als wir losfahren. »Wie heißt dein Clan? Wie heißt du?«

Er hebt eine Braue. »Das weißt du nicht?«

»Nein. Ich gehöre nicht zu eurer Welt. In meinem Kopf habe ich dich *Gelbe-Tür-Vampir* genannt.«

Ein kurzes Lachen entweicht ihm. »Clan Blóðvakt«, sagt er, der Name rollt ihm mühelos von der Zunge. »Mein Name ist Valdarr. Valdarr Blóðvakt, Rabe des Nordens.«

Valdarr. Der Name kommt mir vage bekannt vor, aber ich schüttle den Kopf, ich bin kaum sattelfest in Vampirpolitik.

»Gar nichts? Der Großmeister der Vampire – sagt dir das etwas?«

Ich schlucke. »*Du* bist der Großmeister?«

»Nein«, sagt er leise. »Das ist der Vampir, der dich verwandelt hat. Mein Vater. Ich bin der Erbe.«

»*Erbe*? Erbe des Großmeisters? Also … der Vampir, der mich getötet hat, ist der Großmeister? Dein Vater?«

Er verzieht das Gesicht. »Ja.«

Es wird ja immer besser. Warum konnte es nicht irgendein niederer Vampir sein? Oh nein, das wäre viel zu einfach gewesen.

»Also sind wir jetzt sozusagen … Bruder und Schwester? Macht uns das zu Geschwistern?«

Er sieht genauso entsetzt aus wie ich mich fühle. »Nein. Wir sind nicht wie Bruder und Schwester. Eine Verwandlung ist nicht … familiär. Du bist einfach ein Mitglied meines Clans.«

»Des Clans deines Vaters.«

»Nein. *Meines.* Ich bin der Meister meines eigenen Clans. Du trägst *mein* Mal, und du wirst dich von meinem

Vater fernhalten. Wenn der Großmeister von dir erfährt, dass du überlebt hast, wird er dich töten.«

»Er hat es schon versucht. Hat nicht geklappt.«

»Beim nächsten Mal schon.«

Ein Schweigen dehnt sich aus, während wir durch die Stadt fahren.

»Wir müssen darüber reden, was passiert ist, wie du überlebt hast. Hast du jemals einem Vampir Blut gegeben oder Vampirblut getrunken?«

»Nicht, dass ich mich erinnere. Es sei denn, jemand hat diesen widerlichen Gedanken-Trick bei mir angewendet. Meinem Gedächtnis nach habe ich weder jemandem Blut gegeben noch es getrunken.«

Über House und ihre Magie sage ich kein Wort. Oder was ich bei Tageslicht bin. Das ist meins, das ist mein Schutz, meine Freundin. House zu beschützen heißt auch, Baylor zu beschützen, und ich werde niemals zulassen, dass ihnen etwas geschieht. Ich habe es versprochen. Sie beide brauchen mich, und dieser herrschsüchtige Vampir wird mich weder zur Lügnerin machen noch mich zwingen, mein Wort an meine Familie zu brechen.

Wir erreichen das Safe House.

Das Stadthaus liegt in einer ruhigen Straße. Drei Stockwerke erheben sich über eine kurze Reihe von Steinstufen, die zu einer glänzend schwarzen Eingangstür mit einem löwenköpfigen Klopfer aus Messing führen. Hohe Fenster im Erdgeschoss, eingefasst von weiß gestrichenem Holz, stehen auf Fensterbänken, die von üppig wuchernden Blumenkästen geschmückt sind.

Poliertes Parkett leuchtet honiggolden. Die Wände sind mit Seidentapeten in satten Farben verkleidet, wie etwas aus einer Luxus-Designausstellung. Jede Oberfläche glänzt, jedes Möbelstück ist elegant, schwer, teuer. So stelle ich mir vor, dass ein Milliardär leben würde, wenn dieser Milliardär zugleich ein Vampir wäre.

Valdarr beobachtet, wie ich alles in mich aufnehme. Er drängt nicht. Er scheint zu warten, vielleicht darauf, dass ich mitten im Raum tot umfalle und für den Tag sterbe. Andererseits habe ich ihn schon bei Tag wach gesehen. Ich frage mich, ob sein Zustand – wie der meine – aus Zauberei herrührt, oder aus etwas anderem, etwas Älterem.

In der Mitte des Raumes, in den Boden eingelassen, liegt ein Siegel: das ursprüngliche Wappen des Clans Blóðvakt, vermute ich. Es ist weitaus kunstvoller als das Zeichen auf meinem Handgelenk. Ein silberner Vogel sitzt auf einem Wikingerschild, hellrotes Blut tropft von seinem Schnabel. Ein Ring aus Runen und eingravierten Worten umgibt ihn: BLÓÐVAKT – ÆRE FREMFOR ALT.

»Der Vogel«, frage ich, »ist das ein Rabe oder eine Krähe?« Ich sollte es wirklich wissen, schließlich ist es in meine Haut eingebrannt.

»Ein Rabe.«

Stimmt, er erwähnte im Auto, dass er der Rabe des Nordens sei.

»Die Schrift ist Elder Futhark«, fährt er fort, ein Hauch von Müdigkeit schwingt in seiner Stimme mit, »das älteste Runenalphabet. Blóðvakt – Ære fremfor alt bedeutet Blutwächter – Ehre über alles. Aber es ist mehr als ein Motto, es ist ein Seeleneid.« Er deutet nacheinander auf die Runen. »Ansuz – göttliche Wahrheit. Ehwaz – Loyalität. Othala – Ahnenpflicht. Tiwaz – heiliges Opfer.«

»Oh.« Das ist ... viel. Ich werde es mir nie merken können, geschweige denn aussprechen.

Er greift wieder nach meiner Hand. »Die Morgendämmerung ist nah, ich möchte, dass du dich sicher fühlst, während du schläfst. Komm.« Als unsere Haut sich berührt, zischt erneut Macht zwischen uns.

Er führt mich nicht in eine Krypta, nicht in einen Keller, sondern nach oben.

»Du wirst vollkommen sicher sein. Ein Schutzzauber liegt auf dem Haus, stark genug, um Feinde und die Sonne fernzuhalten.«

Der Raum ist wunderschön. Keine Fenster, und doch nicht klaustrophobisch. Warmes Licht, sanftgraue Wände und cremefarbene Bettwäsche, und die Luft riecht schwach nach Zeder und altem Papier. In der Ecke ist eine kleine Leseecke eingerichtet. Für etwas so Abgeschlossenes wirkt es erstaunlich tröstlich.

»Es tut mir leid«, sagt er. »Ich habe nichts zum Umziehen für dich, aber ich werde dir frische Kleidung besorgen, wenn du wieder aufstehst.«

»Schon gut.« Ich versuche, gelassen zu wirken. »In ein paar Minuten werde ich Tag-tot sein.«

Er runzelt die Stirn.

Vielleicht war das nicht die politisch korrekte Formulierung. Ist mir egal. Er hat mich praktisch entführt.

»Wir sehen uns bei Sonnenuntergang.« Er geht zur Tür.

»Valdarr?« Meine Stimme ist leise, fast traurig. Ich werde ihn vermissen, wenn ich fliehe. »Mir hat es nicht gefallen, dass du mich mit deinem Clan-Zeichen gebrandmarkt hast, aber ich schätze deine Hilfe. Danke, dass du mich gerettet hast.«

»Schlaf gut, Winifred.« Er nickt einmal, tritt zurück und schließt die Tür.

Das Schloss rastet mit einem tiefen, metallischen Klicken ein. Riegel gleiten oben und unten in Position und verwandeln das Schlafzimmer in einen Tresor.

Sicher – oder ein Käfig. Ich weiß es nicht.

Angespannt setze ich mich aufs Bett und mustere die Decke und Wände – keine Kameras, keine blinkenden Lichter. Ich habe mein Handy nicht, also kann ich keine App herunterladen, um nach versteckter Technik zu suchen. Aber ich kann mir nicht vorstellen, dass Valdarr mich ausspionieren würde.

Ich warte.

In dem Moment, in dem die Sonne aufgeht, stolpert mein Herz – ein einziger, jämmerlicher Schlag – dann nichts.

Ich schnappe nach Luft, die Augen flattern zu. Es tut nicht weh, es ist nur seltsam. Ich rolle die Schultern, dann – wummp. Das schlafende Organ springt an, pocht träge, dann pendelt es sich auf einen gleichmäßigen Rhythmus ein. Atem strömt hinein, und Wärme durchflutet meine Glieder.

Ich warte, was sich wie weitere dreißig Minuten anfühlt. Ich lausche. Stille.

Ist Valdarr noch wach wie ich, oder schläft er? Stirbt er für den Tag?

Leise schleiche ich vom Bett, öffne die verstärkte Tür so behutsam wie möglich und schleiche den Korridor entlang, die Treppe hinunter.

Die Haustür ist fest verschlossen, aber im großen Wohnzimmer lässt sich ein Erkerfenster geräuschlos aufschieben.

Mein Herz hämmert, als ich hindurchschlüpfe. Kein Alarm ertönt, die Schutzmagie, die Eindringlinge fernhalten und die Bewohner hinauslassen soll, hält mich nicht auf. Nachdem ich mich an den Blumenkästen und ihrem stacheligen Grün vorbeigezwängt habe, lande ich unsanft draußen, meine Füße finden endlich festen Boden.

Ich renne.

Nur bin ich jetzt menschlich, und als Mensch rennen?

Null von zehn Punkten – absolut nicht empfehlenswert.

Ich hechele, puste und stolpere. Nach drei Minuten hänge ich keuchend an einer Straßenlaterne, verzweifelt bemüht, mich nicht zu übergeben. Meine Beine sind Wackelpudding, mein Gesicht tomatenrot. Schließlich erhole ich mich und beginne zu gehen. Etwa zehn Kilometer sind es auf dem langen Umweg, um Hauptstraßen und Grenzkameras zu vermeiden.

Zwei Stunden später bin ich zu Hause.

Baylor ist überglücklich, mich zu sehen.

House hingegen ist nicht begeistert. *Wo bist du gewesen?*, schreit sie.

Das Tor schwingt auf. Heiß und verschwitzt schlurfe ich hindurch. Ich mache einen Schritt auf die Haustür zu, da schlägt sie zurück und versetzt mir einen Klaps auf den Hintern.

»Hast du mich gerade ... versohlt?« Ich verziehe das Gesicht und reibe die Stelle.

Noch bevor ich die Tür schließen kann, zaubert sie mir

ein Glas Wasser herbei. Ich kippe es hinunter, sie ersetzt es sofort durch ein weiteres. Ich lasse mich aufs Sofa fallen, mein Knie wippt, und ich erzähle ihr die ganze Geschichte.

Sie stöhnt, flucht und beschimpft mich auf jede erdenkliche Weise, bevor sie schließlich fragt, wie mein Clanmeister in diesem Anzug aussah.

Ich verdrehe die Augen, grinse und beschreibe ihn in allen Einzelheiten.

Wir sind uns einig: keine nächtlichen Ausflüge mehr als Vampir. Sie würden mich finden. Aber niemand sucht nach der menschlichen Lieferfahrerin. Selbst wenn Valdarr meinen Namen kennt, sollte ich trotzdem aus dem Schneider sein.

KAPITEL FÜNFZEHN

Drei Wochen später

Es SIND drei Wochen seit dem Debakel im Vampirsektor vergangen, und ich habe es geschafft, weiteren fangbewehrten Problemen aus dem Weg zu gehen. Ich werfe einen Blick auf mein Handgelenk. Das Rabenmal starrt zurück. Ich vermute, dass ich immer an ihn gebunden sein werde, ob es mir gefällt oder nicht.

Ich vermisse Valdarr, was lächerlich ist. Er ist ein Fremder.

Ich wünschte, ich wäre länger geblieben, hätte ihn kennengelernt, mehr über den Vampiranteil in mir erfahren, der noch immer unter der Haut juckt. Ich frage mich, was wohl geschehen wäre, wenn ich Fragen gestellt hätte, wenn ich ihn hätte helfen lassen, anstatt davonzulaufen.

Beschämenderweise habe ich ein wenig Online-Stalking betrieben – *Recherche*, sagte ich mir – über Valdarr und seinen Clan.

Es stellte sich heraus, dass ich eine größere Stubenhockerin bin, als mir bewusst war, denn in Vampirkreisen ist Valdarr ein Prominenter – ein uralter. Aufzeichnungen datieren die Gründung seines Clans zwischen 800 und 1050 n. Chr. Er ist über tausend Jahre alt. Meine Sorge, zu alt für ihn zu sein, ist lachhaft, es ist eher umgekehrt. Er ist praktisch prähistorisch.

Sein Vater? Noch älter. Und wenn ich mir ihre blutige, gewalttätige Geschichte ansehe, will ich ihre Aufmerksamkeit ganz sicher nicht – jetzt nicht und niemals.

Trotzdem denke ich viel zu oft an ihn.

Ich bin mir sicher, da war ein Funke zwischen uns, doch vielleicht war es nur seine gewaltige Macht und nichts weiter als Wunschdenken. Schließlich ist er ein wunderschöner, tausend Jahre alter Vampir, und ehrlich gesagt: Jemand wie ich – jemand, der nicht einmal gut genug für Jay war – könnte niemals genug für Valdarr sein.

Und doch erinnerte er sich an mich. Half mir. Das zählt doch, oder?

Trotzdem warnt mich meine Intuition, diese kleine Stimme, die mit jedem Tag lauter wird, dass es gefährlich ist. Und ich glaube ihr. Sein Vater, der Großmeister, hat mich bereits einmal getötet. Wenn er entdeckt, dass ich noch umherlaufe, was dann?

Meine überaktive Fantasie liefert grelle Tagträume – lebendige, brutale Szenen, in denen er erkennt, was aus mir geworden ist, und sicherstellt, dass mein zweiter Tod endgültig ist.

Keine Mülltonnen. Keine Wunder. Nur Schmerz.

Es ist fast so, als könnte ich die Zukunft sehen, eine Vorahnung, die unmöglich sein sollte. Jedes Mal, wenn es passiert, unterdrücke ich es. Ich sollte mit House darüber sprechen, doch es ist einfacher, meinem fehlgeleiteten Gehirn die Schuld zu geben – eine Folge davon, dass ich keinen richtigen Schlaf bekomme.

Ich fürchte, mein Kopf könnte mir vor lauter Schlafmangel abfallen, aber ich habe mich angepasst. Zwei Monate in diesem Vampirgeschäft und ich habe ein neues Normal gefunden. Ich arbeite, konzentriere mich auf Lieferungen im Menschensektor, und widme mich nachts meinem Online-Job. Zum ersten Mal seit Langem scheint alles … gut zu laufen.

Ich habe sogar ein kleines Polster angespart und fühle mich souveräner als seit Jahren.

Ich trinke jeden zweiten Tag Blut, und wir haben herausgefunden, dass zweihundertfünfzig Milliliter die magische Menge ist, um mein Gewicht stabil zu halten. Es geht nicht um Kalorien. Wenn es so wäre, müsste ich literweise trinken. Es geht um Balance, darum, die Magie, die meinen untoten Körper animiert, gleichmäßig und stark zu halten. Meine Knochen sind jetzt von der perfekten Menge schlanker Muskeln umhüllt.

Das heutige Problem? Was soll ich zur Hochzeit anziehen.

Man könnte meinen, dass die Verwandlung in ein Geschöpf der Nacht mich von der Teilnahme entschuldigen würde. Aber nein. Ich muss hingehen. Ich muss meine Karriere wiederaufbauen. Ich muss Theresa und ihrem eingebildeten Sohn zeigen, dass sie mich nicht gebrochen haben. Dass ich noch immer stehe.

Es ist eine Win-win-Situation, solange ich es schaffe, vor Sonnenuntergang zu verschwinden und mich nicht während der Familienfotos verwandle – oder schlimmer noch, die Gäste verspeise.

Vom Flur aus beobachtet mich der Spender von Fellknäueln, schmutzigen Pfoten und übermäßig vielen sabbernden Küssen mit verräterischen Augen. »Ahuu, uuuhu, ahuuu«, stößt Baylor eine Reihe langer, theatralischer Heullaute hinter der verzauberten Tür aus.

»Ja, ja, ich weiß, du wirst misshandelt«, sage ich. »House und ich sind die Schlimmsten, absolute Gemeinlinge, weil wir dich aussperren.«

Er niest.

»Wir kuscheln in ein paar Minuten auf dem Sofa, Kumpel. Du wirst es überleben.«

Ich wende mich wieder meiner Aufgabe zu. Drei hübsche Kleider liegen auf dem Bett. Ich würde gern behaupten, ich hätte sie gekauft, aber ich habe vergessen, dass die Hochzeit schon dieses Wochenende ist.

House hat sie besorgt.

»Ich hoffe, du hast sie nicht gestohlen«, sage ich und mustere das erste Modell – ein blutrotes Kleid.

Sei nicht albern. Ich kann Kleidung manifestieren.

»Es ist eine wunderschöne Farbe – ein dunkles Rot, sehr elegant«, gebe ich zu, »aber nicht hochzeitsgeeignet. Ich bin mir sicher, ich habe irgendwo gelesen, dass Rot andeutet, man habe mit dem Bräutigam geschlafen.«

Was ich ja auch getan habe, offensichtlich. Wir waren zehn Jahre zusammen. Jeder auf der Hochzeit wird das wissen, ich muss es nicht noch mit rotem Satin unterstreichen. Selbst wenn ich den Bräutigam und seine Mutter hasse – es ist trotzdem unangebracht.

Ich wende mich dem zweiten Kleid zu, einem blassgelben. Schöner Schnitt, toller Ausschnitt, aber ... »Zu blass. Im falschen Licht könnte es weiß wirken. Das ist ein ganz anderes Albtraumszenario, das ich nicht brauche.«

Dann betrachte ich das dritte Kleid – und weiß sofort, dass es perfekt ist.

Tiefes Marineblau, mit hohem Halsausschnitt und halblangen Ärmeln bis zum Ellbogen, der Stoff schwer genug, um in eleganter Midilänge zu fallen. Der passende Gürtel betont meine Taille, und der hohe Kragen wird die Narben an meinem Hals verdecken. Außerdem habe ich ein paar klobige Armbänder, die mein Clan-Mal verbergen werden.

»Das ist es«, murmele ich, als ich es aufhebe. »Danke, House, es ist perfekt.«

Gern geschehen. Es wird nicht furchtbar.

Ich glaube, sie könnte recht haben.

»Ich habe über deinen neuen Namen nachgedacht«, necke ich sie, während ich das Kleid anprobiere. Das ist inzwischen ein Dauerwitz zwischen uns. »Hannah, Harper oder Helen? Harper würde definitiv gut zu dir passen. Es ist so ein schöner Name.«

Das ist er tatsächlich, aber da nur du und andere seelenberührte Objekte mich hören können, sehe ich den Sinn nicht.

»Es tut mir leid, House.«

Schon gut. Dieses Kleid passt, als wäre es für dich gemacht.

Ich richte die Ärmel und drehe mich, um es im Spiegel

zu betrachten. House hat recht – es passt mir perfekt, als wäre es für mich geschneidert – nahtlos, mühelos, unverschämt perfekt.

Dank meines Vampir-Zustands brauche ich keine Shapewear mehr. All die kleinen Unebenheiten, über die ich mich früher geärgert habe? Fort – geglättet, als hätten sie nie existiert. Mein Körper wurde ... korrigiert, bearbeitet – ein Vorher-Nachher-Foto ohne Diät, Mühe oder Wahl.

Ich sollte begeistert sein, es ist doch das, was ich immer wollte, oder?

Stattdessen fühle ich mich seltsam hohl, als hinge das Kleid an jemand anderem, einer Version von mir, die nie für Selbstakzeptanz kämpfen musste. Eine Fremde im Spiegel.

Siehst du? Ich habe dir gesagt, es wäre perfekt.

»Das ist es«, murmele ich und streiche den Stoff über meiner Hüfte glatt. »Danke, House.«

Morgen helfe ich dir mit deinen Haaren und deinem Make-up. Es dauert Sekunden, dich vorzeigbar zu machen.

»Bist du sicher, dass du das kannst?« Ich grinse. »Ich möchte nicht wie ein viktorianisches Gespenst aussehen.«

Ich kenne mich mit Mode und Make-up aus. Ich werde dich schön machen.

»Danke. Ich weiß das zu schätzen. Wenn ich morgen selbst mein Make-up mache, steche ich mir vor Nervosität bestimmt ins Auge. Ich werde zu Tode verängstigt sein.«

Oh, ich weiß. Aber du wirst das schaffen.

»Ich wünschte, du könntest mitkommen. Ich könnte Baylor mitnehmen, mit einer Schleife an seinem Halsband?«

Auf gar keinen Fall. Du nimmst den Hund nicht mit.

Eine Pause. *Außerdem wird es ein wunderschöner Tag. Ich habe ihm ein Planschbecken aufgestellt.*

Baylor liebt Wasser, also kann ich es mir schon vorstellen, und wenn House *Planschbecken* sagt, meint sie *Schwimmbecken*. Der Hund wird die beste Zeit seines Lebens haben, und ehrlich gesagt, möchte ich am liebsten zu Hause bleiben, im Schatten sitzen und ihm beim Planschen zusehen.

Manchmal ist das Richtige wirklich zum Kotzen.

Aber ich muss zu dieser Hochzeit. Jay darf die Geschichte nicht umschreiben und ungestraft davonkommen und seine Mutter ebenso wenig. Ich gehe hin, und ich werde meinen Namen reinwaschen.

Ich lümmele mich aufs Sofa, die Finger tief in flauschigem Fell vergraben, während ich durch kurze Videoclips mit greller Musik scrolle. Die Zeit verrinnt, mein Blick verschwimmt, der Bildschirm ruckelt und ... plötzlich stehe ich mitten auf einer Straße.

Kapitel Sechzehn

Was um Himmels willen geht hier vor? Wie zum Teufel bin ich hier gelandet?

Ich drehe mich im Kreis und schaue mich um. Auf der anderen Straßenseite steht eine Baumgruppe und ein Schild: WESTVIEW PARK. In der Nähe trägt eine Gruppe Frauen in einheitlichen T-Shirts mit der Aufschrift *Pink Ladys* Leder-Bowlingtaschen auf den Schultern und plaudert über den heutigen Rasenbowling-Wettbewerb.

Auf meiner Straßenseite schiebt eine Mutter einen Kinderwagen mit einem winzigen Baby darin, während ein etwa vierjähriger Junge nebenher hüpft und den Griff festhält. Seine Stimme ist hell und aufgeregt, er plappert über seine neue kleine Schwester, die Worte purzeln nur so aus ihm heraus. Die Mutter sieht erschöpft aus, dunkle Ringe unter den Augen, doch sie beantwortet jede Frage.

»Mummy, kann Cathy mit auf die Schaukeln?«

»Noch nicht, Liebling. Sie ist noch zu klein, aber bald wirst du mit ihr zusammen schaukeln.«

»Oh, kann sie zugucken?«

»Ja, sie kann dir beim Spielen zusehen.«

Dann schreit das Baby auf, ein schriller, dringender Schrei. Die Mutter beugt sich hinunter, um die Decken zurechtzuzupfen, und murmelt beruhigende Worte.

Ich bemerke, wie der Griff des Jungen nachlässt, ein pummeliges Fingerchen nach dem anderen. Seine Aufmerksamkeit schweift ab. Auf der anderen Straßenseite trabt ein zotteliger Hund aus dem Park, wedelt mit dem Schwanz und lässt die Zunge hängen. Die Augen des Jungen weiten sich.

»Hundi«, flüstert er.

Er macht einen Schritt nach vorn, winzige Schuhe klatschen auf den Asphalt.

Links steht ein Auto geparkt, rechts ein anderes. Er quetscht sich durch die enge Lücke, Hände ausgestreckt.

»Hundi«, sagt er noch mal, diesmal lauter, die Hand nach dem Hund ausgestreckt.

»Nein!«, schreie ich. Panik erfasst mich.

Ich renne vor, instinktiv will ich ihn packen, aber meine Hand geht direkt durch ihn hindurch. Ich kann ihn nicht berühren. Ich kann ihn nicht aufhalten!

Der Junge tapst weiter, ahnungslos. Er kichert.

Da höre ich es – das tiefe Brummen eines Motors. Ein Auto, schnell unterwegs. Ich sehe es, noch bevor jemand anderes es tut. Sekunden nur, der Fahrer kann ihn nicht sehen. Mir stockt der Atem.

»Joshy! Nein!«, schreit seine Mutter, als sie endlich aufblickt.

Die Zeit verlangsamt sich.

Das Auto ist fast bei ihm.

Er macht noch einen Schritt, immer noch lächelnd, immer noch den Hund im Blick.

Ich schreie, aber niemand kann mich sehen oder hören.

Das Auto trifft ihn. Der Aufprall schleudert ihn in die Luft, sein kleiner Körper verdreht sich, dann kracht er mit einem schrecklichen Schlag auf die Straße.

Die Welt explodiert in Schreien – seine Mutter, die Umstehenden – während ich hilflos dastehe, Tränen laufen mir übers Gesicht.

Ich reiße mich hoch, japse. *Oh Gott.* Mein Herz rast, meine Hände zittern und es dauert, bis ich mich beruhigt habe. Baylor brummt, drückt seine kalte Nase an mein Handgelenk. Ich sitze noch immer im Wohnzimmer auf dem Sofa, das Handy fest umklammert. Ich habe mich nicht bewegt. Ich habe gescrollt ...

Schockiert versuche ich, die Erinnerung an einen Aufprall, den ich in Wirklichkeit nicht miterlebt habe, abzuschütteln. Ich versuche, sie zu ignorieren, aber ich kann nicht. Alles in mir schreit, dass das, was ich gesehen habe, real ist. Ein kleiner Junge. Ich kann das nicht ignorieren.

Wie hieß der Park?

Ich greife nach meinem Laptop, tippe hektisch, die Finger fliegen über die Tasten, während ich suche. *Westview Park.* Ja, ich glaube, das ist er. Ich schließe die Augen, und die Szene formt sich neu, jedes Detail glasklar. Es fühlt sich an, als stünde ich noch immer dort. Ich habe nichts vergessen. Mein visuelles Gedächtnis ist anders: schärfer, fast fotografisch.

Den Ort habe ich, aber ich brauche die Zeit. Die Pink Ladys und ihr Bowling-Wettbewerb ... Noch eine Suche – er ist heute.

»House!« Sie kann mich selbstverständlich hören, aber ich schaffe es nicht, meine Stimme zu senken. Ich gerate in Panik.

Was ist los?

»Ich hatte eine Vision. Ich war wie in Trance. Ich habe auf meinem Handy gescrollt, und plötzlich stand ich mitten auf der Straße. Es fühlte sich so real an – ein kleiner Junge wurde von einem Auto angefahren.« Ich rattere die Details herunter.

»Ich habe nachgesehen: Der Park liegt im Vampirsektor. Er ist echt, und der Bowling-Wettbewerb ist heute.«

Ein überwältigender Drang, ihn zu retten, packt mich.

»Was passiert mit mir, House? Werde ich verrückt?«

Der Grund, warum du mich hören kannst, ist nicht meine Magie, sondern dass du hellsichtig bist, antwortet sie. *Vielleicht hattest du die Gabe schon immer, und der Vampirismus verstärkt sie nur. Es ist selten – kaum je die Rede davon – aber manche Vampire sind besonders. Mach dir keine Sorgen, Fred, wir kriegen das hin.*

Eine sich entwickelnde Gabe.

Eine, die ich seit Wochen mit aller Kraft zu unterdrücken versuche.

»Wenn es real ist, muss ich in den Park gehen und den kleinen Jungen retten.«

Ich küsse Baylor auf den Kopf und springe mit klopfendem Herzen auf. Ich stürme nach oben, ziehe mir schnell etwas über und stolpere fast, als ich in die Turn-schuhe schlüpfe.

Binde deine Schnürsenkel, schimpft House.

»Ja, ja! Mach ich!«, murmele ich, während ich sie hastig verknote, bevor ich mir den Mantel schnappe und zur Tür hinaushetze.

Auf halbem Weg den Pfad hinunter merke ich, dass ich die Schlüssel vergessen habe. Als ich mich umdrehe, schweben sie hinter mir her. »Danke, House«, keuche ich.

Sei vorsichtig. Fahr vorsichtig. Du wirst ihn nicht retten, wenn du einen Unfall baust.

»Nein, du hast recht«, antworte ich, zwinge mich zu nicken und renne zum Auto.

Ich fahre vom Hof, die Finger klammern sich ans Lenk-rad, während ich Richtung Vampirsektor steuere. Mein Kopf schreit, schneller zu fahren, aber ich muss vernünftig bleiben. An der nächsten Ampel tippe ich den Parknamen ins Navi, dann trete ich aufs Gas, sobald es grün wird.

Ich erinnere mich kaum an den Grenzübergang, folge den Anweisungen, komme quietschend vor dem Park zum Stehen und reiße die Autotür auf – den Motor lasse ich laufen.

Ich bin fast zu spät.

»Er wird überfahren!«, schreie ich und renne den Gehweg entlang. Die Mutter dreht sich bei meinem Ruf um, ihr Schrei zerreißt die Luft.

Ohne nachzudenken tue ich, was mir vorher unmöglich war: Ich packe den kleinen Jungen und ziehe ihn weg.

Er schreit vor Angst.

Ich halte ein Kind im Arm. Ein echtes Kind.

Seine dunkelhaarige Mutter – mit denselben grünen

Augen wie er – reißt ihn mir aus den Armen, schluchzend. »Danke, danke, er wäre gestorben.«

Der Fahrer steigt aus, bleich und zitternd. »Ich habe ihn nicht gesehen. Er kam plötzlich hinter dem geparkten Auto hervor. Wenn Sie ihn nicht gepackt hätten ... Ich ... Ich hätte ihn getötet. Ich hätte nicht mehr rechtzeitig bremsen können.«

Mein Herz hämmert. Die Vision war real.

»Ich glaube, sie steht unter Schock«, murmelt jemand.

»Es geht mir gut«, sage ich leise. »Ich bin nur ... froh, dass er in Sicherheit ist.«

Verlegen winke ich und gehe zurück zu meinem Auto. Ich steige ein, schnalle mich an und fahre los – vorsichtig, unsicher.

Ein paar Straßen weiter, außer Sicht, halte ich an und sitze still, während mein Herz rast.

Das Kind lebt. Es weinte, weil ich ihm Angst gemacht habe, nicht weil es verletzt war. Die Vision hat sein Leben gerettet. Irgendwie bin ich genau dort gelandet, wo ich gebraucht wurde.

Das ist ... irre.

Als ich wieder in der Lage bin, auf die Straße zu achten, fahre ich bis zum Ende, wende und mache mich auf den Heimweg.

KAPITEL SIEBZEHN

ICH BIN IMMER NOCH VÖLLIG durch den Wind wegen gestern – wegen der Rettung des kleinen Jungen.

Wenn ich nicht genau in diesem Moment gescrollt hätte, wenn ich nicht in eine Social-Media-Trance geglitten wäre, wäre er gestorben? Ich bin kein Superheld, ich bin niemand Besonderes. Und doch – was für eine Fähigkeit: Visionen vom echten Leben. Ich glaube nicht, dass ich jetzt jeden Tag Menschen retten werde, aber es ist, als müsse diese Kraft mich erst davon überzeugen, dass sie real ist.

Er wäre gestorben, wenn ich diesem Zug, dieser geistigen Beeinflussung nicht gefolgt wäre.

Das alles ist so seltsam und beängstigend.

House glaubt, ich sei hellsichtig, und es ergibt Sinn. Ich hatte tatsächlich ein kleines Talent, das ich zehn Jahre lang ignoriert habe, bevor mein Leben den Bach runterging.

Ich werde es nicht noch einmal ignorieren, ich werde versuchen, etwas darüber zu lernen, auch wenn es sich nicht real anfühlt. Aber heute kann ich mich nicht damit beschäftigen, also schiebe ich mein Handy ins Handschuhfach. Ich muss zu einer Hochzeit.

Eine Straße vom Veranstaltungsort entfernt parke ich und gehe den Rest zu Fuß. House hat ihre Gute-Fee-Magie an mir wirken lassen. Sie hat nicht übertrieben, als sie versprach, Haare und Make-up zu übernehmen. Makellos. Nicht übertrieben. Elegant.

Ich halte das schick verpackte Hochzeitsgeschenk so fest, als könnte es mich beißen.

House und ich haben stundenlang die Möglichkeiten abgewogen. Wir haben über Bücher, Alkohol und Bonsai-Bäume diskutiert, uns aber am Ende für etwas entschieden, das die perfekte Balance zwischen höflich und spitzfindig darstellt.

Eine Luxuskerze in einem eleganten, mundgeblasenen Glasgefäß. Duft: Frische Wäsche und Zitrus. Name auf dem Etikett: **FRESH START**. Auf die Karte schrieb ich:

Ich wünsche euch Wärme, Klarheit und einen hellen Neubeginn.

Alles Gute,

Fred.

Amy würde die Kerze urkomisch finden. Ich wünschte, sie wäre hier. Ich wünschte, House wäre aus Fleisch und Blut. Stattdessen bin ich allein, auf der Hochzeit meines Ex-Freundes und der Frau, mit der er mich betrogen hat.

Kopf hoch, Schultern zurück. Ich schaffe das.

Das Hotelgelände ist wunderschön: weitläufige Rasenflächen, makellose Blumenbeete und ein goldener Steinweg ohne ein einziges Unkraut. Ich folge dem Klimpern von Gläsern, Musik, dem Murmeln von Stimmen und einer Reihe von hübschen Hochzeitsschildern, die um das Gebäude herum zur hinteren Terrasse weisen.

»Fred! Bist du das?«

Ich drehe mich um und sehe Jays Vater.

Er kommt näher, fasst mich an den Oberarmen und küsst mich auf die Wange.

»Ich freue mich so, dass du gekommen bist«, sagt er mit warmer Stimme. »Geht es dir gut? Ich habe dich vermisst.« Seine Brille rutscht ihm von der Nase, als er mich mustert. Jays Vater war immer ein Gentleman, ich habe nie verstanden, wie er Theresa erträgt.

Es schmerzt immer noch, dass er mich nie gegen ihre Verleumdungen verteidigt hat, aber warum sollte er auch? Ich war nur die Ex-Partnerin seines Sohnes. Nie wirklich Familie.

»Hallo, Hamish«, antworte ich und lächle zurück.

»Du siehst großartig aus. Das Single-Dasein steht dir.«

»Danke. Darf ich sagen, dass du in diesem Anzug extrem schick aussiehst?«

»Danke.«

Er führt mich auf die Terrasse: breite Platten aus weißem Stein, eingerahmt von gepflegten Gärten und der Rückfassade des Hotels, wo bodentiefe Türen weit offen stehen. Drinnen erstrahlt ein Speisesaal in Weiß und Gold.

Kleine Gruppen von Gästen plaudern bei Champagner, während das Servicepersonal mit silbernen Tabletts umhergeht. Irgendwo in der Nähe spielt ein Streichquartett leise Musik, die sich mit dem Gelächter und den Gesprächen vermischt.

Ich entdecke den Geschenktisch, stelle meines zwischen die anderen – weiße und goldene Schachteln, Tüten voller Seidenpapier und glitzernder Schleifen. Meins fügt sich perfekt ein: edel, geschmackvoll, nicht im Geringsten kleinlich.

Nicht ... offensichtlich jedenfalls.

Ich spüre Blicke auf mir. Manche neugierig, andere verwirrt, ein paar offen feindselig. Die Spannweite reicht von *Was macht sie denn hier?* bis zu *Wow, ihre magische Verwandlung ist beeindruckend.*

Aber es gibt auch Lächeln, kleine Nicken des Wiedererkennens von Menschen, die ich in diesen zehn langen Jahren kennengelernt habe. Alte Bekannte winken, als wären wir noch immer befreundet. Ich winke zurück und lächle.

Merkwürdig nur, dass keiner unserer früheren gemeinsamen Freunde hier ist. Vielleicht hat Melissa ihren Willen durchgesetzt und sie von der Gästeliste gestrichen. Ich kann immer noch nicht begreifen, warum ich eingeladen wurde oder warum ich überhaupt gekommen bin. Der Gedanke, meine Karriere zurückzuerobern, wirkt jetzt albern.

»Es ist schön hier«, sage ich, und mein Blick bleibt am Traubereich hängen: Reihen weißer Stühle flankieren einen hellen Gang und sechs blumenüberspannte Bögen. Sechs, als ob einer nicht gereicht hätte. Ich bin so froh, dass dies nicht mein Hochzeitstag ist. Nichts sagt *Abschluss* so sehr wie die Hochzeit seines Ex zu besuchen – an seinem eigenen Geburtstag.

Prost auf mich.

»Melissa und Theresa haben sehr hart an all dem gearbeitet«, sagt Hamish mit einem kleinen schiefen Lächeln und versucht, sich hinter seinem Glas zu verstecken.

Ich lächle und klopfe ihm auf die Hand. Ich bin einfach froh, ein freundliches Gesicht zu sehen – und insgeheim erleichtert, dass mich die Security nicht schon am Tor hinausgeworfen hat. Vielleicht ist das der wahre Grund, warum ich es nicht gewagt habe, auf dem Hotelparkplatz zu parken.

Hamish reicht mir ein Glas Orangensaft und lotst mich dann zu einer Gruppe Verwandter.

»Das hier sind ein paar von Jays Cousinen«, sagt er. »Sandy, Jeani, Katja und –«

»Oh, wir haben uns schon kennengelernt«, unterbricht Sandy ihn mit großen Augen. »Vor Ewigkeiten, fünf Jahre ist das her, glaube ich.«

»Ja, ich denke auch. Schön, euch alle wiederzusehen.« Ich lächle höflich.

»Du siehst fantastisch aus! Was auch immer du machst, es funktioniert«, sagt Katja. Sie und die anderen tauschen diesen schmallippigen Blick aus, der mehr verrät, als er sollte.

»Ich kann nicht glauben, dass du hier bist«, platzt es aus Jeani heraus, dann verzieht sie das Gesicht. »Oh, das war nicht böse gemeint. Ich meine nur ... wow.«

»Unglaublich mutig«, sagt Katja.

»Unglaublich schön«, fügt eine neue Stimme hinzu. »Hallo, meine Damen.«

Ein Mann tritt in die Runde mit der Selbstsicherheit eines Menschen, der das Wort *Nein* noch nie gehört hat. Dunkles Haar, Filmstar-Gesicht und er weiß es.

»Ich bin Charlie«, sagt er und zeigt ein Zahnpasta-

Werbungslächeln. »Wir sind uns noch nicht vorgestellt worden.«

Er reicht mir die Hand.

»Fred.« Ich zögere, aber alle schauen zu, also ergreife ich sie.

Fehler.

Er hebt meine Hand, und anstatt sie zu schütteln, drückt er einen Kuss auf den Handrücken. Ich halte meinen Gesichtsausdruck erstaunlich neutral, obwohl der Drang, seinen Speichel sofort abzuwischen, überwältigend ist. Unauffällig trete ich zurück.

»Also«, sagt Charlie mit einem Grinsen, das er wohl für charmant hält, »Braut oder Bräutigam?«

»Bräutigam«, antworte ich und nehme einen großen Schluck Saft. Ich brauche Alkohol für das hier. Schade, dass Jays Vater gerade Schadensbegrenzung betreibt.

»Fred war ein paar Jahre mit Jay zusammen«, ergänzt Hamish, bemüht zu helfen.

Charlies Augenbrauen schnellen hoch. »Da hat er aber über seinem Niveau geangelt, was?«

Er lacht. Ich nicht.

Ein demonstratives Räuspern ertönt hinter mir.

Ich drehe mich um und erstarre.

Jay steht da, im dunkelgrauen Smoking mit schicker Einstecktuchfalte und einer einzelnen weißen Rose am Revers.

Mein Herz macht etwas Furchtbares, Verräterisches. Jeder Muskel spannt sich an, und instinktiv rücke ich näher an Hamish.

Hierherzukommen war eine sehr schlechte Idee, flüstert meine innere Stimme.

Ich spiele die Nacht noch einmal durch, als ich mich entschied, ihn zu verlassen. Ich sehe diese Frau, wie sie in der Küche kauerte, stumm, nachdem er sie im Flur mit seinem Ellbogen erwischt hatte.

Früher hätte ich ihn zurückgestoßen, ihn zurechtgewiesen, etwas gesagt. Stattdessen schluckte ich jeden Seitenhieb, jedes gemeine Wort. Nicht ein einziges Mal habe ich mich gewehrt, und dieser Gedanke widert mich an.

Wann bin ich so erbärmlich geworden? Es muss Jahre gedauert haben, so viele kleine Momente, die mein Selbstwertgefühl Stück für Stück zerbröckelten.

Die Frau, die ich einmal war, wäre heute nie hierhergekommen.

Jay ragt über mir auf, und selbst in zehn Zentimeter hohen Absätzen fühle ich mich klein, winzig im Vergleich zu ihm. Sein straßenblondes Haar reicht bis zum Kragen, länger als früher, er hat schon wieder einen Friseurtermin sausen lassen. Ich frage mich, ob seine Mutter Melissa schon dafür getadelt hat – so wie sie es bei mir immer tat, als wäre es meine Schuld, dass er nie an seine Termine dachte.

Sein Blick gleitet über mich, und sein Lächeln verwandelt sich in ein Stirnrunzeln.

»Fred, du siehst gut aus. Sehr gut.«

Ja, ich bin vor ein paar Monaten zum Vampir geworden. Kein großes Ding. Ich konzentriere mich darauf, langsam und gleichmäßig zu atmen. Niemand darf sehen, dass ich panisch werde.

Natürlich wusste ich, dass ich ihm begegnen würde – es ist schließlich seine Hochzeit –, aber ein Teil von mir hatte gehofft, unbemerkt zu bleiben. Keine Chance.

»Ja, du hast definitiv einen schlechteren Deal gemacht, Kumpel«, sagt Charlie und stößt Jay mit dem Ellbogen in die Rippen. »Ich kann nicht glauben, dass du diese Frau gedatet hast, sie hast gehen lassen – und sie dann trotzdem zu deiner Hochzeit auftaucht. Das tut weh.« Er wackelt mit den Fingern, als würde er einen selbstgefälligen *Bro-Fluch* sprechen.

Jay geht nicht darauf ein.

»Neun Jahre«, sagt er und starrt mich weiter an. »Wir waren neun Jahre zusammen.«

Ich schüttele den Kopf. »Zehn. Du hast das letzte vergessen, während du mich mit Melissa betrogen hast. Dir ist wohl nicht aufgefallen, dass ich noch da war.«

Stille.

Ich spüre die Aufmerksamkeit aller in Hörweite. Habe ich das *wirklich* laut gesagt?

Ich bereue es nicht.

Ich bin aus einem Grund hierhergekommen, und diese Leute sind klug genug, eins und eins zusammenzuzählen und zu erkennen, dass meine Version der Ereignisse weit mehr Sinn ergibt als Theresas Ausrede, ich hätte Geld aus der Firma veruntreut.

»Solltest du dich nicht besser für deine Braut fertig machen?«, frage ich und fasse mich schnell wieder. »Wenn du mich entschuldigen würdest.«

Ich drehe mich auf dem Absatz um und gehe – absichtlich, graziös – davon. Hinter einem der riesigen Blumenbögen, dick behangen mit Rosen und Schleierkraut, stoße ich einen langen Seufzer aus.

Ich höre Sandy murmeln: »Wenn ich groß bin, will ich wie Fred sein.«

Ich kann nicht entscheiden, ob ich schreien oder lachen soll.

Die Hochzeitsplanerin beginnt, die Gäste auf ihre Plätze zu führen. Die Zeremonie steht kurz bevor.

Ich bleibe noch einen Moment verborgen, gerade lang genug, um mich zu sammeln.

Dann husche ich auf einen leeren Platz in den hinteren Reihen. Hamish fängt meinen Blick auf und nickt kurz, bevor er seinen Platz am Altar einnimmt.

Ein paar Minuten später rauscht Theresa herein, ganz die Mutter des Bräutigams. Ihr Make-up ist makellos, ihr Haar kunstvoll frisiert. Arm in Arm mit Jay marschiert sie vorbei, als sei *sie* die Braut.

Ich höre ihre Worte nicht, aber das brauche ich auch nicht. Sie schiebt Hamish und Jay zurecht wie Puppen, richtet Hamishs Krawatte und – Jays Gesichtsausdruck nach zu urteilen – zerrt an seinen Haaren, während sie den Kragen richtet.

Typisch Theresa.

Das Streichquartett spielt die ersten Takte des *Hochzeitsmarsches* von Mendelssohn.

Alle erheben sich.

Ich habe Fotos von Melissa gesehen, sie sollte an ihrem besonderen Tag strahlen. Stattdessen stampft sie mit einer Miene, die Tapeten von den Wänden lösen könnte, den Gang entlang, ihr Vater an ihrer Seite, der so tut, als sei alles in Ordnung.

Dann sehe ich es: ihr Handy, eingeklemmt in den Herzausschnitt ihres juwelenbesetzten Kleides, ragt zwischen den Kristallen auf wie ein nachträglicher Einfall des Designers. Sie hat sich buchstäblich ein Handy zwischen die Brüste gesteckt und niemand erwähnt es.

Ihr Blick verfinstert sich noch mehr, als sie mich entdeckt. Sie erstarrt mitten im Gang. Ihr Vater zerrt an ihrem Arm.

»Du«, formt sie lautlos mit den Lippen.

Die Musik läuft weiter, das Quartett spielt tapfer. Nach ein paar angespannten Sekunden murmelt ihr Vater etwas zu ihr und führt sie weiter. Sie bewegt sich wieder, widerwillig.

Was sollte das? Ich war eingeladen. Sie hat gewonnen: Sie ist im Kleid, am Altar, kurz davor, meinen Ex zu heiraten. Ich bin nur ein stiller Gast in den hinteren Reihen, bemüht, mein Gesicht unbeweglich zu halten – mit mäßigem Erfolg.

Die Zeremonie schreitet voran. Als der Standesbeamte die vertrauten Worte spricht – »Wenn jemand Einwände gegen diese Ehe hat, so spreche er jetzt oder schweige für immer« – verändert sich die Atmosphäre.

Es fühlt sich an, als ob sich alle Köpfe zu mir drehen.

Die Braut wirbelt herum und starrt mich an.

Theresas Blick bohrt sich in meine Seite, doch ich verweigere ihr die Genugtuung. Ich hebe mein Kinn und stelle mir Baylor vor, wie er zu Hause in seinem absurden Planschbecken plantscht. Ich bin friedlich, glücklich, unantastbar. Sie. Können. Mich. Nicht. Anrühren.

Die Gelübde enden, sie küssen sich. Es ist vollbracht. Jay ist verheiratet – und ich bin dankbar, dass es nicht mit mir ist.

Ich bleibe lange genug, um zu sehen, wie sie die Eheurkunde unterschreiben. Wichtig, notwendig. Ich habe mich gezeigt, habe Präsenz bewiesen und hoffentlich meinen Ruf wiederhergestellt.

Aber für den Kuchen bleibe ich nicht.

Ja, ein bisschen schuldig fühle ich mich, ein Essen zu verschwenden. Aber Melissas Drohblicke und die Spannung, die man mit dem Hochzeitsmesser schneiden könnte, sagen mir, dass es Zeit ist zu gehen. Sie haben mein Leben eine Zeit lang ruiniert, aber ich werde nicht ihren Hochzeitstag ruinieren.

Ich habe meinen Abschluss. Ich habe meinen Standpunkt klargemacht.

Zeit, nach Hause zu fahren.

Ich folge dem goldenen Steinweg zurück zu meinem Auto.

»Winifred, warte!«

Ich bleibe stehen.

Jay – ausgerechnet Jay – eilt mir hinterher. Er ist nicht bei seiner neuen Braut, nicht beim Fotografieren, nicht beim Anschneiden der Torte. Nein, er ist hier und läuft mir nach. Ich spanne mich an.

»Warum gehst du schon so früh?«

»Deine Frau sah wütend aus«, antworte ich kühl. »Da dachte ich, es wäre Zeit zu gehen.«

Bevor Theresa und Melissa auch noch meine Haare ausreißen.

Er packt meinen Arm und drängt mich vom Weg, über den Rasen, zur Seite des Hotels.

»Was machst du da?«

»Du siehst so ... schön aus. Unglaublich schön, ehrlich.«

»Jay, das ist unangebracht.« Ich reiße meinen Arm los,

mir wird übel. »Es ist dein Hochzeitstag. Du solltest bei Melissa sein, nicht mich in die Enge treiben. Das ist falsch.«

»Ich kann nicht aufhören, an dich zu denken.« Er tritt näher. »Ich habe dich vermisst.«

Ich trete zurück. Er rückt wieder vor, und ehe ich mich versehe, stehe ich gegen die Steinmauer gedrückt.

»Wann bist du so schön geworden?«, murmelt er. Sein Atem stinkt nach Whisky.

Ich lege die Handflächen auf seine Brust und schiebe ihn weg. »Jay, das ist nicht angebracht. Tritt zurück.«

»Aber du bist mein Mädchen.«

»Nein, bin ich nicht. Ich war seit fast sieben Monaten nicht mehr dein Mädchen und wenn wir ehrlich sind, seit Jahren nicht. Melissa ist deine *Frau*, und im Gegensatz zu dir glaube ich an Treue, an Loyalität. Ich senke meine Standards nicht und auch nicht meine Moral. Schon gar nicht für dich. Geh zurück, jetzt.«

Für einen lächerlichen Moment wünschte ich, ich hätte meine Vampirstärke, meine Reißzähne.

Dann –

Über Jays Schulter entdecke ich jemanden, den ich nie wiederzusehen geglaubt hätte, wie er geradewegs auf uns zukommt. Mein Mund klappt auf, ein leises Quietschen entweicht mir. Oh mein –

»Ich denke, du solltest auf die Dame hören und zurücktreten, bevor ich dich dazu bringe«, sagt eine samtige Stimme, die mir Gänsehaut über die Arme jagt.

Und da steht er. Valdarr.

Er strahlt stille Bedrohung aus, steht in vollem Sonnenlicht, unverschämt prächtig in einem weiteren makellosen Anzug. Die schwarzen Tattoos, die sich um seine Finger winden, lassen ihn tödlich wirken. Er nickt mir leicht zu und kommt mit zielstrebiger Ruhe näher.

»Entschuldige, dass ich zu spät bin«, sagt er sanft. Dann beugt er sich vor und küsst meine Wange. Zart, warm, vertraut, als hätten wir das schon tausendmal getan.

Ich starre ihn sprachlos an.

Jay versteift sich. »Wer zum Teufel bist du?«

Oh mein Gott, Jay hat meinen Vampir nicht gerade wirklich beleidigt? Den tausend Jahre alten Vampir, den das Sonnenlicht umgibt wie ein Mantel.

Valdarr stellt sich zwischen Jay und mich, schirmt mich mit seinem Körper ab.

»Ihre Bindung an dich war es, die dich besonders gemacht hat – das ist dir klar, oder? Du hättest dein Glück schätzen und sie nicht gehen lassen sollen. Sie gehört nicht mehr dir«, sagt er mit messerscharfer Stimme. »Du blamierst dich. Geh zurück zu deiner Frau.«

»Ich nehme keine Ratschläge von einem Punk mit Lippenpiercing an.«

Valdarr mustert Jay von oben bis unten mit offener Verachtung, ein langsames, bewusstes Grinsen umspielt seine Lippen.

»Hier der Ratschlag von einem *Punk mit Lippenpiercing*: Lerne den Unterschied zwischen besitzen und ehren. Ersteres hast du versucht. Letzteres werde ich tun.«

Wow. Ich habe keine Ahnung, was ich sagen soll.

Ich starre ihn einfach nur an. Valdarr. Der hier in der Sonne steht und Jay fertigmacht wie ein unsterblicher Ritter in maßgeschneiderter Rüstung.

Mir egal, was morgen passiert, in diesem Moment ist er mein Held.

Jay ist genauso sprachlos. Sein Mund öffnet und schließt sich wie bei einem Fisch an Land.

Valdarr beugt sich näher, er überragt Jay um mindestens zwanzig Zentimeter, und murmelt etwas, das zu leise ist, als dass ich es verstehen könnte.

Was immer er sagt, lässt Jays Gesicht alle Farbe verlieren.

»Komm«, sagt Valdarr und wendet sich mir mit müheloser Anmut zu. »Ich begleite dich zu deinem Auto.«

Er nimmt meinen Ellbogen und führt mich zurück zum Weg. Wir gehen schweigend.

Ich blicke zu ihm auf. »Was hast du zu ihm gesagt?«

»Nichts Wichtiges.«

Ich stocke. »Ich – Ich verstehe nicht, wie du hier sein kannst, im Tageslicht, in der Sonne.«

Er trägt einen Ring, den ich noch nie gesehen habe, einen großen Rubin, der vor Magie summt. Vielleicht ist es das, was ihn vor der Sonne schützt.

»Ich bin ein begabter alter Vampir«, erwidert er, als wäre das Erklärung genug. Dann hält er inne, hebt sanft eine Hand und streicht mit dem Daumen über meinen Hals, direkt unter meinem Kiefer, genau über meinem Puls. Seine Brauen ziehen sich zusammen. »Was ich nicht verstehe ... ist, warum du wach bist und atmest. Ich kann deinen Herzschlag hören.«

Ich schlucke. *Verdammt, das hatte ich vergessen.* Ich sollte ihm die Wahrheit sagen. »Ich weiß nicht, warum ich verwandelt wurde oder wie. Nachts bin ich ein Vampir und ... tagsüber das hier.« Ich zucke mit den Schultern, lasse bestimmte Details aber unausgesprochen. »Ich habe keine Erklärung.«

»Ich helfe dir herauszufinden, was mit dir geschehen

ist, wenn du mir einen kleinen Gefallen tust. Bewahre dein Geheimnis, dass du tagsüber menschlich bist. Vertraue niemandem, niemand ist sicher.«

Ich nicke, löse mich aus seiner Berührung und gehe weiter. Wir bleiben still.

Am Auto nimmt er mir den Schlüssel aus der Hand und öffnet die Fahrertür.

Ich zögere. »Du wirst mich nicht etwa ... entführen?«

»Nein. Ich bringe dich nirgendwohin, wo du nicht hinwillst.«

Meine Kehle schnürt sich zu. »Warum bist du gekommen?«

»Ich bin dein Clan. Ich gehöre zu dir. Und wenn wir ehrlich sind – ich wusste, wo du warst, seit dem Moment, als du aus dem Safe House geflohen bist.«

Oh. »Du hast Leute, die mich beobachten?«

»Ja. Du bist ein Mitglied meines Clans, das im Menschensektor lebt, und wir haben Protokolle einzuhalten.«

Mein Herz wird schwer. Oh nein – Baylor, House ...

»Keine Panik«, sagt er mit einem beruhigenden Lächeln. »Ich komme dir, deinem Hund oder deinem magischen Haus nicht in die Quere. Ich bin froh, dass du irgendwo sicher bist.«

Er blickt nach unten, dann zurück zu mir. »Von der Hochzeit habe ich durch eine Hintergrundprüfung erfahren. Ich bin gekommen, um sicherzugehen, dass es dir gut geht. Ich hatte nicht vor, einzugreifen, aber ich konnte seine Hände nicht an dir dulden. Du sahst verängstigt aus.«

»Danke. Ich weiß deine Hilfe zu schätzen.«

»Immer.«

Er lehnt sich erneut vor, um mir den Schlüssel zurückzugeben, und als er diesmal meine Wange küsst, streifen seine Lippen gefährlich nah meinen Mundwinkel.

»Alles Gute zum Geburtstag. Wir sehen uns bald, Sonnenschein.«

Benommen rutsche ich ins Auto. Er schließt die Tür mit leiser Endgültigkeit.

Er hat mich gehen lassen.

Er hat mich *gehen lassen* – und mich beschützt.

Die Vorstellung, von Vampir-Dienern beobachtet zu werden, begeistert mich nicht ... aber jetzt gerade? Kann ich es kaum *erwarten*, House zu erzählen, was auf der Hochzeit passiert ist.

Ich schnalle mich an und fahre los. Ein Blick in den Rückspiegel – er ist verschwunden.

Als ich den Gang wechsle, streifen meine Finger die Stelle an meiner Wange, wo ich noch immer das Gefühl seiner Lippen spüre.

Kapitel Achtzehn

Ich liege auf einer Liege im Schatten eines Baumes und beobachte, wie Baylor im Pool planscht wie ein Kleinkind mit Zuckerschock. Als ich nach Hause kam, zog ich mich um und erzählte House alles. Sie ist jetzt in Alarmbereitschaft, hält Ausschau nach jedem, der das Haus beobachten könnte, und überprüft ihre Schutzkreise immer wieder. Noch hat sie niemanden gefunden – aber ich merke, dass sie nervös ist, auch wenn sie es nicht zugeben will. Sie gibt mir keine Schuld.

Ich gebe mir trotzdem die Schuld.

Der Garten hat sich erweitert, um den Pool und bestimmt Dutzende Hundespielzeuge aufzunehmen. Alle quietschen. Alle sind bunt. Alle sind unwiderstehlich – zumindest Baylors dümmlichem Grinsen nach zu urteilen. Dies ist kein Land für Außenpools, neun Monate im Jahr ist es hier kühl, aber heute glitzert das Wasser in der Sonne, weder chloriert noch gesalzen, einfach Wasser: rein und klar, von House' Magie makellos gehalten. Nicht einmal eine Fliege wagt es, seine Oberfläche zu berühren.

Baylor räkelt sich auf den breiten Stufen, brusttief im Wasser, mit hängender Zunge, während er vor Erschöpfung hechelt.

Ich greife nach einem Handtuch. »Komm schon, es ist Zeit, rauszukommen.«

Er ignoriert mich – natürlich – und taucht stattdessen nach einem schwimmenden T-Bone-Steak-Spielzeug.

»Baylor, es ist Zeit. Raus.«

Er dreht mir den Rücken zu, wedelt trotzig mit dem Schwanz und spritzt dabei Wassertropfen umher.

»Ignoriere mich nicht«, sage ich in meinem besten Mum-Ton.

Er grummelt, kehrt mit dem Spielzeug zwischen den Zähnen zurück und wuchtet sich schließlich hinaus. Ich reibe ihn trocken und murmele etwas über dramatische Huskys.

»Komm schon, Kumpel.«

Drinnen trocknet ein Blitz von House' Magie ihn augenblicklich, und das feuchte Handtuch verschwindet aus meinen Händen – ersetzt durch eine Tasse heißen Tee.

»Danke.«

Baylor plumpst mit einem Schnaufen auf den Teppich. Ich sinke aufs Sofa, umklammere meinen Tee und starre auf die Oberfläche, als könnte sie mir Antworten geben.

»Der kalte Entzug vom Handy fällt mir wirklich schwer.«

Du musst lernen, Mit der Gabe deiner Hellsichtigkeit

umzugehen, erinnert mich House wieder – vermutlich schon zum hundertsten Mal, seit ich heimgekommen bin.

»Ich weiß, aber ich habe Angst.«

Du musst üben, sagt sie sanft. *Es sind noch ein paar Stunden bis zur Dunkelheit.*

»Was, wenn ich wieder einfach wegdrifte?«

Das werde ich nicht zulassen. Du erkennst die Visionen jetzt. Du kannst lernen, sie zu kontrollieren. Ich passe auf dich auf, Fred, dir wird nichts geschehen.

Sie hat recht. Wenn das Schicksal dich in eine untote Seherin verwandelt, kann es nur schlimmer werden, wenn man es ignoriert. Außerdem wollte ich immer schon etwas Besonderes sein – und hier bin ich.

Juhu.

Besser, es jetzt zu versuchen, als die Nacht grübelnd über die Hochzeit oder Valdarr und das, was er Jay zugezischt hat, zu verbringen.

»Okay.«

Ich stelle die Tasse beiseite, renne nach oben, hole mein Handy und komme zurück. Baylor leckt geräuschvoll an seiner Flanke, als gäbe es kein Morgen.

»Alle können dich hören. Hast du für einen Tag nicht genug gebadet?«

Er hält inne, um mich böse anzusehen, und macht dann weiter.

»Am Ende hast du noch eine haarige Zunge«, murmele ich und entsperre das Handy.

Ich öffne die App erneut, mache es mir bequem und beginne zu scrollen. Nichts passiert. Ich bin zu angespannt, zu aufmerksam.

Entspann dich, mahnt House. *Vertrau mir.*

Ihr vertrauen? Tue ich. Und ich will nicht, dass die Macht mein Gehirn kapert. Ich scrolle weiter, schaue weiter.

Zehn Minuten später beginnt es: ein Kribbeln hinter meinen Augen, ein Flimmern, das Gefühl, seitwärts zu gleiten, ohne mich zu bewegen. Diesmal lasse ich es geschehen, aber ich falle nicht zu tief. Ich gleite an der Oberfläche entlang. Ich bin mir bewusst, was passiert, und das hilft.

Die Magie packt mich nicht, sie fließt, und ich lasse die Vision zu.

Kapitel Neunzehn

Es regnet.

Ich stehe in einer Gasse hinter dem, was ich für einen Nachtclub halte. Der ferne Bass hämmert dumpf durch die Wand. Regen tropft aus einer kaputten Dachrinne.

Achte auf Details, Fred. Achte auf Details.

Ich habe genug Bücher gelesen – genug Filme gesehen –, um zu wissen, dass man nach Hinweisen suchen und aufmerksam bleiben muss.

In der Nähe steht ein Müllcontainer. Ein Frösteln überkommt mich und mein Magen zieht sich zusammen, aber diesmal ist es keine Leichentonne, sie ist voll mit Flaschen und Abfall aus der Bar. Auf der Seite prangt der Name des Lokals: **THE DOWNBEAT**. Den kenne ich. Ein protziger Nachtclub im Vampirsektor, fünfzehn Minuten von meinem Haus entfernt und im Besitz des Clans Nocturna – ihr Wappen leuchtet auf dem Schild.

Ich zucke zusammen, als die Hintertür aufknallt und eine junge Frau herausstolpert, schwankend auf den Absätzen, das Kleid verrutscht. Ein Mann folgt ihr, ruhig, beherrscht, grinsend. Meine Nase rümpft sich. Er ist ein Vampir, selbst in einer Vision spüre ich, wie seine Magie unter meine Haut kriecht.

Er drückt sie gegen die Wand.

Sie lehnt dort, blinzelt träge. »Ich ... brauche nur frische Luft«, lallt sie. »Kann dich nicht füttern ... mein Meister wird das nicht mögen. Wir ... machen Papierkram ... Versklavten-Papierkram. Ich muss nach Hause.«

»Das ist mir egal«, knurrt der Vampir.

Dann beißt er sie. Ohne Zögern, ohne Feingefühl.

Ich stürze nach vorn. Panik flammt auf. Ich will helfen – ihn packen, irgendetwas tun –, doch ich bremse mich. *Wie bei dem kleinen Jungen gilt auch hier: Das passiert nicht jetzt, ich bin in einer Vision.* Ich kann nicht eingreifen, nur beobachten, nach einem Hinweis suchen, der mir helfen könnte.

Ihr Herzschlag stockt – wird langsamer.

Ich bin sicher, dass ich in dem Moment, als der kleine Junge starb, aus der Vision gerissen wurde.

Beeil dich, Fred. Beeil dich.

Ich renne zurück, sprinte die Gasse hinunter auf die Straße hinaus. Ja, diesen Ort kenne ich. Aber welcher Tag ist es? Keine Zeitungen, keine Plakate, alle starren nur auf ihre Handys – nutzlos.

Ein Passant beendet eine Nachricht und sperrt seinen

Bildschirm. Datum und Uhrzeit blitzen für einen einzigen, kostbaren Moment auf: morgen früh – 01:38 Uhr.

Die Vision verschwindet.

Kapitel Zwanzig

Ich reisse auf dem Sofa ruckartig die Augen auf und schnappe nach Luft.

Fred. Fred, geht es dir gut?

»Ja«, bringe ich hervor. »Aber da ist eine junge Frau – morgen früh – die von einem Vampir ermordet wird.«

Ich erzähle alles: *The Downbeat*, der Regen, die Uhrzeit, das Opfer, der Clan, der Jäger. Meine Stimme zittert, aber ich höre nicht auf, bis alles gesagt ist.

»Ich muss *heute Nacht* raus.« Ich stöhne. Die Worte klingen wie eine Herausforderung. Mein Herz hämmert, ungleichmäßig, bis in die Kehle.

Angst trifft es kaum. Ich bin keine Kämpferin. Keine abgebrühte Rächerin mit Narben und Schlagringen. Ich habe genau einen Schlag in meinem Leben ausgeteilt, und das war gegen den Kopf eines Vampirs, während er mich ermordete. Also nein, ich bin kein Typ für Schläge und Tritte.

Aber feige bin ich auch nicht, und ich lasse diese junge Frau nicht sterben. Ich kann mir nicht vorstellen, was passieren würde, wenn ich die Vision ignoriere – der Drang zu handeln ist fast überwältigend. Diese Visionen müssen etwas bedeuten. Wenn sie sterben sollte, warum zeigt man es mir dann? Jemand – irgendetwas – hat mich gerettet, jetzt bin ich dran.

»Ich kann sie retten, House.« Mit geballten Fäusten stehe ich auf. »Irgendeine Idee, wie man einen Vampir stoppt?«

Ein paar, antwortet sie, betont lässig. *Geh in die Küche.*

Baylor rührt sich nicht, liegt ausgestreckt auf dem Teppich und schnarcht wie ein kaputter Motor. Stirnrunzelnd gehe ich in die Küche. In der hinteren Wand befindet sich plötzlich eine neue Innentür.

»Woher kommt die denn?«

Ach das, sagt House betont beiläufig, *ist die Waffenkammer.*

»Die was?«

Zaubersprüche, Verzauberungen, Werkzeuge, Dinge, die zapp *machen. Du weißt schon, eine Waffenkammer. Ich habe jahrelang Magie gespeichert. Ich kann den Grundriss verändern, und ich dachte, ein Kriegsraum im Keller wäre ganz spaßig.*

Gibt es überhaupt etwas, das House nicht kann? Ich starre, dann drehe ich den Griff. Die Tür knarrt auf –

Ich traue meinen Augen nicht.

Keine Treppe. Keine Kellertreppe.

Eine Rutsche.

»Das ist jetzt ein Scherz. Eine Rutsche?«

Treppen sind langweilig, sagt sie vergnügt.

Trotz meiner Nervosität lache ich. »Das letzte Mal, dass ich eine Rutsche benutzt habe, war ich zehn. Eine dieser alten Metallrutschen, heiß von der Sonne, Nieten, die sich in die Beine drückten. Ich habe mir den Hintern verbrannt und bin mit blauen Flecken nach Hause gekommen.«

Diese hier ist glatt – und macht Spaß.

Ich zögere nicht, setze mich, kippe vor und *wusch.* Die Rutsche wirbelt mich in warmer, magischer Geschwindigkeit hinunter. Ich lache, meine Haare wehen hinter mir her. Ich lande – erstaunlich elegant – auf festem Stein.

Vor mir breitet sich ein Raum aus, sanft erleuchtet von schwebenden Kugeln. Regale, Schränke und Ständer glänzen voller unbekannter Waffen, schimmernder Fläschchen und mit silbernen Kordeln verschnürter Schriftrollen. Eine Werkbank, ein Schrank. Eine Waffenkammer.

Mir klappt der Mund auf. »Heilige –«

Willkommen bei dem guten Zeug, sagt House.

Ich weiß nicht, was ich mit all dem guten Zeug anfangen soll. Der Raum ist ein Labyrinth der Magie. Ich wage nicht, herumzustöbern, aus Angst, etwas könnte explodieren. Ich tapse vor, meine Hand schwebt über einem leuchtenden Objekt, das verdächtig wie eine vergoldete Ananas aussieht, als –

Nein! Fass das nicht an! House' Schrei hallt von den Ziegelwänden wider.

Ich quietsche und springe zurück.

Sie kichert. *Kichert!*

»Du bist nicht lustig.« Mein Herz rast, und ich

verschränke die Arme. »Das war's! Ich fasse nichts an. Behalt deine gruseligen Kellerspielzeuge.«

Ich drehe mich zum Gehen. Keine Ahnung, wie ich die Rutsche hochkommen soll, aber sie ist bereits verschwunden. An ihrer Stelle steht eine Treppe.

Ich reibe mir die Stirn. »Natürlich sind jetzt Treppen da. Warum auch nicht?«

Komm schon, sagt House munter, *du willst die Frau retten? Ich habe genau das Richtige.*

Etwas schwebt aus einem oberen Regal und bleibt vor mir in der Luft hängen. Ich kneife die Augen zusammen – ein perfekt geschnitztes Stück Holz.

Wenn du auf Vampirjagd gehst ... brauchst du einen Pflock.

»Einen Pflock? Ernsthaft? Vampire erstechen ist ein Mythos. Menschen haben nicht die Kraft, Holz durch einen Brustkorb zu treiben.« Als ob ich jemanden erstechen würde.

Ah, entgegnet House glatt, *aber man sticht nicht durch die Rippen, sondern von unten nach oben.*

Ich starre an die Decke oder von wo auch immer sie spricht. »Du warst zu lange allein. Ich werde keinem einen spitzen Stock unter die Rippen schieben. Ich dachte eher an ... einen Klebezauber, einen Fesselzauber, so wie den, mit dem man mich verhaftet hat. Etwas Unblutiges, das sagt: *Ich bin mutig und einfallsreich, aber auch eine anständige Person.*«

Du bist langweilig. Fasse ihn einfach an.

Mit einem Seufzer greife ich nach dem Pflock und konzentriere mich. Er ist warm. Nicht Zimmertemperatur – *warm.*

»Warum ist der warm?«

Magie. Jäger-Magie. Auch ein bisschen Seelenbindung –

»Nein. Gruselig.« Ich lasse los und winke ihn weg.

Du lebst in einem Haus, das von Seelenmagie ange-trieben wird, merkt House sanft an.

Oh nein, jetzt habe ich ihre Gefühle verletzt. »Oh nein. So meinte ich das nicht. Du bist nicht gruselig, House. Du bist – du bist brillant. Du bist fantastisch. Nur ... einen Stock zu schwingen, an den die Seele einer toten Vampirjägerin gebunden ist, ist eben etwas ... gruselig.«

Er wird dir nicht schaden. Er wird dich führen. Dir helfen.

»Und wenn ich mich in einen Vampir verwandle, will er mich dann erstechen?«

Sei nicht albern. Nimm ihn, nur für den Fall.

Ich verziehe das Gesicht. »Na gut. Aber wenn er in meiner Tasche zu flüstern anfängt, stecke ich ihn in Brand.«

Abgemacht.

Ich klemme den Pflock widerwillig unter den Arm.

Du hast gesagt, er hatte dir den Rücken zugewandt?

»Ja, aber das könnte heute Nacht anders sein. In der Vision war ich nicht körperlich da. Meine Anwesenheit könnte alles verändern. Er wird mich riechen und hören können.«

Gegenstände fliegen durch die Luft und landen sanft auf der Werkbank in der Mitte des Raumes. Ich gehe näher und ducke mich, als noch etwas knapp über meinen Kopf segelt.

Diese hier, sagt House, *sollten einen Vampir außer Gefecht setzen.* Eine Handvoll blauer Glasphiolen wackelt an ihrem Platz. *Wurfzauber, unblutig, aber genug, um seine Sinne durcheinanderzubringen und ihn wie einen Kartoffelsack umkippen zu lassen. Und dieses hier – eine kleine Sprühflasche mit etwas, das wie schwarze Pampe aussieht – wird deinen Geruch und deine Geräusche überdecken. Es macht dich nicht unsichtbar, aber schwer zu verfolgen.*

Ich grinse. »Das ist schon mehr nach meinem Geschmack. Danke.«

Gern geschehen. Und du nimmst trotzdem den Pflock mit.

»Natürlich«, murmele ich, ohne die Absicht, ihn jemals zu benutzen.

Eine Umhängetasche erscheint auf dem Tisch, und alles schwebt ordentlich hinein.

So. Erledigt, sagt House zufrieden.

Während ich die Tasche schließe, summt House nachdenklich. *Du solltest wissen, dieser Pflock hat einen Namen.*

»Einen Namen?« Ich blinzle ihn an, als könnte er zurückblinzeln.

Beryl.

»Beryl?« Ich halte inne. »Du willst mir sagen, dieser uralte Vampirstechstock ...«

Vernichtungsartefakt.

»Das *Vernichtungsartefakt* heißt also Beryl?«

Sie war eine sehr wütende viktorianische Dame, sagt House selbstzufrieden. *Stellte fest, dass Zorn und Stickerei nicht reichten, also begann sie mit der Vampirjagd. Bewahrte einen Pflock in ihrer Stricktasche auf, gleich neben den Häkelnadeln. Erlegte hundertsiebzehn Vampire und einen besonders unhöflichen Pfarrer. Als sie starb, wurde ihre Seele an ihre Lieblingswaffe gebunden. Genau an diese da.*

Ich starre das polierte Holz an. »Eine menschliche Seele in einem Pflock.« Magier sind seltsam.

Du musst sie versteckt halten. Wenn jemand sie entdeckt, landet sie in irgendeinem magischen Labor. Beryl wird hilfreich sein. Sie summt, wenn Gefahr naht, brummt, wenn ihr jemand nicht gefällt, und kommentiert deine Haltung.

»Großartig«, murmele ich. »Genau das brauche ich, ein viktorianisches Gespenst, das gleichzeitig Knigge-Unterricht gibt.«

Der Pflock vibriert.

Sie mag dich, sie findet, du hast gute Hände.

»Na, immerhin beurteilt sie nicht die Länge meines Saums.« Ich schiebe die Tasche über die Schulter. »Gut, ich sollte besser noch etwas essen, bevor ich für die Nacht sterbe. Ich fühle mich wie Gizmo aus *Gremlins*«, brumme ich. »Die Frage ist: Welches Essen passt zu einer Vampirjagd?«

Das ist doch klar, sagt House lachend. *Wie wäre es mit Steak?*

Das wird eine sehr lange Nacht.

Kapitel Einundzwanzig

Um Mitternacht zieht ein Gewitter auf, und um ein Uhr prasselt der Regen auf den Asphalt. Ich sitze in meinem Auto vor *The Downbeat* und warte. Ich weiß, ich bin zu früh, aber lieber zu früh als zu spät. Aus dem Haus zu schleichen erforderte Tarnung. Valdarrs Leute könnten mich beobachten, und ich durfte nicht riskieren, aufgehalten zu werden.

Im Nachhinein hätte ich vielleicht nach ihnen suchen, um Hilfe bitten, eine Nachricht übermitteln sollen.

Warum habe ich Valdarr nicht nach seiner Nummer gefragt?

Selbst wenn ich ihn kontaktieren wollte – er hat schon genug damit zu tun, dass ich tagsüber menschlich bin, dazu noch Visionen künftiger Unfälle und Morde? Zu viel. Wer würde schon einem Vampirfrischling glauben, der von Sehergaben faselt?

Nichts davon ergibt Sinn. Ich brauche Beweise. Ich muss wissen – ohne den geringsten Zweifel –, dass ich recht habe. Unbestreitbare Beweise. Bevor ich versuche, den Erben der Vampirwelt zu überzeugen, muss ich erst mich selbst überzeugen.

Und außerdem kenne ich ihn kaum. Ja, heute war er mein Held. Er hat mich beschützt und mir einen Kuss auf die Wange gedrückt. Hat mich fast um den Finger gewickelt. Aber das heißt nicht, dass ich ihm vertraue. Sein Vater hat mich getötet.

Er ist gefährlich.

Ich wäre eine Närrin, das zu vergessen.

Mein Blick fällt auf die Uhr im Armaturenbrett: noch dreißig Minuten.

Ich ziehe meinen Kragen hinunter und sprühe den geruchsmaskierenden Zauber über Hals und Schultern. Es riecht, als hätten Asche und Katerpipi in einem Komposthaufen ein unglückliches Baby gezeugt. Kein Wunder, dass man damit fast unsichtbar wird – jeder versucht einfach nur, dem Gestank zu entkommen.

Mit meinem Regenmantel und der Zaubertasche quer über die Brust gehängt, steige ich hinaus in den Platzregen. Ich bewege mich schnell, zielstrebig, die Knie zittern. Wäre ich noch menschlich, würde mein Herz hämmern, aber jetzt herrscht Stille. Vampirische Ruhe – ein kleiner Vorteil.

Die Luft stinkt nach Urin, billigem Parfum und saurem Alkohol. Nachdem ich die Gasse überprüft habe, klemme ich mich zwischen die Ziegelwand und eine Türnische. Perfekt: schmal genug, um mich zu verbergen, und im richtigen Winkel, um etwas zu sehen. Der Regen verwandelt die Gasse in Grautöne und Schatten. Ich warte. Die Zeit tickt ...

Und dann geschieht es.

Punktgenau fliegt die Feuertür auf. Die Vision entfaltet sich, Schritt für Schritt. Die junge Frau taumelt hinaus, schwankt auf ihren Absätzen. Der Vampir folgt, ein breites Grinsen im Gesicht.

Ich umklammere die blaue Glasphiole in meiner Hand.

Warten – warten, bis er abgelenkt ist, bis er trinkt.

Er schlägt die Zähne in ihren Hals.

Jetzt.

Dreckiges Wasser spritzt an meine Waden, als ich losspringe. Ich schleudere den Zauber, er trifft seinen Kopf – mehr Glück als Zielgenauigkeit, aber es funktioniert. Das Glas zersplittert und die Magie detoniert wie ein zweiter Donnerschlag.

Er fährt herum, reißt den Kopf zu mir, seine Lippen sind blutig, und er zischt. Doch der Zauber wirkt schnell: Seine Augen rollen zurück und er stürzt zu Boden.

Die Frau starrt ihn mit offenem Mund und keuchendem Atem an.

»Ich will dir nichts tun«, sage ich, Hände erhoben. »Er wollte dich aussaugen, ich musste eingreifen.«

Sie schwankt. Blut rinnt ihren Hals hinab, durchnässt die Bluse.

Ich halte den Atem an, dann fällt mir ein: Vampire brauchen immer noch Luft zum Sprechen. »Hier.« Ich drücke ihr ein Päckchen Taschentücher in die Hand. »Drück das fest drauf.«

Zu benommen, um zu widersprechen, gehorcht sie.

»Wir müssen dich nach Hause bringen. Warst du mit Freunden unterwegs?« Regel Nummer eins: Wer zusammen ausgeht, geht auch zusammen heim. Ich spiele heute Nacht gern Taxi.

Sie schüttelt den Kopf. »Freunde? Nein. Ich habe gerade Feierabend.« Sie deutet benommen zur Tür, blinzelt gegen den Regen.

»Gut. Kannst du gehen?«

Ein langsames Nicken.

»Okay, komm schon, wir bringen dich heim.«

Ich führe sie aus der Gasse auf die Straße. Vorbeigehende Vampire heben die Köpfe, die Nüstern beben beim Geruch des Blutes. Ich starre zurück – *Wagt es ja nicht* – und verfrachte sie ins Auto.

Drinnen öffne ich ein Fenster, lasse die Regenluft herein. Ihr Blut hat nicht das chemische Aroma von Beutelplasma, aber Appetit macht es trotzdem nicht. Ich habe vorher extra getrunken, vielleicht meldet sich deshalb kein Hunger.

Sie murmelt eine Adresse, ihre Stimme ist dumpf und undeutlich, und fünfzehn Minuten später halten wir vor einem ordentlichen Backsteinhaus – gestutzte Hecken, warmes Licht über der Veranda, Bilderbuch-Vampirvorstadt. Ich parke und begleite sie zur Tür.

Noch bevor ich klopfen kann, wird sie aufgerissen. Ein vertrautes Gesicht starrt uns an: die Kellnerin aus dem Vampir-Themenrestaurant, Mitglied von Clan Nocturna.

»Crystal?« Sie schnappt die Frau am Ellbogen. »Warum bist du so spät dran?«

»Ein Vampir hat versucht, sie zu beißen«, erkläre ich. »Sie ist etwas benommen.«

Die Kellnerin verengt die Augen. »Moment ... kenne ich dich nicht? Warst du nicht mal menschlich?«

»Nein. Du kennst mich nicht. Noch nie gesehen. Hauptsache, sie ist sicher. Tschüss.« Mit einem übertriebenen, strahlenden Lächeln trete ich den Rückzug an, als hätte ich einen Zug zu erwischen.

Ich erreiche das Auto, strecke die Hand nach dem Griff aus –

– und werde von hinten gestoßen.

Schmerz explodiert hinter meinen Augen, als mein Gesicht gegen den Seitenspiegel knallt. Mein Schädel dröhnt, der Geschmack von Kupfer füllt meinen Mund.

»Du hast meine Versklavte gebissen«, knurrt eine männliche Stimme. Er klingt wütend und ehrlich gesagt ziemlich dämlich.

»*Was?*« Ich weiche seinem nächsten Schlag aus. Mehr Vampirgeschwindigkeit als Können. »Du Idiot. Riech an ihr – ich habe niemanden gebissen.«

Ich ducke mich wieder, als er schlägt. »Ich habe sie einem Vampir hinter *The Downbeat* entrissen, deinem Clan-Nachtclub. Ich habe sie heimgefahren, das ist alles.«

Natürlich gilt: Keine gute Tat bleibt ungestraft.

Er hört nicht zu und springt vor, ich weiche aus, seine Hand greift ins Leere.

Die Zaubertasche schlägt gegen meine Hüfte. Mit einem weiteren, selbst mich überraschenden Geschwindigkeitsschub schnappe ich mir eine Phiole, schleudere sie, und sie zerplatzt an seiner Brust.

Er starrt das nasse Fleckmuster auf seinem Hemd an, verwirrt.

»So habe ich den Vampir fertiggemacht – der, der Crystal wirklich gebissen hat.«

Er schwankt, sinkt dann auf die Knie.

»Bitte sehr«, füge ich hinzu, als er mit dem Gesicht auf den Asphalt klappt. »Ha, ich bin ein Badass.«

Der Pflock schlägt in meine Hand.

Was zum …

Verstärkung im Anmarsch, Kindchen. Lass das Auto stehen und lauf.

Die Stimme gehört nicht House; sie ist scharf, weiblich, fremd – und kommt aus dem Pflock.

Aus einem niedergestreckten Vampir werden vier weitere, die von Veranden und Dächern gleiten. Sie kreisen, Reißzähne gebleckt.

»Du hast Ian getötet«, faucht einer.

Kein Wunder, dass sie das denken, wo er da liegt, ohne zu atmen. Aber der Vampir schläft nur.

»Beryl?«, flüstere ich.

Ja. Willkommen auf der Party. Und jetzt beweg deinen untoten Hintern!

Ich renne. Regen peitscht mir ins Gesicht, der Mantel flattert hinter mir her.

Das ist schlecht, sehr schlecht. Schon wieder renne ich vor Vampiren davon. Die Grenzpolizei hat mich beim letzten Mal schnell geschnappt, aber vielleicht – nur vielleicht – kann ich die hier abhängen.

Ein Zauber trifft mich zwischen die Schulterblätter, schleudert mich in eine Mülltonne. Glasflaschen klirren, die Plastiktonne rollt über den Gehweg. Meine Beine werden schwer, nutzlos.

Nicht schon wieder.

Ich bin eine jämmerliche Ausrede für einen Vampir.

Der, der mich beschuldigt hat, tritt näher. Er lächelt – Zähne, Versprechen von Schmerz.

Ja, kein schönes Lächeln.

Eine Tür links von mir fliegt auf. Eine Frau tritt heraus, dunkles Haar, Augen aus flüssigem Silber, die im Zwielicht glühen.

Beast shine.

Eine Wandlerin.

Ein Kricketschläger baumelt locker in ihrer Hand, sie wirbelt ihn wie einen Säbel.

»Was geht hier vor?« Ihre Stimme ist ruhig, unbeeindruckt.

»Nichts, was dich angeht«, erwidert mein Ankläger. »Das ist eine Vampirangelegenheit. Geh wieder rein.«

Die Wandlerin schnaubt, hebt den Schläger. Ihr Blick verengt sich. »Was ich sehe«, sagt sie, den Schläger auf ihn richtend, »sind fünf männliche Blutsauger, die eine Frau einkreisen.«

»Fünf?«, murmele ich fragend.

Sie deutet mit dem Schläger nach oben. Ich folge der Geste und entdecke den Vampir auf dem Dach über mir. Wäre sie nicht aufgetaucht, hätte er mich überfallen.

»Geh wieder rein«, wiederholt der Vampir.

Sie fletscht die Zähne zu etwas, das kein Lächeln ist. »Das sind nicht die richtigen Worte«, murmelt sie. »Geh wieder rein, Alphas Gefährtin – *das* wolltest du wohl sagen.« Spott trieft aus jedem Wort, während sie in Schlaghaltung geht. »Nö. Ich glaube nicht. Ich hätte richtig Lust, eure Köpfe als Kricketbälle zu benutzen.«

Ich schlucke. »Danke, aber du kannst nicht all diese

Vampire meinetwegen bekämpfen. Es muss kein anderer verletzt werden.«

Sie ignoriert mich. Die Vampire tun etwas Seltsames: Sie weichen zurück.

Was übersehe ich?

Es ist nicht nur der Schläger, murmelt Beryl. *Sie bewegt sich wie eine Kämpferin, und schau, sie ist nicht allein.*

Ich spüre sie – die schwere, raubtierhafte Aura von Wandlern, die aus den Schatten treten, dutzende, beobachtend, lauernd.

Oh.

Das erklärt es.

Der Schlägervampir trifft meinen Blick. »Wir sehen uns bald, kleine Ausreißerin.« Dann lösen sie sich in die Nacht auf.

Meine Knie geben nach, und ich sinke in eine Pfütze. Mir egal.

»Was machst du da?« Eine tiefe Männerstimme dröhnt aus der Tür. Grelles Licht überstrahlt sein Gesicht. »Wo hast du den Kricketschläger her? Sag mir nicht, dass du … Lark, der war in der Vitrine! Signiert!«

Larks silberne Augen weiten sich. Sie formt ein stummes *Ups* mit den Lippen, klemmt den Schläger unter den Arm und hockt sich zu mir.

»Dieser Zauber ist fies. Soll ich helfen, ihn zu lösen?«

Eine Wandlerin, die einen Zauber entfernt? Misstrauen regt sich, aber mein Instinkt sagt, vertrau ihr. Ich nicke.

Lark streckt die Hand aus, wackelt mit den Fingern. Etwas zerrt in mir, hinter den Schulterblättern, als würde eine Hautschicht abgezogen. Es tut nicht weh, ist nur ungewohnt, wie eine Gesichtsmaske, die man in einem Stück abzieht.

Augenblicke später ist das Gewicht weg, Gefühl kehrt in meine Beine zurück.

»Danke«, krächze ich.

»Gern geschehen.« Lark lehnt sich zurück, mustert mich. »Alles in Ordnung? Brauchst du was?«

»Mir geht's gut. Nur ein Missverständnis.«

Ihr Blick fällt auf Beryl.

Panik flackert in mir auf. Ich krampfe die Finger um den Pflock und stolpere hoch. Ich warte nicht.

Ich renne.

»Lass sie gehen«, sagt Lark leise hinter mir.

Ich sehe nicht zurück. Schuldgefühle nagen an mir, doch ich dränge sie beiseite. Zu viele Wandler. Zu viele Unbekannte.

Was soll ich jetzt tun? Ich war noch nie in Schwierigkeiten, und jetzt hänge ich fest im Vampirsektor. Ich will einfach nur nach Hause. Wegen der Magie kann ich das Brachland nicht durchqueren, und die Grenzsoldaten würden mich sofort entdecken, und ohne mein Auto komme ich nicht durch den Kontrollpunkt.

Ich bin gefangen.

Ich brauche mein Auto. Unglaublich, dass das passiert.

»Danke fürs Helfen.« Ich verlangsame meine Schritte und stecke Beryl in die Manteltasche.

Ich habe es für House getan, sie wäre untröstlich gewesen, wenn du gestorben wärst.

»Wie auch immer, danke. Wenn der Tag anbricht«, murmele ich, »muss ich mein Auto zurückholen, falls sie es nicht zerlegt haben. Hast du eine Ahnung, was ich tun soll, Beryl?«

Ach, jetzt fragst du mich? Sie klingt beleidigt und empört. *Ich dachte, wenn ich in deiner Tasche spreche, steckst du mich in Brand.*

Ich stöhne. »Hab ich das gesagt? Tut mir leid. Wirklich, Beryl. Aber ich brauche deine Hilfe. Vor Wandlern und Vampiren wegzurennen ist neu für mich, vor ein paar Monaten war ich noch ein ganz normaler Mensch.« Instinktiv richte ich mich auf, während sie – wie eine sehr strenge Großmutter – über unhöfliche Menschen schimpft.

Ich eile zurück zur Gasse beim Club, zurück zu derselben dämlichen Tür. Es ist der einzige ruhige Ort, der mir einfällt. Auf der feuchten Schwelle setze ich mich, ziehe den Mantel eng um mich, und besprühe mich erneut mit dem stinkenden Zeug, falls Vampire oder Wandler mich suchen kommen. In die Schatten gedrückt, schließe ich die Augen und versuche, mich zu entspannen.

Der Tag lässt ewig auf sich warten.

Endlich wird der Himmel heller. Mein Herz beginnt zu schlagen, meine Beine fühlen sich schwer an, als ich aus der Tür trete und die nun leeren Straßen entlanggehe. Nass, kalt, elend erreiche ich das Auto – aber da steht es, unversehrt.

»Beryl, kannst du prüfen, ob das Auto manipuliert wurde?«

Nein. Was glaubst du, wer ich bin? Eine Tatortermittlerin? Ich mache keine Magiescans. Ich bin nicht House. Ich steche und töte, das ist mein Job. Ein lautes, beleidigtes Schnauben.

»Oh. Okay. Danke trotzdem.«

Ich steige ein, ziehe den triefenden Mantel aus und schlüpfe in ein wärmeres Oberteil, ohne mich darum zu kümmern, ob jemand meinen Sport-BH sieht.

Am Grenzposten ist mehr Verkehr als sonst. Autos kriechen über die Spur für Vorabgenehmigte, genug Pausen, damit mein Blick zum Anschlagsbrett neben dem Häuschen schweift.

Ich erstarre.

Mein Foto.

Ein Bild von mir, aufgenommen vor Crystals Haus.

Mein Mund wird trocken, meine Hände zittern. »Oh nein. Oh nein, nein, nein. Das ist schlimm – richtig schlimm. Clan Nocturna hat mich gemeldet. Beryl, ich bin auf einem Fahndungsplakat.«

Herzlichen Glückwunsch. Wie aufregend.

»Es ist nicht aufregend. Es ist tödlich! Was soll ich tun, was soll ich tun? Es sind nicht nur Grenzplakate. Ich bin garantiert in den Nachrichten, sobald die öffentlichen Abschussbefehle rausgehen.« Ich schlage die Hand vors Gesicht. »Theresa und Jay werden das sehen. Sie werden den Vampiren sagen, wer ich bin.« Meine Stimme bricht. »Ich bin erledigt. So erledigt. All die Mühe auf der Hochzeit, um die Leute davon zu überzeugen, dass ich keine Diebin bin. Ich denke, sie haben mir sogar geglaubt. Und jetzt werde ich nie mein Leben zurückbekommen. Wie soll ich jemals die Miete zahlen?«

Schrecklich, stimmt Beryl zu.

»Wen will ich täuschen? Miete? Ich kann keine Miete zahlen, wenn ich tot bin. Ich komme nie über die Grenze. Die Wachen ziehen mich aus dem Auto und töten mich.«

Panik setzt ein, ich will schon etwas Dummes tun, wie aus dem Auto springen, da zuckt Beryl. Schmerz schießt mir den Arm hoch wie ein Stromschlag, und ich japse.

Beruhig dich, sagt sie trocken. *Bleib locker.*

Die Ampel springt auf Grün.

Sie suchen einen Vampir, nicht eine menschliche Lieferfahrerin. Sie haben mich noch nicht identifiziert, sonst wäre meine Liefergenehmigung gesperrt worden.

Na gut, fahr. Ganz ruhig. Beryl gibt mir weiterhin Anweisungen, halb beruhigend, halb sarkastisch. Ich atme, halte mich exakt an die Geschwindigkeit, keine plötzlichen Bewegungen.

Endlich, unsere Einfahrt.

Das Garagentor fährt hoch, ich rolle hinein, außer Sicht von der Straße. Als es zuschlägt, bleibe ich am Steuer, umklammere Beryl – und breche in Tränen aus.

House' Magie trägt mich aus der Garage und bringt mein schluchzendes Ich ins Bett. Ich nutze es mittlerweile kaum noch für etwas anderes, als mich eine Weile hinzulegen.

»Ich bin eine Versagerin«, murmele ich in Baylors weiches Fell, während er sich an mich kuschelt. »Keine Heldin. Alles, was ich anfasse, zerfällt einfach ... einfach so.«

Hast du die Frau gerettet?

»Ja, ja, habe ich. Aber dann musste ich selbst gerettet werden. Ich bin nicht wie Lark.«

Lark? Du hast Lark getroffen? Dunkles Haar, silberne Augen?

Ich nicke. »Ja. Sie ist eine Wandlerin und wirklich nett.«

Ich höre das Lächeln in House' Stimme. *Ich bin froh, dass sie dir geholfen hat. Sah sie gesund aus? Glücklich?*

Ich hebe den Kopf. »Du kennst sie?«

Ja, sie ist meine Freundin.

»Sie hat mich gerettet, hat den Vampiren gesagt, sie sei die Gefährtin des Alphas. Ein Typ in der Tür – ich konnte sein Gesicht nicht sehen und habe seinen Namen nicht mitbekommen – hat sie angemault, weil sie einen signierten Kricketschläger benutzt hat. Er klang allerdings eher belustigt als wütend. Sie war so selbstsicher, alle Wandler haben sich nach ihr gerichtet.«

Wunderbar. Ich freue mich so, dass sie dich gerettet hat. Endlich gute Nachrichten. Aber ich werde dir ihre Geschichte ein anderes Mal erzählen. Schlaf jetzt.

»Ich schlafe nicht«, murmele ich.

Doch während House mir über das Haar streicht wie einem Kind, schlafe ich ein – ohne Träume, einfach ein Sturz kopfüber in die Erschöpfung.

KAPITEL ZWEIUNDZWANZIG

Ich muss sechzehn Stunden, vielleicht noch länger, geschlafen haben, bevor House mich weckt.

Fred ... Fred, wach auf.

Meine Augen reißen auf. Es ist dunkel. Ich habe den ganzen Tag verschlafen.

»Hast du mich mit Magie zum Schlafen gebracht?«, murre ich.

House ignoriert meine Frage. *Der Haftbefehl wurde von Clan Nocturna ausgestellt und vom Großmeister genehmigt. Er weiß, dass du lebst.*

»Oh.« Mein Magen dreht sich um. »Das ist ... wirklich schlimm.«

Und es sind Fremde außerhalb der Schutzkreise. Nicht Valdarrs Leute. Ich glaube nicht, dass sie zum Plaudern hier sind. House' Stimme wird schärfer. *Sie tragen taktische Ausrüstung, ich denke, sie wollen angreifen.*

»Angreifen?« Meine Stimme schrumpft. »Aber … Aber deine Schutzkreise –«

Oh, wir lassen sie herein, sagt Beryl fröhlich vom Nachttisch aus.

»Wie bitte?« Schlaf muss mich wahnsinnig gemacht haben. »Hereinlassen? Das Einsatzkommando?«

Ja, antwortet House. *Sie glauben, dieses Haus hat schwache Schutzkreise. Wir öffnen die Tür, und werden sie dann los.*

»Loswerden?« Meine Stimme schießt zwei Oktaven in die Höhe.

Keine Sorge, schnurrt House. *Alles wird gut. Wir erledigen das im Haus.*

»Berühmte letzte Worte«, murmele ich.

Insgeheim schreie ich: *Wo ist Valdarr?* Ungerecht, schließlich ist es nicht seine Pflicht, mich zu beschützen. Doch es ist nur natürlich – er ist der einzige Vampir, den ich kenne. Aber ich brauche keinen Mann, um mich zu beschützen, wenn ich House, Beryl und Baylor habe. Außerdem bin ich selbst ein Vampir.

Ich springe aus dem Bett und ziehe mich hastig an. »Baylor!«, rufe ich.

Keine Antwort.

»Baylor! Baylor!« Er schmollt bestimmt, weil er heute nicht spazieren gehen konnte. Krallen klappern auf der Treppe. Einen Moment später schleicht er ins Zimmer und kriecht unter das Bett. Armer Kerl, er spürt, dass etwas nicht stimmt.

Ich gehe auf die Knie. »Alles gut, Kumpel. House, Beryl und ich kümmern uns um die bösen Vampire.«

Loswerden – ich frage mich, was das genau bedeutet.

Baylor stößt ein leises, unsicheres »Ahuu« aus.

»Schon gut. Was für ein braver Junge. Tapferer Hund. Ich bin bald wieder da. Bleib hier, wo du in Sicherheit bist.« Ich streichle seinen Kopf, küsse seine Nase, dann gehe ich hinaus und schließe die Schlafzimmertür ab.

»House, wenn wir diese Vampire erledigen – was ist mit der nächsten Gruppe? Wir können doch nicht das ganze Land bekämpfen. Mit einem Tötungsbefehl ist jeder beteiligt, sogar die menschliche Regierung. Vielleicht sollte ich einfach … gehen. Ich habe keinen Job, kein Geld für die Miete. Ich bin eine Last und bringe dich in Gefahr.« Ich bleibe auf der Treppe stehen.

Das spielt keine Rolle. Wann habe ich je Geld gebraucht? Bleib so lange du willst. Du und Baylor, ihr seid Familie.

»Ich bin kein Sozialfall. Ich kann dich nicht ausnutzen.«

Dann ziehen wir um. Ich falte mich zusammen.

»Umziehen? Dich zusammenfalten? Also sind die Gerüchte über Zaubererhäuser wahr – du kannst dich bewegen?«

Meine Füße berühren den Flur, und ich schnappe mir meine Turnschuhe vom Regal.

Oh ja. Wusstest du das nicht? Ich kann mich selbst hochheben und überallhin gehen. Ich versuche, in diesem Land zu bleiben, aber ich muss nicht. Nicht mal auf diesem Kontinent. Wir könnten irgendwohin, wo es warm ist.

»Du würdest … uns mitnehmen?«

Natürlich. Es kostet Kraft, und ich bin noch kein Jahr

hier verwurzelt, aber es ist machbar. Wenn wir vorsichtig sind, dauert es eine Weile, bis sie uns finden. Ich springe schon seit über einem Jahrhundert herum.

»Wow.«

Mach dich bereit – sie brechen gleich durch, flüstert House.

Beryl taucht in meiner Hand auf.

»Was soll ich tun?«, fauche ich.

Jetzt geht's los. Los!

»Aber ... was soll ich tun?«

Du bist der Köder, Kleines. Reiß dich zusammen.

Ich weiche von der Haustür zurück, halte mich von den Fenstern fern. Mein Rücken berührt die Wand, von hier sehe ich sowohl das Wohnzimmer als auch die Küche. Mein ganzer Körper zittert.

Beryl schnalzt. *Typisch. Wenn man will, dass etwas richtig gemacht wird, muss man es selbst machen.*

Sie schießt aus meiner Hand, schwebt vor mir, die Spitze des Pflocks nach außen gerichtet, kampfbereit.

Alles passiert gleichzeitig.

Das große Fenster im Wohnzimmer zersplittert – Glas explodiert nach innen wie ein Diamantenregen, der klirrend über den Boden rieselt. Gleichzeitig fliegt die Hintertür aus den Angeln, Rauch flutet den Flur.

Ich halte den Atem an, doch meine Augen brennen.

Die Vampire sind da.

Es sind vier. Zwei stürmen von hinten herein, zwei krallen sich durch das zerbrochene Fenster wie Kreaturen aus einem Horrorfilm. Schwarze Kampfanzüge mit grauen Mustern, Schutzbrillen, gespenstisch bleiche Gesichter im Mondlicht.

Sie sehen mich sofort.

»Team Eins an Kommandozentrale: Zielperson ist im Haus. Ziel gesichtet. Hinrichtungsbefehl bestätigen«, knurrt die kleinere Frau.

Wenn ich mich tiefer in die Wand drücken könnte, würde ich es tun. Ich bleibe regungslos, Handflächen an die Tapete gepresst. Meine einzige Hoffnung sind House und Beryl. Doch unter der Angst liegt die düstere Gewissheit: *Das ist aussichtslos.*

Stiefel knirschen näher. Waffen heben sich, so viele Waffen, alle auf mich gerichtet. Mein Herz ist stumm, doch Angst umschlingt sein nutzloses Wrack.

»Befehl bestätigt«, knistert eine Stimme in ihren Ohrhörern. »Schaltet sie aus.«

»Nein«, flüstere ich – doch kein Ton entweicht: Meine Kehle ist verstopft, mein Körper blockiert. Ich bin ein Kaninchen vor Wölfen. Vor Vampiren.

Dann bewegt sich Beryl.

Ich schließe die Augen, ich kann nicht zusehen. Wenn mich das feige macht, sei es drum. Ich will nicht sehen, wie ich sterbe. Ich spanne mich an, erwarte eine Kugel oder eine Klinge.

Nichts kommt.

Stattdessen: Lachen – Beryls böses, freudiges Kichern. Stöhngeräusche folgen, dann Schreie und das nasse Schmatzen von reißendem Fleisch.

Mit den Händen über den Ohren mache ich mich noch kleiner. Warmes Blut spritzt mir ins Gesicht, rinnt über meine Wangen, tropft von meinen Handgelenken. Ich sinke auf die Knie und kauere mich in die Ecke.

Bumm.

Bumm.

Bumm.

Körper.

Ein duftender Windstoß – Rosmarin und kühle Luft – wirbelt durch den Flur. Rauch lichtet sich, der Kupfergeruch schwindet, und ich öffne die Augen. Vor mir setzt sich das zerbrochene Glas wieder zusammen, Stück für Stück, bis das Fenster wieder ganz ist.

Das Wohnzimmer ist makellos. Kein Rauch. Kein Blut. Keine Spur der vier Vampire, die mich töten wollten.

Meine Hände sind rot, klebrig. Mein Haar fühlt sich verfilzt an. Stücke von Vampiren hängen darin.

Ich würge.

Dann umhüllt mich House' Magie, warm wie ein sanfter Wind. Sie prickelt auf meiner Haut – und im selben Moment – bin ich wieder sauber.

Alles gut, flüstert House. *Es ist vorbei.*

Das war ein Riesenspaß, kichert Beryl.

Sie schwebt durchs Wohnzimmer, und mein Blick bleibt an etwas auf dem Couchtisch hängen: ein Ohrhörer.

Er piept.

»Team Eins, habt ihr die Bestätigung der Tötung?«

Ich brauche nicht zu fragen, warum er noch da ist, House und Beryl wollen eindeutig, dass ich etwas tue.

»Sie waren wirklich die Bösen, oder? Und wir die Guten – auch wenn wir ... sie getötet haben?«

Du hast niemanden getötet, sagt Beryl plötzlich streng. *Das war alles ich. Du bist völlig unschuldig.*

Langsam nicke ich, meine Hände drehen sich nervös. »Aber so werden die das nicht sehen, oder? Sie werden denken, dass ich es war. Euch gibt es für niemanden außer mich. Das ist doch die Definition von Wahnsinn, oder?« Ich schlucke hart. »Stimmen zu hören.«

Der Vampir, der dich ermordet hat, hat ein Einsatzkommando geschickt, sagt House sanft. *Wir sind die Guten, Fred. Darauf kannst du vertrauen.*

Ich schließe kurz die Augen, nicke dann erneut. »Na gut, was mache ich damit?«

Sag ihnen, sie sollen es nicht noch mal versuchen, schlägt Beryl mit süßlicher Stimme vor.

»Okay.«

Ich trete vor und hebe den Ohrhörer auf. Glattes schwarzes Plastik, eiskalt in meiner Handfläche. Ein winziger Knopf an der Seite muss das Mikro aktivieren.

Ich drücke ihn, atme tief durch, lasse die Nervosität – die Angst – los und lasse meinen inneren Vampir zum Vorschein kommen.

»Eure Leute sind tot«, sage ich, kalt und ruhig. »Kommt nicht wieder. Weitere Versuche werden mit derselben tödlichen Gewalt beantwortet.«

Statisches Rauschen, dann eine scharfe Stimme: »Wer ist das?«

Ich antworte nicht, die Botschaft ist angekommen.

Ich zerquetsche das Gerät in meiner Faust – Plastik und Metall knirschen – dann öffne ich die Finger. House' Magie fegt die Trümmer weg.

Komm. Du hast heute nichts gegessen. Lass den Hund raus, und ich erwärme etwas Null-negativ. Dachte, du magst es heute vielleicht heiß.

Ich locke Baylor unter dem Bett hervor, trinke das warme Blut – immer noch widerlich – und verbringe dann eine Stunde unter der Dusche, schrubbend, bis meine

Finger schrumpelig sind, überzeugt, dass noch immer Stücke von Leuten in meinem Haar kleben.

Ich hätte nie gedacht, dass es so weit kommt.

Eigentlich habe ich gar nichts getan – ich habe mit geschlossenen Augen in der Ecke gehockt – und trotzdem fühle ich mich verantwortlich. Ich *bin* verantwortlich. Sie kamen nur wegen mir. Wie viele Jahrhunderte Wissen habe ich gerade ausgelöscht?

Es gibt diesen »Wer mit dem Schwert lebt, wird durch das Schwert sterben«-Quatsch, und nein, unschuldig waren sie nicht. Das verstehe ich. Aber ich bin nur eine normale Frau: nachts Vampir, tagsüber Mensch, die mit seelenmagischen Gegenständen redet, mit Toten ... und traurig darüber ist, dass ihr Leben so geworden ist.

Ich bezweifle, dass mein Weiterleben vier andere Leben wert ist, aber es ist geschehen, zu spät, um es rückgängig zu machen. Für jemanden, der nicht mal eine Fliege erschlägt, der Spinnen mit Glas und Papier rettet, ist das schwer zu verkraften.

Ich frage mich, ob der Schalter je umgelegt wird – der, der dem Vampir in mir erlaubt, die Welt brennen zu lassen. Was hat die Kellnerin gesagt? *Vampire sind Soziopathen.* Wird es leichter, wenn es mir einfach egal wäre?

Ich rolle mich auf dem Sofa zusammen, höre einen Podcast über Traumaheilung, während Beryl – offenbar eine Dauereinrichtung – über moderne Psychologie nörgelt. Ich ignoriere sie.

Die Nacht wird zum Tag. Baylor, immer noch beleidigt wegen des ausgefallenen Spaziergangs gestern, spielt im Garten. Ich stocherte in meinem Toast herum, ohne Appetit.

Gegen zehn Uhr morgens kommen sie wieder. Dieses Mal sind es nicht die Vampire. Nein, jetzt sind die anderen Derivate an der Reihe.

Zuerst blockieren Polizeiwagen beide Enden der Straße. Dreißig Minuten später tauchen Leute aus dem Magiesektor auf: Zauberer, Hexen, Magier.

Ich spähe durch die Schlafzimmergardinen und entdecke einen Mann, groß, mit weißblondem Haar, der heftig mit der Gruppe diskutiert. Er zeigt direkt auf House.

»Das ist nicht gut«, flüstere ich.

Nein, ist es nicht, antwortet House. *Ich vermute, das Magieministerium hat sie geschickt. Der gut aussehende mit dem weißblonden Haar ist Lander Kane, ein Ratsmitglied.*

»Können sie deine Schutzkreise durchbrechen?«

Wenn Lander Kane ihnen hilft ... vielleicht. Seine Magie ist sehr stark.

»Können wir abhauen, bevor sie es versuchen?«
Stille.

Sie verschweigt mir etwas.

»Könntest du dich zusammenfalten, ohne mich?« Ich warte ein paar Herzschläge. »Es liegt an mir, oder? Wenn Baylor und ich nicht hier wären, wärst du schon längst fort. Wir stören die Magie. Du brauchst mehr Kraft, um uns mitzunehmen.«

Sie antwortet nicht.

Und das ist Antwort genug.

KAPITEL DREIUNDZWANZIG

NACH DER ERSTEN Stunde meiner Hypervigilanz zaubert House einen Esszimmerstuhl ins Schlafzimmer, damit ich mich setzen kann. Baylor lehnt sich an mein Bein, drückt sein ganzes Gewicht gegen mich und jammert leise. Ich streichle sein dichtes Fell, summe vor mich hin und versuche uns beide zu beruhigen.

Was auch immer sie planen, es wird schlimm.

Ich überlege, in eine Vision zu gleiten, um zu sehen, ob es helfen könnte, aber nein – House hat schon genug zu tun, ohne mich aus irgendwelchen hellseherischen Wanderungen zurückzerren zu müssen, während wir belagert werden. Jetzt hinauszugehen, wäre Selbstmord.

Und was würde das über alles aussagen, was House für mich riskiert hat?

Das hier ist meine Schuld. Der Gedanke läuft in Endlosschleife wie eine kaputte Schallplatte. Ich habe ihr dieses Chaos beschert. Ich habe uns hierher gebracht.

Draußen zeichnen die Magier einen komplizierten Kreis um House' Schutzkreise. Fast drei Stunden vergehen, bevor sie fertig sind. Ich widerstehe dem Drang, wie ein eingesperrtes Tier von Fenster zu Fenster zu tigern. House beobachtet alles, mein panisches Herumspähen würde nichts bringen außer Schweiß.

Gegen drei Uhr nachmittags nehmen sie ihre Positionen ein. Dreizehn an der Zahl, jeder auf einem präzisen Punkt des Musters.

Ohne Signal oder Aufforderung beginnen sie zu singen.

Ihre Stimmen erheben und senken sich gemeinsam, rhythmisch und exakt, wie ein Metronom, das in meinem Schädel schlägt. Die Worte sind fremd, uralt und mächtig. Die Sprache der Magie lässt Druck hinter meinen Augen entstehen, Kopfschmerzen blühen auf.

Ich verstehe nicht, was sie sagen.

House versteht es bestimmt, doch sie ist verstummt – wahrscheinlich bereitet sie sich vor, kalkuliert, bereit zu kämpfen oder uns von hier wegzubringen.

Der Gesang schwillt zu einem Crescendo, der Kreis flammt auf. Eine Linie aus weißem Feuer entzündet sich und beginnt, sich um sie zu drehen, so hell, dass ich die Augen zusammenkneifen und mich abwenden muss.

Erst dann bemerke ich einen schwachen, schimmernden Faden direkt vor meinem Gesicht – haarfein, fast unsichtbar, nur Millimeter von meiner Haut entfernt.

Sie haben die Schutzkreise durchbrochen.

Ich keuche.

Ein Blick aus dem Fenster bestätigt meine Angst: Der

Kreis hat sich verändert. Er ist nicht länger nur ein Kreis. Er ist zu einem Pentagramm geworden. Dünne magische Linien durchkreuzen nun das Zentrum, schneiden direkt durch House' Schutz.

Ich strecke die Hand aus, die Fingerspitze knapp vor dem Faden. Die Luft summt. Ein scharfer Funke schnellt in meine Haut.

Nicht anfassen, flüstert House.

Ich reiße die Hand zurück, suche den Raum nach weiteren Fäden ab, doch im Moment gibt es nur den einen. Ich schiebe den Stuhl zur Seite und weiche zurück.

»Das ist richtig schlimm«, murmele ich.

Ja, bestätigt House.

Eine tiefe, unnatürliche Vibration rollt durch die Dielen. Die Wände erzittern, Möbel verrücken sich. Das Bett ruckt dreißig Zentimeter quer durch den Raum.

Aus Angst, dass fliegende Möbel Baylor verletzen könnten, befestige ich die Leine an seinem Halsband. »Komm schon, Kumpel, runter ins Wohnzimmer.« Meine Stimme zittert, doch er gehorcht – Schwanz gesenkt, Ohren angelegt – eng an mein Bein gedrückt, während wir die Treppe hinab eilen.

Wir beziehen neue Position im Wohnzimmer.

»Gibt es im Keller irgendetwas, das wir nutzen können? Irgendetwas? Ich will helfen. Ich will für dich kämpfen.« Die Worte sprudeln aus mir heraus.

Nein. Es gibt nichts, was du tun kannst, sagt Beryl, die an meiner Seite schwebt, sanft.

»Es tut mir so leid, Beryl. Das ist meine Schuld.«

Schh, nein, ist es nicht, Kind. Früher oder später musste es geschehen. House läuft schon lange davon. Wir beide tun das.

Ein Funke Hoffnung flammt auf. »Schaut!«, rufe ich. Meine Nase klebt fast an der Scheibe. »Der Kreis verblasst!«

Ein Zauberer bricht zusammen – dann eine Hexe, dann noch einer – jeder fällt auf die Knie, die Hände an den Kopf gepresst. Alle dreizehn sind nicht stark genug, um House zu schlagen. Der Kreis verblasst, als mehr der Magier wanken, das Pentagramm flackert, seine perfekte Symmetrie bricht.

»Wir könnten das wirklich gewinnen!« Meine Stimme bricht vor Hoffnung.

Doch gerade als der Kreis zerfällt und ich wage, zu atmen, fällt mir eine Bewegung ins Auge. Lander Kane tritt vor.

Nein.

Er singt nicht, er gehört nicht zu den ursprünglichen Dreizehn. Sein Gesicht bleibt ruhig, sein weißblondes Haar liegt vollkommen still, trotz des peitschenden Windes. Sein Blick ist fixiert, und zum ersten Mal seit Beginn dieses Albtraums kriecht kalte Angst meine Wirbelsäule hinauf.

»House ...«, flüstere ich.

Ich sehe ihn.

Er versucht etwas anderes.

Lander hebt beide Hände: Die Finger der linken Hand spreizen sich weit, in der rechten hält er einen Zauberstab. Zunächst geschieht nichts. Ich zähle bis fünf, dann pulsieren die verbleibenden Linien einmal, zweimal, dann verdrehen sie sich wie Seile.

Und die Füße des blonden Magiers verlassen den Boden. Er schwebt.

Seine Macht ergießt sich in den verblassenden Kreis, der

wieder auflodert. Das Pentagramm formt sich neu. Heller, straffer.

Der Boden bebt stärker denn je. Baylor winselt und drückt sich enger an meine Beine.

House stöhnt. Nicht laut, sondern durch die Knochen ihrer Struktur. Ich spüre ihr Ringen. Ihre Anstrengung.

Risse sprenkeln die Wände, tiefe Spalten rasen von den Sockelleisten bis zur Decke. Das Erkerfenster – erst gestern repariert – splittert unter der Belastung, ein Spinnennetz aus Brüchen zieht sich zickzackförmig durch das Glas.

Ich zerre Baylor vom Fenster weg.

In der Küche höre ich, wie die geflickte Hintertür erneut splittert, Holz ächzt, als Magie an House zerrt.

Das Wohnzimmermobiliar zerfällt, als wäre es aus Sand. Alles verschwindet, während House jede Spur Magie zu ihrer Verteidigung einsetzt.

House bricht auseinander.

»Hör auf! Lander Kane, hör auf. Du tust ihr weh! Bitte, hör auf!«

Er hört nicht auf. Vielleicht hört er mich nicht. Die Augen des schwebenden Magiers sind völlig weiß.

»House, ich töte dich. Unser Hiersein tötet dich. Jetzt ist es meine Aufgabe, dich zu schützen. Falte dich zusammen, beweg dich. Geh jetzt. Du musst dich retten.«

Nein. Ich lasse euch nicht zurück.

Ich tue das Einzige, was ich kann. »Ich hab dich lieb. Ich werde dich finden. Danke, dass du meine Freundin warst.«

Mit Baylor eng an meiner Seite reiße ich die Haustür auf und renne in den Vorgarten – direkt in die Magie des

Pentagramms. Sie brennt auf meiner Haut, doch Baylor, als nicht-magisches Wesen, bleibt unversehrt.

Dachziegel stürzen vom Dach – einer, dann noch einer. House zerbricht buchstäblich vor meinen Augen.

»House, du musst gehen. GEH JETZT!«

Vielleicht kann sie nicht. Ich wirble herum, starre den schwebenden Magier an. Hebe einen zerbrochenen Ziegel auf und schleudere ihn. Er trifft ihn mitten auf die Brust.

»LASS SIE IN RUHE! LASS SIE IN RUHE!«, schreie ich, stürme vor, verzweifelt, seine sture Konzentration zu brechen.

Baylor knurrt und verbeißt sich in seine Hosenbeine, zerrt. »Guter Junge, Baylor, hol ihn dir.« Ich steuere geradewegs in die Hölle der Haustier-Eltern. »Bitte, bitte gib uns die Kraft, meiner Freundin zu helfen«, flehe ich das Universum an. Wir ziehen mit aller Kraft. Der schlafende Vampir in mir knurrt und –

Lander fällt. Sein Gewicht reißt uns beide zu Boden, gerade als der Schornstein in den Garten kracht.

Seine Magie flackert.

In diesem Moment faltet sich House zusammen, sie verschwindet – Garten, Wände, alles – und lässt nur ein Stück müllübersätes Ödland zurück.

Sie ist fort. Sie ist sicher.

Ich rapple mich hoch, überprüfe Baylor. Mein tapferer Hund hat keinen Kratzer. Dann entdecke ich die Tasche, vollgestopft mit meinen wichtigsten Dokumenten, zwei Sets meiner Lieblingskleidung und einem kleinen Vorrat Hundefutter für ein paar Tage. Beryl. Der Pflock bleibt vollkommen still, doch ich spüre die schwache Wärme ihrer Magie an meiner Hand.

Die Tasche ist außerdem prall gefüllt mit Bargeld – zweifellos jede einzelne Miete, die ich je gezahlt habe.

Ein Schluchzen zerreißt mir die Kehle. »House«, flüstere ich, »bitte, bitte, bitte sei in Sicherheit.«

»Nun«, sagt Lander, seine Stimme seidig und gefährlich, »du bist ja ein ausgesprochen hartnäckiges kleines Problem, nicht wahr, Winifred?« Der Magier erhebt sich, klopft sich den Staub von der Hose. Er mustert seinen Zauberstab, der entweder durch den Sturz oder meine Einmischung in seine Magie zerbrochen ist, dann richtet er seinen Blick auf mich. »Du hast meinen Zauberstab zerbrochen.«

»Gut.« Ich starre zurück. »Warum musstest du ihr wehtun?«

»Ihr?«

»House. Warum musstest du ihr wehtun? Sie hat niemandem geschadet – sie hat immer nur Menschen beschützt.«

»Sie hat eine Kriminelle beherbergt.«

Ich hole tief, wütend Luft. »Ich bin nicht krimineller als du. Du bist derjenige, der sich wie ein Monster verhält.«

Er legt den Kopf schief, mustert mich von Kopf bis Fuß. »Was ich wissen will«, sagt er, während er die Reste des Stabes einsteckt, »ist, warum du nicht tagsüber tot bist. Baby-Vampir – und doch« – er wirft einen Blick zur Sonne – »am Leben.«

»Ich bin kein Vampir. Ich bin ein Mensch. Ihr habt mein Zuhause angegriffen, und wofür? Weil ihr glaubt, ich sei ein Vampir? Spoiler: Ihr liegt falsch.«

»Letzte Nacht warst du ein Vampir.«

»War ich?«

»Wir haben Fotos, Beweise.«

»Habt ihr? Habe ich jemanden gebissen? Oder habe ich eine Frau in Schwierigkeiten gesehen und sie nach Hause gefahren?«

Er breitet die Hände aus. »Nun, wie du siehst –«

Ich hebe die Handflächen. »Ich bin kein Vampir.« *Nicht im Moment*, murmele ich innerlich.

Baylor jammert, drückt sich an mich. Er schnüffelt an der Tasche und blickt mich mit traurigen Augen an. Ich kraule seine Ohren, um ihn zu beruhigen. Es wird schwierig für ihn sein, den Verlust von House zu verkraften.

Für uns beide.

»Wir müssen das klären«, sagt der Magier und winkt der Polizei. Zwei Beamte treten heran.

»Winifred Crowsdale, würden Sie bitte mitkommen, Miss? Wir müssen mit Ihnen sprechen.«

»Natürlich. Darf ich meine Tasche mitnehmen?«

Der Beamte mustert sie. »Was ist darin?«

»Kleidung, Handy, ein Buch für die stundenlange Wartezeit in einem fensterlosen Raum, nichts Illegales.«

Der Magier verengt die Augen, nickt dann. »Lass sie sie mitnehmen. Wir durchsuchen sie auf der Wache.«

Ich schnappe die Tasche, vorsichtig, um Beryl nicht zu stoßen.

»Der Hund.« Der Beamte greift nach Baylors Leine.

»Was? Nein – darf er nicht mitkommen? Er hat Trennungsangst, und er frisst komische Dinge, wenn er unbeaufsichtigt ist. Bitte?«

»Tut mir leid, Ms. Crowsdale. Das ist Vorschrift.«

Wir liefern uns ein unwürdiges Tauziehen um die

Leine. Ich weiß, ich habe Glück, dass sie mich nicht erschossen haben, als ich auf Lander losging, und ich weiß, ich sollte loslassen, aber ... er ist mein Hund, ich bin alles, was er hat.

»Er wird gut versorgt.«

Meine Lippe bebt.

Erst als Lander Kane höhnisch lacht, lasse ich los. Meine Wangen brennen vor Scham und Wut zugleich.

Baylor winselt, als ihn ein Hundeführer in einen Transporter führt.

»Alles gut, Kumpel«, rufe ich leise. »Es wird dir gut gehen. Sei brav, ich komme so schnell wie möglich.« Meine Stimme bricht.

Der Beamte geleitet mich zum Wagen, die Hand schwebt nah an meinem Ellbogen, als könnte ich fliehen.

Der Magier beobachtet jeden Schritt, die Augen scharf. »Du bist klug«, murmelt er so leise, dass nur ich es höre. »Aber du kannst dich nicht ewig mit Lügen aus der Affäre ziehen. Der Großmeister selbst hat deinen Haftbefehl erlassen.«

Mein Magen zieht sich zusammen, doch ich halte den Ton neutral. »Wenn der Großmeister so erpicht darauf ist, mit mir zu reden, soll er es selbst tun.«

Der Magier lächelt. »Oh, das wird er. Früher, als du denkst.«

Die Autotür schlägt hinter mir zu, trennt mich vom letzten Blick auf das leere Grundstück und den Wagen, der Baylor enthält.

Ich beschließe, dass ich den verdammten Lander Kane abgrundtief hasse, aber ich muss zugeben, dass der Magier recht hat – ich kann nur bis zum Einbruch der Nacht so tun, als wäre ich menschlich.

Mist.

Kapitel Vierundzwanzig

Sie legen mir keine Handschellen an, und zu meiner Erleichterung darf Lander nicht hinein. Nachdem sie meine Tasche durchsucht haben – Beryl ist Gott sei Dank nirgends zu sehen – werde ich durch die Aufnahme geführt.

»Das ist eine Menge Bargeld«, bemerkt der Haftrichter.

»Ja, nun, Idioten aus dem Magiesektor haben mein Haus in die Luft gesprengt. Ich habe mitgenommen, was ich konnte.«

Die Tasche samt Inhalt wird in einem Plastikbeutel eingeschweißt, und ich werde in einen Verhörraum gebracht. Er gleicht denen im Vampirsektor: Grau in Grau, vier Plastikstühle, ein schmuddeliger Tisch, eine einzelne

Kamera blinkt rot in der Ecke. Kein dramatischer Spiegel, leider.

»Möchten Sie etwas trinken?«

»Nein, danke.« Eine warme Tasse Tee wäre herrlich, aber da die Sonne bald untergeht, möchte ich ungern mitten in der Verwandlung erbrechen.

Das Verhör beginnt. Es dreht sich um meine Identität, meine Vergangenheit, meine angebliche Menschlichkeit und die »vermeintliche Verbindung zu Derivaten«. Ich halte an meiner Menschengeschichte fest: Papierkram, Lizenzen, nichts zu verbergen. Die menschlichen Beamten wirken zunehmend verwirrt, während ich hartnäckig bei meiner Vor-Vampir-Version bleibe. Ihre Stirnfalten vertiefen sich. Ich kann sie fast denken hören: *Warum interessiert sich jeder für sie, wenn sie nur eine Lieferfahrerin ist?*

Schließlich lassen sie mich allein.

Erschöpfung macht sich breit. Ich fürchte, die Polizei vertrödelt absichtlich Zeit, um mich den Leuten des Großmeisters zu übergeben. Selbst Lander hat damit gedroht.

Bald wird mein Herz aufhören zu schlagen, meine Lunge stillstehen, meine Reißzähne hervortreten – und wenn ich nicht vorsichtig bin, werden sie genau wissen, was ich bin. Wenn ich weiter atme, blinzle, all die menschlichen Dinge tue, vielleicht kann ich sie täuschen?

Ja – bis die Vampire kommen.

Ich sorge mich um Baylor, wieder eine Mutter verloren, wieder ein Zuhause zerstört. Tränen brennen in meinen Augen, doch ich blinzle sie fort. Alles wird gut, sobald ich ihn abhole.

Es muss gut werden.

Ein Scharren an der Tür erregt meine Aufmerksamkeit. Der Griff bewegt sich, die Tür geht quietschend auf. Niemand steht da. Beryl schwebt außerhalb des Kamerawinkels im Flur.

»Was tust du?«, murmele ich und bewege dabei kaum meine Lippen. Mikrofone sind gnadenlos.

Komm schon. Ich hole dich hier raus.

»Du machst was? Was, wenn dich jemand sieht?« Ich hatte House versprochen, sie im Verborgenen zu halten. Dennoch gleite ich in den Korridor. Wirklich eine Wahl habe ich nicht: Entweder sitze ich hier und warte, bis die Bösen mich in meinen endgültigen Tod schleifen, oder ich vertraue Beryl und fliehe.

Meine Tasche, noch immer in der Plastikfolie verschweißt, liegt praktischerweise in Reichweite.

»Wie hast du das geschafft?« Ich hebe sie auf.

Magie, offensichtlich. Als hätte ich Daumen. Hier entlang.

Sie zischt voraus, die Gänge sind leer. Es ist fast Nacht – selbst das Verwaltungspersonal bleibt ungern draußen. Links, rechts, eine Treppe hinauf, wieder rechts. Wir huschen in ein unordentliches Büro. Papiere bedecken die Tische, Schränke stehen offen. Zwei Tassen mit abgestandenem Kaffee stehen verlassen herum.

Fenster. Beryl tippt gegen das Glas.

Es ist ein tiefer Sprung. Mindestens sechs Meter.

»Du willst, dass ich springe?«

Schau zum Himmel, jede Minute wirst du dich verwandeln.

Mein Herz schlägt ein letztes Mal. Ein dumpfer Schlag – dann Stille. Schrecklich vertraut.

»Für Baylor«, murmele ich. Ich reiße den Beutel auf, stopfe ihn in einen überfüllten Papierkorb, öffne das Fenster und lasse die Tasche hinausfallen. Statt zu springen, lege ich mich auf den Bauch, schwinge ein Bein hinaus, klammere mich am Rahmen fest und taste mit den Zehen nach der Fensterkante darunter. Ganz wie beim Klimmzug-Test – ich schaffe das.

Beryl stupst gegen meinen Fuß.

»Hör auf zu stupsen.«

Beeil dich. Sonst erwischen sie dich. Wir müssen noch den Hund holen.

Ihr nächstes Stupsen hilft, meine Füße zu führen. Es ist schwierig, weil ich so klein bin. Ich rutsche anderthalb Stockwerke hinunter – zwei, drei Meter bleiben – da packen starke Hände meine Taille. Ich quietsche, als ich hinabgehoben und gegen eine breite, harte Brust gedrückt werde.

Moschus, Metall, Macht. Ich erkenne den Duft.

»Was machst du da, Sonnenschein?« Valdarrs Stimme an meinem Ohr klingt samtig und amüsiert. »Ich habe deine Freilassung arrangiert, und nun finde ich dich, wie du durch ein Fenster kletterst wie eine Einbrecherin. Bist du verletzt?«

Er dreht mich zu sich, seine tätowierten Finger sanft an meiner Wange.

»Mir geht's gut.« Heimlich suche ich nach Beryl. Zum Glück hat sie sich versteckt und ihn nicht aufgespießt. Ich werte das als Gewinn.

»Ich muss Anrufe tätigen, um deinen *Abgang* zu erklären. Komm, Baylor wartet.«

»Baylor?«

»Ich habe ihn von der Tiersammelstelle geholt, bevor sie schlossen. Er ist im Auto und kaut zweifellos auf etwas Teurem herum. Wollen wir?«

Er schnappt die Tasche und weist zum Parkplatz.

»Was? Du hast Baylor gerettet?«, platzt es aus mir heraus, ein Schwall Zuneigung für diesen Mann überflutet mich. »Danke, danke!« Erleichterung rauscht durch mich – mein Kumpel ist in Sicherheit.

Valdarr führt mich zum gleichen schwarzen, UV-geschützten Wagen wie zuvor, dessen getönte Scheiben vom Nieselregen glitzern. Der Motor läuft. Der Fahrer hat die Arme um die Kopfstütze geschlungen, um sie vor Baylors Zähnen zu schützen, doch das ist vergessen, sobald die Tür aufgeht.

Baylor erspäht mich, stößt ein freudiges Heulen aus, sein ganzer Körper vibriert, als er über den Rücksitz tanzt. Ich verziehe das Gesicht, als seine Krallen das Leder zerkratzen. Ich stürze ins Auto und schlinge die Arme um ihn. Dann überschütte ich ihn mit Küssen, während er sich vor Begeisterung windet.

»Ich hab dich so vermisst, Kumpel. Hast du« *Kuss* »dich« *Kuss* »gut benommen bei Valdarr? Hoffentlich hast du niemanden gebissen. Keine Menschen beißen, auch wenn Mummy es sagt. Es war falsch von mir, dich auf den bösen Magier zu hetzen. Das machen wir nicht mehr.«

Ein vertrautes Lachen unterbricht mich.

Ich blicke hoch – und erstarre. Lander steht draußen und beobachtet uns. Instinktiv schiebe ich Baylor hinter mich, die Arme schützend ausgestreckt.

»Was macht *der* hier?«, fauche ich.

»Du hast mir nie gesagt, wie hinreißend sie ist. Nach

dieser Vorstellung könnte ich ihr sogar verzeihen, dass sie meinen Zauberstab zerbrochen hat«, sagt Lander und klopft Valdarr auf die Schulter, als wären sie alte Freunde.

Mir wird ganz mulmig. »Was geht hier vor? Bist du mit ihm befreundet?« Ich funkle Valdarr enttäuscht an.

» Vom Helden zum Bösewicht in drei Sekunden, ganz schön hartes Publikum«, sagt Lander glatt. »Hör zu, Liebes, ich bin kein schlechter Kerl. Ich habe nur meinen Job gemacht. Es gab einen Haftbefehl gegen dich, und dieses Haus hat seit Jahren Probleme verursacht.«

»Nenn mir eine Sache, die sie falsch gemacht hat.« Ich warte nicht. »Gar nichts. House hat nichts falsch gemacht. Gib zu, dass du ein schrecklicher Mensch bist.«

»Sie hat bei der Verwandlung eines Wandlers eingegriffen. Und bei dir.« Sein Blick verhärtet sich. »Warum, glaubst du, bist du tagsüber menschlich, jetzt aber eindeutig eine von den Vampiren? Sie hat sich eingemischt. Du hättest nie verwandelt werden sollen.«

»Es war nicht ihre Schuld, dass ich in einem Leichencontainer aufgewacht bin«, fauche ich mit bebender Stimme, doch standhaft. »Ich habe nur Essen geliefert. Ich habe nicht geplant, das Abendessen von jemandem zu werden.«

»Ja, und ihre Magie hat die Verwandlung sowohl erzwungen als auch gestört«, erwidert er. »Ohne sie wärst du in jener Nacht gestorben. Kein Wiederaufstehen, keine Teilverwandlung. Das Haus hat eingegriffen – und das ist illegal.«

Mir fehlen die Worte.

Lander nutzt den Moment, seine Stimme ist nun weich, fast sanft. »Ich habe deine Akten geprüft. Du trägst nicht genug Vampir-DNA für eine richtige Verwandlung in dir. Das Haus hat sich eingemischt, wie schon zuvor. Sie hat die Grenze überschritten.«

»Ich glaube dir nicht. Du ... Du hast mir gedroht, gesagt, der Großmeister komme.«

»Das war keine Drohung, es war eine Warnung«, erwidert er ruhig. »Ich wollte dich am Leben halten.«

»Am Leben? Du hast gerade gesagt, wenn es nach dir ginge, wäre ich tot. Entscheide dich.« Ich lege die Hand auf Baylors Rücken. Er drückt sich an mein Bein, die Ohren angelegt, die Augen auf Lander fixiert. Ein tiefes Grollen steigt in seiner Brust auf.

»Wenn er näherkommt, beiß ihn«, murmele ich.

Baylor schnaubt zustimmend.

»House ist meine Freundin, und ich lasse nicht zu, dass du sie verleumdest, besonders nicht, wenn du ihre Seite der Geschichte gar nicht kennst. Du hast sie angegriffen. Du bist hier der Böse.«

»Da widerspreche ich.« Lander lehnt sich zurück, lächelt und steckt die Hände in die Taschen.

Selbstgefälliger Mistkerl.

»Ich habe nur meinen Job gemacht.« Die Wärme verlässt seine Stimme, sie wird hart. »Es gab einen Haftbe-fehl, vom Rat unterzeichnet und vom Großmeister gegen-gezeichnet. Wenn Magie wiederholt derivative Biologie ohne Genehmigung verändert, wird sie zur Bedrohung.«

Da ist er wieder. Diesen Mr.-Nett-Auftritt habe ich ihm sowieso nicht abgekauft.

Mein Vampir zieht ihn vom Auto weg. »Lander, kannst du Freds Ausbruch vertuschen? Sie ist durch ein Fenster im zweiten Stock geflohen.«

»Natürlich.«

Sie schütteln sich die Hände, kräftig, was mir die Zähne knirschen lässt. Ich kann Valdarr nicht verdenken, dass er den Frieden wahrt – es ist vernünftig –, aber mögen muss ich es nicht. Baylor jammert, ich ziehe ihn näher und flüstere: »Schh, alles gut.«

Valdarr steigt ins Auto.

»Es tut mir leid, dass ich zu deinem Freund unhöflich war«, murmele ich, den Blick abgewandt. »Aber ich verabscheue diesen Mann. Er hat meiner Freundin wehgetan, und ich vertraue ihm nicht.«

»Ich verstehe.«

Mir wird klar, dass ich nirgends hin kann. Mein einziges Transportmittel verschwand mit House, und ich habe keine Ahnung, was ich tun soll. In der Eile, zu Baylor zu gelangen, bin ich einfach eingestiegen – jetzt brauche ich einen würdevollen Ausstieg.

Ich räuspere mich. »Danke nochmal für deine Hilfe. Wir sollten wohl besser los.«

Ich greife nach dem Türgriff.

»Letzte Nacht habe ich dich nicht im Stich gelassen. Ich war da, als die Attentäter-Teams angriffen. Mein Vater hat sechs Teams geschickt, um dich zu töten.«

»Sechs? Ich habe nur Team Eins gesehen –« Oh …

»Ich habe dich nicht ungeschützt gelassen«, fährt er fort. »Ich habe den Schutzkreisen des Hauses vertraut. Ich hätte nie gedacht, dass sie sie hereinlassen würde.«

Ich rechne: sechs Teams zu je vier Vampiren, Beryl hat eines erledigt, also stand Valdarr den anderen fünf gegenüber. Zwanzig Attentäter.

Eine Kälte läuft mir über den Rücken. »Danke«, flüstere ich mit enger Kehle. »Es tut mir leid, dass du das tun musstest.« Mein Daumen fährt über das Siegel an meinem Handgelenk. Baylor leckt meine Hand, spürt meine wirbelnden Gedanken. Das Mal bedeutet mir wenig, Valdarr vermutlich sehr viel. »Dein Vater wird nicht aufhören, oder?«

»Ich bin der Erbe, das gibt mir etwas Einfluss. Ich habe ihn überredet, dich nicht öffentlich zu verfolgen. Das Fahndungsfoto und der Tötungsbefehl wurden zurückgezogen. Aber ...« Er stockt. »Mein Vater jagt dich weiter. Deine Verwandlung wirft Fragen auf, die er nicht beantworten kann, und Clan Nocturna ist auch nicht erfreut.«

»Oh.«

»Fred, ich weiß, das ist plötzlich, und wir haben noch nicht über einen Umzug gesprochen, aber du bist obdachlos und stehst unter Beschuss. Am sichersten wäre es, fürs Erste im Clanhaus zu bleiben, wenn du einverstanden bist.«

Etwas wird bestimmt schiefgehen. Doch was bleibt mir übrig? Ich muss darauf vertrauen, dass alles gut geht.

»Okay.«

»Okay.« Valdarr gibt dem Fahrer ein Zeichen, und wir verlassen den Parkplatz.

»Wegen Clan Nocturna –«

»Ich habe die Frau gerettet. Ich habe sie nicht angegriffen.«

»Ich weiß. Die Kameras haben alles gezeigt. Wir haben den Vampir festgenommen, und er hat gestanden.«

Seine violettgrauen Augen verengen sich. »Was ich nicht begreife, ist, wie du wusstest, dass sie in Gefahr war. Du bist dort aufgetaucht und hast auf den exakten

Moment gewartet, als sie Hilfe brauchte, als hättest du gewusst, was passieren würde. Warum, Fred?«

Ich rutsche unruhig hin und her und spiele mit meiner Zunge an einem Reißzahn herum. »Nun ... neben der Sache, dass ich bei Tag menschlich bin, ich, äh – denke, ich könnte vielleicht hellsichtig sein?« Es klingt wie eine Frage.

Selbst mir kommt es absurd vor.

»Ich hatte schon immer eine starke Intuition«, beginne ich. »Mehr als ein Bauchgefühl. Vor Jahren hat sich meine Freundin Sara wegen ihres Freundes Sorgen gemacht. Ich habe ihr geraten, ihn zu verlassen, war mir sicher, dass sie bald die Liebe ihres Lebens treffen würde – jemanden, den sie schon immer übersehen hatte. Achtzehn Monate später hat sie ihren Jugendfreund wiedergetroffen, sich verliebt, geheiratet, und zwei Kinder bekommen.«

Ich reibe mir die Augen. »Dann wurde das Leben chaotisch. Jay hat sie nicht gemocht, also haben wir uns voneinander entfernt.« Er hat viele meiner Freunde nicht gemocht, und ich habe aufgehört, auf meine Intuition zu hören, nachdem meine Mum gestorben ist. Hätte ich auf sie gehört, hätte ich keine zehn Jahre mit ihm verschwendet.

»Aber du siehst das Muster: Ich hatte immer diese seltsame Gabe – schwer zu erklären, ich verstehe sie selbst nicht.« Ich wedle mit dem Handy. »Ein paar Wochen nach meiner Verwandlung hatte ich lebhafte Tagträume, wie dein Vater mich findet und verletzt. Als ich sie verdrängt habe, hat sich die Magie geändert: Beim Scrollen bin ich in eine Vision abgedriftet, wie ein Junge von einem Auto erfasst wird – also habe ich ihn gerettet. Später habe ich es erneut getestet und gesehen, wie Crystal gebissen und getötet wird –«

Er unterbricht mich: »Und da dachtest du, es sei eine gute Idee, in den Vampirsektor zu gehen, um sie zu retten?«

»House wusste, was ich vorhatte, und ich hatte diesen Knockout-Trank. B–« Ich halte mich gerade noch rechtzeitig zurück, bevor ich Beryls Hilfe erwähne. Ich bin furchtbar im Lügen. Stattdessen erzähle ich die ganze Geschichte – den Clan-Nocturna-Fehlschlag, wie ich Lark traf, alles – und es klingt noch absurder, als ich es laut ausspreche.

»Du hast ein paar ereignisreiche Tage hinter dir«, sagt er schließlich.

»Mmh.«

»Soll ich meine Kontakte nach deinem Haus fragen? Sicherstellen, dass es ihr gut geht?«

Mein Kopf schießt hoch. »Würdest du … Würdest du das tun? Ich wäre dir so dankbar.« Tränen brennen in meinen Augen.

»Natürlich.«

Wir überqueren die Grenze in den Vampirsektor und fahren noch eine weitere Dreiviertelstunde. Hinter gewaltigen Toren und einer machtgeladenen Schutzmauer knirscht der Kies unter den Reifen, als der Wagen abbremst. Der Fahrer setzt uns am Fuß breiter Steinstufen ab, die zu einer Eichentür führen, und fährt wortlos davon.

Ich halte Baylors Leine fester und starre auf die imposante Fassade. Was, wenn er etwas in diesem wunderschönen Haus anknabbert? Ohne House fühle ich ein komisches Gefühl in meinem Magen. Hoffentlich kann Valdarr etwas über sie herausfinden. Ich bete, dass es ihr gut geht. Fernzubleiben ist vermutlich der beste Schutz, den ich ihr geben kann.

Was, wenn ich hier gar nicht dazugehöre? Halb Menschensnack, halb Vampir.

»Ist es unter Vampiren üblich, tagsüber wach zu sein?«, frage ich.

»Nein, nur die sehr Alten – mein Vater, ich und einige wenige. Ich wache um die Mittagszeit auf, und mit jedem Jahrhundert wird die Zeit kürzer, in der ich gelähmt bin. Den Ring hast du gesehen?« Ich nicke. »Dieses Artefakt ist äußerst selten, nicht viele können im Sonnenlicht wandeln.«

Mit meiner Tasche in der Hand schenkt er mir ein aufmunterndes Lächeln.

Würde mein Herz noch schlagen, es würde aussetzen – wenn er lächelt, ist er fast schmerzhaft schön.

Wir steigen die Stufen hinauf. Die Tür schwingt auf, bevor wir sie erreichen, und ein Vampir tritt in die Dunkelheit hinaus.

KAPITEL FÜNFUNDZWANZIG

ER IST ein schlanker Vampir mit dunklem Haar, das perfekt zu einem Neunzigerjahre-Boyband-Vorhangpony gestylt ist. Ein einzelner Creolenohrring glänzt in seinem linken Ohr, und ein Medaillon mit dem Wappen des Clans Blóðvakt ruht auf seinem ordentlich gebügelten Hemd. Er blockiert die Schwelle wie ein überarbeiteter Assistent, der den Zugang zu einem CEO bewacht.

»Mein Gebieter, es gibt viel zu besprechen«, sagt er, die Augen auf ein Tablet geheftet. Der Stift schwebt, bereit. »Treffen mit den Wandlern um –«

»James«, unterbricht Valdarr, »ich möchte dir Winifred vorstellen.«

Schwarze Augen schnellen zu meinen.

»Hallo, James«, sage ich und zwinge mir ein freundliches Lächeln auf.

Er klemmt den Stift ans Tablet, schiebt das Gerät unter den Arm und reicht mir die Hand. »Ah, Sie sind also die Frau, von der ich so viel gehört habe. Das neueste Mitglied unseres Clans. Freut mich.«

»Freut mich ebenfalls.« Ich streife kaum seine Finger, da zieht er die Hand schon zurück.

Valdarr tritt ein und bemerkt nicht, wie James eine Flasche Handdesinfektionsmittel hervorzieht und sich damit die Hände einreibt. Er schrubbt, als hätte ich ihn infiziert. Vielleicht Keime – oder Hunde. Ich gebe ihm einen Vertrauensvorschuss.

Noch immer die Hände reibend, folgt James Valdarr. Seine Stimme sinkt, gerade so leise, dass nur meine Vampir-Ohren sie hören: »Sie werden hier nicht lange bleiben.« Der Blick, den er mir über die Schulter zuwirft, trieft vor Verachtung.

Ah, also keine Zwangsstörung. Reine Abneigung.

Na schön. Ich antworte mit einem freundlichen, dümmlich-leeren Lächeln, schlüpfe in die Rolle der verwirrten Blondine, die man von mir erwartet. Diesen Blick habe ich schon öfter ertragen müssen. Ich gebe ihm nichts, was er gegen mich verwenden könnte. Dieses Mal nicht.

Wir betreten ein elegantes, modernes Büro: anthrazit-farbene Wände, niedrige Regale, ein einzelner Stahlschreib-tisch mit matter Oberfläche, unberührt bis auf einen dünnen Laptop. Ein düsteres, abstraktes Gemälde hängt gegenüber den Fenstern, eingelassene Lichter werfen ein weiches Leuchten darauf.

Valdarr deutet auf einen Stuhl aus Chrom und Leder gegenüber dem Schreibtisch. Pflichtbewusst setze ich mich, behalte die Ausgänge im Blick, während James stehen bleibt, Tablet in der Hand.

Baylor schnuppert, dreht sich im Kreis – ungefähr hundert Mal – und plumpst dann mit einem dramatischen Seufzer nieder, wobei er James' schmale Knöchel wie ein Kauspielzeug fixiert.

Ich habe ein Monster erschaffen.

»Brauchen Sie etwas?«, fragt James mit zuckersüßer Stimme. »Null negativ? B positiv? Warm? Gekühlt? Hundeleckerlis?«

»Uns geht es gut, danke.«

»James, ist Freds Suite bereit?«, fragt Valdarr.

»Ja, mein Gebieter.«

»Ausgezeichnet. Gut, Fred. Gehen wir die Clan-Regeln durch.«

Regeln?

James räuspert sich. »Clan Blóðvakt: Grundgesetze des Verhaltens. Erstens. Loyalität zum Großmeister. Jedes Mitglied schuldet dem Großmeister und seinen ernannten Erben unerschütterliche Treue. Ungehorsam gilt als Verrat und wird entsprechend bestraft.«

Ich nicke langsam. Unerschütterliche Treue zu dem Vampir, der mich getötet hat. Keinen Verrat begehen. Verstanden.

»Zweitens. Gehorsam gegenüber dem Gebieter.« James wirft Valdarr einen Blick zu. »Das wäre Ihr Gastgeber. Seine Befehle sind bindend. Keine Ausnahmen.«

Valdarr wirkt gelangweilt, James strahlt vor Selbstzufriedenheit, als lebe er für diesen Mist.

»Drittens. Geheimhaltung über alles. Clanangelegenheiten müssen vor den anderen Derivativen verborgen bleiben. Verstöße, ob absichtlich oder nicht, haben ... Konsequenzen.«

Braucht man nicht näher auszuführen.

»Viertens. Blutkontrolle und Zustimmung. Das Trinken muss einvernehmlich und diskret erfolgen. Keine wilden Verwandlungen, keine öffentlichen Spektakel, kein Ausbluten von Menschen.«

Ich halte mein Gesicht ausdruckslos.

»Fünftens. Respekt vor Territorien. Betreten Sie niemals das Gebiet anderer Clans ohne ausdrückliche Erlaubnis.«

Das klingt relevant. Notiz an mich: nicht herumwandern. Nicht mit einem blutenden Versklavten bei Clan Nocturna anklopfen. Kein Wunder, dass sie so sauer waren.

»Sechstens. Keine Magie ohne Autorität. Alle magischen Artefakte, Fähigkeiten oder Anomalien müssen beim Rat registriert werden. Unerlaubte Nutzung kann zur Verbannung führen.«

Mein Magen zieht sich zusammen. Beryl. Und ich bin eine wandelnde, sprechende Anomalie. Im Grunde wäre eine Broschüre mit den *Do's and Don'ts* bei meiner Brandmarkung hilfreich gewesen. Ohne es zu wissen, habe ich die Regeln gebrochen, als wäre es ein Sport.

»Siebtens. Konfliktlösung. Duelle benötigen eine Genehmigung, Beschwerden sind offiziell einzureichen. Straßenkämpfe und Attentatsversuche sind unerwünscht.« James wirft mir einen scharfen Blick zu.

Baylor knurrt leise, was ich mit einem Husten übertöne.

»Achtens. Verbündete und Kreaturen. Menschliche Diener, Versklavte, Haustiere, verzauberte Objekte – alle unterliegen der Verantwortung ihres Halters. Fehlverhalten wird entsprechend geahndet.«

Ich nicke Baylor zu. »Er ist sehr brav«, sage ich süßlich.

»Neuntens. Ausgangssperre und Verhalten. Alle Mitglieder müssen sich tagsüber in ihren zugewiesenen Quartieren aufhalten. Überwachung gewährleistet Sicherheit *und* Einhaltung.«

Ich blicke zu Valdarr, er meidet meinen Blick.

»Zehntens. Protokoll des endgültigen Todes. Jedes Mitglied, das das Gesetz bricht, wird in die Halle der Stille zitiert. Wird es schuldig befunden, folgt die rituelle Hinrichtung. Zeremonielles Schwert, offen und öffentlich.«

Ich nicke. »Wie schön.«

James klappt das Tablet zu. »Wir sind recht zivilisiert, wenn man die Regeln befolgt.«

Valdarr lehnt sich vor und lockert die Stimmung auf. »Es ist viel, ich weiß. Aber keine Sorge. Ich werde dir die wichtigsten Punkte erklären. Verbrenn einfach nichts und bring niemanden um.«

»Schon wieder«, murmelt James halblaut.

Baylor erhebt sich, streckt sich und stellt sich zwischen James und mich. Kein Knurren diesmal, doch sein Blick bleibt unerschütterlich. Eine stumme Warnung.

Ich streichele ihm über die Ohren, ohne mich James' Blick zu entziehen. »Ich werde mich an die Regeln halten.«

Und ich bin sicher, sie werden mir früher oder später zum Verhängnis.

Vor allem mit James, der nach seiner ach so freundlichen Begrüßung nur darauf lauert, den kleinsten Fehltritt auszunutzen, um meinen Kopf rollen zu sehen.

Aber Panik hilft jetzt nicht. Ich nicke, lächle wie ein pflichtbewusstes kleines Vampirchen und folge Valdarr den Flur hinunter zu meiner Suite.

Wir gehen an auffälligen modernen Kunstwerken vorbei, abstrakten Formen in Blutrot oder Tiefschwarz. Baylors Krallen klicken über das polierte Parkett, dann tack-tack über Marmor.

Valdarr bleibt vor einer schweren Eichentür stehen. »Das ist dein Zimmer.«

Er tritt zuerst ein, stellt meine Tasche auf den Schminktisch. Die Suite könnte in einem Luxushotel stehen: poliertes Mahagoni, tiefblaue Samtpolster, warmes Lampenlicht. Ich löse Baylors Leine, er dreht sich im Kreis, schnuppert, dann lässt er sich neben mir mit einem Schnauben nieder.

»Ich lasse dich ankommen.« Er lächelt – fast schüchtern – und geht, schließt die Tür hinter sich. Die Suite hat eine Panzertür, wie das Stadthaus. Wahrscheinlich ein Sicherheitsmerkmal in all seinen Immobilien.

Ach, junge Liebe, singt Beryl, als sie aus der Tasche zischt. *Er mag dich.*

Ich runzle die Stirn. »Tut er nicht, er hat nur Mitleid mit mir.« Riesenunterschied.

Kapitel Sechsundzwanzig

Die Suite ist wunderschön, eindeutig für menschliche Gäste entworfen. Fenster vom Boden bis zur Decke und eine Glastür blicken auf einen ummauerten Innenhof hinaus, gepflastert mit breiten Platten und gespickt mit übergroßen Pflanzkübeln. Wenn ich beim Gärtner etwas Mulch erbetteln könnte, ließe sich dort eine diskrete Hundetoilette für Baylor einrichten.

Neben einer kleinen Küche mit prall gefülltem Kühlschrank gibt es einen Esstisch mit vier Stühlen und ein Schlafzimmer mit einem Kingsize-Bett, das sich wie eine Wolke anfühlte, als ich es testete. Valdarr hat sogar eine Garderobe aus Designerstücken arrangiert, jedes Kleidungsstück maßgeschneidert, als sei es für mich gefertigt. In einer Ecke lädt eine Leseecke mit tiefem Sessel und Fußhocker zum Verweilen ein.

Ich wähle ein Buch mit abgewetztem Ledereinband und lasse mich in den Sessel sinken. Mein Handy wage ich nicht zu benutzen, zu groß ist die Gefahr, dass beim Scrollen eine weitere Vision ausgelöst wird – besonders da ich nicht in der Lage wäre, jemandem zu helfen. Sollte es passieren, brauche ich jemanden an meiner Seite, der mich davon abhält, etwas Gefährliches oder schlicht Dummes zu tun.

Ich vermisse House. Ich vermisse mein Zuhause.

Als die Morgendämmerung anbricht, gibt mein Herz sein erstes schläfriges Pochen von sich. Baylor weigert sich jedoch weiterhin, den Innenhof zu nutzen – die Steinplatten entsprechen eindeutig nicht seinen Husky-Standards – und greift stattdessen zum verzweifelten *Ich-muss-ganz-dringend*-Tänzchen, untermalt von Winseln. Widerwillig befestige ich seine Leine. Tagsüber soll ich eigentlich drinnenbleiben, aber seine Bedürfnisse gehen vor. Regel Nummer neun gebrochen.

Ich komme mit, kündigt Beryl an.

»In Ordnung.« Ich schiebe sie in die Gesäßtasche. »Kannst du von dort aus etwas sehen?«

Ich habe keine Augen, murrt sie. *Ich nehme Dinge anders wahr.*

Wir schleichen durch stille Korridore – Baylor kennt den Weg – und erreichen die Haustür, wo zwei Wachen postiert sind.

Oh. Nein.

Warum habe ich daran nicht gedacht? Natürlich gibt es tagsüber Sicherheitspersonal, nicht nur den Schutzzauber. Damit habe ich nun auch noch das Versprechen von der Hochzeit gebrochen. Valdarr bat mich, die Tatsache, dass ich tagsüber menschlich bin, geheim zu halten. Indem ich einfach durch die Haustür stolziere, habe ich alles ruiniert.

Vielleicht halten sie mich für eine Blutspenderin oder eine Versklavte?

»Ms. Crowsdale«, sagt einer und nickt. Ich verziehe das Gesicht. »Ich bin Lee, das ist Oscar. Wir gehören zum Tagteam. Ich weiß, dass Sie die Regeln kennen, aber –«

»Tue ich«, unterbreche ich. »Baylor muss mal. Ich verspreche, dass wir gleich zurück sind.«

Lee lächelt angesichts Baylors zunehmend verzweifeltem Getanze. »Heute dürfte es in Ordnung sein. Ich kläre das heute Abend mit dem Erben. Er erlaubt Ihnen sicher alles.«

Merkwürdige Bemerkung. Ich danke ihm und husche hinaus. Kaum außer Sichtweite der Wachen, lasse ich Baylor von der Leine. Er schnüffelt überall, dreht unzählige Runden um mich, bevor er ganz verschwindet.

»Baylor!«

Zehn bange Minuten später finde ich ihn kopfüber in einem Bau, Erde fliegt umher.

»Und was würdest du tun, wenn du tatsächlich ein Kaninchen erwischst?«, murmele ich, während ich ihn wieder anleine. »Ungezogener Kerl.«

Wir wandern weiter, und ich staune über die schiere Größe des Anwesens, bis zwei Gestalten vor uns mich abrupt erstarren lassen. Falsche Kleidung – mattes Schwarz, durchwirkt von Grau, taktische Kampfanzüge, genau wie die Vampir-Attentäter der letzten Nacht.

Nicht Valdarrs Leute.

Menschliche Attentäter.

Beryl schnellt aus meiner Tasche. *Wir haben ein Problem.*

»Sag mir etwas, das ich nicht weiß«, flüstere ich und weiche zurück, während Baylor knurrt.

Ich eile davon.

Wohin gehst du?, fragt sie. *Du bist Mitglied dieses Clans. Halt sie auf!*

Ich blicke über die Schulter, Beryl schwebt wie eine ungeduldige Wespe in der Luft.

»Ich?«, flüstere ich zurück und deute auf meine Brust. »Was soll ich denn tun? Dafür gibt es doch die Sicherheitsleute. Wir können sie warnen, zum Tor gehen und das Funkgerät benutzen –«

Wenn diese Menschen hier sind, sind die Sicherheitsleute am Tor längst tot. Ich übernehme das Grobe, du bleibst nur bei mir. Ich lasse dich nicht allein. Du würdest dich nur in Schwierigkeiten bringen, knurrt sie.

»Ich dachte, du wärst eine Vampirjägerin. Warum solltest du Vampire vor Menschen beschützen?«

Ich jage die Bösen. Diese Männer arbeiten für noch schlimmere Vampire. Tagsüber anzugreifen ist kein fairer Kampf. Es ist falsch. Und was, wenn sie deinen Vampir töten, zuschlagen, wenn er sich nicht wehren kann? Wie tragisch wäre das?

Ein beschützender Funke flammt heiß in meiner Brust auf. Sie werden meinem Vampir nichts antun. Mein Magen zieht sich zusammen. Kämpfen ist nicht meine Stärke, doch Beryl scheint genug Zuversicht für uns beide zu haben.

Baylor schleicht lautlos an meiner Seite, seine Schulter berührt mein Bein, angespannt und wachsam.

Wir schleichen an einer Hecke entlang. Ich versuche,

leise zu treten, doch jeder Schritt knackt. Selbst Baylor scheint mich schief anzusehen. Je mehr ich mich bemühe, desto mehr klinge ich wie ein Baby-Elefant.

»Nicht hilfreich«, zische ich, als wieder ein Zweig bricht.

Wir biegen um eine Ecke und sehen dieselben zwei Männer.

Beryl klatscht in meine Hand. *Es gibt Kameras. Es tut mir leid, Kleines. Folge einfach meinem Beispiel.*

Bevor ich fragen oder protestieren kann, reißt sie meinen Arm vorwärts, und ich stolpere. »Was –?« Hitze schießt mir die Wirbelsäule hinab. Meine Finger werden taub. Etwas Uraltes gleitet hinter meine Augen und rastet ein. Die Kraft, die mich durchströmt, ist nicht die meine.

Oh nein. Nein, nein, nein. Damit habe ich nicht gerechnet –

Baylor verharrt winselnd im Gebüsch, nur seine Augen folgen uns misstrauisch. *Zum Teufel, kontrolliert sie meinen Hund auch noch?*

Die beiden menschlichen Attentäter – abgebrühte Killer, bis an die Zähne bewaffnet – kommen näher. Einer schwingt ein gezacktes schwarzes Messer.

Beryl kümmert sich nicht darum.

Sie tut es wegen der Überwachungskameras des Anwesens, um ihr Geheimnis zu wahren, und die Bodycams der Attentäter lassen keine Heimlichkeit zu. Jede Bewegung ist sicher und gnadenlos. Mein Körper schlägt zu, reagiert, ehe ich denken kann. Ich fühle mich besessen. Wie eine Marionette stürze ich vor, während sie meine schlummernde Vampirmagie anzapft. Jede Bewegung ist präzise, erbarmungslos.

Stoß, Drehung, Schlag. Ich spüre, wie das Holz ihre Rüstung durchschlägt, höre Rippen krachen, schmecke kupfrigen Sprühregen. Ich versuche, mich zu wehren, die Kontrolle zurückzuerlangen, doch gegen sie zu kämpfen, während sie kämpft, würde mich umbringen. Mit blankem Entsetzen im Kopf lasse ich los und halte nur noch aus.

Ihre Magie ist gnadenlos. Sie haben keine Chance.

Als es vorbei ist, zittere ich, klebrig von Blut. Doch sie lässt mich nicht los, reißt uns weiter zum nächsten Paar ... und zum nächsten.

Mein Geist schreit, mein Körper gehorcht.

Ich klammere mich in einer mentalen Ecke fest und zähle Atemzüge.

Schließlich presse ich den letzten Eindringling zu Boden. Beryl, unter seinem Kinn verankert, beißt sich in seinen Hals.

»Wer hat euch geschickt?«, fragt sie durch meinen Mund.

»Clan Nocturna«, keucht er. »Der Clan und der Großmeister kommen wegen dir. Dein Liebhaber kann dich nicht retten. Er kann dich nicht beschützen.«

Er murmelt ein paar Worte in einer fremden Sprache, ein Tattoo an seinem Schlüsselbein leuchtet. Sein Mund verzieht sich, und er beginnt zu würgen.

Ein Selbstmordzauber, murmelt Beryl und gibt mich endlich frei.

Ich rolle zur Seite und krieche, noch immer am Boden, rückwärts, während er zu Asche zerfällt.

»Schrecklich«, flüstere ich.

Sie sorgen dafür, dass niemand gefangen genommen werden kann, erwidert Beryl.

»Das ist nicht das einzige Schreckliche, Beryl. Was hast du dir dabei gedacht? Warum hast du das getan? Mich übergangen?« Meine Stimme bricht, ich zittere.

Menschen sind gestorben, und egal auf welcher Seite sie standen, die Last drückt mich nieder. Ich habe getötet, ob Beryl meine Hand geführt hat oder nicht. Um ihr Geheimnis zu bewahren, hat sie mich benutzt, ohne zu fragen. Ich bin mitschuldig.

»Wurdest du jemals ohne deine Zustimmung benutzt? Ich habe versprochen, dein Geheimnis zu wahren, aber mich so zu benutzen ... das war falsch, Beryl.«

Tränen verschleiern meine Sicht, Übelkeit kocht in mir hoch. Meine Finger krallen sich ins Gras, wund und unruhig, meine Handfläche pocht, weil ich das Holz zu fest umklammere.

»Ich dachte, wir wären Freunde.«

Wir sind Freunde. Aber es war die einzige Möglichkeit, dein Leben zu retten. Hör jetzt auf zu jammern, steh auf und klopf dir den Staub ab. Wir müssen den Rest des Anwesens sichern.

Kälte breitet sich in mir aus wie Eis.

Gemeinsam durchkämmen wir das Gelände – Beryl spürt auf, lenkt, ich stolpere hinterher – bis sie sicher ist, dass keine Attentäter mehr übrig sind.

Ich bewege mich wie betäubt.

Zum ersten Mal frage ich mich, ob das Elend mit Jay nicht sicherer gewesen wäre als all diese Magie.

Kapitel Siebenundzwanzig

Ich sinke auf die vorderen Stufen, durchnässt von Blut. Ich wage es nicht, hineinzugehen, da ich überall Spuren hinterlassen würde. Außerdem will ich nicht weg, falls wir jemanden übersehen haben. Ich weiß, dass sie die Bösen waren, aber …

Ich kann nicht aufhören zu zittern.

Die Zeit vergeht. Das Blut trocknet auf meiner Haut und blättert ab. Der Schock lässt mich auf den Stufen verharren. Gegen Mittag klammert sich Beryl an meine Handfläche und wird still.

Die Haustür öffnet sich.

»Fred?«, sagt Valdarr sanft.

Ich sehe ihn an. Er steht direkt im Türrahmen, achtet sorgfältig darauf, nicht ins Licht zu treten. Er trägt nicht einmal seinen Schutzring.

»Hey«, krächze ich.

»Geht es dir gut?«

Nein. »Ich habe Regel neun gebrochen, Ausgangs-sperre und Verhalten, und vermutlich auch Regel sieben, Konfliktlösung. Baylor hasst die Steine im Innenhof, er musste aufs Klo. Wir sind raus, Lee hat es erlaubt. Wir sind auf Eindringlinge gestoßen. Sie haben dein Tagteam über-wältigt.« Ich zeige – mit zitternder Hand – auf die leblosen Gestalten hinter den Hecken. »Lee und –« Meine Hände flattern hilflos. »Oh Gott. Mir fällt sein Name nicht ein.«

»Oscar«, sagt Valdarr leise.

»Oscar. Sie sind tot. Alle. Ich habe nachgesehen. Sie haben tapfer gekämpft, einige Angreifer mit in den Tod genommen, aber am Ende ...« Ich schlucke. »Sie haben dieselbe Ausrüstung wie das Clan-Kommando von neulich getragen. Du erkennst es bestimmt.«

»Komm schon«, sagt er sanft. »Lass uns dich säubern.«

Ich starre in den Garten. »Was, wenn sie zurückkommen?«

»Das werden sie nicht. Als die Zeitkontrolle ausge-blieben ist, wurde Verstärkung geschickt. Ein ganzes Geschwader ist jetzt auf dem Gelände, sie kümmern sich um die Gefallenen. Komm herein.«

»Aber ich bin so schmutzig«, flüstere ich.

»Komm schon.« Er fügt die magischen Worte hinzu: »Baylor sieht hungrig und durstig aus. Komm schon, Sonnenschein.«

Ich erhebe mich, gehe mit bleischweren Beinen die Stufen hinauf. Meine Knochen schmerzen. Er nimmt meine Hand, zieht mich in seine Arme und umarmt mich fest.

»Du bist jetzt in Sicherheit.«

»Ich hatte solche Angst, dass sie dir wehtun würden.« Ich klammere mich an ihn. »Immerhin habe ich nichts niedergebrannt. Es tut mir so leid, dass ich alle deine Regeln gebrochen habe.« Er hebt mich hoch, trägt mich durchs Haus in meine Suite.

»Die Fenster!«, stoße ich hervor.

»Alles Glas in meinen Häusern ist sicher, die Sonne kann mir nichts anhaben.« Er setzt mich auf die Badematte, greift nach einem Handtuch und dreht die Dusche auf. »Mach dich sauber. Ich lege dir draußen Kleidung bereit und füttere Baylor. Es ist das Zeug aus deiner Tasche, richtig?«

»Ja. Danke.«

»Kein Problem.« Valdarr küsst mich auf den Scheitel und schließt die Tür.

Unter dem heißen Wasser schluchze ich, bis das Wasser klar ist und meine Finger schrumpelig sind.

Blitzblank und angezogen trete ich heraus und finde Pfannkuchen, frische Erdbeeren und Sirup auf dem Tisch. Er schiebt mir ein Glas Orangensaft hin.

»Ich nehme an, du isst tagsüber?«

»Ja, danke«, sage ich, obwohl ich nicht sicher bin, ob ich überhaupt essen kann – ich will nur nicht unhöflich sein. Für ihn ist dies ein gewöhnlicher Tag: um sein Leben kämpfen, Attentäter töten – bloß Routine. Für mich wirkt nichts davon real. Ich setze mich, nehme die Gabel, und meine Hand zittert. »Aber ab vier Stunden vor Sonnenuntergang esse ich nichts mehr – sonst wird mir schlecht, wenn ich … für die Nacht sterbe. Hast du die wirklich selbst gemacht?«

»Natürlich. Ist das in Ordnung? Ich kann dir auch etwas anderes machen.«

Ich starre nur den Teller an.

»Was? Dachtest du, ein Vampir könne nicht kochen? Ich habe menschliche Freunde«, sagt er, lehnt sich gegen die Arbeitsplatte, Arme und Beine verschränkt, und mustert mich.

»Nein, natürlich nicht. Ich würde niemals deine Kochkünste infrage stellen.« Ich nehme einen kleinen Bissen. Der Pfannkuchen ist perfekt fluffig, klebt aber am Gaumen. »Das ist sehr lecker. Danke«, krächze ich. Der Pfannkuchen steckt jetzt hinten im Hals. Ich nehme einen großen Schluck Orangensaft.

»Ich habe mir die Sicherheitsaufnahmen angesehen, während du geduscht hast.«

Multitasking deluxe.

Aus Angst, das Glas zu zerbrechen, stelle ich es vorsichtig ab und probiere etwas Obst.

»Nichts, was ich sage, kann wirklich ausdrücken, wie sehr ich bedaure, was heute passiert ist. Die unzureichende Sicherheit tagsüber hat dich in Gefahr gebracht, aber du hast das Problem gelöst und mir das Leben gerettet.«

Das Stück Erdbeere steckt mir im Hals, während Angst ihn zuschnürt. Ich huste und lege die Gabel weg. »Dein Zimmer muss doch auch so eine Tresortür haben. Wetten, du warst vollkommen sicher.« Mein Bein wippt, mein Knie stößt gegen die Tischkante, die Teller hüpfen. Der Orangensaft schwappt. »Sie wären nicht gekommen, wenn es mich nicht gäbe. Der Kampf ... Ich habe nichts getan. Es war –«

Der Orangensaft breitet sich wie Blut aus.

Ich schüttle den Kopf. »Ich kann das nicht. Ich kann nicht lügen. Ich kann nicht so tun, als wäre alles in Ordnung. Das ist es nicht.« Ich stehe auf, suche nach einem Tuch. »Ich muss den Tisch abwischen.«

Plötzlich steht Valdarr vor mir.

»Es tut mir so leid, Fred. Du stehst unter Schock. Ich habe nicht daran gedacht ... Ich bin schon so lange ein Vampir, dass ich vergesse, wie es ist, menschlich und verletzlich zu sein.«

»Sie sind alle gestorben«, schluchze ich, die Worte brechen aus mir heraus. »Nicht nur deine Leute, sondern auch die Attentäter. Alle gestorben, und da war Blut, und Ber–« Ich verschlucke mich an ihrem Namen.

Mein Instinkt setzt ein, und mir wird klar, dass ich Beryl verraten muss.

Valdarr muss wissen, dass ich einen empfindungsfähigen Pflock bei mir trage, der stark genug ist, meinen Willen zu überlagern. Ich will keine Geheimnisse zwischen uns. Schon jetzt strapaziere ich mein Glück mit Regelbrüchen und all dem Ärger, den ich in sein Zuhause gebracht habe, und ich muss anfangen, ehrlich zu sein.

Es ist nicht mein Geheimnis, das ich preisgeben darf, aber edle Absichten hin oder her, Beryl macht mir Angst. Ich kann nicht allein mit ihr umgehen.

»Es war Beryl«, sage ich leise. »Beryl ist ... der Pflock – sie ist empfindungfähig. Sie hat mich benutzt, die Kontrolle übernommen. Das war nicht wirklich ich, die all das Töten gemacht hat. Ich weiß nicht, wie man kämpft.

Ich bin keine ... keine Mörderin. Ich helfe Menschen, ich töte sie nicht.«

Schluchzen zerreißt mich, meine Brust brennt, als wäre sie verbrüht.

Valdarr setzt sich, hebt mich mühelos auf seinen Schoß und wiegt mich sanft. Seine Finger fahren durch mein nasses Haar, beruhigend.

»Heute habe ich mein altes Leben vermisst. Selbst die langweiligen Teile, die Sicherheit, die ich einst für selbstverständlich gehalten habe. Ich bin gegangen, weil Jay schrecklich war, aber schau, was seitdem passiert ist. Alles, was ich anfasse, geht schief!« Die Worte stürzen als Schluchzen heraus, den ich nicht mehr schlucken kann. »Du musst denken, dass ich der schlimmste Mensch bin.« Der schlimmste Freund.

»Du bist unglaublich«, flüstert er in mein Haar. »Du hast nichts falsch gemacht. Du bist sicher. Ich bin hier.«

»Es tut mir leid«, schluchze ich, Tränen und Rotz durchnässen sein Hemd.

Dann schiebe ich Beryl noch mehr die Schuld zu. »Es war Beryls Idee. Ich wollte weglaufen, aber sie hat gesagt, sie würden zuschlagen, während du verwundbar bist. Dann ist sie in meine Hand gesprungen und hat die Kontrolle übernommen. Ich habe versucht, gegen sie zu kämpfen, aber ... ich habe gedacht, es sei sicherer, sie machen zu lassen. Ich habe es vermasselt. Sie hat es aus den richtigen Gründen getan. Ich weiß, das klingt schlimm, aber sie ist ein guter Mensch. Sie hat mich nur kontrolliert, um alle zu schützen, und wegen der Kameras. Trotzdem, wenn ich die Augen schließe, sehe ich ihre Gesichter ...«

Alles, was ich sehe, ist Blut.

»Ich kann helfen«, murmelt er. »Etwas, das das Trauma lindert. Weißt du, was geistige Beeinflussung ist?«

Ich nicke an seiner Brust. »Ich verstehe das Konzept.«

»Gut«, sagt er und küsst mich auf den Scheitel. »Ich bin ein Ältester – uralt – also kann ich eine sanfte Form der geistigen Beeinflussung anwenden. Ich werde die Erinnerungen nicht löschen, das endet schlecht. Aber ich kann sie abpuffern, sie alt wirken lassen. Statt sie wie etwas, das vor wenigen Stunden geschehen ist, erneut zu durchleben, fühlen sie sich dann Jahre entfernt an. Du wirst immer noch Trauer und Wut spüren, aber die Schärfe wird verblassen. Lässt du es zu?«

»Ja«, flüstere ich. »Bitte.«

»In Ordnung, Sonnenschein.«

Er wischt mir mit dem Saum seines Hemdes über das Gesicht. Ich schniefe und lache schwach. »Ich mache dich ganz schmutzig.«

»Was ist schon ein bisschen Rotz unter Clan-Gefährten?«, neckt er mit einem sanften Lächeln. »Bereit?«

»Ja. Bitte.«

Er hebt mein Kinn an. »Schau mir in die Augen.« Seine Macht fließt über mich hinweg – warm, sicher – wie das Eintauchen in sonnenbeschienenes Wasser. »Erzähl mir, was heute passiert ist, von Anfang an.«

Ich tue es: das Gespräch mit Lee, der Hase, wie Beryl die Kontrolle übernahm, das Stechen, der tätowierte Attentäter und sein Selbstmordzauber. Jedes Detail. Während ich spreche, werden die Erinnerungen weicher – noch immer lebendig, aber nicht mehr roh. Die Ränder verschwimmen, es bleibt nur ein ferner Schmerz.

Als die geistige Beeinflussung nachlässt, starre ich in seine violettgrauen Augen.

»Ich hoffe, ich muss dich nie wieder darum bitten«, sage ich mit rauer Kehle und brennenden Augen. Ich muss schrecklich aussehen. Ich war nie eine hübsche Heulsuse, doch Valdarr sieht mich an, als wäre ich kostbar. Niemand hat mich je so angesehen. Es ist ein verstörendes, aber schönes Gefühl.

»Es ist schon gut«, murmelt er. »Ich hoffe auch, dass ich es nie wieder tun muss. Aber du wirst es schaffen. Das weiß ich.«

»Danke«, flüstere ich.

»Und wo ist deine Beryl?«, fragt er.

Ich möchte seine Arme nicht verlassen – ich könnte für immer dortbleiben –, aber ich gleite aus seiner Umarmung und hole sie aus dem Bad.

Sie liegt reglos in meinen Händen, und ich mache mir Sorgen. In dem Moment, als Valdarr die Haustür öffnete, schaltete sie sich ab, und ihr Holz fühlt sich nun unheimlich kühl an. Ich mag noch wütend sein, verletzt, doch ich werde ihn sie nicht anfassen lassen. Stattdessen lege ich sie, während ich ihre Geschichte umreiße – viktorianische Jägerin, seelengebundener Pflock, das Arsenal, ihre jüngsten Eskapaden – auf ein Kissen in die Sonne, damit sie es bequem hat. Ein Hartholzpflock braucht natürlich keinen Komfort, aber ich kann nicht anders, House hätte es gutgeheißen.

Valdarr hört zu. Als ich fertig bin, flammt Wut in ihm auf – nicht gegen mich, sondern für mich.

»Glaubst du, sie wird sich rächen? Fühlst du dich sicher?«

»Beryl ist blutrünstig, aber sie hat starke Moralvorstellungen. Ihr erster Instinkt war, dich vor unseren Angreifern zu beschützen, sie würde uns nichts antun. Selbst nachdem ich sie verpfiffen habe.«

Wir sind beide still, während ich zum Tisch zurückkehre, esse und mit meiner Schuld ringe.

Ich musste es ihm sagen.

»Was ich wissen will«, sage ich, »ist, wie die Attentäter die Schutzzauber und die Wachen überwinden konnten.«

»Jemand hat sie hereingelassen«, murmelt er. »Ich werde herausfinden, wer uns verraten hat. Ich habe für heute Nacht ein Clantreffen einberufen – du wirst alle kennenlernen.«

»Oh.« Ich schlucke. »In Ordnung.«

KAPITEL ACHTUNDZWANZIG

HEUTE ABEND WERDE ich den gesamten Clan der Vampire treffen. Bedeutet *gesamter Clan* nur die Vampire oder auch alle anderen – Blutspender, Versklavte, Jungvampire? Wie viele Seelen stehen unter Valdarrs Befehl? Und werden sie mich genauso hassen wie James?

Ich bin alt – und weise – genug, um zu wissen, dass man nicht gemocht werden muss, das Leben läuft selten so. Aber ich bin auch nicht so töricht, ruhig zu bleiben, wenn ich gleich in einen Raum voller Vampire treten soll.

Ich koche Zitronentee mit Honig, setze mich in die Leseecke und höre einen Podcast über Heilung – leider gibt es darin keine Ratschläge dazu, wie man damit umgeht, von einem empfindungsfähigen, vampirjagenden Pflock benutzt zu werden, um Menschen zu töten.

Mein Magen schlägt Purzelbäume, als ich aufblicke

und Baylor dabei erwische, wie er die Wand anstarrt, Verwirrung in seinem zottigen Gesicht. Er wartet auf ein Leckerli, das nie kommen wird. Er versteht nicht, dass House fort ist – dass normale Häuser ihm nicht durchs Fell streichen und ihn umarmen. Sie zaubern keine Hundeleckerlis und keine Schwimmbäder herbei, nur weil es ein warmer Tag ist.

Oh, wie sehr ich dich vermisse. So sehr. Ich wünschte, ich könnte dich finden.

Ich hole ein paar Scheiben Schinken aus dem Kühlschrank und verliere fast die Fingerspitzen, als Baylor sie gierig verschlingt.

Beryl liegt reglos auf dem Sofa.

Der Tag kriecht dahin, bis die Sonne endlich untergeht, und etwa dreißig Minuten nach Einbruch der Dunkelheit klopft es an meiner Tür.

Eine hochgewachsene Frau steht auf der Schwelle, dunkle Haut, braune Augen und jene unaufgeregte Eleganz, die die meisten Menschen nur für den roten Teppich reservieren. Sie trägt einfache Trainingskleidung, als wäre es Haute Couture.

Für einen törichten Moment frage ich mich, ob sie vielleicht Valdarrs Freundin sein könnte, dann tadle ich mich selbst dafür, dass ich mich überhaupt darum schere.

»Simone«, sagt sie und reicht mir die Hand.

»Fred.«

»Es ist schön, dich kennenzulernen, Fred.«

Baylor beschnüffelt sie vorsichtig. Sie reicht ihm den Handrücken.

»Ich mag Hunde eigentlich nicht besonders«, sagt sie sachlich und tätschelt ihn flüchtig. »Wo ich herkomme, jagen oder bewachen Hunde, man hält sie nicht als Haustiere.«

Baylor legt die Ohren schief, unsicher, was er von ihr halten soll, doch er benimmt sich. Ich kraule ihn hinter den Ohren. »Braver Junge.«

Simones Lächeln ist katzenhaft. »Die Überwachungskameras haben aufgenommen, wie du diese Attentäter erledigt hast. Mutige Arbeit. Du kämpfst erstaunlich gut, also dachte ich, ich stelle mich vor dem Treffen heute Abend bei dir vor – solange unser Gebieter beschäftigt ist.«

Wenn sie nur wüsste, dass das nicht wirklich ich war.

Sie neigt den Kopf. »Lust auf ein Training? Ich weiß, du bist gerade erst verwandelt worden, aber du bist eine Tagwandlerin! Ich habe noch nie jemanden mit deiner Gabe getroffen, du musst etwas Besonderes sein. Diese Menschen heute zu erledigen, war bestimmt langweilig, sie zerbrechen so leicht. Hast du deine Kräfte schon einmal richtig ausprobiert?«

»Äh ... nein, eigentlich nicht. Und ich habe auch noch nicht viele Vampire getroffen.« Wenn man mal davon absieht, dass ich vor ihnen weggelaufen bin.

»Wunderbar – wie aufregend!« Sie klatscht einmal in die Hände und steuert meinen Kleiderschrank an, als wären wir alte Freunde. Trainingssachen fliegen mir entgegen. »Los, zieh dich um. Die anderen kommen erst in ein paar Stunden, wir haben reichlich Zeit.«

»Oh. Na gut.« Ich zögere. »Dürfen wir das überhaupt?«

Sie zuckt mit den Schultern. »Wer sollte uns aufhalten?«

Wenig später folge ich ihr durch das Haus in einen

mondbeschienenen Raum mit bodentiefen Fenstern, die sich zu einer Terrasse öffnen. Dahinter liegt ein gläserner Anbau mit einem beleuchteten Innenpool. Vampire leben, so scheint es, sehr komfortabel.

Gewichte und seltsame matte, schwarze Geräte sind mit militärischer Ordnung aufgestellt. Die Luft riecht nach Zedernholz und Zitronenpolitur. In der Mitte liegt ein Kampfring: dunkles Holz, eingelegt mit Runen. Keine weichen blauen Matten. Ich frage mich, ob ein Vampirkörper überhaupt blaue Flecken bekommt.

Wir dehnen uns. Simone bewegt sich wie Wasser, ich ahme sie mühelos nach – dieser Körper fühlt sich wie für Effizienz gemacht an –, auch wenn mein Kopf noch nicht hinterherkommt.

»Gut«, sagt sie, schüttelt die Hände aus, mit einem kaum merklichen Lächeln auf den Lippen. »Zeig mir, was du kannst.«

»Ich dachte, wir machen nur ein Workout.« Ich blicke zu den Geräten. »Ich habe noch nie wirklich –«

»Noch nie?« Sie hebt eine Braue. »Auf den Aufnahmen hast du diesen Pflock wie eine Expertin geführt. Sag mir nicht, das war Anfängerglück.«

»Das könnte es gewesen sein.« Ich verziehe das Gesicht.

»Es gibt nur einen Weg, das herauszufinden.« Sie macht die universelle Kämpf-gegen-mich-Geste.

Ich habe keine Ahnung, was sie von mir will. Ich greife nach ihrem Handgelenk, aber sie entzieht sich und runzelt die Stirn. »Noch einmal.«

Ich stürze mich unbeholfen auf sie, und diesmal weicht sie nicht nur aus, sondern stellt ein Bein aus und fegt mir das Bein weg. Die Welt kippt. Der Boden schlägt mir ins Gesicht. Meine Nase brennt.

»Aua! Verdammt –«

Simone zieht mich hoch, eine Hand an meinem Ellbogen, die andere klopft mir auf die Schulter. »Sorry. Mein Fehler. Machen wir es langsamer.« Sie legt meine Hand an ihr Handgelenk. »Siehst du diesen Griff? Daumen hier, Finger da. Jetzt halt fest, nicht einfach ... herumfuchteln.«

Wir üben es, wieder und wieder. Mein Griff ist entweder zu locker oder zu fest. Einmal renke ich ihr fast die Schulter aus – ich komme mit dieser Vampirstärke immer noch nicht klar. Geduldig korrigiert sie mich, bis meine Muskeln sich an die Bewegungen erinnern, bevor mein Kopf es tut.

»Gut«, sagt sie und tritt zurück. »Jetzt: Schlagen.«

Ich schlage gegen den verstärkten Boxsack, er bewegt sich kaum. Sie schnaubt.

»Ist das dein Ernst? Es ist, als hättest du noch nie in deinem Leben zugeschlagen. Zum Glück bin ich eine brillante Lehrerin.« Ihre Faust knallt in den Sack wie ein Schuss. »Kraft kommt aus der Hüfte. Dreh dich mit. Schlag durch das Ziel *hindurch*, nicht *darauf*. Noch mal.«

Ich versuche es.

Sie rollt mit den Augen, tritt hinter mich, korrigiert meinen Stand – breiter – und schiebt dann meinen Ellbogen. »Stell deine Füße fest auf. Spürst du das? Jetzt die Hüfte drehen. Da. Besser.«

Ich schlage erneut, ein befriedigendes *Wumms* hallt nach. Meine Knöchel schmerzen nicht einmal. Ich grinse.

»Schon besser«, gibt sie zu. »Jetzt: Jab, Cross, Knie, Schienbein.«

»Alles auf einmal?«, keuche ich.

Sie grinst. »Du wirst mir später danken.«

Wir üben die Abfolge – Jab, Cross, Knie, Schienbein – immer wieder. Anfangs bin ich nur Ellenbogen und Unsicherheit, doch dann entwickelt sich ein Rhythmus. Ich bin weder schnell noch elegant, aber wenigstens blamiere ich mich nicht mehr.

Schließlich tritt sie zurück, wirkt nachdenklich statt beeindruckt.

Vielleicht hat sie den Pflock-wirbelnden Wirbelwind erwartet, den Beryl gesteuert hatte, und fand stattdessen … mich.

Ich entschuldige mich, um mich auf das Treffen vorzubereiten. Als ich gehe, sehe ich Simone am Handy, ihre Stimme gedämpft, ihr Gesichtsausdruck unlesbar. Ich merke es mir, aber es bringt nichts, mir jetzt Sorgen zu machen.

Die Kleiderwahl für das Clan-Treffen dauert ewig, aber schließlich ziehe ich Jeans und einen weichen Pullover an – leger, bequem, nichts, was schreit: *Ich gebe mir zu viel Mühe.*

Baylor bleibt im Schlafzimmer, ich schließe die Tür ab, stecke den Schlüssel ein und folge den Stimmen den Flur entlang.

Sechs Vampire warten im Salon: Valdarr, Simone, James und drei, die ich noch nicht kenne. Keine menschlichen Sicherheitsleute, keine Blutspender.

Der Salon ist ein Musterbeispiel für klare Linien und scharfe Kanten, mit schiefergrauen Wänden, dunklem Teppich und einem tiefen, kantigen Sofa in Anthrazit, das einen minimalistischen Glastisch umschließt. Eine Bücherwand spannt sich über eine Seite. Über dem Kamin hängt das ursprüngliche Blóðvakt-Wappen, ich erkenne es sofort von dem Boden im Safe House.

Neben Simone steht ein riesiger Mann – mindestens ein Meter neunzig groß, genauso breit – mit dicken rötlichen Koteletten, rosiger Haut und einem dröhnenden Lachen, das alle ansteckt – sogar meine angespannten Schultern entspannen sich ein wenig.

Wäre ich nicht halb zu Tode erschrocken, würde ich wahrscheinlich mitlachen.

Am Kamin lehnt ein blasser Blondschopf in Jeans und T-Shirt, dessen grüne Augen den Raum ruhig und aufmerksam mustern.

Der letzte Neue – groß, schmal, misstrauisch – hält sich in den Schatten bei der Bücherwand.

Mein Fuß schabt am Türrahmen, und alle Köpfe drehen sich zu mir.

»Ah, da ist sie ja«, knurrt James.

Es kostet mich alles, nicht wegzulaufen. Ich hasse Konfrontationen.

»Musst du immer so furchtbar sein, James?«, fragt Simone. Habe ich da ein leichtes Naserümpfen bei seinem Namen gesehen? Ich speichere den Gedanken für später. Sie lächelt und winkt freundlich, die anderen nicken höflich zur Begrüßung.

Ich trete ein. *Fred betritt einen Raum voller Vampire* – klingt wie der Anfang eines schlechten Witzes.

»Seit Jahrhunderten ist uns kein Tagwandler begegnet«, brummt der rothaarige Riese. »Keiner, der keine Magie nutzt jedenfalls. Ich bin Ralph.« Er nimmt meine

Hand – fest, aber sanft – und schüttelt sie einmal respektvoll.

»Hallo, Ralph.«

Der Blondschopf folgt. »Tony. Danke, dass du unseren Gebieter heute beschützt hast.«

»Hallo, Tony.«

Der Schattenmann bei den Büchern schweigt.

Valdarr mustert seine Leute mit beherrschter Intensität. Ich vermute, er würde eingreifen, falls etwas eskaliert, doch fürs Erste – sein Gesicht sorgfältig neutral – überlässt er es mir, selbst zu sprechen und für mich einzustehen.

Simone zwinkert Valdarr zu. »Ich kann nicht glauben, dass du dem Clan eine Tagwandlerin beschert hast. Nicht alle von uns haben das Glück, magischen Schmuck zu besitzen. Wenn ich erwache, verbringe ich die verbleibenden Stunden hinter Schutzkreisen, es sei denn, ich habe Lust, in Flammen aufzugehen.«

Sie muss wohl denken, ich sei verwirrt, denn sie beantwortet die Frage, die ich nicht gestellt habe: »Je älter ein Vampir, desto weniger Schlaf braucht er tagsüber. Viele von uns ruhen bis zum frühen Nachmittag und lassen sich manchmal wecken, sind dann aber noch benommen. Jüngere Vampire – unter ein paar Hundert Jahren – schlafen den ganzen Tag durch. Valdarr, mit über tausend Jahren, kann schon kurz vor Mittag aufstehen. Ich selbst bin eher der Typ vier Uhr nachmittags, selbst im Winter. Der Großmeister braucht überhaupt keinen Schlaf. Doch wir alle sind noch immer tödlich allergisch gegen Sonnenlicht. Anders als du.«

Ein Schauder läuft mir über den Rücken. Der Großmeister braucht überhaupt keinen Schlaf. Donnerwetter.

»Wir haben alle die Aufnahmen gesehen«, sagt Tony. »Ich habe die besten Kamerawinkel zusammengeschnitten – Soundtrack optional –, falls es jemanden interessiert.«

»Ich habe die Überwachungskamera-Aufnahmen gesehen. Sie ist unbeholfen«, zischt James. »Sie ist jung, es war pures Glück. Wie alt warst du, als du verwandelt wurdest, Fred?«

»James, es spielt keine Rolle, wie alt sie war, als sie verwandelt wurde, wenn sie eine begabte Tagwandlerin ist«, murmelt Ralph.

Valdarr deutet auf das Sofa, und wir setzen uns. »Möchte jemand was trinken?«

Ich erwarte fast, dass menschliche Spender mit entblößten Kehlen hereinkommen, doch Valdarr holt selbst Blutkonserven und gießt sie in Kristallgläser.

Simone fängt meinen fragenden Blick auf. »Wir ernähren uns nicht direkt von Menschen«, erklärt sie mit gefalteten Händen. »James hält Freiwillige auf seinem Anwesen die Straße hinauf, aber der Rest von uns bevorzugt Blut aus Beuteln, es ist einfacher, sicherer. Wir sind friedliche Monster.«

»Wir waren friedlich«, ergänzt Ralph, »bis Clan Nocturna und unser Großmeister sich eingemischt haben. Ich kann nicht fassen, dass sie menschliche Attentäter geschickt haben. Wissen die überhaupt, dass Winifred eine seltene, wertvolle Tagwandlerin ist?«

»Warum sagen das alle? Sie ist keine Tagwandlerin«, faucht James zurück. »Tagsüber ist Fred ein Mensch.«

Tonys Mund klappt auf.

»Ein Mensch? Ich verstehe nicht. Ist bei der Verwandlung etwas schiefgelaufen?«, fragt Ralph.

Ich zucke mit den Schultern. »Keine Ahnung.«

Ich verstehe House' Magie selbst kaum, wie soll ich sie einer Gruppe Vampire erklären? Ein kleiner Teil von mir hofft noch immer, der Großmeister habe mich – auf konventionelle Art, so unmöglich das auch sein mag – verwandelt, statt mich zu einem Freak zu machen. Doch dann überkommen mich Schuldgefühle. House hat mir das Leben gerettet. Wie ich Lander sagte – ohne ihr Eingreifen wäre ich tot.

Die Aufregung im Raum ebbt ab, und alle starren mich an, als wäre ich ein seltsames, neues Wesen.

Sechs Augenpaare wenden sich Valdarr zu.

Er seufzt, Schmerz steht ihm ins Gesicht geschrieben. »Der Großmeister hat sie getötet – er wollte sie ausbluten lassen – und wir glauben, Magie ist für Freds Verwandlung verantwortlich. Das Magieministerium meint, das Zaubererhaus, in dem sie gelebt hat, habe den Prozess verändert. Fred ist gestorben, er hat den Körper entsorgt, doch die Magie des denkenden Hauses hat sie wiederbelebt und sie in Schwebe gehalten. Sie ist als Vampir aufgewacht, nach Hause gefahren, und bei Tagesanbruch hat das Haus den Zauber vollendet. Fred ist tagsüber Mensch, nachts Vampir.«

»Wie im Märchen«, haucht Simone. »Ernsthafte Magie. Können wir dieses Zaubererhaus sehen?«

»Es ist schon weitergezogen«, sagt Valdarr. »Das Magieministerium hat beim Versuch, es festzuhalten, versagt. Lander Kane wollte das Haus an den Ort ketten, die Kontrolle an sich reißen, und Fred – so heißt es – hat ihn kurzerhand umgehauen und seinen Zauberstab zerbrochen.«

Simone schenkt mir ein verschmitztes Grinsen.

Tony beugt sich vor, sein Blick schärfer. »Wegen der Menschen, die du heute getötet hast – musst du darüber reden? War es dein erstes Mal?«

»Wohl kaum«, zischt James. »Sie hat ein Attentäterteam ermordet und ließ ihnen nicht einmal die Chance zu entkommen, bequemerweise verschwanden die Leichen mit dem Haus.«

»Wenn wir schon mit Fingern zeigen, James, ich habe zwanzig derselben Attentäter erledigt«, sagt Valdarr.

»Um sie zu schützen.« James zeigt mit einem zitternden Finger auf mich.

»Hast du ein Problem mit unserer Jüngsten, James?«, fragt Tony vorsichtig.

»Ja, habe ich.«

»James«, knurrt Valdarr und reicht die Gläser herum. Ich nehme meins mit einem gemurmelten »Danke«, versuche, keine Grimasse zu ziehen, und schwenke die dicke Flüssigkeit, damit meine rastlosen Finger etwas zu tun haben.

»Nein! Ich lasse mich nicht zum Schweigen bringen. Ich habe das Recht, zu sagen, was ich denke.«

»Oh, großartig. Jetzt geht's los«, murmelt Simone.

»Nachdem du dein Blut angeboten hattest, hattest du nicht den Anstand, tot zu bleiben, und hast damit unseren hochverehrten Großmeister blamiert. Du hast seinen Erben verführt, einen beanspruchten Versklavten gebissen, einen Meistervampir verhext, Vampire von Clan Nocturna ermordet, als sie sich rächten, einen Ratsherrn des Magieministeriums angegriffen – wodurch ein Vorfall entstand – und mit deinem Handeln den heutigen Angriff auf unseren friedlichen Clan provoziert, bei dem ehrliche Sicherheitskräfte gestorben sind und unser Gebieter in Gefahr geraten ist.« Er funkelt Simone an. »Das war kaum mutige Arbeit. Mein Rat: Zerrt Winifred in die Halle des Schweigens, stellt sie vor Gericht, und schafft das Problem aus der Welt.«

Runter mit ihrem Kopf.

»So formuliert klingt es *wirklich* schlimm«, murmele ich, dann lache ich – leise, ohne Humor. Wer hätte gedacht, dass ausgerechnet die unscheinbare Winifred so viel Aufruhr verursachen würde?

Kapitel Neunundzwanzig

James öffnet den Mund, um zu antworten, doch der Mann, der sich bisher an die Bücherwand gestützt hat, kommt ihm zuvor. Schon auf den ersten Blick strahlt er Gefahr aus. Er hat dunkles Haar und dunkle Haut, ist schlanker und kleiner als Valdarr, bewegt sich aber mit der raubtierhaften Leichtigkeit eines erfahrenen Kämpfers. Jeder mit einem Rest Instinkt würde ihn als tödlich einstufen.

»James, du bist unvernünftig«, sagt er kühl. »Glaubst du wirklich, ich würde irgendjemanden in die Nähe unseres Gebieters lassen, ohne vorher eine vollständige Hintergrundprüfung durchzuführen?«

»Aber, Harrison –«

»Unterbrich mich nicht.« Sein Ton könnte Glas vereisen. »Du benimmst dich wie ein Kind, das versucht, einen quadratischen Pflock in ein rundes Loch zu pressen, bis die Ecken abbrechen. Du kannst die Fakten nicht verdrehen, bis sie dir passen.« Er sinkt in einen Stuhl und beugt sich vor.

Simone ahmt ihn nach, jetzt trägt sie ein selbstzufriedenes Lächeln.

»Außerdem bringst du unseren Gebieter in Aufruhr.«

Nun, da Harrison es ausgesprochen hat, sehe ich Valdarrs starre Miene. Sein Kiefer ist so fest verkrampft, dass er sich die Zähne zu Stummeln mahlen muss.

»Erklär dich, Jüngste«, befiehlt Harrison. Sein dunkelblauer Blick fixiert mich. »Sag die Wahrheit, wir merken, wenn du lügst. Was geschah an dem Tag, als du den Großmeister getroffen hast?«

Ich schaue Hilfe suchend zu Valdarr.

»Alles wird gut«, sagt er sanft.

Ich nicke, die Kehle zugeschnürt. »Also gut. Ich war unterwegs, um Sonntagslieferungen auszufahren. Essensbestellungen. Eine war für ein Haus mit gelber Tür: Valdarrs. Es war ungefähr vier Uhr nachmittags, helllichter Tag. Ich habe geklopft, das Essen abgestellt und einen Hoodie zurückgegeben, den mir Valdarr am Tag zuvor geliehen hatte, als ich vom Regen durchnässt war. Die Tür hat sich geöffnet, als ich gerade gehen wollte. Ein mir unbekannter Vampir hat das Essen genommen, mich an den Haaren gepackt und mich hineingezerrt.«

Ich schlucke und reibe das Narbengewebe an meiner Kehle.

»Er hat mich gegen die Wand gepresst und mich gebissen. Ich habe ihm gesagt, er solle aufhören. Ich habe ihm nie die Erlaubnis gegeben, mein Blut zu trinken.« Ich hole tief Luft. »Ich bin im Müllcontainer aufgewacht, nach Hause gefahren, und am nächsten Morgen hat mein Herz geschlagen und meine Lunge gearbeitet. Aber bei Sonnenuntergang hat die Vampirmagie eingesetzt – ich bin wieder gestorben. Seitdem ist es so.«

Ich stelle das Glas ab und tippe auf den Rand, um mich zu sammeln.

»Ich habe versucht, das Vampirding zu ignorieren, ich hatte Angst. Tagsüber habe ich weiter im Menschensektor gearbeitet und nachts von zu Hause aus im Kundenservice.« Ich habe nie gekündigt, bin einfach verschwunden. Ich muss ihnen noch eine Mail schreiben. *Fokussier dich, Fred.* »Ich habe abgenommen, und House und ich dachten, Blut könnte helfen.«

»Das Haus? Du kannst mit einem Haus reden? Völliger Blödsinn, die Frau ist irre.« James wirft die Hände in die Luft und lacht.

»James.« Harrison knurrt. »Ignorier ihn, bitte mach weiter.«

»Ich habe Blut zum ersten Mal ungefähr einen Monat nach meiner Verwandlung getrunken, und ein paar Stunden später fühlte es sich an, als würde ich aus der eigenen Haut kriechen.«

»Wie bist du an das Blut gekommen?«, unterbricht Harrison.

»Von House. Das Zaubererhaus kann Dinge beschaffen – sie hat Beutel aus einem Vampirlagerhaus organisiert.«

»Blut aus Beuteln?«

»Ja, nur Beutel. Ich habe noch nie jemanden gebissen.« Ich werfe James einen finsteren Blick zu. »In dieser Nacht hatte ich so viel Energie, dass ich die Straße hinuntergerannt bin, um meine Fähigkeiten zu testen. Es war unglaublich, aber ich habe die Kontrolle verloren. House stand damals in der Nähe des Brachlands am Rand des Vampirsektors. Auf der Suche nach einem anderen Untergrund – oder vielleicht instinktgeleitet – habe ich die Grenze zum Vampirsektor überquert. Die Grenzwache hat mich erwischt, zu ihrer Station gebracht, und Valdarr hat mich gerettet und in ein Safe House gebracht. Aber am Morgen war ich wieder menschlich. Ich hatte Angst, er könnte meinen seltsamen Zustand entdecken, und ich musste auch an Baylor und House denken. Also bin ich aus einem Fenster gesprungen und nach Hause gegangen.«

»Baylor?«

Ich schaffe ein kleines Lächeln. »Baylor ist mein Hund.«

Er nickt. »Wann hast du Clan Nocturna getroffen?«

»Ich habe ein Mitglied ihres Clans getroffen, während ich nach Antworten über meine Freundin Amy und ihren Mann Max gesucht habe. Sie wurden getötet, nachdem sie im *One Bite Won't Hurt* gegessen hatten –«

»Seht ihr? Sie hat herumgeschnüffelt, wo sie nicht erwünscht ist«, murmelt James.

»Aber die Clan-Vampire habe ich erst getroffen, als – ähm – ich einen Vampir davon abgehalten habe, Crystal, eine ihrer Versklavten, zu töten. Ich habe sie nach Hause gefahren.«

»Sie ist ohne Erlaubnis in ihr Gebiet eingedrungen«, wirft James wieder ein.

»Sie wusste es nicht«, tadelt Simone und stößt ihn mit dem Ellbogen an.

Ich beginne, die Visionen zu erklären – wie alles begann –, doch etwas hält mich zurück. Ich stocke.

Ich kann nicht.

Mein Instinkt schreit, dass niemand außer Valdarr von den Visionen wissen sollte. Also verstumme ich – mitten im Satz. Er hebt eine Augenbraue. Ich schüttle den Kopf. Ihm gefällt es wahrscheinlich nicht, dass ich das vor dem Clan verschweige, aber ich muss meinem Gefühl vertrauen, und gerade jetzt ist es unruhig.

Vielleicht liegt es am Clan.

Vielleicht an James.

Vielleicht an etwas ganz anderem.

Ich weiß es nicht. Aber eines weiß ich: Ich darf von den Visionen nichts erzählen. Noch nicht.

»Warum hast du dir überhaupt die Mühe gemacht, die Frau zu retten?«, fragt Simone, lehnt sich vor, nippt an ihrem Glas, Kinn in der Hand, Blick fest auf mich gerichtet.

»Weil es das Richtige war. Ihr nicht zu helfen, hätte sich falsch angefühlt.«

Sie nickt.

»Ihr glaubt diesen Mist wirklich?« James spottet.

Harrison ignoriert ihn und fragt weiter: »Und dann?«

»Ich habe Crystal nach Hause gebracht und dafür gesorgt, dass sie in Sicherheit war, aber ein Clan-Nocturna-Vampir hat begonnen zu brüllen, ich hätte sie gebissen. Ich habe ihm gesagt, er solle die Wunde prüfen – sie stammte nicht von mir. Ich hatte sie gerettet, nicht angegriffen. Er wollte mir nicht glauben. Ich habe ihm einen Betäubungszauber entgegengeschleudert. Die anderen Vampire haben mein Auto blockiert und mich verfolgt. Da haben ein paar Wandler eingegriffen und mich gerettet.«

Alle starren mich an.

Ach ja, stimmt.

»Wandler?« James verzieht das Gesicht. »Jetzt haben wir also auch noch Wandler in der Geschichte. Irgendwelche anderen Derivate, die du zufällig vergessen hast? Hast du sie auch abgestochen?«

»Nein, habe ich nicht«, fauche ich und greife nach meinem Glas. Mein Mund ist trocken, also nehme ich einen Schluck Blut – und verziehe dann das Gesicht über das, was ich gerade getan habe.

Zu meiner Überraschung schmeckt es nicht scheußlich. Das Blut hat keinen chemischen Beigeschmack, es ist anders, frischer. Irgendein Zauber muss es so halten. Was auch immer es ist, es funktioniert – es ist ... angenehm. Ich summe leise ins Glas und stelle es wieder ab. Es hat keinen Sinn, weiter zu trinken, während alle mich ansehen, als wäre ich das größte Monster im Raum.

»Also ... die Wandler waren freundlich«, fahre ich fort. »Sie haben mich gehen lassen. Die Gefährtin ihres Alphas hat einen Zauber entfernt, den Clan Nocturna auf mich geworfen hatte, und ich bin nach Hause gegangen. Dann habe ich erfahren, dass ein Haftbefehl gegen mich vorlag. Sie hatten mich zur Abtrünnigen erklärt und alle angewiesen, nach mir Ausschau zu halten. Und dann ... haben die Attentäter angegriffen.«

»Und du hast sie getötet«, sagt James scharf.

»Nein. Der –« Ich stocke, ich kann Beryls Namen nicht sagen. »Das Zaubererhaus hat sie aufgehalten«, sage ich schließlich. »Das Haus ... hat sie getötet.« Im Stillen entschuldige ich mich bei House.

»Sie lügt«, faucht James.

Ich hebe die Hände. »Na gut. House hat sie nicht getötet, und ich auch nicht. Aber ich werde euch nicht sagen, wer es getan hat. Ich habe es versprochen. Valdarr weiß es. Ihr müsst ihm vertrauen – ich war es nicht. Selbst wenn es so gewesen wäre: Es waren Attentäter.«

»Lügende Schla–«

»James. Ich werde es dir nicht noch einmal sagen.« Harrison knurrt.

»Ja, lass sie in Ruhe«, sagt Simone. »Ob sie sie nun abgestochen hat oder nicht, ist doch kaum der Punkt, oder? Mein Gott, du bist so ein Arsch.«

Ich räuspere mich. »Am nächsten Morgen hat das Magieministerium House angegriffen. Valdarr hat Baylor und mich vor den Menschen gerettet, und jetzt bin ich hier. Was heute geschehen ist, wisst ihr alle.«

Schweigen legt sich über den Raum. »Ich kann gehen, wenn ihr das lieber wollt«, füge ich leiser hinzu. »Wenn ihr denkt, dass meine Anwesenheit gefährlich ist, verstehe ich das.«

»Du gehst nicht, und James, du machst daraus kein Problem. Lass es gut sein«, sagt Valdarr bestimmt. Dann, zu meinem Verhörführer: »Hat Fred gelogen?«

»Nein. Abgesehen davon, dass sie ihren geheimnisvollen Freund schützt, stimmt alles, was sie gesagt hat, und deckt sich mit meinen Nachforschungen. Und heute hat sie sich für die Verteidigung des Clans eingesetzt.«

»Ich bin froh, dass wir alle derselben Meinung sind«, sagt Ralph.

Valdarr räuspert sich. »Nun, wir müssen etwas anderes besprechen ... etwas Persönliches.« Es geht eine Veränderung durch den Raum. Eine wachsame Stille umgibt ihn. »Meine Gefährtin.«

»Was?«, entfährt es Simone. »Du hast deine Gefährtin gefunden? Eine wahre Gefährtin? Eine *Schicksalsgefährtin*?«

»Es hat seit Generationen keine mehr gegeben«, murmelt Tony.

»Ich weiß«, erwidert Valdarr. »Ich bin selbst am meisten überrascht.«

Er starrt mich direkt an.

Warum starrt er mich an?

Jetzt starren mich alle an.

Unruhig rutsche ich auf meinem Stuhl hin und her. »Was ist eine Schicksalsgefährtin? Ich meine, ich habe genug Romane gelesen, um es mir zu denken, aber ...«

»Es ist wie eine Seelenverwandte«, sagt Simone mit geweiteten Augen.

»Genau wie eine Seelenverwandte«, bestätigt Valdarr. Dann sanft, fast ehrfürchtig: »Nur seltener. Stärker. Dauerhaft.«

Mein Mund wird trocken.

Er sagt es nicht, noch nicht. Aber die Art, wie er mich ansieht –

Dann schenkt er mir eines dieser wunderschönen Lächeln, die mir den Atem rauben. »Du bist meine Schicksalsgefährtin, Fred. Du. Bist. Mein.«

Der Tisch explodierte vor lauter Gerede. Alle reden gleichzeitig durcheinander.

Kapitel Dreißig

»Ist das ein Witz?«, fragen James und ich gleichzeitig.

Ich werfe ihm einen Blick zu, dann schaue ich mit brennenden Wangen zurück zu Valdarr. Noch nie hat jemand so etwas über mich gesagt, mit dieser Gewissheit. Es muss ein Witz sein. Warum sollte er mich wollen? Ich bin wohl kaum die Richtige für eine »Schicksalsgefährtin«.

»Ich verstehe nicht«, murmele ich. »Ich glaube dir nicht.«

Valdarr blinzelt nicht. Seine Stimme ist tief und fest. »Als ich deinem Ex gesagt habe, dass ich dich wertschätzen werde, habe ich es ernst gemeint.« Er holt tief Luft. »Ich wollte mir Zeit lassen – damit du dich sicher fühlst, gewollt, damit wir uns kennenlernen, ich dich und du mich, und ich dich richtig umwerben kann.« Er zögert. »Aber leider ... ist uns die Zeit ausgegangen.«

James schleudert sein Glas gegen die Wand. »Das ist Schwachsinn!« Glas zerspringt, Blut spritzt auf die schiefergraue Farbe.

Ich zucke zusammen.

»Oh, jetzt ist es passiert«, murmelt Simone, die Fingerspitzen an der Wange.

James stürmt los – und verschwindet.

Harrison fängt ihn im Lauf ab, hebt ihn hoch, als wöge er nichts, und presst ihn gegen die ferne Wand. Wollte er mir wehtun? Wahrscheinlich.

Valdarr stellt sich vor mich und knurrt.

Er wirkt noch größer. Seine Schultern rollen nach vorn, die Muskeln spannen sich an, und seine Oberlippe kräuselt sich, sodass scharfe, glänzende Reißzähne sichtbar werden. Zum ersten Mal sieht er in jeder Hinsicht wie ein Vampir aus.

»Du wagst es, meine Gefährtin anzugreifen – NACHDEM ICH SIE FÜR MICH BEANSPRUCHT HABE!«, brüllt er.

Harrison zischt James etwas Scharfes ins Ohr, packt ihn am Kragen und schleppt ihn wortlos hinaus. Die anderen heben die Hände, treten kollektiv einen Schritt zurück und verlassen den Raum.

Valdarrs Brust hebt und senkt sich schnell, flach – als würde er hyperventilieren, vor Wut.

Doch ich habe keine Angst, ich fühle mich beschützt.

Ich gleite hinter dem Tisch hervor und gehe auf ihn zu. Seine Hand schnellt vor – nicht grob – und umfasst mein Handgelenk in einem sanften Griff. Er hebt es an sein Gesicht, nicht an den Mund, sondern an die Nase. Die empfindliche Haut kribbelt, als er langsam einatmet, als sei mein Duft das Einzige, das ihn erdet.

Seine Augen leuchten violett. Ich schnappe nach Luft.

Er senkt den Blick und atmet erneut, langsamer, ruhiger. Die Hand, die meine hält, ist vorsichtig, obwohl seine Nägel sich zu schwarzen Klauen verlängern. Sein Daumen streicht hauchzart über meine Haut, eine Geste, die beruhigen soll.

»Entschuldige bitte«, sagt er schließlich mit rauer Stimme. »Das wird er nicht noch einmal tun. Niemand wird je wieder respektlos mit dir sprechen.«

»Schon gut«, bringe ich hervor – obwohl es das nicht ist. »Er darf seine Meinung haben.«

»Es ist *nicht* gut, Sonnenschein.« Er schüttelt den Kopf und schließt die Augen. »Ich habe das Gefühl, den Verstand zu verlieren. Jeder will dich respektlos behandeln und verletzen.« Diese Situation verletzt ihn. Er wirkt kleiner, zusammengesunken.

»Nicht jeder«, sage ich und verschweige James' Namen. Kein Grund, den aufgebrachten Vampir zu reizen. »Der Rest deines Clans war freundlich und herzlich.«

»Es tut mir so leid. Ich weiß nicht, was los ist, mein Leben ist sonst nicht so dramatisch.«

»Keines dieser Dinge ist deine Schuld.«

Langsam lässt er mein Handgelenk los, als müsste er sich selbst losreißen.

Ich halte meine Hand an die Brust, spüre noch immer die Wärme seiner Berührung, das Gespenst von Klauen, die Erinnerung an seinen Atem auf meiner Haut.

»Wird es ihm gut gehen?«, frage ich. Ich möchte nicht, dass Harrison oder Valdarr James den Kopf abreißen.

»Er wird leben«, sagt Valdarr. »James ist ... beschützend. Paranoid, nach einem harten Leben. Normalerweise lassen wir ihn gewähren, aber diesmal geht das nicht. Er darf sich einfach eine Weile nicht in deiner Nähe aufhalten. Es ist nicht sicher. Ich bin nicht sicher.«

Das ist nicht gerade beruhigend. »Es tut mir leid. Ich wollte nie, dass dein Clan Streit bekommt. Was bedeutet *Schicksalsgefährtin* überhaupt?«, frage ich leise. »Wie ist das möglich?«

Sein Blick wird weich. »Ich wusste, dass du meine Gefährtin bist, am ersten Tag, als ich dich traf.«

»Was?« Ich lasse mich mit einem Plumps zurück auf den Stuhl fallen. »Als du mir die Tür vor der Nase zugeschlagen hast?«

Er lächelt. »Seltsam, nicht wahr? Ich habe gespürt, wie sich das Band festigte, und bin in Panik geraten – besorgt, ich hätte dich erschreckt, verängstigt, dich nie wiederzusehen ... und genauso verängstigt, dich wiederzusehen. Menschen sind zerbrechlich. Ich hätte dir nie dein Leben oder deine Menschlichkeit genommen. Selbst wenn wir versucht hätten, zusammen zu sein, du wärst nie verwandelt worden – kein genetischer Marker, ich habe nachgesehen. Ich hatte geplant, aus der Ferne zu wachen, dich zu beschützen, dich leben zu lassen. Ich wollte *das* nie für dich. Doch dann, auf der Wache, als ich erfuhr, was mein Vater dir angetan hat, änderte sich alles.«

»Also wolltest du mich nicht, als ich menschlich war, aber jetzt, wo ich so ein Mensch-Vampir-Hybrid bin, interessierst du dich für mich?«

»Ich werde dich immer wollen«, sagt er bestimmt. Er greift über den Tisch und drückt meine Hand. »Meine

Gefühle bestimmen deine nicht. Wir können uns Zeit lassen. Kein Druck. Wenn du das nicht willst, bringe ich dich, Baylor, und wenn wir sie finden, House, außer Landes, irgendwohin, wo ihr sicher seid. Du hast Möglichkeiten, Fred. Du hast die Kontrolle, du entscheidest.«

Ich atme aus. »Du bist mir vom Schicksal bestimmt, aber magst du mich überhaupt? Ich bin nicht in deiner Liga.«

Er bewegt sich so schnell, dass ich es kaum wahrnehme – eben noch auf der anderen Seite des Tisches, dann neben mir, meine Wange in seiner Hand, der Daumen streicht über meine Haut.

»Du, Winifred Crowsdale, bist Vollkommenheit. Meine Sonne in der Dunkelheit. Sprich nie wieder so von dir.« Seine Stimme senkt sich. »Ich würde kilometerweit auf dem Bauch kriechen für einen Blick in diese blauen Augen.«

Mir fehlen die Worte.

Valdarr lehnt sich vor und streift mit einem Kuss, einem fast schmerzhaft zärtlichen Kuss, meinen Mundwinkel.

Ich müsste nur den Kopf drehen, doch ich erstarre.

Männer wie er wählen keine Frauen wie mich, der Moment fühlt sich zu unwirklich an.

Er fühlt sich wie eine Lüge an.

»Wir werden es langsam angehen«, murmelt er. »Wenn du mich willst, werde ich Himmel und Erde bewegen, um zu beweisen, dass ich deiner Zeit würdig bin – das schließt ein, dich vor meinem Vater zu schützen.«

Er stockt. »Bisher habe ich einen furchtbaren Job gemacht. Mein Vater ist kein guter Mann. Ich habe mich jahrhundertelang aus der Politik herausgehalten, aber jetzt hat er dich ins Visier genommen. Wenn wir zu früh handeln, riskieren wir einen Krieg, wenn wir warten und Unterstützung bei den anderen Clans aufbauen, haben wir eine Chance.«

Ich bin sprachlos, also bleibe ich still.

»Ich habe mit den Wandlern gesprochen«, fährt er fort. »Du hast die Gefährtin des Alphas beeindruckt, sie will helfen. Aber deine Verwandlung ist nicht registriert, und dann ist da noch das Clan-Nocturna-Chaos. Zuerst müssen wir uns dem Rat stellen. Wenn wir einen öffentlichen Prozess überstehen, haben wir vielleicht eine Chance.«

»Wir?«

»Sonnenschein«, sagt er sanft, »ich weiß, du glaubst mir nicht. Für dich bin ich nur ein Vampir, der in dein Leben geplatzt ist, mit einem mörderischen Vater und einem Berg von Problemen.« Seine Stimme bricht kurz, dann wird sie fester. »Ich weiß, es ist plötzlich, und du spürst das Band nicht – du bist nicht als Vampir geboren. Aber das ist mir egal.«

Er küsst die Spitze meiner Nase.

»Es ist mir egal, ob es einseitig ist. Ich habe genug Liebe für uns beide, und ich werde alles in meiner Macht Stehende tun, um dich glücklich zu machen.«

Sein Blick hält meinen fest, ruhig und unverstellt.

»Wenn ich sage, wir werden den Prozess überstehen, dann meine ich das so. Ich will nicht in einer Welt leben, in der es dich nicht gibt.«

Ich starre ihn ungläubig an. Nicht, weil ich an allem zweifle – nun gut, vielleicht ein bisschen –, sondern weil mir so etwas noch nie jemand gesagt hat.

Ich war noch nie jemandes erste Wahl.

Er sagt, es mache ihm nichts aus, wenn es einseitig sei, er habe genug Liebe für uns beide. Irgendwie macht das alles nur schlimmer. Es ist zu viel – zu freundlich, zu sicher – und ich bin es nicht gewohnt, dass jemand sich meiner so sicher ist.

Ich weiß nicht, wie man im Licht von jemandes Liebe steht, ohne zu blinzeln, ohne darauf gefasst zu sein, dass es sich abwendet oder verschwindet.

Ohne dass es wehtut.

Er will mich glücklich machen, warten, es versuchen – und etwas Müdes, Altes, Verängstigtes in mir möchte beim Gedanken daran weinen. Ich habe zu lange dort gelebt, wo Liebe nur mit Bedingungen kam, leise erschien, laut ging und erst, nachdem ich mich klein genug gemacht hatte, um ertragen zu werden.

Ich weiß nicht, wie ich annehmen soll, was er anbietet.

Noch nicht. Vielleicht niemals. Aber was mir am meisten Angst macht, ist, dass ein Teil von mir es will. Es versuchen will. Ihm glauben will. Ihm gehören will. Ich habe keine Ahnung, was ich damit anfangen soll.

Ich löse mich und räuspere mich, was eher als Quietschen herauskommt. Meine Hände nesteln am Saum meines Ärmels. »Nun«, sage ich nach einer zu langen Pause, »das ist ... viel.«

Sehr elegant, Fred. Ganz elegant.

»Ich meine, die meisten Männer laden einen zum Essen ein oder sagen, man habe schöne Brüste, statt ewige Hingabe und einen gemeinsamen Überlebenspakt zu verkünden.«

Ich riskiere einen Blick. Er hat sich nicht bewegt und

schaut mich an, als wäre ich die Sonne und er hätte seit Jahren kein Tageslicht gesehen.

»Schau, ich sage nicht, dass ich das nicht zu schätzen weiß. Ich bin nur ... Ich bin nicht besonders gut darin. Was auch immer das hier ist.« Ich gestikuliere zwischen uns. »Und ehrlich gesagt verarbeite ich immer noch das ganze Prozess-gegen-möglichen-Tod-Ding, ganz abgesehen von der Seelengefährten-Sache.«

Ein Atemzug, dann füge ich leise hinzu: »Aber danke. Dafür, dass du es gesagt hast, und dafür, dass du es so meinst.«

Mehr kann ich ihm nicht geben. Nicht jetzt.

Aber er weiß, dass es kein Nein ist.

Valdarr lächelt.

»Sonnenschein«, murmelt er, »wenn ich Erwiderungen gewollt hätte, hätte ich meine nicht zuerst ausgesprochen.« Er hebt eine Schulter zu einem halben Schulterzucken. »Persönlich finde ich das ziemlich romantisch – sehr poetisch. Überlebenspakte sind im Moment furchtbar modern.«

Mir entwischt ein prustendes Lachen, bevor ich es verhindern kann.

»Und übrigens«, fügt er mit einem amüsierten Ausdruck in seinen violettgrauen Augen hinzu, »mag ich deine Brüste tatsächlich, aber ich dachte, ich sollte mit der unsterblichen Hingabe beginnen.«

Ich schüttele den Kopf, aber jetzt lächle ich.

Aber es verblasst genauso schnell wieder. »Wo wird dieser öffentliche Prozess stattfinden?«

»In der Halle des Schweigens.«

»Oh, James wird das lieben«, murmele ich und schlucke. Ich nehme noch einen Schluck Blut und tupfe mir die Lippen ab. »Sehr gut, kümmern wir uns erst darum und dann um deinen Vater. Ich werde tun, was ich kann, um zu helfen.«

»Es wird gefährlich, Fred.«

»Dann werde ich versuchen, am Leben und nützlich zu bleiben.«

»Ich werde dich mit meinem Leben schützen«, sagt er. »Und der Clan ebenso.«

»Sogar James?« Ich hebe eine Braue. »Wann gehen wir?«

»Morgen Nacht.«

»So bald? Gibt es etwas, das ich lesen sollte? Womit ich mich vorbereiten kann?«

»Nein. Wenn du einstudiert klingst, merken sie es. Sei einfach du selbst.«

Ich nicke. »In Ordnung.« Großartig. »Ich möchte helfen«, sage ich und sammle meinen Mut. »Vielleicht könnte ich mit deiner Hilfe eine Vision versuchen?«

»Sehr gut. Solange du sicher bist, können wir es versuchen.«

»Ja, probieren wir es.«

Wir kehren in meine Suite zurück – mein Handy liegt ohnehin dort – und ich lasse mich auf das Sofa sinken. Valdarr zögert, bis ich auf das Kissen neben mir klopfe.

»Komm«, sage ich. »Setz dich.«

Er tut es, und ich fummle am Handy herum. »Das wird seltsam aussehen«, warne ich, »aber ich muss mir Reels ansehen.«

»Videos schauen versetzt dich in Trance?« Er klingt überrascht.

»Ich weiß nicht, warum es funktioniert, aber es kann eine Weile dauern.«

»Dann mach es dir bequem.«

Dreißig Minuten vergehen – nichts. Frustriert seufze ich.

Er klopft auf seinen Schoß. »Leg dich hierher.«

Er legt ein Kissen quer über seine Oberschenkel und führt mich so, dass mein Kopf darauf zu liegen kommt. Meine Wangen brennen. Er streicht mir rhythmisch durch die Haare, beruhigend, genau wie House es einst tat. Mit der anderen Hand nimmt er meine und kippt das Handy näher zu meinem Gesicht. Ich verstehe den Hinweis und scrolle weiter.

Aus dem Augenwinkel sehe ich, wie Baylor auf dem Bauch näherrobbt. Valdarrs freie Hand verschwindet in seinem Fell. Ich grinse und konzentriere mich.

Seine Finger in meinem Haar, das gedankenlose Wegwischen der Videos – zusammen wirkt es.

Kurz bevor mich die Vision mitnimmt, tue ich etwas Neues: Ich fokussiere. Statt das Universum um irgendetwas zu bitten, fixiere ich mich auf Valdarr und auf morgen Nacht, klammere mich an einen klaren Befehl – *beschütze ihn.*

Erstaunlicherweise klappt es.

Ich bin vor dem Haus. Drei Wagen warten, während sich der Clan zur Abfahrt rüstet. Mich selbst zu sehen ist irritierend – ich sehe ganz und gar nicht mehr wie die mittelalte menschliche Frau aus, die ich einmal war. Ich zwinge mich, bei Valdarr zu bleiben.

Alle steigen in die Autos. Ich bleibe zurück, unfähig zu

folgen. Ich versuche, nicht an unser Ziel zu denken, sondern konzentriere mich auf die bevorstehende Gefahr.

Die Vision flackert, formt sich an einer Kreuzung neu. *Wow, seltsames Gefühl.* Unser Wagen fährt auf die Kreuzung, und ein anderes Fahrzeug schießt von der Gegenseite heran und rammt uns. Durch splitterndes Glas sehe ich den Moment des Aufpralls – Valdarr krümmt sich um mich, schirmt mich ab.

Die Vision reißt ab. Ich werde hinausgeschleudert und ringe nach Luft.

Er muss ... er muss gestorben sein.

Meinetwegen.

»Alles in Ordnung mit dir?«, fragt Valdarr.

Nein. Aber ich ringe zwei Atemzüge hervor und krächze: »Ja. Wie lange war ich weg?«

»Etwa vierzig Sekunden.«

Vierzig Sekunden? Die Vision hat sich eher wie eine Stunde angefühlt. Die Zeit in der Vision stimmt offenbar nicht mit der realen Zeit überein. Ich könnte Stunden – Tage sogar – in einer Vision verbringen, und hier würden nur Momente vergehen.

Ich erinnere mich selbst daran, dass ich das noch nie als Vampir versucht habe. Vielleicht ist die Vampirseite von mir stärker, schärfer und besser für das Hellsehen geeignet. Vielleicht. Ich weiß es nicht. Ich weiß nur, dass ich mich an das klammern muss, was ich lerne, und hoffen, dass es reicht.

»Ich muss es noch einmal versuchen.«

Entschlossenheit zieht mich hinunter. Mein Visions-Ich ist wachsam: Sie drängt den Fahrer, vor der Unfallstelle abzubiegen, und der Wagen nimmt eine andere Route.

Da trifft es mich – wie gefährlich dieses Eingreifen sein

könnte. Mein Visions-Ich weiß jetzt, was ich weiß. Ich habe die Zukunft verändert.

Ein Zauber schlägt in den Wagen, tötet alle Insassen. Ich werde herausgerissen.

Erneut gehe ich in die Vision.

Ich ignoriere die Fahrzeuge und hüpfe durch Momente wie durch Seiten, prüfe jede Abzweigung, jede Straße, suche nach dem sichersten Weg.

Angst schärft mein Gedächtnis.

Noch einmal. Und noch einmal. Beinahe-Unfälle. Hinterhalte. Weitere Zauber.

Ich mache weiter.

Endlich – nach mehreren Fehlschlägen und einer knappen Flucht – erreichen wir die Ratskammern *unversehrt*.

Wir treten ein –

– und da beginnt erst die eigentliche Tortur.

Kapitel Einunddreißig

Die aufeinanderfolgenden Visionen von letzter Nacht waren alles andere als gesund. Nach dutzenden Versuchen saß ich mit gläsernem Blick und zitternd da, beinah bewusstlos, bis Valdarr – völlig zurecht – einen Riegel vorschob.

Seltsamerweise war ich meiner Vampirhälfte dankbar. Hätte ich das als Mensch versucht und so viele Visionen am Stück erzwungen, hätte ich mir das Gehirn frittiert. Der untote Teil hielt mich am Laufen ... bis er es nicht mehr konnte.

Jetzt stehen wir im Herzen des Vampirsektors.

Der Bezirk ist ultramodern, fast Science-Fiction, mit Technologie, die ich noch nie gesehen habe, halb erwarte ich, dass Hovercars vorbeischießen. Es fühlt sich an, als wäre ich in *Zurück in die Zukunft* gestolpert.

Wir bleiben vor einem gewaltigen Block aus schwarzem Glas stehen.

Die Halle des Schweigens.

Meine Angst schießt in die Höhe. So verängstigt war ich noch nie – nicht so sehr um meinetwillen, sondern um Valdarrs willen, um den Clan, der mich aufgenommen hat, um alle, die den Preis für meine Existenz zahlen könnten. Ein Fehltritt, und es liegt nicht nur mein Kopf auf dem Block, ich könnte einen Fehler machen, der meinen Vampir das Leben kostet.

»Alles in Ordnung? Du siehst ein bisschen blass aus«, sagt Simone.

»Alles gut, danke«, lüge ich und erzwinge ein schwaches Lächeln.

Ich bin alles andere als okay.

Wir sind im Begriff, die Halle des Schweigens zu betreten, ein Gebäude voller Vampire, die mich für abtrünnig halten, und ich werde dem Obervampir gegenüberstehen, der mich totsehen will. Kein Druck.

Valdarr steht neben mir wie ein schweigender Wächter.

Ich habe ihm nicht gesagt, was ich in den Visionen herausgefunden habe, die Angst band mir die Zunge. Außerdem habe ich den heimlichen Verdacht, dass die Macht es nicht zugelassen hätte. Hätte er es gewusst, hätte er vielleicht anders reagiert und etwas verändert. Es hilft auch nicht, dass ich ihn habe sterben sehen – diesen wunderbaren Mann – immer und immer wieder.

Als er versprach, mich mit seinem Leben zu schützen, meinte er es ernst.

Er meinte jedes Wort.

Ich bin nicht mehr dieselbe wie gestern. Die Visionen

haben mich gehärtet. Gebrochen. Alternative Wirklichkeiten zu erleben, ohne die dahinterstehende Wissenschaft zu kennen, und zu fürchten, dass ein einziger Fehltritt die Existenz zerfasert, hat mich zutiefst verunsichert. Ich will das nie wieder tun.

Ich streiche mein tailliertes, mittellanges, blaues Kleid glatt, ein Ton, der meine Augen betont, meine Blässe hervorhebt und irgendwie mein blondes Haar glänzender wirken lässt. Fünfzehn Zentimeter hohe Absätze hätten mich als Mensch verkrüppelt, aber vampirische Balance hält mich aufrecht, und auch wenn ich jeden Schritt verabscheue, ist es tröstlich, noch ein paar zusätzliche spitze Dinge dabeizuhaben, die sich als Waffen eignen.

Beryl ist unter dem Stoff an meinem Oberschenkel festgeschnallt, stumm und beunruhigend kalt. Ich muss darauf vertrauen, dass sie erwacht, wenn es darauf ankommt.

»Willst du uns gleich erzählen, dass wir nicht rein dürfen oder dass wir Rad schlagend durch die Tür müssen?«, ätzt James.

Meine Visionen bestanden darauf, dass James uns begleitet, sonst hätte Valdarr ihn zurückgelassen. Ich schenke ihm ein knappes Lächeln. »Keine Räder, James. Wir sind startklar.«

Während der Fahrt habe ich unsere Route in Bruchstücken preisgegeben. Die Umwege haben alle außer Valdarr wütend gemacht, er hat mich einfach angesehen, graue Augen voll Verständnis. Er wusste, was ich tat. Er ließ niemanden mich überstimmen. Ich führte uns über Nebenstraßen, machte aus einer halben Stunde mehr als eine. James – glücklicherweise – in einem anderen Wagen.

Die Sicherheitsleute winken uns durch, und wir treten ein.

Ich habe diesen Moment unzählige Male erlebt und doch nicht oft genug, um die Furcht zu bannen. Mir dreht sich der Magen um. Es ist, als würde man einen vertrauten Film noch einmal sehen – nur anders. Die Visionen hatten keinen Geruch, hier zu sein ist überwältigend. Meine Sinne flackern, die Reißzähne schieben sich von selbst herab.

Immerhin hält meine vampirische Natur den Schweiß in Schach.

Die Halle des Schweigens strahlt erdrückende Pracht aus – ein Gerichtssaal des achtzehnten Jahrhunderts, in Chrom getaucht, auf Spiegelglanz poliert und in einen geschwungenen Wolkenkratzer gesetzt.

Kaltes, klinisches Licht fällt aus unsichtbaren Quellen hoch oben, bricht sich an Stahlbeschlägen und Glasbrüstungen. Alles glänzt. Der offene, höhlenartige Raum ist offenkundig dazu gemacht, einen einzuschüchtern – und er schafft es.

Er lässt einen glauben, man sei in den Bauch von etwas Altem, Unerbittlichem, völlig Gleichgültigem geraten.

Gestufte Reihen knochenweißer Sitze schwingen um die zentrale Fläche, auf der ich stehen werde – ein Insekt in einer sehr sauberen, sehr teuren Falle.

Je höher ein Clan in der Hierarchie steht, desto höher sitzen seine Mitglieder. Clan Nocturna belegt die mittleren Reihen, ich entdecke sie sofort, und sie starren voller Hass. Der alte Spruch, *Wenn Blicke töten könnten,* drängt sich mir auf.

Ich kenne auch die anderen Clans – ihre Rivalitäten und wen sie töten würden, wenn sie die Chance hätten. Ich habe sie in meinen Visionen genau beobachtet und anschließend gründlich recherchiert. Sie mischen sich in kleinen Gruppen, sammeln sich in Stärke. Andere stehen allein – manche starren, manche grinsen, andere sehen aus, als wollten sie mir am liebsten hier und jetzt den Kopf abschlagen. Alle laben sich an dem, was sie für Valdarrs epischen Fehler halten.

Im Gegensatz dazu ist Valdarrs Clan seit über tausend Jahren unparteiisch geblieben, hat geholfen statt behindert. Er hielt den Kopf unten und ließ die jüngeren Clans zanken.

Ich erkenne Gesichter, Reaktionen, Absichten. Die elegante Dame auf der gegenüberliegenden Seite plant, Simone zu schlagen. Der neben ihr finster dreinblickende Mann, wütend sogar unter den eigenen Leuten, wird sich unerwartet vor mich stellen.

Vorkenntnis zählt jetzt, aber ich bin froh, nicht täglich damit zu leben. Ich werde mir diese Macht nicht zur Gewohnheit machen. Letzte Nacht bin ich nur den Fäden der Hauptakteure gefolgt und sonst nichts. Die Zukunft ist ein Spinnennetz von Möglichkeiten.

Ein unbedachter Ruck, und alles reißt.

Ich muss die nächsten Augenblicke sehr, sehr vorsichtig handhaben.

Viele Gedanken kreisen in meinem Kopf: demütig und doch sicher auftreten – nicht einstudiert wirken. Ich bin keine Schauspielerin – ich trage mein Herz auf der Zunge –, aber ich muss so tun, als wäre jedes Wort neu, muss schauspielern, um unser Leben zu retten.

Valdarr stellt sich schützend leicht vor mich. Er ist bereit – willens – sich in die Gefahr zu werfen, und ich hoffe inständig, dass ich nicht alles ruiniere. Ich muss ihn schützen. Ich will nicht noch einmal zusehen, wie er stirbt.

Unser Clan breitet sich hinter uns aus, nach außen hin entspannt. Simone brummt James an, der zurückzischt. Ralph steht abseits, ganz der Krieger. Tony ist still, wachsam. Harrison, unser Sicherheitschef, zieht das spöttische Naserümpfen anderer Vampire auf sich. Sie haben ja keine Ahnung. Wenn etwas schiefgeht, werden sie ihn nicht kommen sehen.

Valdarr hat sich mit fähigen Leuten umgeben.

Mein Blick schweift durch die Halle. In der Halle des Schweigens müssen Vampire sich selbst vertreten, und für die Angeklagten endet das selten gut. Manchmal, wenn eine Vision schiefging und ich nicht die Kraft hatte, den Ausgang anzusehen, bin ich umhergestreift – habe gelauscht, erkundet, dieses Gebäude erforscht. Ich kenne es wahrscheinlich besser als die meisten hier – besser als der Rat, die Wachen, vielleicht sogar als der Großmeister selbst.

Pünktlich betritt er die Halle.

Alle erstarren.

Kapitel Zweiunddreißig

HÄTTE ich ihn nicht schon unzählige Male gesehen, wäre ich womöglich auf die Knie gesunken. In früheren Visionen war ich vor Angst gelähmt.

Es ist nicht so, dass er mir nichts tun könnte, das kann er sehr wohl, aber dies hier ist die Arena des Rates, und selbst Monster haben Regeln, Regeln, die er gebrochen hat, ob beabsichtigt oder nicht.

Ich erwidere seinen Blick. Der weinrote Ring um seine dunkelgrauen Augen hat sich verbreitert, die Iriden kippen ins Rötliche, als würde das, was immer er ist, an die Oberfläche drängen. Er leckt sich über die scharlachroten Lippen, die Zunge scharf, fast reptilienhaft.

Ich rieche Eisen, Asche und Fäulnis, die von seiner Haut ausdünsten, der Gestank dreht mir den Magen um.

Es kostet mich alles, mein Gesicht nicht zu verziehen

oder zu schreien. Niemand sollte seinem Mörder in die Augen schauen müssen. Regel Nummer eins: nicht provozieren. Regel Nummer zwei: keine Angst zeigen.

Stattdessen neige ich den Kopf, und als hätten wir es geprobt, spiegelt Valdarr meine Geste.

»Vater.«

Der Mund des Großmeisters kräuselt sich. »Mein Sohn«, erwidert er, triefend vor Verachtung. »Was für eine Abscheulichkeit haben wir hier?«

Ich, die Frau, die du ausgesaugt und getötet hast und die nicht den Anstand besaß, tot zu bleiben. Überrascht, dass wir deine vielen Mordversuche überlebt haben? Ich halte den Mund und mein Gesicht bleibt ausdruckslos.

Wenn sie nebeneinanderstehen, sind die Familienzüge unverkennbar, und doch sehe ich, wie sich Charakter in Gesichter gräbt. Wie anhaltendes Böses selbst die Züge eines Vampirs verzerrt.

Bevor Valdarrs Vater mehr Gift verspritzen kann, trifft der übrige Rat ein: zwölf clanlose Älteste – Männer und Frauen –, gehüllt in königsblaue Umhänge, gesäumt mit feinem Goldfaden, die das Wappen des Vampirrats tragen.

Der Großmeister schreitet davon, sein schwarzer Ornat streift über den Boden, und lässt sich auf einem polierten, steinernen Thron im Zentrum des erhöhten, weißen Marmorpodests des Rates nieder. Finster blickend, mit auf mich gehefteten Augen, wartet er, während der Zeremoniemeister mit dem ganzen Pomp auftritt, den man von einem Mann erwartet, dessen Stab größer ist als er selbst.

Der Zeremonienmeister tritt in die Mitte des Saales, sein rotes Gewand raschelt, und verneigt sich – erst vor dem Großmeister, dann vor dem versammelten Rat, der nun

Platz genommen hat. Er hebt den Stab hoch und stößt ihn zu Boden.

Der Knall prallt von dem Marmor und Glas ab, Magie peitscht durch die Halle, prickelt auf meiner Haut und stellt jedes Härchen auf. Das also ist es, was Vampire schlagartig zur Aufmerksamkeit zwingt. Angenehm ist anders.

Mir entweicht ein leiser Laut. Valdarrs kleiner Finger streift meinen, ein flüchtiger Zuspruch. Er beobachtet mich bereits, Vertrauen und Gewissheit brennen in seinen Augen. Beschämt schlucke ich, hebe das Kinn und bringe ein selbstbewusstes Lächeln zustande.

»Ordnung!«, donnert der Zeremonienmeister. »Das Gericht tagt.«

Und der Prozess beginnt.

Eine Bannzone versiegelt die Ränge in Stille, während die Anklage verlesen wird.

»Ich, der Herold der Stille, spreche mit der Stimme des Rates. Winifred Crowsdale vom Clan Blóðvakt, Sie stehen in dieser Halle unter Anklage der folgenden Punkte:

Unerlaubte Verwandlung und unterlassene Registrierung, Verstoß gegen Abkommenskodex 675.3 sowie die einschlägigen Registrierungsbestimmungen,

Unerlaubte Nahrungsaufnahme und Angriff auf einen beanspruchten Menschen des Clans Nocturna, entgegen Abkommenskodex 561.0,

Hausfriedensbruch in ein geschütztes Hoheitsgebiet eines souveränen Clans ohne Erlaubnis, Verstoß gegen Abkommenskodex 421.9 in Verbindung mit Abkommenskodex 302.1,

Endgültiger Tod von Personen, die durch das

Abkommen anerkannt sind ohne Schutz nach Abkommenskodex 765.0.

Wie plädieren Sie?«

Valdarr setzt an, etwas zu sagen, doch ich trete vor.

»Ich danke dem Vampirrat und dem Gericht«, sage ich, meine Worte reiten auf der Umgebungsmagie. Ich verneige mich erneut. Ich erinnere mich an die Vision, in der ich auf nicht schuldig plädierte – eine Taktik, die die Sache rasch beendete.

Sie schnitten mir die Kehle durch.

»In Bezug auf Anklagepunkt Eins, der unerlaubten Verwandlung, plädiere ich schuldig – *auf dem Papier* – doch ich werde mildernde Umstände darlegen.«

Die Bannzone schluckt allen Klang, dennoch sehe ich, wie sich die Vampire auf den Rängen rühren, manche lehnen sich sogar vor, die Augen vor Schadenfreude glänzend. Sie glauben, ich hätte gerade mein eigenes Todesurteil unterschrieben.

»In Bezug auf Punkt Zwei, der angeblich unerlaubten Nahrungsaufnahme, plädiere ich nicht schuldig. Die Spenderin war zum Tatzeitpunkt keine registrierte Versklavte, und ich habe nie von ihr getrunken.«

Crystal war nur eine menschliche Blutspenderin, und obwohl das für mich keinen Unterschied macht – Blut gegen den Willen zu nehmen ist böse – bedeutet es vor diesem Gericht alles.

»In Bezug auf Punkt Drei, Hausfriedensbruch, plädiere ich schuldig, mit Entlastung: Ich habe die Grenze überschritten, um ein Menschenleben zu retten. In Bezug auf Punkt Vier, sogenannter Mord, berufe ich mich auf Immunität nach Abkommenskodex 765.375: Recht auf

Notwehr. Jede Gewalthandlung erfolgte als Reaktion auf einen Anschlag auf mein Leben.«

Die Augen des Herolds blitzen interessiert auf.

Mein Visions-Ich musste hundert Tode sterben, ehe ich sein Büro und den Fundus an Gesetzesrollen und Artikeln des Abkommen fand – praktischerweise aufgeschlagen auf seinem Schreibtisch, mit Notizen für den heutigen Prozess. In diesem Gericht ist jeder Angeklagte zum Scheitern verurteilt. Doch niemand kann behaupten, der Herold bereite seine Fälle nicht gründlich vor.

Ich war nie dankbarer, dass die Erinnerungen aus meinen Visionen nahezu fotografisch sind.

»Das Gericht vermerkt die abgegebenen Plädoyers: Schuld mit vorbehaltenen Milderungsgründen, Hausfriedensbruch eingeräumt, Angriff bestritten, und Notwehr nach Abkommenskodex 765.375 geltend gemacht. So eingetragen. Der Rat wird unter Siegel beraten. Hebt den Schleier.«

Der Stab fährt nieder, und ein Vorhang aus geräuschdämpfender Bannmagie steigt vom Boden auf und umschließt ihn und den Rat. Er tritt in ihre Mitte zurück, und sie beginnen mit der Beratung.

Der Großmeister streitet mit dem Vampirrat. Man erzählt den Vampiren, der Rat sei unparteiisch, das ist er nicht. Jeder verfolgt eine Agenda.

Ich habe auf der anderen Seite dieses Schutzes gestanden, ihren Beratungen gelauscht, wertvolle Informationen gesammelt, und heute habe ich meine Worte geplant, meine Zielpersonen gewählt – die, die vielleicht zuhören. Ich habe meine Erklärung geübt, die Wendungen geschärft, die

Gewicht haben: klare, knappe, ehrliche Worte. Flehen wirkt bei ihnen nie, Präzision oft schon.

Und doch könnte es nicht reichen. Vielleicht habe ich sie falsch eingeschätzt – den Moment verfehlt. Hoffnung ist eine gefährliche Sache.

In den Visionen war es einfacher, Ereignisse liefen asynchron zur Wirklichkeit. Jetzt gibt es keine zweiten Chancen, kein Zurückspulen, keinen Spielraum für Fehler. Ich bin jetzt hier. Und ich bete, dass ich richtig liege.

Ich kann in die Zukunft sehen – aber ich kann nicht zurück.

Nach einer halb stummen, aber lebhaften Debatte fällt der Schutz, und der Herold tritt an das Pult. »Das Verfahren wird fortgesetzt.« Er schlägt eine Seite mit zeremoniöser Präzision um. »Sie beanspruchen eine Rechtfertigung für Ihre Verwandlung?«

»Ja.«

»*Lasst die Stille verzeichnen*: Der Rat wird die Nebenpunkte zuerst abhandeln. Zu der Anschuldigung aus dem sogenannten Attentatsvorfall hat der Rat das von Clan Nocturna eingereichte Beweisdossier zusammen mit den Verteidigungsunterlagen geprüft. Städtische Überwachungskamera-Aufnahmen bestätigen, dass die Angeklagte eine menschliche Spenderin herausgeführt und transportiert hat, die zum maßgeblichen Zeitpunkt keine registrierte Versklavte im Sinne von Abkommenskodex 302.1 war, kein Kontrakt war unterzeichnet oder gesiegelt worden.«

Er funkelt die Nocturna-Delegation an. »Die Anklage des Clans Nocturna ist damit sowohl rechtlich als auch faktisch mangelhaft. Der Anklagepunkt wird endgültig abgewiesen, das Urteil wird zugunsten von Winifred Crowsdale gefällt.«

Ein Raunen geht durch den Saal.

»Zu Anklagepunkt Drei: Hausfriedensbruch«, fährt der Herold fort, *»lasst die Stille verzeichnen*: Der Rat erkennt die Angeklagte als neu Verwandelte und Ununterrichtete an, ein mildernder Umstand nach Abkommenskodex 402.3, Nachsicht für Novizen. Die Beweislage zeigt, dass ihr Eindringen in das Herrschaftsgebiet von Clan Nocturna der Rettung eines Menschenlebens diente und nicht der Einmischung in Clan-Vorrechte, womit es unter die humanitäre Ausnahmeregelung von Abkommenskodex 211.9c, Territoriale Integrität und Durchgangsrecht – Rettung in guter Absicht, fällt.

Üblicherweise würde eine Ausgleichsabgabe verhängt, Clan Nocturna handelte jedoch in schlechter Absicht, indem er unrechtmäßige Gewalt initiierte, und anschließend zu einem Tagesangriff auf Clan Blóðvakt eskalierte, im Verstoß gegen Abkommenskodexs 118.2 und 703.4.

Dementsprechend werden gegen Winifred Crowsdale keine weiteren Maßnahmen ergriffen. Clan Nocturna, ihr werdet formell gerügt: Unterlasst es. Ein zweiter Verstoß zieht Sanktionen nach Abkommenskodex 910.1 nach sich.«

Der Herold wartet, bis die Reihen sich beruhigt haben, dann wendet er sich wieder mir zu. »Zu Anklagepunkt Eins: Unerlaubte Verwandlung – in Verletzung der Abkommenskodexs 101.1 und 203.7. Sie haben schuldig mit Milderung plädiert. *Lasst die Stille es so verzeichnen.* Der Rat wird nun Ihre Rechtfertigung hören. Sprechen Sie klar und deutlich, und erkennen Sie das Protokoll als verbindlich an.«

Jetzt kommt der schwere Teil.

»Ich wurde überfallen und getötet. Ich bin ein unwillentliches Produkt der Verwandlung. Der Vampir, der mein Blut getrunken hat, hatte nicht die Absicht, mich zu verwandeln, er hielt mich für tot und warf mich weg. Ich bin allein erwacht – unregistriert, ungeschult und ohne jede Führung.«

»Behauptung vermerkt.« Der Ton des Herolds ist von Skepsis durchzogen. »Das Gericht urteilt nicht nach Gefühlen, noch akzeptiert es bloße Behauptungen. Abkommenskodex 214.2 verbietet Hörensagen ohne Grundlage. Welche Beweise legen Sie vor?«

»Prüfen Sie mein Blut und meine Erinnerung. Sie werden meinen Erzeuger benennen und zeigen, dass die Verwandlung ohne Absicht geschah. Ich existiere nur durch einen Fehler.«

Der Herold runzelt die Stirn. »Blut wird den Erzeuger benennen, es kann seinen Vorsatz nicht erkennen. Seien Sie vorsichtig, Winifred Crowsdale – erweist sich dieser Antrag als leichtfertig, wird der Rat Sanktionen nach Abkommenskodex 12.2, Missachtung des Tribunals, erwägen. Fahren Sie fort, wenn Sie es weiterhin wünschen.«

Ich halte inne, lasse den Moment sich dehnen.

Valdarrs Vater grinst.

Ich hole tief – wenn auch unnötig – Luft und fasse mich.

»Der Vampir, der unsere Gesetze gebrochen hat, der von einem unwilligen Menschen getrunken hat, ihn getötet hat und ihn versehentlich verwandelt hat ...«

Ich hebe eine Hand und zeige auf den Thron.

»… ist unser verehrter Großmeister.«

Chaos bricht in den Rängen aus, Vampire springen auf, schreien.

Hier unten: Stille.

Der Großmeister protestiert zunächst nicht, einen Herzschlag lang blitzen seine Augen rot. Er neigt den Kopf einen Millimeter zum Herold. Als er spricht, scheint die Temperatur im Saal zu sinken.

»Streicht das aus dem Protokoll. Ein Schandfleck wagt es, dieses Gericht mit Verleumdung zu besudeln. Sind wir so tief gesunken, dass jede unregistrierte Abart eine Anklage gegen die Krone erheben darf – ohne Beweise? Herold, bringen Sie sie zum Schweigen, oder ich tue es. Ahndet sie wegen Missachtung. Reißt ihr die Zunge heraus, wenn es sein muss. Ich rechtfertige mich nicht vor Lügnern aus der Gosse.«

Sein Blick durchbohrt Valdarr. »Und du – du bringst dieses Ding in meine Halle, damit es deine Vorgesetzten beschimpft? Du entehrst dein Blut.«

»Ihr werdet euch zurückhalten, Großmeister. Der Rat – nicht Ihr – entscheidet, was gestrichen wird«, erwidert der Herold.

»Dann entscheidet schnell, ehe ich für euch entscheide.«

Der Herold ignoriert die Drohung des Großmeisters und verengt die Augen auf mich. »Das ist eine schwerwiegende Anschuldigung, Winifred Crowsdale.«

»Ich bleibe dabei und berufe mich auf Abkommenskodex 101.4, das Recht der Blutherkunft, und Abkommenskodex 212.3, Erfassung und Zulässigkeit der

Ätherischen Erinnerung. Lasst Blut und Erinnerung sprechen.«

Ein haarfeiner Riss erscheint im marmornen Arm des Thrones des Großmeisters.

»So verzeichnet. Kraft dieses Gerichts nach den Codes 101.4 und 212.3 wird das Ministerium für Magie eine Blutlinienüberprüfung und eine Erfassung der Ätherischen Erinnerung durchführen –«

»Wenn ihr Blut spricht und versagt, werdet ihr ihr dann hier den Kopf abschlagen oder sie durch die Straßen schleifen und es ... poetisch machen?«, knurrt der Großmeister dazwischen.

»Der Rat behält sich das Urteil vor, bis beide Beweise erbracht sind, und stellt Clan Blóðvakt bis zur Verkündung unter den Schutz des Gerichts«, fährt der Herold unbeirrt fort.

Wir haben vorerst gewonnen. Ich zeige keine Erleichterung.

Es gibt keine Chance, dass die Blutlinienprüfung gelingt. House hat mich verwandelt – im besten Fall hat sie sich ein wenig Magie vom nächstbesten Vampir geliehen.

Der Großmeister weiß, dass er mich nicht erschaffen hat, also könnte er zögern, uns zu töten, während er vor dem Rat auf seine Rechtfertigung pocht. Niemand wird gern eines Verbrechens beschuldigt, das er nicht begangen hat. Ich sehe förmlich den Dampf von der Hitze seines Zorns aufsteigen.

Die Finger des Großmeisters zucken – ein Signal, zu subtil für die meisten. Doch ich habe es schon gesehen – er ist im Begriff zu fliehen und braucht eine Ablenkung.

Ich packe Valdarrs Handgelenk und gebe dem Clan mit

der anderen Hand, die ich hinter meinem Rücken halte, ein Zeichen.

Fünf – meine gespreizten Finger markieren den Countdown.

Vier – ein Finger weniger, ein Druck auf Valdarrs Handgelenk.

Drei – noch ein Finger, noch ein Druck.

Zwei.

Eins.

Ich balle die Faust.

Die Schutzwälle brechen zusammen.

Die Hölle bricht los.

KAPITEL DREIUNDDREISSIG

GEWALT WOGT vom hinteren Teil der Galerie herauf, wo Agenten im Auftrag des Großmeisters einen kleineren, unbedeutenden Clan niedermetzeln. Schreie steigen auf, Reißzähne blitzen. Der Saal versinkt im Chaos. Der Geruch vergossenen Blutes verdichtet die Luft, vermischt sich mit Knurren und dem Klirren von Klingen. Von Blutgier getrieben, nutzen Vampire den Moment, um alte Fehden zu begleichen. Jene, die sich zurückhalten wollen, werden in den Kampf hineingezogen, sobald man sie attackiert.

Ich stoße hart gegen Valdarrs Brust, reiße ihn damit aus der Flugbahn eines Wurfmessers, das pfeifend an meinem Kopf vorbeischneidet.

»Simone – links, die Dame im roten Kleid!«

Ihr Kopf wirbelt herum. Die Frau stürmt vor, Reißzähne entblößt. Simone schlägt ihren Rock beiseite, und in ihren Händen glänzen zwei Klingen. Sie wirbelt sie herum und grinst. »Du warst schon immer eine schlampige Kämpferin«, zischt sie, während die Klingen aufeinandertreffen.

Unsere Gefährten bilden einen Verteidigungsring um Valdarr und mich.

»Woher weiß sie das alles? Woher kennt sie die Abkommen besser als ich?«, faucht James. »Mein Gebieter, sie hat heruntergezählt! Winifred ist nicht die, für die sie sich ausgibt. Gestern Abend hat sie noch gezittert, als sie nur mit dem Clan sprach, und jetzt stellt sie sich dem Vampirrat ohne mit der Wimper zu zucken?«

»Ich habe dir gesagt, dass sie eine würdige Gefährtin ist«, erwidert Valdarr grinsend. »Fred, du bist unglaublich.«

»Eine Gefährtin, die, keine vierundzwanzig Stunden nach deiner Verkündung, unseren Clan in einen offenen Krieg gestürzt hat. Sie hat deinen Vater öffentlich beschuldigt.«

Tony fängt einen bluttriefenden Vampir im wilden Ansturm ab, sie ringen heftig, verschwinden aus dem Blickfeld, als ein zweiter Angreifer heranstürmt.

Harrison tritt vor. Der törichte Vampir lacht und versucht, ihn beiseitezuschieben, doch Harrison ist bis an die Zähne bewaffnet. Die Kreatur stößt zu – ein fataler Fehler. In einer fließenden Bewegung trennt Harrison die Sehnen an seinen Ellbogen durch. Die Arme des Vampirs hängen schlaff herab, Blut strömt hervor. Mit weit aufgerissenen Augen starrt er ungläubig, unfähig, eine Hand zu heben.

Dann dreht Harrison die Klinge und schlägt ihm gegen

die Schläfe, schlägt ihn bewusstlos – ein Schlag, der einen Menschen getötet hätte. Er grinst, während er den Körper fortschleift, damit niemand darüber stolpert.

Bewegung in der Galerie erregt meine Aufmerksamkeit.

»Clan Nocturna im Anmarsch«, warne ich.

James quietscht auf, wühlt hektisch in seinen Taschen und presst sein Tablet wie ein Schutzschild an die Brust.

Der Vampir Ian, den ich mit einem Zauber betäubt hatte – und sein wütender Koloss von Freund – erscheinen am Geländer des Balkons. Sie ignorieren die Treppe, springen stattdessen.

Der eine rollt sich geschickt ab, der andere schlägt mit der Faust auf, erhebt sich knurrend.

»Du bist tot, kleine Ausreißerin.«

Das kenne ich doch schon.

Valdarr zieht mich hinter sich. »Darauf habe ich gewartet«, sagt er leise. »Ihr seid bei Tag mit Menschen über uns hergefallen, habt jede Regel gebrochen, meine Schicksalsgefährtin bedrängt und angegriffen. Dann habt ihr beim Rat gejammert.«

Bis zu diesem Moment war mir nicht bewusst, wie viel seiner ungeheuren Macht Valdarr normalerweise zurückhält. Alles, was ihn zum Vampir macht – alles Uralte, Furcht einflößende – hat er bislang gezügelt.

Doch jetzt strahlt es von ihm ab.

Er ist mehr als tausend Jahre alt, uralt in jedem Sinn. Die Luft knistert, und ich spüre es – die Hitze, die Kraft – das schiere Gewicht seiner Gegenwart im Raum. Es strömt von ihm aus wie ein Sturm, der kurz vor dem Ausbruch steht. Seine Augen glühen violettgrau.

Die Augen des Nocturna-Kolosses weiten sich unter

der Last von Valdarrs Macht. Eine Klinge schießt so schnell aus der Scheide, dass es wie Magie wirkt. Er schwingt sie – vergebens. Valdarr verschwimmt, und die Klinge zischt über seinen Kopf hinweg. Eine einzige Drehung, ein einziger Schlag ins Gesicht, und der Koloss segelt durch den Raum, kracht auf die Stufen der Galerie. Stein splittert in Scherben und Staub, und das Schwert klirrt über den Boden.

Der zweite Angreifer – Crystals Vampir Ian – stürmt mit ausgestreckten Klauen und gefletschten Reißzähnen auf mich zu.

James spannt sich neben mir an, doch Ralph materialisiert lautlos hinter Ian, wie ein Geist. Er verdreht ihm den Körper – Knochen knacken – und der Körper sinkt zu Boden.

Ich zucke zusammen.

»Schon gut«, sagt Ralph. »Er stirbt nicht, er schläft nur ein paar Tage.«

Harrison, nun mit dem Schwert des Kolosses bewaffnet, stürzt sich in den Kampf, schlägt mit einem einzigen Schwung zwei weitere Krieger nieder, die durch eine Stuhlreihe krachen.

Abseits des Chaos sehe ich den Großmeister durch eine verborgene Tür hinter dem Podium verschwinden.

Valdarr sieht es ebenfalls.

»Er flieht«, knurrt er und tritt vor. »Ralph, James – beschützt Fred. Ich habe noch ein Wörtchen mit meinem Vater zu reden.«

Harrison erscheint an seiner Seite, das Schwert blutüberströmt.

Die anderen nicken zustimmend.

Ich halte Valdarrs Handgelenk noch immer, doch mein

Griff wird schwächer, und Angst durchzuckt mich. Wenn er durch diese Tür verschwindet, wird der Rat ihn töten, und ich werde ihn nie wieder lebend sehen.

»Valdarr«, flüstere ich, meine Stimme bricht. Ich ziehe ihn näher. »Nein. Du –«

Seine violettgrauen Augen – eben noch lodernd vor Zorn – werden weich. Er haucht einen Kuss auf meine Stirn. »Der Clan wird dich beschützen. Ich werde dich nicht enttäuschen.«

»Nein – hör zu, du kannst nicht –«

»Ich kann.« Sein Daumen streicht über meine Wange, während in mir noch das Echo all jener Visionen nachhallt. »Wir sehen uns bald, Sonnenschein.« Ehe ich ein weiteres Wort hervorbringen kann, wendet er sich ab und schreitet davon, bahnt sich einen Weg durch das Getümmel.

»Valdarr, nein!«, schreie ich. Ich tue das Einzige, was garantiert einen Vampir mitten in der Jagd aufhält. Mit vampirischer Geschwindigkeit werfe ich mich auf ihn. Er hat die Wahl: mich auffangen oder mich fallen lassen. Natürlich fängt mein Gefährte mich auf, drückt mich fest an seine Brust.

»Fred, was ist? Was stimmt nicht?« Er klingt verwirrt. »Er entkommt gerade.«

»Du darfst nicht gehen.«

Ich sammle all meinen Mut und meine Angst, all die Gefühle, die sich in mir aufgestaut haben – und presse meine Lippen auf seine.

Sein Körper spannt sich um mich herum an, seine warmen Lippen bleiben unnachgiebig.

Ich küsse ihn erneut, bewusster, ziehe seine Unterlippe – mit dem Lippenpiercing – zwischen meine Zähne und knabbere sanft daran. Meine Zunge streckt sich vor, um ihn zu kosten.

Er knurrt, vergräbt die Hände in meinem Haar – und küsst mich zurück.

Mitten in der Schlacht, während Vampire ringsum toben und Blut den Boden bespritzt, ist dies der einzige Weg, den ich kenne, um ihn aufzuhalten. Um ihm etwas anderes zu geben, wofür er bleiben soll.

Mich.

Meine Sinne entflammen. Valdarr umfasst mein Kinn, neigt meinen Kopf und vertieft den Kuss. Feuer jagt durch meine Adern, meine Finger krallen sich in seinen Mantel. Er wirbelt uns beiseite, während ein grüner Zauber den Raum zerschneidet, in dem wir gerade noch gestanden haben.

Tony tritt vor, schlägt den Zauberer nieder und verschwindet wieder. Die Welt könnte zu Asche verbrennen, während Valdarr und ich ineinander versunken bleiben.

Nichts außerhalb dieses Mannes zählt. Es fühlt sich nicht wie ein erster Kuss an, es ist, als hätten unsere Seelen ihn seit Jahren geübt. Als stünde die Zeit still. Wir existieren in einer Blase der Intimität, die die Außenwelt ausschließt. Sein Mund passt sich dem meinen mit schmerzhafter Vollkommenheit an, weich und doch unerbittlich, warm und fordernd. Alles verzehrend. Mein ganzer Körper prickelt.

Das ist ...

Darauf hätte ich mich niemals vorbereiten können.

Wir reißen uns voneinander los, keuchend. Seine Lippen sind geschwollen, seine Augen – fassungslos.

Nun ja, Fred, das war eine Möglichkeit, seine Aufmerksamkeit zu erlangen.

»Ich weiß, du willst mit ihm reden.« *Reden* ist die höfliche Umschreibung dafür, dass Valdarr seinem Vater am liebsten mit bloßen Händen das Herz aus der Brust reißen würde. Ich habe gesehen, wie das enden würde: Es gibt keine Gnade für jemanden, der den Großmeister vorsätzlich angreift.

Ich senke die Stimme. »Aber du darfst ihm jetzt nicht nachgehen. Ja, er hat mir öffentlich gedroht, und das kannst du nicht unbeantwortet lassen, aber jetzt ist nicht der richtige Zeitpunkt. Bald. Vertrau mir.«

»Na gut«, antwortet er rau.

Die Wachen des Vampirrats stürmen herein, und ich rutsche an Valdarrs steinharter Brust hinab, gerade als ein Zauber über uns hinwegknistert. Stille fällt wie ein Vorhang, als jeder Vampir erstarrt – Magie presst uns auf den Marmorboden.

Harrison knurrt, wütend, weil er bewegungsunfähig ist.

Ich hingegen bin genau da, wo ich sein will, sicher in Valdarrs Armen. Ich lege den Kopf an seine Brust und atme seinen betörenden Duft aus Metall, Macht und Moschus ein. Für einen kurzen Moment ist alles gut. Wir haben den Prozess und den Kampf überlebt.

Ich. Habe. Ihn. Geküsst.

Grinsend wie eine Idiotin achte ich darauf, dass niemand es bemerkt. Das war jedes bisschen Angst und Stress wert: Ich habe den Prinzen mit einem Kuss gerettet – diesmal ein Märchen, das ich selbst geschrieben habe.

Der Herold, dessen Robe schief sitzt, fegt mit einem vernichtenden Blick durch den Saal.

»Ihr seid eine Schande. Habt ihr euren Verstand und allen gesunden Menschenverstand verloren? Ihr habt dieses Gericht zum Gespött gemacht. Wir werden die Sicherheitsaufzeichnungen prüfen, untersuchen, wie die Schutzzauber versagt haben und wer das erste Blut vergossen hat. Alle Clans müssen mit Konsequenzen rechnen. Vielleicht schließen wir die öffentliche Galerie endgültig – Tiere verdienen keine öffentlichen Prozesse.«

Ein Raunen breitet sich im Saal aus.

»Winifred Crowsdale, vor dieser schändlichen Unterbrechung hat das Gericht Ihrem Antrag stattgegeben. Unter den Abkommenskodex 101.4 und 212.3 ordnet der Rat eine vollständige Prüfung von Erinnerungen und Herkunft an. Das Magieministerium wird die Tests unter Ratsschutz und Siegel durchführen. Das Gericht tritt in drei Nächten um ein Uhr erneut zusammen.

Bis dahin stehen Sie unter Hausarrest: Sie werden den Schutz des Clans Blóðvakt nicht verlassen, keine Beweise verbergen, verändern oder zerstören und jeder Vorladung Folge leisten – bei Missachtung müssen Sie mit den Konsequenzen des Gerichts rechnen. So beschlossen. Das Blut soll sprechen, das Urteil wird warten.«

Den abwesenden Großmeister erwähnt er mit keinem Wort.

Unruhe bricht auf einer Seite aus, als Wachen die Delegation des Clans Nocturna vorführen.

»Clan Nocturna«, verkündet der Herold, »durch den Verstoß gegen Abkommenskodex 301.2, Heiligkeit der Ratsverhandlungen, 512.6, Bewaffnete Feindseligkeit unter Schutz, und 12.1, Schutz eines petitionierenden Clans, habt ihr euch außerhalb des Gesetzes gestellt. Ihr habt diese

Verhandlung ausgenutzt, meine ausdrückliche Warnung missachtet und den Clan Blóðvakt angegriffen, während er unter dem Schutz des Gerichts stand. Wir sind keine Menschen, unser Gesetz ist keine Empfehlung. Das Urteil ist endgültig.

Unter Abkommenskodex 903.11, Einziehung und Auflösung, wird euer Name aus den Registern gestrichen. Eure Titel, Besitztümer und Gebiete fallen an die Schatzkammer des Rates, um den Schaden an dieser Halle zu beheben und die Verletzten zu entschädigen. Die Strafe ist der Tod.«

Er braucht keine dramatische Geste, um den Vampir herbeizurufen, den ich schon viele Male gesehen habe.

Man würde erwarten, dass ein Henker in schwarzem Leder erscheint. Stattdessen trägt er einen maßgeschneiderten Anzug. Ruhig und präzise gleitet er wie ein Schatten durch den Saal – das Gesicht ausdruckslos, die Augen leblos. Locker ruht das Schwert in seiner Hand.

Ich habe meine eigene Hinrichtung durch eben diese Klinge in Visionen gesehen.

Der Clan wehrt sich, doch die Wachen sind zu viele. Ich wende den Blick nicht ab, als das Schwert seine Opfer fordert. Einer nach dem anderen, beginnend mit ihrem noch bewusstlosen Anführer, verlieren sie den Kopf. Blut ergießt sich über den Marmor, sickert in die Fugen.

Acht Leben, vergeudet.

Ich zucke nicht mehr beim Anblick von Blut zusammen und mir wird nicht mehr übel von der Gewalt. Vielleicht liegt es an meiner vampirischen Natur, oder daran, dass ich zu viel, zu schnell gesehen habe, um noch zu reagieren.

Crystal schießt mir durch den Kopf, und die erschöpfte Kellnerin von *One Bite Won't Hurt*. »Und was ist mit ihren Menschen?«, flüstere ich heiser.

»Sie fallen dem Rat zu, gemäß den Akkorden«, sagt Valdarr leise. »Sie werden geschützt.«

Die Clans der oberen Ränge verlassen zuerst den Saal, und der Zauber, der uns fixierte, löst sich. Unsere Füße lösen sich vom Stein.

Draußen zieht Harrison eine Stofftasche hervor.

»Alle Handys und Elektronik – sofort. Wir sind kompromittiert. Kriegsstatus.«

Ich lasse mein Handy hineinfallen. Ralph, Tony, Valdarr machen es mir nach. Simone zuckt die Schultern und wirft ihres hinterher. James klammert sich entsetzt an sein Tablet.

»Aber meine Pläne – unser ganzes Leben –«

»Tablet. Rein.« Harrisons Knurren duldet keinen Widerspruch.

James sucht Valdarrs Blick.

»Tu, was Harrison sagt.«

Mit einem gequälten Zischen lässt James Tablet und Handy in die Tasche fallen. Harrison grinst, wirft einen wirbelnden violetten Zauber hinein – und die Geräte schmelzen zu einem blubbernden Klumpen.

Ein mattschwarzer Kleinbus fährt vor den Bordstein, pulsiert vor Schichten von Schutzzaubern.

»Oh nein«, murmelt Tony. »Die Kriegsmaschine. Peinlich. Schnell – rein, bevor uns jemand sieht.«

»Sie ist magiesicher, kugelsicher und hat Platz für uns alle«, sagt Harrison stolz.

Ich wünschte, wir hätten die *Kriegsmaschine* schon für die Hinfahrt gehabt.

»Sie wiegt eine Tonne und säuft Benzin«, knurrt Tony.

»Fühlt sich an wie ein Schulausflug«, meint Simone grinsend. Eine Schnittwunde auf ihrer Wange verheilt bereits, und der Rock ihres Kostüms ist am Saum aufgerissen.

»Einsteigen«, fährt Harrison sie an.

Valdarr schnallt mich an. »Wir fahren zu einem neuen Safe House. Baylor wartet schon.«

Ich sehe zu, wie die Lichter und das Leuchten der Stadt dunklen Straßen und verfallenen Gebäuden weichen. Das Haus steht am Ende einer Reihe anderer heruntergekommener Häuser. Unauffällig, verfallen – abblätternde Farbe, Gras in den verstopften Regenrinnen, Moos, das die entfernte Wand hinaufkriecht. Es wirkt, als hätte dort seit dreißig Jahren niemand mehr gelebt.

Drinnen riecht der Flur nach Feuchtigkeit. Harrison schiebt ein schief hängendes Hochzeitsfoto beiseite, tippt einen Code ein, und eine innere Tür zischt auf.

Dahinter liegt ein elegantes, modernes Versteck.

Baylor schießt um die Ecke, heult vor Freude. Er rammt meine Beine, springt dann zwischen Valdarr und mir hin und her.

»Hey, Kumpel.« Ich kraule seine Ohren. Er hechelt glücklich, ich küsse seine Nase.

»Also das ist Baylor. Was für ein schöner Hund«, sagt Ralph und sinkt auf die Knie. »Ich liebe Hunde.«

Mein Husky, entzückt über die großen schaufelartigen Hände, plumpst auf den Boden. Alle vier Beine gespreizt, präsentiert er seinen Bauch für Streicheleinheiten, und Ralph lacht vor Freude.

»Getränke?«, bietet Valdarr an.

»Ich schenke ein.« Ich streife seinen Arm, gehe in die Küche, wasche mir die Hände und bereite das Blut zu. Meine Hände zittern leicht bei dem Gedanken an das, was gleich geschehen wird.

Nachdem die Gläser verteilt sind, lehnt sich Simone – cool wie immer – an die Wand und nippt an ihrem Getränk. »Also, was sind die nächsten Schritte?«

»Treffen mit dem Magieministerium und den Wandlern«, antwortet Valdarr. »Das ist zwar früher als geplant, aber Vater hat etwas vor. Niemand im Clan wurde verletzt, also zählt heute als Sieg.« Er drückt meine Hand.

»Apropos«, sagt James und nimmt einen Schluck Blut. Seine Augen verengen sich. »Woher wusstest du heute alles? Wer ist dein Kontakt?«

Ein dumpfer Aufschlag. Wir drehen uns um: Simone ist zusammengesackt, ihr Glas zerschellt, Blut läuft über den Boden.

»Simone –« Tony stürzt vor.

»Ihr geht es gut«, sage ich. »Schlafzauber.«

James stammelt entsetzt. »Du – mein Gebieter, sie setzt Clanmitglieder außer Gefecht!«

»Gestern hast du noch gefragt, wer unseren Standort an Clan Nocturna verraten, wer das Versagen der Schutzzauber ermöglicht, wer die menschlichen Attentäter hereingelassen und wer deinem Vater geholfen hat.«

Ich sehe Valdarr an. »Es war Simone.«

KAPITEL VIERUNDDREISSIG

VALDARR GLAUBT mir ohne zu zögern, ich kann es in seinen Augen sehen. Er weiß, dass ich niemals eine Anschuldigung ohne Beweise vorbringen würde.

»Sie hatte die ganze Nacht über recht«, sagt Ralph leise und wirft mir einen Blick zu.

»Nicht in diesem Fall. Das ist nicht richtig. Ich werde Simone in ihr Zimmer tragen. Ich kann nicht glauben, dass du die Frechheit hattest, sie zu verzaubern. Sie wird wütend sein, wenn sie aufwacht. Hast du ein Gegenmittel?«, fragt Tony.

»Sie wird bald aufwachen«, murmele ich, »aber du solltest sie besser an einen Stuhl fesseln, bevor sie das tut.«

»Ich kenne diese Frau seit fünfzig Jahren«, protestiert James. »Der Rest von euch kennt sie seit Jahrhunderten. Und jetzt glaubt ihr einer Fremden mehr als Simone?«

»Ich hätte sie sicherlich nicht betäubt, wenn ich eine andere Wahl gehabt hätte.«

Harrison starrt auf sein Glas, schiebt es auf einen Beistelltisch und beobachtet mich, als würde er erwarten, dass alle umfallen. Seine Fäuste ballen sich, und er sieht aus, als würde er mir bei der geringsten Gelegenheit das Genick brechen.

Die anderen sehen völlig verwirrt aus. James scheint verängstigt zu sein, er schüttelt den Kopf, während er Simone anstarrt. Ungläubigkeit steht ihm ins Gesicht geschrieben.

Nach allem, was passiert ist, vertrauen sie mir immer noch nicht, und ich verstehe das. Sie haben keine Ahnung, wozu ich fähig bin, und zu meiner eigenen Sicherheit habe ich es nicht eilig, sie aufzuklären.

»Gib uns einen Moment.« Valdarr zieht mich beiseite, weg von den anderen, in einen anderen Raum. »Dieses Büro ist schalldicht. Wie viel weißt du noch?«

»Ein paar Stunden im Voraus, dann nichts mehr«, flüstere ich. »Und ich wünschte, ich wüsste nicht einmal das.«

»Kannst du mir etwas darüber sagen, was kommen wird?«

»Nein.« Ich schüttle den Kopf. »Ein einziges Detail könnte alles verändern. Die Zukunft fühlt sich zerbrechlich an – gefährlich – und ich verstehe die Regeln noch nicht. Mein Instinkt sagt mir, dass ein falsches Wort alles zerstören könnte.« Meine Unterlippe zittert. »Ich habe Angst. Diese Kraft macht mir Angst, Valdarr.«

Er zieht mich an seine Brust und legt seine Arme um mich. Genau das, was ich brauche. Nach einer Minute trete ich widerwillig zurück, und sein intensiver Blick verdunkelt sich. »Wie lebendig sind deine Visionen?«,

»Sie fühlen sich real an. Ich bin dort, beobachte, wie ein Geist. Ich kann nicht interagieren, aber ich kann mich bewegen.«

Die Worte sprudeln nur so aus mir heraus. Diesmal blockiert nichts sie, keine überwältigende Angst, dass alles auseinanderfallen könnte, wenn ich spreche. Sogar meine Kraft weiß, dass ich bei ihm sicher bin.

»Es ist seltsam. Ich weiß nicht, *wie* ich es erklären soll, aber wenn ich in einer Vision bin, können dreißig Sekunden hier für mich Stunden sein. Heute Nacht wusste ich, was passieren würde. Ich wusste, was ich sagen musste, damit wir lebend herauskommen konnten.«

»Du hattest stundenlang eine Vision nach der anderen«, sagt er entsetzt.

Ich schließe die Augen und lasse mich von der ganzen Verzweiflung meiner Gabe überwältigen. Es ist ein Fluch. »Ich habe dich sterben sehen. Ich habe uns immer wieder sterben sehen. Ich weiß nicht, wie das funktioniert. Vielleicht spaltet jede Veränderung die Zeitlinie, und diese Versionen von uns ... enden. Ich bin keine Theoretikerin, aber ich weiß, dass das gefährlich ist.«

Meine Stimme zittert. »Vielleicht haben wir das Unvermeidliche nur hinausgezögert, aber wir sind immer noch hier, und dies ist der letzte Teil des Weges, den ich kenne.«

»Es tut mir leid, dass du das allein durchstehen musstest«, sagt er leise.

Ich schüttle meine Melancholie ab. »Ich war nicht ganz allein, du warst da, auch wenn du mich nicht sehen konntest.« Ich bringe ein kleines Lächeln zustande. »In all diesen Visionen habe ich dich gesehen – den Mann, der du bist. Du nennst mich *Sonnenschein*, aber du bist es, der mich blendet. Ich hatte Angst und war verwirrt darüber, deine Gefährtin zu sein, aber jetzt verstehe ich es. Ich sehe dich.«

Ich öffne meine Augen und begegne seinem Blick. »Wir – das hier – wird eine Umstellung erfordern.« Ich lege eine Hand auf seine Brust. »Ich habe gesehen, wie du mich beschützt hast. Ich habe gesehen, wie du so oft für mich gestorben bist. Und mir ist klar geworden ..., dass du nicht nur ein guter Mann bist. Du, Valdarr Blóðvakt, Rabe des Nordens, bist außergewöhnlich. Ich habe Angst, aber es wäre mir eine Ehre, dieses Leben mit dir zu teilen, wenn du mich willst.«

»Ist das deine romantische Liebeserklärung?«, fragt er, wischt mir die Tränen von den Wangen und küsst mich. »Ich merke, dass du geübt hast. Warum weinst du? Das war eine glatte Eins.«

»Weil ich überwältigt bin.«

Er fasst mich sanft an den Oberarmen und sagt ernst: »Ich bin dabei, Fred. Und du musst deine Kraft nie wieder einsetzen. Wir werden gemeinsam einen anderen Weg finden.«

»Ich habe diese Magie aus einem bestimmten Grund. Ein Teil von mir möchte weglaufen, dich in Luftpolsterfolie einwickeln und dich für immer beschützen, aber das können wir nicht, oder?« Ich werfe einen Blick zur Tür – der Clan wartet dahinter, Simone ist immer noch bewusstlos. »Nein. Das können wir nicht.«

Er versucht, die Stimmung aufzulockern. »Ich habe keine schönen Brüste, aber ich habe tolle Bauchmuskeln.«

Er hebt sein Hemd hoch. Ich muss trotz allem lachen. »Ja, deine Bauchmuskeln sind wunderschön.«

Er lächelt. »Wenn wir zusammen sind, wird alles gut werden. Lass uns zuerst dieses Chaos beseitigen.« Er geht zur Tür.

Leiser füge ich hinzu: »Ich hoffe, du verstehst, warum ich es dir nicht sagen konnte, und es tut mir leid wegen Simone. Wenn wir sie nicht festhalten ...« Ich halte inne und schlucke schwer. Ich kann den Gedanken *nicht* zu Ende bringen.

»Sag nichts mehr«, murmelt er.

»Ich weiß, dass sie zur Familie gehört. Ich weiß, dass du sie liebst.«

»Das tue ich. Wir alle tun das. Das wird schwer werden. Rückblickend war Simone ein offensichtliches Ziel. Mein Vater nutzt immer diejenigen aus, die mir am nächsten stehen. Das ist seine Vorgehensweise.« Er küsst mich auf die Wange. Es bedarf keiner Worte. Sobald ich ihren Namen genannt habe, spricht seine Haltung – gesenkte Schultern, düstere Augen – für ihn. Er ist am Boden zerstört.

Ich kannte Simone nur kurz, aber ich mochte sie. Ich hatte gehofft, wir könnten Freundinnen werden. Ich habe nur wenige Freunde.

Freunde ... Mein Herz macht einen Sprung. Ich hoffe, House geht es gut. Später werde ich versuchen, Kontakt aufzunehmen und zu sehen, ob ich auch nur eine Spur von ihr spüren kann. Sie ist nicht wirklich menschlich, aber ich muss es versuchen, auch wenn mich das wieder auf den schlüpfrigen Pfad der Magie führen wird.

Ich werde niemals gewinnen, oder? Nicht jetzt, wo ich die Büchse der Pandora geöffnet habe. Die Gabe ist zu verlockend, und ich bin nicht stark genug, um ihr zu widerstehen.

»Hebt Simone hoch und bindet sie an einen Stuhl«, befiehlt Valdarr, als wir zurück ins Zimmer kommen. Jemand hat ihr ein Kissen unter den Kopf gelegt. »Fesselt sie.«

Sie zögern – sie wollen es nicht tun. Aber er ist ihr Anführer, und am Ende gehorchen sie.

In wenigen Minuten wird Simone aufwachen, und sie werden es selbst sehen.

»Durchsucht ihre Taschen. Ihr werdet ihr Handy finden.«

Die unausgesprochene Frage hängt in der Luft: *Woher weißt du das?*

Harrison durchsucht ihr Kostüm und findet ein kompaktes, passwortfreies Handy.

Obwohl sie das versteckte Handy entdeckt haben, glauben sie mir immer noch nicht ganz. Ich habe bereits beschlossen, dass ich mich nicht rechtfertigen oder irgendetwas erklären muss. Solange mein Vampir mir glaubt, ist es mir völlig egal, was andere denken.

Ich habe es satt, mich beweisen zu müssen.

»Ihr werdet nicht viel darauf finden«, sage ich, »aber sie erwartet einen Anruf. Sie hatte vor, unseren Standort zu verraten.«

James wendet sich an Valdarr. »Mein Gebieter, bitte erkläre das.« Er starrt mich an, seine Verwirrung ist verflogen und hat sich wieder in Hass verwandelt.

Valdarr schüttelt nur den Kopf.

Der arme Kerl fragt immer wieder nach Antworten, und ich fühle mich irgendwie schlecht. Zuerst habe ich

James verdächtigt. Ich habe ihn beobachtet, und ein Teil von mir wollte, dass er der Bösewicht ist. Aber er ist loyal.

Als Simone aufwacht, stehen wir alle vor ihr. Sie blinzelt benommen und versucht, sich gegen die Fesseln zu wehren.

»Was ist los?«, lallt sie. »Harrison ...«

»Ist es wahr?«, fragt Harrison mit kalter Stimme. »Hast du uns verraten?«

Der Schock in ihrem Gesicht wirkt echt. »Warum sollte ich euch verraten? Ihr seid mein Clan – meine Familie! Was hat sie euch erzählt? Sie lügt! Sie hat euch mit Magie getäuscht. Mein Gebieter, es gibt keine Gefährtenbindung. Sie ist eine Hexe, deshalb hat sie sich verwandelt. Sie wird uns alle töten und unseren Clan übernehmen.«

Valdarr knurrt – ein leises, warnendes Geräusch –, aber die anderen sehen mich immer noch an, als wäre ich der Bösewicht.

»Er hat dich verlassen«, sage ich und betrachte meine Fingernägel. »Während du gegen diese Frau und ihren Clan gekämpft hast, ist er wie ein Feigling durch die Hintertür verschwunden.«

»Er hat das nicht absichtlich getan«, faucht sie und fletscht die Zähne. »Er ist gegangen, weil sein Leben wichtiger ist.«

Es wird still. Alle starren sie an.

Sie neigt den Kopf zurück und seufzt. »Lasst mich gehen. Mich zu betäuben und zu fesseln ist kindisch. Wenn mir etwas zustößt, wird er euch töten. Nun, das wird er sowieso tun, aber er wird euch leiden lassen.«

Sie zerrt an den Fesseln. »Lasst mich gehen, und ich

gebe euch fünf Minuten Vorsprung, bevor ich die Kavallerie rufe. Seht es ein, ihr seid auf der Verliererseite.«

Harrison tritt vor, seine Stimme ist leise und hart. »Warum, Simone? Warum hast du das getan?«

Ihre Augen weiten sich, ein langsames Lächeln breitet sich auf ihrem Gesicht aus. »Ich liebe ihn.«

»Unseren Gebieter?« James runzelt die Stirn.

»Nein, du Trottel, Eirikr«, faucht sie. Sie rollt mit den Augen und grinst Valdarr höhnisch an. »Ich habe deinen Vater mein ganzes Leben lang geliebt. Ohne dich hätten wir zusammen sein können.«

»Du hast dich also gegen deinen eigenen Clan verschworen?«, hakt Harrison nach.

»Ihr wart nie mein Clan. Ich habe immer zu ihm gehört. Ich habe euch nur beobachtet, um ihn zu beschützen. Jede Intrige, jeder Plan – ich habe ihm alles erzählt. Ihr habt euch gefragt, warum er immer einen Schritt voraus war? Das lag daran, dass ich ihm den Vorteil verschafft habe. Du bist ein Narr, Valdarr. Er wird sie töten, den Rat zerstören und sich selbst zum König krönen.«

»Aber er ist bereits Großmeister«, sagt Ralph leise. »Er ist bereits unser König.«

»Nur dem Namen nach ein Monarch. Eine Marionette. Du hast es heute gesehen«, faucht sie. »Sie haben ihn fallen gelassen, ihn wie einen Niemand behandelt. Er ist dazu bestimmt, die Welt zu regieren, nicht nur dieses mickrige kleine Land.«

Sie wendet sich voller Verachtung an mich.

»Und du – James hatte recht, du konntest nicht einmal eine Mahlzeit bleiben. Du musstest dich verwandeln, anstatt zu sterben. Du bist eine Kakerlake. Ich bin überrascht, dass du noch nicht tot bist, so wie du kämpfst.«

»Simone«, warnt Valdarr.

»Ich habe es aus Liebe getan«, zischt sie. »Jahrhundertelange Planung, und du, ein bloßes menschliches Monstrum, hast alles ruiniert. Ich hoffe, er tötet dich langsam und hängt deinen Köter an die Wand.«

Ralph wird blass, die anderen stehen schweigend da, am Boden zerstört.

»Wir lieben dich«, flüstert Tony.

Sie zuckt mit den Schultern. »Ich habe euch nie gemocht. Keinen von euch. Erbärmlich. Schwach.«

Dann passiert es.

Das Handy klingelt.

»Sie werden eine SMS akzeptieren«, sage ich zu Harrison.

»Das werden sie nicht«, schnappt sie. »Sie werden nur mit mir sprechen –«

»Schreib ihnen, dass sie gerade nicht sprechen kann«, sage ich ruhig. »Das Codewort lautet *Winter Green.*«

Ihre Augen weiten sich. »Woher weißt du das?«, kreischt sie.

Harrison fängt an, am Handy herumzufummeln. »Nimm das Seil und das Klebeband aus der Schublade unten links, verschwende keinen Zauber an sie«, sagt er.

Simone tritt, schreit und schlägt um sich. Der Stuhl schwankt hin und her und droht umzukippen. Ralph tritt hinter sie, um den Rahmen zu stabilisieren, während Tony mit einer Rolle Klebeband erscheint. Mit zitternden Händen reißt er ein Stück ab und drückt es fest auf ihren

Mund. Simones Protest wird zu einem gedämpften, wütenden Heulen.

»Es war besser, als sie bewusstlos war«, murmelt James. Ich nicke zustimmend.

Harrison sendet die Nachricht.

Innerhalb weniger Minuten haben wir sie sicherer an den Stuhl gefesselt. Eine gründliche Durchsuchung bringt mehrere versteckte Waffen zum Vorschein, die Harrison einsteckt, bevor wir gehen. Die Kriegsmaschine wird zugunsten eines neuen Konvois aus verdunkelten Fahrzeugen aufgegeben. Es wird hell, und wir müssen weiter.

Das neue Safe House befindet sich in einem unauffälligen, modernen Luxusapartmentblock im Menschensektor. Geometrische Linien und klare Winkel prägen die Struktur, deren Fassade mit einer glatten grauen Verkleidung versehen ist, die nur durch schmale, glasverkleidete Balkone unterbrochen wird.

Sobald wir drinnen sind, schalten wir auf die Live-Übertragung der zurückgelassenen Kameras um. Die Attentäter treffen wenige Augenblicke später ein, erneut in schwarzgrauer taktischer Ausrüstung. Sie dringen mit erschreckender Effizienz ein.

Harrison kommentiert den Angriff mit leiser, sachlicher Stimme. Ich bin alles andere als ruhig. Valdarr steht hinter mir, ich lehne mich an seine Bauchmuskeln, während Baylor sich an meine Beine drückt. Meine Finger krallen sich in sein weiches Fell.

Die Angreifer betreten das Gebäude.

Wären wir noch dort gewesen, wären wir tot.

Ich zähle die Sekunden. Warte. Das Gebäude explodiert.

Die Innenaufnahmen werden weiß. Eine Außenkamera, versteckt in den Bäumen, zeigt, wie Feuer durch das Gebäude rast. Rauch quillt hervor. Trümmer brennen.

Keine Überlebenden. Simone ist tot.

Seit ich Valdarr kenne, habe ich seine Freundlichkeit, seine Selbstbeherrschung, seine Geduld gesehen – aber auch seine Rücksichtslosigkeit. Andere Clans fordern ihn nicht heraus, weil sie sich daran erinnern, was passiert, wenn sie es tun. Er beginnt niemals einen Krieg, er beendet ihn lediglich. Vollständig. Keine zweiten Chancen.

Deshalb steht er unangefochten als Erbe da, und deshalb glauben nur die Jungen oder die Törichten, er sei weich geworden.

Bis morgen Abend wird jeder Clan das Gerücht gehört haben: Ein weiterer Attentatsversuch ist gescheitert.

Kapitel Fünfunddreißig

Ich weiss, dass der Clan leidet, und weil Valdarr sich weigert, ihnen etwas über mich zu erzählen – darüber, was ich kann –, behandeln sie mich wie eine Art Superspionin und zeigen mir die kalte Schulter.

Ich verstehe das, es ist in Ordnung.

Hätte ich Simone nicht außer Gefecht gesetzt, wäre es viel schlimmer gekommen. Sie ist – *war* – unglaublich stark und talentiert.

Harrison hat es schwer getroffen. Er hat sich im Arbeitszimmer der Wohnung eingeschlossen, analysiert jedes noch so kleine Datenfragment und versucht herauszufinden, wie sie es geschafft hat, ihn zu überlisten.

Valdarr ist ein Wirrwarr von Emotionen: Er freut sich, dass ich bereit bin, eine Beziehung zu versuchen, ist aber gleichzeitig verletzt, dass jemand, dem er so sehr vertraut hat, sich als Verräterin erwiesen hat.

Das Tageslicht bricht schnell herein, und die Vampire ziehen sich in ihre Zimmer zurück. Das Penthouse ist offen gestaltet, mit Küche, Ess- und Wohnbereich, die jeweils auf einen schmalen Glasbalkon hinausgehen. Glücklicherweise ist die Wohnung groß genug, dass jeder seinen Platz hat. Valdarr lädt mich in sein Zimmer ein, aber ich lehne ab, ich bin noch nicht bereit, zu sehen wie er tagsüber tot ist.

Ich dusche, ziehe mich um und mache es mir nach Toast und Tee auf dem braunen Ledersofa bequem, um zu versuchen, House zu erreichen. Ich weiß, dass ich jemanden an meiner Seite haben sollte, falls etwas schiefgeht, aber ich muss das auch allein schaffen. Aber ich bin mir sicher, dass alles gutgehen wird. Ich taste nach den schwachen Fäden meiner Magie und suche nach einer Spur von ihr, aber alles, was ich bekomme, sind starke Kopfschmerzen und Nasenbluten.

Vielleicht schwächt der Tag und meine Menschlichkeit die Verbindung, vielleicht ist sie zu *anders*, um gefunden zu werden. Vielleicht bin ich einfach erschöpft. Es ist zum Verrücktwerden.

Gegen Mittag taucht Valdarr wieder auf.

Seit wir uns kennengelernt haben, habe ich sein Haar noch nie offen gesehen, es fällt in glänzenden Wellen um seine Schultern. Er trägt eine graue Trainingshose, die tief auf seinen Hüften sitzt, und ein schlichtes weißes T-Shirt, das sich an jeden Muskel schmiegt. Ich kann keinen klaren Gedanken mehr fassen. Es ist ein so schlichtes Outfit, doch er trägt es wie eine Sünde. Er schenkt mir ein träges

Lächeln, schlendert dann in die Küche und beginnt, Dinge aus dem Kühlschrank zu holen.

»Du hast noch nicht zu Mittag gegessen, oder?«, fragt er.

»Nein, habe ich nicht«, gebe ich zu.

»Großartig«, sagt er und klingt dabei aufrichtig erfreut.

Er beginnt, einen Salat zuzubereiten – einen riesigen. Ich beobachte, wie er aus Essig, Öl, Senf und etwas Zitronensaft ein Dressing zubereitet.

Er schiebt mir ein Glas Orangensaft über den Tisch, gerade als ich mir die Schläfen reibe, um die zunehmenden Kopfschmerzen zu vertreiben.

»Flüssigkeitszufuhr«, sagt er und stellt ein Glas Wasser daneben.

Ich bringe es nicht übers Herz, ihm zu sagen, dass ich versucht habe, House zu suchen – dass ich meine Kräfte wahrscheinlich überstrapaziert habe und eine Pause brauche.

Dann steht der Salat vor mir, und er setzt sich mir gegenüber und beobachtet mich mit einem sanften Lächeln, als würde es ihm wirklich Spaß machen, sich um mich zu kümmern.

Wir sitzen am Esstisch und reden Unsinn. Ich erzähle ihm von meiner Podcast-Besessenheit und davon, wie ich vor zwei Jahren tief in die Welt der Flugsimulations-Unfallanalyse eingetaucht bin. Ein Internet-Experte analysiert jedes Cockpit-Verfahren, ich kenne jetzt alle Fachbegriffe.

Valdarr grinst amüsiert.

Ich versuche, vorsichtig zu essen, aber als ich eine Kirschtomate anschneide, platzt sie unter meinem Messer und spritzt Samen auf sein weißes T-Shirt. Beschämt greife ich nach einem Tuch. »Oh nein! Es tut mir so leid.«

»Schon gut«, sagt er lächelnd. »Ich mag abstrakte Kunst.«

Ich schiebe meine Finger unter den Stoff, um den Fleck abzutupfen. »Ich wollte dich nicht bekleckern.«

»Ist schon gut«, murmelt er, fasst mich an den Oberschenkeln und zieht mich zu sich heran, bevor er mich küsst. Der Kuss ist sanft, langsam, lang. Irgendwie lande ich auf seinem Schoß, meine Finger fahren durch sein seidigglattes Haar.

Schließlich lege ich meinen Kopf auf seine Schulter. Wir brauchen das, Lachen und Zärtlichkeit, wenn auch nur für einen Moment, um uns lebendig zu fühlen.

»Lander kommt heute Abend«, murmelt er.

Ich stöhne.

»Der Vampirrat hat ihn und sein Team mit deinen Tests beauftragt. Wir brauchen jemanden, dem wir vertrauen können. Ein Fremder könnte für meinen Vater arbeiten.«

Prüfungen des Magieministeriums. Ein Bluttest muss einfach sein, aber ich habe keine Ahnung, was der Gedächtnistest beinhaltet. Alles ist geheimnisumwittert. Die Magie des Hauses wird zwangsläufig alles beeinträchtigen. Lander wird überglücklich sein, wenn er Beweise dafür bekommt.

Ich weiß nicht einmal, wie sie es geschafft hat, mich in einen Vampir zu verwandeln, und sie ist nicht hier, damit ich sie fragen kann. Ich habe mit schlechten Karten gespielt, um uns Zeit zu verschaffen, die wir nie hatten, und ich habe keine Ahnung, wie das ausgehen wird.

Vielleicht wird der Großmeister seinen Wunsch erfüllt bekommen und ich werde meinen Kopf verlieren.

»Er macht mehrere Proben, ja? Als Backup, falls etwas verschwindet?«

Er nickt. »Genau.«

»Und wir treffen uns mit den Wandlern?«

»Ja. Sie werden helfen, meinen Vater aufzuspüren.«

»Vielleicht könnte ich versuchen, ihn zu finden, sobald es dunkel ist«, schlage ich vor und tippe mir an die Schläfe. »Das wäre einfacher.«

»Nein«, sagt er und umarmt mich. »Du hast selbst gesagt, dass du nicht weißt, was diese Visionen mit dir machen. Wir werden ihn auf die altmodische Art jagen. Die Wandler sind mir einen Gefallen schuldig, sie werden helfen.«

Ich lehne mich an ihn und nicke. »In Ordnung.«

Baylor stupst mich an und knurrt. Er macht seine »Ich muss mal«-Gehbewegungen, er will spazieren gehen. Wir sind in einer Wohnung, also kann ich ihn nicht einfach in den Garten lassen.

Unten gibt es einen kleinen Park.

»Ich habe meinen Ring nicht dabei«, sagt Valdarr und blickt von mir zu dem murrenden Hund. »Man kann ihn nicht ständig tragen – er muss aufgeladen werden.«

»Oh, ich frage mich, ob das dasselbe ist wie bei Beryl?«

»Vielleicht. Ich habe Bücher zu diesem Thema, aber du könntest heute Abend Lander fragen. Er kennt sich sehr gut aus.«

»Lieber nicht.«

»Unsere Sicherheitsleute bringen dich über die Straße.

Bitte bleib nicht zu lange, nur hin und zurück.« Er lächelt mich verlegen an. »Ich mache mir Sorgen.«

»Okay.«

Ich grinse, befestige Baylors Leine und mache mich auf den Weg.

Die Wachen nicken schweigend zur Bestätigung: Einer geht neben uns her, während die anderen sich in Zivilkleidung, die keine Aufmerksamkeit erregt, verteilen. Wir befinden uns schließlich im Menschensektor. Ein seltsamer Ort für ein Safe House für Vampire.

Der Park ist ruhig. Ein gewundener Weg schlängelt sich durch Baumgruppen und gepflegte Rasenflächen, flankiert von gleichmäßig verteilten Holzbänken. Am anderen Ende sorgt ein Kinderspielplatz mit einer leuchtend roten Rutsche für einen Farbtupfer inmitten des umgebenden Grüns.

Ich stehe unbeholfen da, die Taschen voller Kotbeutel, während Baylor sein Geschäft verrichtet. Er schnüffelt an allem.

Ein Jack Russell entdeckt ihn und bricht in Gebell und Knurren aus, als würde er heiligen Boden verteidigen. »Pickle, hör auf«, fleht der verlegene Besitzer und zerrt an der Leine, während der Hund sie wie Beute schüttelt.

Als Baylor fertig ist, gehen wir zurück zu den Glastüren des Wohnhauses.

»Oh, schau mal, wer da ist.« Theresa – die Hände voller knallroter Einkaufstüten – marschiert auf uns zu.

Wann hat Theresa jemals bei einem Discounter eingekauft, und wie hoch ist die Wahrscheinlichkeit, ihr hier zu begegnen? Das Schicksal spielt wirklich gern Spielchen mit mir.

»Du wirst immer noch gesucht, oder?«, fragt sie spöttisch.

Ich schaue zum Himmel, um Geduld zu finden. Der Wachmann, der mir am nächsten ist, zuckt nervös zusammen.

»Entschuldigung«, sage ich deutlich.

»Immer noch gesucht?«, wiederholt sie lauter. Während sie mit ihren Tüten jongliert, holt sie ihr Handy heraus. »Ich rufe die Polizei. Ich habe allen gesagt, dass du Ärger machst, und dann bist du mit deinem kosmetisch veränderten Gesicht auf der Hochzeit aufgetaucht. Dir ist doch klar, dass du Jay mit dieser billigen Magie nicht zurückgewinnen wirst, oder? Weißt du, wie viele unangenehme Fragen ich beantworten musste? Ich musste erklären, warum eine Diebin auf *unserer* Hochzeit war, und dann tauchtest du in den Nachrichten in einem Beitrag über gesuchte Verbrecher auf.«

Ich verschränke die Arme. Baylor neigt nur den Kopf. Die Wachen kommen näher, einer richtet unauffällig seinen Mantel.

Nachdem ich mich dem Vampirrat gestellt habe, ist die Konfrontation mit einer Frau Ende sechzig kein Problem mehr. Erfahrung verändert die Perspektive, und das ist befreiend. Es ist mir egal, was sie denkt. Natürlich möchte ich nicht, dass sie die Polizei ruft, aber meine Sicherheitsleute würden sie lange vorher daran hindern.

Es ist mir egal, was sie sagt oder denkt. Das ist befreiend.

Ihr Gesicht errötet, und ich sehe den mir bekannten, bösen Glanz in ihren Augen. Sie glaubt, gewonnen zu haben. Sie tut mir leid. Theresa hat Fehler, aber sie sieht sie nicht. Ihr Leben dreht sich um einen verwöhnten Sohn, der sie niemals zu schätzen wissen wird.

In ihrem Kopf ist sie die aufopferungsvolle Mutter, die ihre Familie vor einer bösen Frau verteidigt. Für alle anderen ist sie der Bösewicht. Die Wahrheit? Sie ist weder das eine noch das andere – nur eine Frau ohne echte Macht. Sie stiehlt sich Macht, indem sie anderen wehtut. Letztendlich tut sie nur sich selbst weh.

»Ich habe Stunden damit verbracht, eine Aussage zu machen. Sie haben gesagt, du seist ein Vampir – ein Vampir.« Sie schnaubt und starrt in den bewölkten Himmel. »Ich werde sie hierherholen und beweisen, dass du genauso menschlich bist wie ich.«

»Ja, ich werde immer noch gesucht«, antworte ich. »Der Vampirrat ist wütend auf mich.«

»Wie bitte?« Sie senkt ihr Handy und blinzelt mich schnell an.

»Oh ja. Ich bin furchtbar gewalttätig. Das ist meine Gang.« Ich deute auf die Wachen, die sie gerade erst bemerkt hat.

Sie dreht sich langsam im Kreis, ihre Zuversicht schwindet.

»Es ist schwer«, fahre ich fort, »zu entscheiden, ob ich Leute, die mich nerven, umbringen oder am Leben lassen soll. Aber man weiß ja nie, Theresa. Wenn jemand anfängt, Anschuldigungen oder noch mehr Lügen zu schreien ... Jeff hier« – ich zeige auf den Wachmann, der uns am nächsten ist und der definitiv nicht Jeff heißt – »könnte dich erschießen.«

Er öffnet seinen Mantel und enthüllt eine Pistole im Holster.

Theresa wird blass, macht einen Schritt zurück, ihr Absatz bleibt an einer Pflastersteinplatte hängen und sie gerät ins Wanken.

»Was du lernen musst«, sage ich freundlich, »ist, wann du deinen großen Mund halten solltest.« Ich gebe ihr keine Zeit, etwas zu erwidern. »Und nur damit das klar ist: Ich würde Jay nicht zurücknehmen, selbst wenn du mich dafür bezahlen würdest. Verpiss dich, Theresa. Geh und ruinier jemand anderem das Leben.«

»Du ... Du ...«

»Ja, ja. Du hast eine neue Schwiegertochter, die du quälen kannst. Warum belästigst du mich? Wenn wir uns das nächste Mal sehen, tun wir so, als wären wir Fremde.«

Wir gehen weg und umrunden den Block, bevor wir zurückkehren. Es wäre nicht klug, sie das Safe House sehen zu lassen.

Der falsche Jeff kichert. »Du hast es ihr aber ordentlich gesagt.«

»Die Mutter meines Ex«, seufze ich. »Gib mir fünf Minuten, dann kommt das schlechte Gewissen. Zehn Jahre mit dieser Frau.« Ich schüttle den Kopf. Wir erreichen das Wohnhaus ohne weitere Probleme. »Danke, dass du mir den Rücken gestärkt hast.«

Kapitel Sechsunddreißig

Die Nacht bricht herein, und der Sicherheitsdienst kündigt unsere Gäste an.

Das Magieministerium ist da.

Lander Kane betritt den Raum mit einer rothaarigen Frau, die mühelos hübsch ist. Beide sind in Alltagskleidung gekleidet. Sie blickt sich um, eher vorsichtig als ängstlich – kein Wunder, sie ist gerade in eine Wohnung voller Vampire gekommen.

Ich bringe Baylor zum Schweigen, als er Lander anknurrt.

»Das ist meine Schwester Dayna«, sagt Lander.

Ich winke. »Hallo, Dayna.«

»Hallo, Winifred«, sagt Dayna, tritt vor und gibt mir einen festen Händedruck. »Ich bin hier, um die vom Rat angeordneten Tests durchzuführen. Wir brauchen etwas Privatsphäre.«

»Ich muss mich um Sicherheitsangelegenheiten kümmern«, murmelt Harrison und schlüpft hinaus. Einer nach dem anderen zerstreuen sich die anderen. Ralph nimmt den unglücklichen Baylor mit.

James bleibt mit seinem Tablet auf dem Schoß zurück.

»James«, warnt Valdarr.

»Was? Muss ich gehen?«

»Ich würde es vorziehen, wenn alle außer Winifred gehen würden«, sagt Dayna und wirft ihm einen strengen Blick zu.

James schnaubt, schleicht sich aber in den Flur.

»Einmal bitte auf den Boden legen«, sagt Dayna zu mir. »Ein Bett reicht nicht aus, es ist nicht stabil genug, und wir müssen einen Kreis verwenden. In Ordnung?«

Valdarr nickt. »Du könntest den eingebauten Kreis im Wohnzimmer verwenden.«

»Du hast einen Kreis? Perfekt.«

Wir rollen den schweren Teppich zurück und legen einen über zwei Meter großen Kreis frei, der in die Dielen eingraviert ist. Dayna kniet sich hin und verbringt fünfundvierzig Minuten damit, Runen mit Kreide zu zeichnen, während Lander mit einer vom Rat genehmigten Kamera jeden Schritt aufzeichnet.

Als sie fertig ist, lehnt sie sich zurück und seufzt: »Das war die Hölle für die Knie.«

»Möchtest du etwas trinken?«, frage ich.

»Oh, ich hätte gern eine Tasse Tee mit einem Schuss Milch.«

»Möchtest du auch eine, Lander?«, frage ich mit zusammengebissenen Zähnen.

»Nein, danke, ich trinke meinen Tee lieber ohne Spucke.«

Ich runzele die Stirn und gehe in die Küche. »Spucke? Eher Gift«, murmele ich. Lander legt die Kamera beiseite und folgt mir. Ich spüre, wie sich mein Rücken versteift, als ich den Wasserkocher anschalte – ich mag es nicht, wenn er hinter mir steht. Valdarr ist nur einen Katzensprung entfernt, auf der anderen Seite des Raums, und ich weiß, dass ich vollkommen sicher bin.

»Wie läuft es? Hast du Kontakt zum Haus aufgenommen?«, fragt er.

»Nein. Ich weiß nicht, wo sie ist.« Ich drehe mich um, lehne mich gegen die Arbeitsplatte und verschränke die Arme.

»Hör mal, Winifred, wir sind auf dem falschen Fuß gestartet. Ich wollte dich niemals verärgern.«

»Nein, du wolltest nur meiner Freundin wehtun.«

»Ich will dem Haus nichts antun, aber du musst verstehen, wie gefährlich sie ist.«

»Das sagst du immer wieder.«

»Dieses Haus hat Menschen getötet.«

Ja, um mich zu beschützen. »Dafür hast du keine Beweise.« Er muss verstehen, dass er glaubt, das Haus sei nur Magie, aber sie ist so viel mehr. »Hör mal, Lander, nachdem ich zum Vampir geworden bin, hat etwas in meiner Magie es mir ermöglicht, mit dem Haus zu kommunizieren, ich konnte mit ihr sprechen.«

»Was?« Seine Macho-Magier-Maske bröckelt, und er sieht fassungslos aus.

»Ich kann mit ihr sprechen, richtige Gespräche führen. Sie ist ein Mensch, auch wenn sie in Ziegeln und Mörtel gefangen ist. Sie hat Gedanken und Gefühle – sie ist nicht nur ein Ding.«

Er reibt sich die Stirn. »Sie sollte keine Persönlichkeit haben. Du solltest nicht mit ihr sprechen können. Und wenn du *sprechen* sagst – meinst du dann laut?«

»Genauso, wie ich mit dir spreche, aber sie antwortet in meinem Kopf.«

»Das ist unmöglich.« Er wendet sich ab, schüttelt den Kopf und beginnt, in der Küche auf und abzugehen. »Du sprichst mit ihr und sie antwortet? Ich dachte, du personifizierst die Magie und gibst ihr menschliche Eigenschaften. Das machen die Leute doch ständig.«

»Das tue ich nicht. Ich sage dir die Wahrheit. Nachdem ich mich verwandelt hatte und sie hören konnte, wurde sie meine Freundin. Meine Familie.« Meine Stimme zittert, als ich heißes Wasser über den Teebeutel gieße, der Teelöffel klappert gegen die Tasse. Ich habe kein Problem damit, zu betteln. »Lander, wenn du jemals die Gelegenheit hast, bitte hilf ihr. Behindere sie nicht und tu ihr um alles in der Welt keinen Schaden an. Sie ist mehr als ein Zaubererhaus. Wenn du darauf bestehst, sie zu jagen, gib ihr wenigstens eine Chance – sei freundlich.«

»Das kann ich nicht versprechen.«

»Nein, das kannst du nicht.« Ich wische mir mit dem Handrücken über die Augen. Ich sollte mich nicht von ihm aus der Fassung bringen lassen, Menschen wie er ändern sich nie. Ich stelle das Getränk schweigend fertig. »Und genau deshalb bist du ein schrecklicher Mensch.« Ich schiebe mich mit Daynas mit Milch beträufeltem Tee an ihm vorbei und verlasse die Küche.

Valdarr schaut auf, als ich ins Wohnzimmer stürme. Ich schüttle den Kopf. »Ich hasse ihn«, murmele ich leise, sodass nur mein Vampir mich hören kann.

Mit einem gezwungenen Lächeln reiche ich Dayna ihren Tee.

Sie unterhält sich mit Valdarr, während sie an ihrem Getränk nippt, und Lander starrt mich an wie ein Rätsel, das er mit einem Skalpell lösen möchte. Ich weiche zurück, sodass Valdarr zwischen uns steht.

»Gut«, sagt Dayna und stellt ihre leere Tasse beiseite. »Das wird nicht angenehm. Möchtest du eine Erklärung oder soll ich einfach weitermachen?«

Es gab Tage, an denen ich genau wusste, was auf mich zukommt. Das wird unangenehm werden, also improvisiere ich lieber. »Es ist okay, wenn ich es nicht weiß.«

»Dann leg dich in den Kreis. Ich wasche mir nur schnell die Hände«, sagt Dayna und verschwindet in der Küche.

Lander wirft Valdarr einen misstrauischen Blick zu. »Ich weiß, dass du für deine Gefährtin da sein willst, aber zu Daynas Sicherheit ist es besser, wenn du gehst. Ich weiß, dass das gegen all deine Instinkte verstößt, aber ich muss meine Schwester beschützen. Ich brauche keinen wütenden Vampir, der ihr die Kehle durchschneiden will.«

Ich runzele die Stirn. »Er würde niemals ...«

»Ich würde es tun«, wirft Valdarr ein. »Wenn dir jemand wehtun würde, würde ich es tun.«

Bilder von der Gerichtsverhandlung – und alle Visionen, in denen alles katastrophal schiefging – schießen mir durch den Kopf: Valdarr, der sich vor mich stellt und mich beschützt ...

Ich nicke.

»Ich werde draußen warten«, gibt er nach und schlüpft in den Flur.

Als ich mich auf dem Boden niederlasse, durchdringt Daynas Magie das Holz und beleuchtet den Kreis, Rune für Rune. Ich spüre, wie sich der Schutz aktiviert, während jedes Segment zum Leben erwacht, als würde ein Schalter umgelegt. Dann packt sie ein chirurgisches Paket aus, das eine alarmierend lange, mit Runen gravierte Nadel enthält.

»Wo soll die hin?«, frage ich mit angespannter Stimme.

»In deinen Tränenkanal. Wenn wir durch die Hornhaut gehen würden, würdest du dein Augenlicht verlieren.«

Tränenkanal! »Oh, toll, wie beruhigend: eine riesige Nadel in meinem Auge. Warum ist alles, was mit Vampiren zu tun hat, so verdammt schrecklich?«

Hoffen wir, dass sich das alles lohnt. Wenn nicht – wenn es nichts außer House' Magie gibt – weiß ich nicht, was wir tun sollen. Weglaufen, schätze ich.

»Ich wünschte, es gäbe einen einfachen Zauber. Du wurdest ohne deine Zustimmung verwandelt, daher ist es kompliziert.«

»Sie wurde ermordet«, murmelt Lander. »Die Magie des Zaubererhauses hat die Verwandlung bewirkt.«

Dayna sieht ihn mit dem gleichen lehrmeisterlichen Blick an, den sie James zugeworfen hat. »Winifred wurde ohne ihre Zustimmung verwandelt.« Dann wird ihr Blick weicher, als sie sich mir zuwendet. »Um deine Erinnerungen an deinen Mord zu beweisen, brauchen wir unbestreitbare, seelengebundene, vor Gericht zulässige Beweise. Die Signatur befindet sich im Tränennervenknoten – sowohl magisch als auch biologisch.«

»Wird es wehtun?«

»Ja, es wird wehtun.« Zumindest lügt sie nicht. »Dein Körper wird sich dagegen wehren. Aber die Nadel entzieht mehr als nur Flüssigkeit. Sie entzieht Erinnerungen und Abstammung. Ätherische Erinnerung ist der Rückstand prägender, hochmagischer Momente – Trauma, Verwandlung, Eid –, die sich in die Aura eines Vampirs einprägen und unter geschützten Bedingungen wiederhergestellt werden können. Wenn er dich verwandelt hat, ist seine Essenz dort. Wenn er dich ermordet hat, wird die Erinnerung dort sein. Wenn nicht ...« Sie zuckt mit den Schultern. »Dann werden wir es wissen.«

Lander legt zwei Finger auf meine Schläfen. »Beweg dich nicht, Winifred.«

Es kostet mich alle Kraft, meine Reißzähne nicht aggressiv zu zeigen.

Dayna gibt für die Kamera an, wer anwesend ist, zusammen mit meinem vollständigen Namen, meinem Clan und der Uhrzeit und dem Datum. Dann fährt sie fort: »Dieser Ätherische-Erinnerungs-Test wird unter der Aufsicht des Magieministerium gemäß dem Abkommenskodex 101.4 und 311.2 durchgeführt. Zur Protokollierung: Die Testperson ist nicht gefesselt, es wird keine geistige Beeinflussungszauberei angewendet, und alle Gegenzauber sind überprüft worden und halten.«

»Winifred Crowsdale, bestätigen Sie, dass Sie die Natur und die Risiken eines Ätherische-Erinnerungs-Tests gemäß

Protokoll EM-7 verstehen, und stimmen Sie zu, fortzufahren?«

»Ja.«

»Beginn des Tests ... jetzt.«

Sie müssen mich nicht physisch festhalten. Das übernimmt die Angst.

Die Nadel glänzt. Ich versuche, mich nicht darauf zu konzentrieren, während sie sich nähert, und halte den Atem an. Druck im inneren Augenwinkel, dann Schmerz, scharf und stechend. Mein Auge füllt sich mit Tränen, die Decke verschwimmt grau und weiß.

»Ganz ruhig«, murmelt Dayna. »Wehre dich nicht, Widerstand beeinträchtigt die Magie.«

Der Schmerz verschiebt sich, wird tiefer, ein gespenstisches Ziehen, als würde etwas Uraltes durch einen Strohhalm abgesaugt. Hitze pulsiert, dann ein Blitz – Reißzähne, rote Augen, das Gesicht des Großmeisters, dann Dunkelheit. Die Nadel wird zurückgezogen, mein Blick verdoppelt sich, stabilisiert sich.

»Da ist es«, sagt Dayna leise und hält eine Ampulle in die Kamera. Die Flüssigkeit darin ist weiß, durchzogen von dunklem Burgunderrot. »Die Signatur des Großmeisters.«

»Übereinstimmung bestätigt«, sagt Lander mit monotoner Stimme.

Die Erleichterung, die ich empfinde, lässt mich tief aufatmen.

Aber wir sind noch nicht fertig.

»Winifred Crowsdale, bestätigen Sie, dass Sie die Art und die Verwendung als Beweismittel eines Hämatischer Abstammungstest gemäß Protokoll HL 3 verstehen, und stimmen Sie zu, fortzufahren?«

»Ja.«

»Beginn der Entnahme ... jetzt.« Sie informiert die Kamera.

Dayna packt ein weiteres steriles Päckchen aus: eine mit Runen gravierte Blutentnahmenadel, die stabil genug ist, um die Haut eines Vampirs zu durchstechen. Professionell entnimmt sie drei Glasröhrchen Blut aus meiner Ellbogenvene.

Ich weiß nicht, was sie in meinem Blut finden werden – Mensch, Vampir oder eine Mischung aus beidem. Die Magie des Hauses? Ich suche nach irgendwas. Sie suchen nach Abstammung, doch ich wurde durch Magie verwandelt. Das wird nicht funktionieren.

Sie stellt eine silberrandige Obsidian-Schale bereit und murmelt einen Zauberspruch. Blaues Licht schimmert über die Oberfläche, und als sie drei Tropfen Blut hineingibt, raucht es und blüht zu einer runenartigen Geometrie auf.

Dayna studiert die sich bildenden Glyphen. »Markierungsmuster ... uralt. Primärer Vektor: Älteste Signatur Drei. Gegenprüfung ...«

Über der Schale wird ein Geistersiegel scharf und fixiert sich mit einem hörbaren Klicken der Magie – dann zerbricht es. Schale und Siegel explodieren gemeinsam, ich hebe einen Arm, um mein Gesicht vor den herumfliegenden Obsidian-Splittern zu schützen.

»Ergebnis unklar«, sagt Lander mit einem dünnen, zufriedenen Lächeln.

Ich weiß nicht, was der Rat mit einem nicht eindeutigen Bluttest machen wird. Alles, was Lander zum Lächeln bringt, ist schlecht.

»Die Untersuchung des ätherische Erinnerung und der

hämatischen Abstammung ist abgeschlossen«, verkündet Dayna mit klarer Stimme. »Das Chain-of-Custody-Siegel CS-8842 bleibt intakt. Alle Aufzeichnungen werden gemäß Abkommenskodex 902.1 in den Tresorraum Theta des Ministeriums kopiert. Vorläufiges Ergebnis: Die Signatur des Großmeisters in ätherische Erinnerung. Hämatische Abstammung nicht eindeutig. Versiegelt bis zur Überprüfung durch den Rat. Diese Akte ist geschlossen.«

Dayna versiegelt die Proben in einem Schließfach, signiert und versiegelt es und gibt Lander dann ein Zeichen, die Kamera auszuschalten.

»Ist das schon einmal vorgekommen?«, frage ich sie und wische schwarze Splitter von meinen Ärmeln und meinem Oberkörper.

»Nein. Entweder ist dein Abstammungssiegel nicht in den Aufzeichnungen des Vampirrats enthalten, oder dein Blut war magisch so stark, dass es den Test überfordert hat.«

»Das passiert, wenn sich das Zaubererhaus mit illegaler Magie einlässt«, murmelt Lander, während er zusammenpackt.

»Lander, hör auf damit«, schimpft Dayna.

»Ich leugne nicht, dass der Großmeister sie ermordet hat, laut den Ergebnissen der Tränenflüssigkeituntersuchung hat er das eindeutig getan. Aber er hat sie nicht verwandelt. Das hat ihr kostbares Haus getan, und der Vampirrat wird das zusammen mit dem Magieministerium nicht zulassen. Sie werden dich töten, um das Geheimnis zu bewahren. Sieh es ein: Du bist am Ende.« Er schnappt sich eine Armvoll Ausrüstung, tritt aus dem Kreis heraus und verlässt den Raum.

Dayna sammelt ihre Sachen ein. »Du musst meinen Bruder entschuldigen, er nimmt seine Arbeit sehr ernst. Er hat das Schlimmste an Menschen und Magie gesehen und jetzt entdeckt er Korruption sogar dort, wo keine existiert.« Sie lächelt traurig. »Das ist alles. Es tut mir leid, dass es unangenehm war. Dir könnte bis zu einer Stunde lang schwindelig sein. Die ätherische Erinnerung zehrt magisch an den Kräften.«

»Danke, dass ihr gekommen seid.«

»Gern geschehen.« Sie drückt meinen Unterarm. »Ich kann mir nicht vorstellen, wie schwer das gewesen sein muss. Ich habe darüber nachgedacht, was ich mir wünschen würde, wenn ich in einen Vampir verwandelt würde, und die Antwort ist einfach: Informationen. Alle Derivate können unglaublich verschwiegen sein, und das muss erschreckend sein. Ich habe ein paar Zauberbücher mitgebracht, die dich interessieren könnten.« Sie holt einen kleinen Stapel hervor.

»Danke, das ist sehr nett. Ich wollte schon lange mehr darüber erfahren.«

»Dieses hier handelt von seelengebundenen Gegenständen«, sagt Dayna und tippt auf den schweren Band in rotem Leder. »Sie sind über hundert Jahre alt, also geh vorsichtig damit um.« Sie tritt aus dem Kreis heraus und legt die sechs antiquarischen Bücher über Magie vorsichtig auf den Couchtisch. »Du musst drinnen bleiben, bis die Magie nachlässt, das dauert nicht lange – nur noch ein paar Minuten. Viel Glück, Winifred.«

»Danke.«

Sie lässt mich mit meinen Gedanken allein und folgt ihrem Bruder.

Valdarr kehrt zurück und sieht mich aufmerksam an.

»Mir geht es gut«, flüstere ich. »Der Bluttest war negativ.«

»Ich habe gehört, was Lander gesagt hat. Ich habe es mir gedacht. Was auch immer House benutzt hat, um deine DNA zu verändern, es war nicht die Magie meines Vaters. Es tut mir leid, Fred.«

»Es tut mir leid, dass ich dich enttäuscht habe«, murmele ich.

»Niemals. Nicht in einer Million Jahren.«

Sobald die Magie des Kreises nachlässt, tritt Valdarr vor und hebt mich hoch, damit ich nicht mit meinen Socken auf den Scherben stehe.

Er trägt mich zum Sofa und legt mich sanft darauf.

So etwas habe ich noch nie erlebt. Ein Mann, der mich so mühelos hochhebt und mich so geschickt umsetzt. Ich starre ihn geschockt an und öffne den Mund. Er streicht mir sanft mit dem Daumen über die Unterlippe.

»Der Rat wird uns bei lebendigem Leib auffressen.«

»Nicht unbedingt. Du musst nicht alles allein schaffen. Alles wird gut – ich habe noch ein paar Asse im Ärmel. Wir werden das gemeinsam regeln.«

Kapitel Siebenunddreißig

Valdarr will, dass wir wieder umziehen, weil er sagt, dass das Safe House nach dem Besuch von Dayna und Lander und der Begegnung mit Jays Mutter nicht mehr sicher ist. Man kann nicht wissen, wer etwas ausplaudern könnte. Das Risiko ist es einfach nicht wert.

Er verschiebt das Treffen mit den Wandlern auf heute Abend. Es ist einfacher für ihn, allein zu gehen, während der Rest des Clans packt und den neuen Standort sichert. Außerdem braucht er meine Hilfe nicht wirklich, und ich bin immer noch etwas erschüttert von der Enthüllung über House, Daynas Magie und dem fehlgeschlagenen Bluttest.

Und ehrlich gesagt habe ich genug von Leuten. Ich möchte weder die Wandler treffen noch auf der Hut sein, ich möchte mich einfach nur zusammenrollen und die Welt an mir vorbeiziehen lassen.

Als alle bereit sind, zu gehen, beladen wir den Transporter. Baylor lehnt sich halb schlafend an mein Bein, während wir fahren.

Das nächste Safe House ist das Stadthaus, aus dem ich nach der Grenzkontrolle geflohen bin, das mit dem löwenköpfigen Messingklopfer und den stacheligen Fensterkästen.

Das Haus ist jetzt noch besser gesichert. Jeder von uns muss einen Tropfen Blut auf die geschützte Schwelle geben, um hineinzukommen.

Was haben Vampire nur mit Blut?

Baylor und ich richten uns in Valdarrs modernem Büro ein. Der Rest des Stadthauses ist mit Seidentapeten, teuren Möbeln und honiggoldenem Parkettboden ausgestattet – nichts davon ist für Pfoten gedacht, und er rutscht ständig herum. Das Büro ist im Vergleich dazu schlichter und mit einem dicken grauen Teppichboden ausgestattet.

Ich versuche erneut, House zu finden, indem ich meinen üblichen Trick mit dem Scrollen auf dem Handy anwende. Ich weiß, dass ich irgendwann ohne das Handy üben muss, aber die gedankenlose Musik und die endlosen Reels helfen mir, mich zu entspannen.

Die Vision überwältigt mich fast, dann schlägt ein Blitz hinter meinen Augen ein. Ein blendender Kopfschmerz macht mich platt. Vielleicht erkennt die Magie sie nicht – sie ist kein Mensch. Ich richte meine Aufmerksamkeit auf Ralph, der sich im Nebenzimmer befindet, und meine Nase beginnt zu bluten.

Mit zurückgelegtem Kopf und einem Taschentuch auf dem Gesicht, während die Vampirheilung ihre Wirkung entfaltet, komme ich zu einer unwillkommenen Erkenntnis: Ich kann nur eine bestimmte Anzahl von Visionen bewältigen, bevor die Quelle versiegt. Ich bin erschöpft.

Oder vielleicht kann ich nur dann eine Vision haben, wenn die Person in unmittelbarer Gefahr ist. Ich weiß es nicht, ich improvisiere gerade.

Vielleicht lädt sich die Kraft in ein paar Tagen wieder auf, vielleicht auch nicht. Mein Schädel pocht, als würde er gleich platzen und sich über den ganzen Boden ergießen, und ich bin nicht in der Stimmung, die Grenzen auszutesten.

Die Anhörung vor dem Vampirrat steht bevor. Wenn ich sie nicht mit Hellsichtigkeit meistern kann, stecken wir in der Klemme.

Als die Blutung aufhört, werfe ich das Taschentuch weg, seufze und beschließe, zu lesen.

Eines der Bücher, das rote, kribbelt in meinen Händen, und ich greife sofort danach. Erleichterung überkommt mich, als ich im Index ein Kapitel über das Aufladen magischer Gegenstände finde.

Ich blättere darin und suche nach einem Hinweis auf empfindungsfähige Artefakte und finde genau das, was ich brauche: *Wenn ein solcher Gegenstand seine gesamte Magie verbraucht hat, fällt er in einen erholsamen Schlaf, manchmal für Jahre.* Das bestätigt unsere Theorie, dass Beryl sich erschöpft haben muss.

Vielleicht hat House' Magie sie einst wieder aufgefüllt, ohne diese hat sie geschlafen.

Das Buch erklärt, dass ein einfacher Runenkreis einen bescheidenen magischen Schub liefern kann, der ausreicht, um einen schlummernden Gegenstand zu wecken, auch wenn er zunächst träge sein wird.

Das ist besser als nichts.

Ich möchte versuchen, Beryl wiederzubeleben. Erneut überprüfe ich die Runen, der Text besagt eindeutig, dass der Zaubernde keine magischen Fähigkeiten besitzen muss. Ich beherrsche die richtigen Ritualgesänge nicht, aber das Buch versichert, dass der Kreis trotzdem funktionieren sollte, solange die Runen stimmen.

Ralph schlendert herum, also zeige ich ihm die Diagramme. Ich erwähne nicht, dass es für Beryl ist – nur, dass ich ein magisches Objekt habe, das wieder aufgeladen werden muss. Er hilft mir, einen Kreis zu finden und neue Symbole zu zeichnen.

James kommt herein, begutachtet unser Werk und schnaubt. Er verschwindet und kehrt in einem Trainingsanzug aus den späten Achtzigerjahren zurück. Ich beiße mir auf die Zunge. Er schüttelt seine Boyband-Frisur, schnappt sich die Kreide von Ralph und seufzt theatralisch verzweifelt, bevor er widerwillig einen neuen Runenkreis zeichnet, jede Linie in perfekter Symmetrie.

»Warum hilfst du uns?«, frage ich.

»Weil ihr ein Chaos anrichtet«, sagt er. »Wenn ihr etwas macht, dann macht es richtig oder lasst es ganz bleiben.«

Als wir fertig sind, stehen wir um den Kreis herum und bewundern ihn.

»Na gut«, sagt James. »Wo ist dieses magische Objekt?«

»Ähm ... in meiner Tasche.« Ich habe Beryl sicher verstaut.

»Willst du es nicht holen?«

»Nein.«

»Gott, bist du verschlossen. Alles, was du tust, ist ein Geheimnis.«

»Leider, James, bin ich einfach so, und du hast dir mein Vertrauen nicht gerade verdient.«

»Ich habe nichts getan, was mich nicht vertrauenswürdig macht«, schnaubt er.

»Mm-hmm.«

Ralph grinst.

Ich stelle die Tasche vorsichtig in die Mitte. Beryl liegt versteckt darin. Ein leises Summen kriecht sofort meine Arme hinauf. Ich trete zurück. Der Kreis beginnt, Magie anzuziehen.

»Spürt ihr das?«, frage ich und fahre mit der Hand durch die schimmernde Luft.

»Nein«, antwortet Ralph.

James zieht nur eine Augenbraue hoch. »Muss eine deiner seltsamen Eigenarten sein.« Er geht, um sich die Hände zu waschen.

»Danke für deine Hilfe, James«, rufe ich ihm nach. »Danke, Ralph.«

»Ich hatte noch einen Hintergedanken: Darf ich mit Baylor einen Spaziergang machen?«

Bei dem Wort *Spaziergang* öffnet Baylor ein Auge und wedelt mit dem Schwanz.

»Was meinst du, Baylor?«

Er springt auf, streckt sich und dreht dann eine schwindelerregende Runde durch den Raum – sein weißgraues Fell weht hinter ihm her. Wir lachen, und ich gebe Ralph die Leine.

Nachdem sie gegangen sind, lege ich Beryl direkt auf den Boden innerhalb des Kreises, für den Fall, dass die

Tasche die Magie dämpft. Ich bedecke sie mit einem Schal aus meiner Tasche. Dann räume ich die Kreide weg und setze mich mit einem Buch in die Nähe, obwohl mein Knie zittert.

Ich mache mir Sorgen um Valdarr, auch wenn ich weiß, dass er auf sich selbst aufpassen kann. *Er hat sich beim Rat nicht besonders gut geschlagen, oder?*, flüstert meine böse innere Stimme.

»Halt die Klappe«, murmele ich. »Ihm wird nichts passieren.«

James kommt zurück, das Tablet unter dem Arm. Er wählt einen Band aus dem Regal und beginnt, darin zu blättern. Nach einer halben Stunde gibt er einen leisen Laut von sich.

»Was?«

Er markiert eine Seite und legt das Buch beiseite, seine Augen leuchten. »Ich weiß, was du bist.«

»Wie bitte?«

»Dieser Umweg mit dem Auto«, sagt er. »Wie du meinen Gebieter aus dem Weg des Messers geschoben hast. Wie du ihn geküsst hast, als würdest du seinen Tod erwarten. Es passt alles zusammen.«

»James, vielleicht solltest du nicht ...«

»Oh doch, ich sollte. Es hat mich verrückt gemacht.« Er beugt sich näher zu mir und flüstert: »Ich weiß, was du bist.«

Ich verschränke die Arme. »Na los, kläre mich auf.«

Er zeigt bestimmt mit dem Finger auf mich. »Du bist ein Orakel.«

Ich zeige auf mich selbst. »Ich? Ein Orakel? Gibt es das überhaupt?«

»Ja, ich glaube schon.« James tippt mit geübten Fingern auf sein Tablet. »Hier, schau mal – aber ich will es zurückhaben.« Er reicht es mir, als wäre es unbezahlbar.

Ich fühle mich seltsam privilegiert, dass er mir das anvertraut, und schaue auf den Bildschirm.

Orakel: eine Person oder Sache, von der angenommen wird, dass sie weise oder prophetische Einsichten bietet, oft inspiriert von Gottheiten.

»Gottheiten? Das klingt nicht richtig.«

»*Weise* auch nicht«, murmelt er, schnappt sich das Tablet, um weiterzuscrollen, bevor er es mir zurückgibt. »Was ist mit Vorahnung? Du kannst zukünftige Ereignisse sehen, oder?«

»Ja.«

Er grinst. Mir wird klar, dass ich alle seine Fragen mit einem einzigen Wort beantwortet habe. Ich stöhne und wische mir mit der Hand über das Gesicht. Ich bin nicht gut in diesem Geheimniskrämer-Zeug.

»Haben wir irgendwelche Bücher darüber?«

»Möglicherweise«, murmelt James, seine Augen fast glasig, als würde er bereits mental katalogisieren.

»Wie bist du zu diesem Schluss gekommen? Ein Orakel?«

»Es ist das Einzige, was passt.« Er streckt stolz die Brust heraus.

»James, du bist wie Sherlock Holmes.«

Er strahlt. »Wer hätte das gedacht?«

»Du hast es herausgefunden, weil ich über Simone und alles andere Bescheid wusste?«

Er nickt. »Es hat alles gepasst. Ich habe recht, oder?«

Ich seufze. »Ja, aber es ist ein Geheimnis.«

»Verstanden. Wenn mein Gebieter nicht will, dass es bekannt wird, werde ich kein Wort darüber verlieren. Aber ich kann helfen.« Er beugt sich vor, seine Augen leuchten. »Also, wie ist es?«

»Schrecklich«, gebe ich zu.

»Oh.« Er sieht enttäuscht aus.

»Wenn es zum Beispiel darum ginge, Lottozahlen vorherzusagen, könnte es Spaß machen. Aber darum geht es nicht. Ich habe unseren Besuch beim Rat – und alles danach – so oft durchlebt. Ich habe Menschen sterben sehen, immer und immer wieder.«

»Wie funktioniert das also? Wenn du die Halle der Stille immer wieder durchlebt hast, bedeutet das, dass die Kraft eine Richtung nimmt und nicht nur zufällig wirkt. Wie geschieht das? Denkst du an eine bestimmte Person?«

Ich halte inne, um in mich hineinzuhören – auf mein Bauchgefühl zu hören – und stelle fest, dass es mir nichts ausmacht, ihm davon zu erzählen. Nichts in mir schreit *Tu es nicht!* Meine Kehle ist nicht zugeschnürt, es gibt keinen Hinweis auf Gefahr oder Unrecht. Alles fühlt sich ... leicht an. Was auch immer für eine Kraft in mir lebt, vertraut James.

Hätte man mir vor ein paar Tagen gesagt, dass ich mich so fühlen würde, hätte ich die Person für verrückt erklärt. Aber ich habe ihn in dieser Vision lange Zeit beobachtet – zugesehen, darauf gewartet, dass er einen Fehler macht – und das ist nie passiert.

James mag mich vielleicht nicht besonders, aber das liegt nicht an Grausamkeit – er ist nicht bösartig. Er wird immer den Clan an erste Stelle setzen, und weil er so direkt ist, so schwarz-weiß denkt, weiß ich, dass er keine

Hintergedanken hat. Er sagt einfach, wie er die Dinge sieht.

»Ja. Ich konzentriere mich auf jemanden, und das zieht mich in ein zukünftiges Ereignis hinein – normalerweise etwas Gefährliches.«

»Wem bist du gefolgt?«

»Außer Valdarr? Simone. Und dir.«

»Mir?« Seine Augenbrauen schießen nach oben. »Wirklich?«

»Ja.«

»Wie weit hast du gesehen?«

»Bis zu unserer Ankunft im letzten Safe House.«

Er schweigt, dann fragt er: »Wie fühlst du dich? Überwältigt? Verängstigt?«

»Es ist viel«, gestehe ich.

»Das glaube ich dir. Aber wenn du das Beste für den Clan tust, für meinen Gebieter, dann bin ich auf deiner Seite. Ich werde dir helfen, so gut ich kann.«

»Danke, James.«

»Aber wenn du ihm wehtust, wenn du sein Herz brichst, dann werde ich den Pflock, den du so gern herumschwingst, nehmen und dir damit ins Herz stechen.«

Er starrt mich an, ohne zu blinzeln.

»Mist«, murmele ich. Ich hatte gedacht, er wäre nett, offensichtlich habe ich mich geirrt. »Ich werde ihm nicht das Herz brechen«, sage ich. »Es ist viel wahrscheinlicher, dass er mir das Herz bricht. Hast du ihn gesehen? Der Mann ist ein wandelnder, sprechender Vampirkönig. Und dann sieh mich an ...«

»Das Orakel«, unterbricht er mich.

»Nein. Ich bin kein Orakel.«

Er zieht eine Augenbraue hoch. »Wenn es wie ein Orakel aussieht, wie ein Orakel geht, wie ein Orakel redet ...«

»Es ist nur eine übersinnliche Gabe – Vorahnungen. Ich bin eher eine Seherin, wenn wir schon eine Bezeichnung brauchen.«

»Aber du kannst Menschen aufspüren, sie finden. Das ist doch etwas mehr als eine durchschnittliche übersinnliche Gabe, oder?«

Ich antworte nicht.

»Mir gefällt der Titel Clan-Orakel«, brummt er und vertieft sich in sein Buch.

Kapitel Achtunddreissig

Es ist noch ein paar Stunden bis zum Morgengrauen, aber Valdarr ist immer noch nicht zurückgekommen. Ich schaue immer wieder auf die Uhr, die Sorge nagt an mir – er wird es knapp schaffen.

Das Handy, das Harrison mir gegeben hat, klingelt: Er ist es.

Ich atme tief durch. »Hallo. Ist alles in Ordnung? Ich habe mir Sorgen um dich gemacht.«

»Mir geht es gut. Tut mir leid, ich hätte früher anrufen sollen. Ich bin zu weit weg, um vor Sonnenaufgang zurück zu sein. Ich war mit den Wandlern auf der Jagd. Wir hätten meinen Vater fast eingeholt, aber es kam zu einem Kampf mit seinen Leuten.«

»Solange du und die Wandler in Sicherheit seid, ist das

alles, was zählt. Hier ist alles in Ordnung, alle kümmern sich um mich.«

»Wirklich?«, fragt er mit einem Anflug von Belustigung in der Stimme. »Wie geht es deiner Freundin Beryl?«

»Sie schläft noch immer ihren Erholungsschlaf. James hat mit Runen aus einem Buch, das Dayna mir gegeben hat, einen neuen Kreis gezeichnet. Ich glaube, die Magie wirkt, denn sie fühlt sich nicht mehr kalt an.«

»Das sind großartige Neuigkeiten. Ich bin froh, dass er dir hilft.«

Ich zucke zusammen. »Ich habe es vermasselt. Er weiß von den Visionen. Er ist gerissen, und ich bin eine schlechte Lügnerin. Er glaubt, ich sei ein Orakel.«

Es folgt eine lange Pause. Ich hoffe, er ist nicht wütend.

»Interessant«, sagt er schließlich. »Wenn James vermutet, dass du ein Orakel bist, sollten wir das untersuchen. Wir müssen darüber sprechen, alle deine Gaben beim Vampirrat registrieren zu lassen, das würde dir zusätzlichen Schutz bieten. Der Rat hat nicht die Angewohnheit, mächtige Talente zu entsorgen – nein, er hortet sie.«

»Also müssen wir ihnen von der Tageswandlung erzählen?«

»Ja, wir werden den Aspekt der Tageswandlung betonen, nicht die Tatsache, dass du tagsüber ein Mensch bist und dein Herz schlägt. Nur die ältesten Vampire würden den Unterschied erkennen, und wir werden dafür sorgen, dass du dich nicht in der Nähe der Ältesten aufhältst, während du ein Mensch bist.«

»Aber was ist, wenn ..., weil House nicht hier ist, ich tagsüber aufhöre, ein Mensch zu sein?«

»Ich glaube, deine Freundin House ist zu mächtig, keine der Veränderungen, die an dir vorgenommen wurden, wird nachlassen. Was passiert, passiert. Wir können es nicht ändern, Fred, wir können nur reagieren. Wir werden vorsichtig sein, und ich werde Harrison bitten, zusätzliche Sicherheitsvorkehrungen für dich zu treffen.«

»Warum zusätzliche Sicherheitsvorkehrungen?«

»Weil du dadurch sehr wertvoll bist, Sonnenschein. Jeder wird den glänzenden, neuen, begabten Vampir haben wollen.« Seine Stimme wird sanfter. »Aber dieser glänzende neue Vampir ist meine Gefährtin, und solange sie mich will, wird sie nirgendwo hingehen.«

Ich lache, er gibt mir ein warmes Gefühl. »Es ist schön, sich begehrt zu fühlen.«

»Ich werde dich immer wollen. Ich muss jetzt gehen.«

»Bitte sei vorsichtig.«

»Du auch. Wir sehen uns nach Sonnenuntergang.«

Baylor und ich ziehen uns in das Schlafzimmer zurück, aus dem ich einst geflohen bin, und machen es uns mit einem Buch über die Regeln des Rates gemütlich, in dem wir über deren Haltung gegenüber begabten Vampiren lesen. Valdarr hat recht, es könnte unsere Rettung sein.

Ich verbringe den Tag mit Lesen, gehe mit Baylor spazieren und bürste sein Fell mit einer gepolsterten Haarbürste, die ich gefunden habe, während er sich bei jedem Strich genüsslich streckt. Als er zu Ralphs Tür trottet und heult, bringe ich ihn zum Schweigen. Niemand möchte einen tagestoten Vampir mit einem sabbernden Husky wecken.

Ich zwinge mich zu essen – Müsli zum Frühstück, ein

Sandwich zum Mittagessen – und zähle dann die Stunden, bis Valdarr zurückkommt.

Die Dunkelheit bricht herein. Ich warte weiter.

Eine Stunde vergeht, dann zwei.

Harrison erscheint in der Tür, während ich zusammengerollt auf Valdarrs Bürosofa sitze. Er sieht besorgt aus. Da weiß ich, dass etwas Schreckliches passiert ist.

»Valdarr hat seine Sicherheitsvorkehrungen umgangen«, sagt er leise. »Er hat sowohl sein Handy als auch seinen Tracker im Auto zurückgelassen.«

Ich starre ihn an. »Hat er das absichtlich getan?«

»Er wurde nicht entführt. Er wurde nicht mit Magie gezwungen – dafür ist er zu stark. Ich glaube, es war absichtlich. Wir haben nichts von ihm gehört.«

»Hat er das schon einmal gemacht?«

»Nein. Aber es könnte bedeuten, dass der Großmeister Kontakt aufgenommen hat und ein privates Treffen wünscht. Für ihn ist es ein Spiel, er genießt es, zu sehen, wie weit er Valdarr treiben kann.«

James stürmt herein, gefolgt von Tony und Ralph. Er marschiert zum Sofa, packt mich an den Unterarmen und schüttelt mich leicht. »Du musst etwas unternehmen«, sagt er. »Das sieht ihm gar nicht ähnlich. Wir müssen wissen, was los ist.«

Baylor stößt ein warnendes Knurren aus. Harrison stößt James mit einem Knurren zurück. »Misshandle die Jüngste nicht.«

»Ich – entschuldige«, stammelt James. »Es ist nur –«

»Ich habe auch Angst«, sage ich. »Wann ist er verschwunden?«

»Vor fünf, zehn Minuten – wenn überhaupt«, antwortet Harrison.

Hm. Ich bin überrascht, dass er direkt zu mir gekommen ist.

Ich weiß, ich sollte meine Kraft nicht einsetzen – wenn ich kann, sollte ich sie für die Ratssitzung morgen aufsparen.

Aber James' Angst ist ansteckend. Ich versuche, mich nicht von den Emotionen anderer beeinflussen zu lassen, aber das ist nicht einfach. Er ist unglaublich klug und kennt Valdarr und den Großmeister besser als ich.

Obwohl ich halbwegs weiß, dass das ein großer Fehler ist – und dass mein Vampir meine Hilfe nicht braucht –, greife ich nach meinem Handy und öffne meine Lieblings-App.

»Okay. Okay. Bringen wir das in Ordnung.«

»Was machst du da?«, fragt Harrison.

»Pst«, murmelt James und schiebt ihn beiseite.

»Verfolgen wir ihn? Wissen wir, wohin er gegangen ist?«, fragt Tony. »Ich bin sicher, die Wandler würden uns bei der Suche helfen.«

James hebt die Hand, um Ruhe zu signalisieren. »Fred wird ihn finden – nicht wahr, Fred?«

»Das werde ich. Aber ich brauche etwas Platz und muss mich konzentrieren. Könnt ihr dort drüben sprechen?« Ich zeige auf die andere Seite des Raums. »Bitte, erzähl ihnen alles über deine Orakel-Theorie.«

»Gut. Okay.« James schiebt sie aus dem Weg.

Angst krallt sich in mir fest und windet sich. *Was, wenn das nicht funktioniert?* Ich verdränge den Gedanken. *Komm schon, Fred. Sei mutig. Du schaffst das.* Ich sitze mit gekreuzten Beinen auf dem Sofa, schließe die Augen und greife nach der Kraft. Das Handy liegt vergessen in meinem Schoß.

Ich denke an ihn.

Und ich versinke in der Vision.

Kapitel Neununddreißig

VALDARR STEHT auf einem Bordstein in einer unbekannten Straße, vollkommen gelassen. Er trägt einen anderen Anzug, sein Haar ist kunstvoll über eine Schulter geflochten, seine Tätowierungen glänzen im Schein der Straßenlaternen. Er sieht aus, als würde er zu einem wichtigen Treffen gehen.

Ein Auto hält an. Er bleibt locker und gelassen.

»Wenn du hier bist«, sagt er leise, »mach dir keine Sorgen. Ich habe ein Treffen mit meinem Vater. Ich weiß, was ich tue.«

Er spricht mit mir. Erleichterung überkommt mich. Ich habe das Richtige getan und bin nicht zu weit gegangen, indem ich eine Vision benutzt habe, um ihn zu finden. Er wusste, dass ich ihn suchen würde. Ich folge meinem

Bauchgefühl, strecke die Hand aus und berühre seine Hand. Seine Finger zucken, und Valdarr lächelt.

Er hat mich gespürt. Wow. Das sollte eigentlich nicht möglich sein. Aber ich habe keine Ahnung, was zwischen Schicksalsgefährten möglich ist.

Vier Männer steigen aus dem Auto. Drei Vampire und ein Magier. »Meister Blóðvakt«, sagt einer von ihnen und verbeugt sich. »Wir sind auf Wunsch des Großmeisters hier. Um Sie zu einem Treffen abzuholen.«

»Wir müssen Sie überprüfen, Sir. Ist das in Ordnung?«,

»Natürlich«, antwortet Valdarr mit ruhiger Stimme. Er hebt die Arme und spreizt die Beine, während ein nervöser Magier mit seinem Zauberstab über ihn fährt.

Obwohl er zittert, ist der Magier bewundernswert gründlich. »Er ist sauber«, murmelt er und tritt zurück. Dann steckt er den Zauberstab in die Tasche und starrt auf den Boden.

»Wenn es Ihnen nichts ausmacht ...«, sagt der Mann. Auch seine Hände zittern, als er eine schwarze Kapuze hochhebt. »Sie dürfen nicht wissen, wohin Sie fahren. Das ist aus Sicherheitsgründen.«

Valdarr beugt sich elegant vor, damit ihm die Kapuze über den Kopf gezogen werden kann, steigt dann in das Auto und schnallt sich an.

Die Männer tauschen beunruhigte Blicke aus: Seine Gelassenheit verwirrt sie, da sie an Angst gewöhnt sind. Er strahlt die Botschaft aus: *Ihr seid nichts für mich.*

Das Auto fährt los.

Ich beende die Vision und nutze die Magie, um zu verfolgen, wo das Auto hinfahren wird, denn dort befinden sich der Großmeister und die Gefahr.

Ich komme vor einem vierzehnstöckigen Wohnblock am Rande des Vampirsektors an. Für den Fall, dass ich persönlich hierherkommen muss, merke ich mir mental den Straßennamen und die Hausnummer.

Jetzt muss ich mich entscheiden: Soll ich zurückkehren und es den anderen erzählen oder bleiben und das Ganze beobachten? Meine Kräfte sind begrenzt. Wenn ich gehe, komme ich vielleicht nicht zurück. Und was hier wie Stunden erscheint, sind in der realen Welt nur Minuten. Valdarr ist vielleicht noch gar nicht gefangen genommen worden.

Ich habe Zeit, also beschließe ich zu bleiben und das Gebäude zu studieren, die Wachen zu zählen und die Ausgänge zu kartieren. Ich vertraue darauf, dass meine Magie mich wissen lässt, wenn Valdarr eintrifft – es wird ein leises Ping geben, fast unmerklich.

Der Großmeister ist Eigentümer des gesamten Gebäudes, und die Sicherheitsvorkehrungen sind streng.

Im Erdgeschoss beginne ich mit dem Sicherheitsbüro, einer Leitstelle hinter einer gepanzerten Tür. Ich notiere mir die Kamerawinkel und ihren Erfassungsbereich, alles, was nützlich sein könnte. Dann überfliege ich die herumliegenden Unterlagen, finde aber nichts Hilfreiches.

Als Nächstes gehe ich durch die Waffenkammer und den Pausenraum. Es scheint, dass einige Mitarbeiter sogar vor Ort wohnen, zusammengepfercht in Etagenbetten wie in einer Kaserne. Trotz seines Reichtums behandelt der Großmeister seine Leute schlecht.

Jede Etage hat eine andere Funktion. Eine ist vollständig der Öffentlichkeitsarbeit und dem Marketing gewidmet. Für einen Mörder seines Kalibers ist er akribisch, und diese Gründlichkeit hat ihn so lange an der Macht gehalten.

Etage für Etage arbeite ich mich nach oben. Kurz vor der obersten Etage – eine Stunde und fünfzehn Minuten später, viel länger als nötig – piept meine Magie, um mir mitzuteilen, dass das Auto vorfährt. Sie müssen im Kreis gefahren sein, um ihn zu verwirren. Ohne groß darüber nachdenken zu müssen, befinde ich mich wieder auf der Straße. Egal, er weiß, dass ich ihn beobachte.

Sie führen ihn hinein. Ein Aufzug bringt sie direkt in die oberste Etage.

Die Türen öffnen sich zu einer Suite aus Samt, Gold und protzigem Luxus. Schwere Vorhänge. Polierter Stein.

Sie nehmen ihm die Kapuze ab. Valdarr blinzelt nicht und zuckt nicht zusammen. Er sieht sich einfach nur im Raum um.

Sie lassen ihn warten. Es ist ein Machtspiel. Die Art, die Männer anwenden, wenn sie befürchten, bereits verloren zu haben. Die Wachen stehen stramm. Es herrscht so lange Stille, bis sie knirscht. Dann erscheint ein Mann und schnippt mit zwei Fingern. Valdarr schlendert vorwärts, als hätte er alle Zeit der Welt, und zwingt seinen Vater, diese zusätzlichen, absichtlichen Sekunden zu warten.

Er betritt das Innenbüro. Verringert den Abstand. Jeder Schritt ist überlegt, bedächtig, bis sie nah genug sind.

»Sohn.« Das Lächeln ist voller Reißzähne.

»Du wolltest mit mir sprechen?«

»Spielst du immer noch Rebell? Wie kurios.«

Valdarrs Augen sind halb geschlossen, als wäre er

gelangweilt. »Du hast ohne Einwilligung von ihr getrunken. Du hast sie getötet. Sie wie Müll weggeworfen. Als sie wieder auferstanden ist, hast du Messer und Attentäter geschickt – sogar Menschen –, um deinen Fehler zu korrigieren.«

»Einen Fehler?« Die Augen des Großmeisters glänzen kalt und erfreut. »Weißt du, wie viele Fehler ich begraben habe, Junge? Imperien. Kriege. Liebhaber. Glaubst du, ich erinnere mich an jede Kehle, die ich ausgesaugt habe? Wenn sie noch lebt, hat eine andere Macht eingegriffen, nicht ich.«

»Du weißt, wer sie für mich ist.«

»Ich weiß, was du willst, dass sie ist.«

»Winifred Crowsdale ist meine Schicksalsgefährtin.« Er kommt näher.

»Und in dem Moment, als du sie deine Gefährtin genannt hast, hast du dich selbst so schwach gemacht, dass du zerbrechen kannst. Erinnerst du dich, was ich dir über Schwächen beigebracht habe?«

»Ich erinnere mich, dass du mir beigebracht hast, meine zu verbergen.« Valdarrs Mund wird schmal. »Ich habe es satt, mich zu verstecken.«

Ein leises Lachen. »Glaubst du, der Rat wird dich retten? Du hast eine Fackel ins Feuer geworfen. Die Zwölf werden sich nicht vor einem Jungen verneigen, der sein *menschliches* Haustier in ihre Kammer schleppt und sie ein Wunder nennt.«

»Sie ist nicht nur ein Wunder«, sagt Valdarr leise. »Sie ist der Beweis.«

Das Lächeln des Großmeisters bleibt, sein Blick verhärtet sich. »Der Beweis wofür genau?«

»Dass du kein Gott bist«, antwortet Valdarr. »Dass du Fehler machen kannst. Dass das Abkommen dich immer noch bindet, ob du es glaubst oder nicht.«

»Dann werde ich das Abkommen brechen«, murmelt der Großmeister mit seidiger Stimme. »Ich habe die Hälfte davon geschrieben. Ich kann es auch wieder ungeschehen machen.«

»Dazu wirst du keine Zeit haben.« Valdarr zeigt seine Wut. »Ich werde dich an der Kehle vor Gericht zerren. Eine formelle Herausforderung aussprechen. Die Welt wird zusehen, wie du verlierst.«

»Verlieren?« Er lacht. »Gegen *dich*?«

»Ja.«

Etwas flackert auf – Bewunderung, die zu Hass wird. »Du hast Zähne bekommen, kleiner Rabe.«

»Ich hatte sie schon an dem Tag, als du mich dazu gezwungen hast, zuzusehen, wie du Städte niederbrennst«, sagt Valdarr. »Ich habe mich nur entschieden, sie nicht gegen mein eigenes Blut einzusetzen.«

»Und jetzt?«

»Jetzt entscheide ich mich anders. Ich entscheide mich für *sie*.«

Purpurrote Magie umschlingt die Finger des Großmeisters, ein uralter Todeszauber erwacht zum Leben – eine Warnung, nicht näher zu kommen. Ich kämpfe gegen den Drang an, mich vor Valdarr zu werfen, um ihn vor der tödlichen Kraft zu schützen.

»Du bist noch nicht bereit.«

»Versuch es doch.«

Der Großmeister mustert ihn. Stolz schlägt in Verachtung um. »Sei vorsichtig, mein Sohn. Throne schneiden tiefer als Schwerter.«

»Ich werde bluten«, sagt Valdarr. »Aber ich werde mich nicht von Unschuldigen ernähren, um auf meinem Thron zu bleiben.«

Der Großmeister lehnt sich zurück, fast schon gelangweilt. »Unschuldige? Ich töte seit Jahrhunderten Unschuldige. Da war ein menschliches Paar, das sich sehr liebte.«

Die ganze Unterhaltung wirkt wie die Darbietung eines Mannes, der Freude daran hat, seinen Sohn zu erschrecken.

»Die Frau hatte dunkle Locken und große blaue Augen.« Er befeuchtet sich mit der Zunge die Lippen. »Ich habe sie beide vor Nocturnas grässlichem Bistro ausgesaugt und ihre Leichen an meinem Lieblingsort entsorgt.«

Ich schnappe nach Luft – *Amy und Max.*

Die Vision stockt, ich halte den Faden fest und zwinge sie, stillzustehen.

Der Großmeister gibt beiläufig zu, meine Freunde ermordet zu haben, doch er ist noch nicht fertig, in dieser makabren Geschichte muss ein noch schrecklicherer Punkt lauern. Ich glaube, ich weiß, was kommt.

»Dann hat eine Frau mittleren Alters angefangen, herumzuschnüffeln«, fährt er amüsiert fort. »Meine Leute sind ihr zu deinem Safe House gefolgt. Du, immer der Gentleman, hast ihr einen Pullover gegeben. Einer Lieferfahrerin. Ungewöhnlich. Also habe ich sie weiter beobachtet. Als du umgezogen bist, habe ich Essen zu deiner Adresse bestellt. Sie ist gekommen und war so enttäuscht, dass nicht du an der Tür standest.« Er klopft mit einer Klaue auf den Schreibtisch. »Ich habe sie ausgesaugt und die Leiche entsorgt.«

Sein Lächeln lässt die Wärme aus dem Raum weichen. Ich zittere.

»Aber dann kam die Überraschung. Die Kellnerin, die ihre Schnüffelei gemeldet hatte – diejenige, die das Paar in die Falle gelockt hatte – hat meinen Leuten erzählt, dass das kleine Problem noch am Leben war. Nicht nur am Leben. *Verwandelt*.«

Ich kenne nicht einmal den Namen der Kellnerin – derjenigen, die ohne Skrupel Mitmenschen an Monster ausgeliefert hat. Amy und Max. Mich. Ich versuche mich an unser Gespräch in diesem Themenbistro vor so langer Zeit zu erinnern, aber ich kann es nicht.

Ich dachte, sie hätte Angst gehabt.

In dem Moment, als ich ging, verriet sie mich an die Vampire, und ich hatte keine Ahnung davon. Dann fuhr ich Crystal nach Hause und sorgte dafür, dass sie in Sicherheit war. Die verdammte Kellnerin öffnete die Tür.

»Ich mache keine Fehler. Ich verwandle niemanden. Doch dieses Wesen ist *auferstanden*. Es brauchte nicht viel, um Nocturna nach dem Vorfall mit der Versklavten in Rage zu versetzen. Wir haben Attentäter geschickt, aber sie hat überlebt. Diese kleine Schlampe. Dann hat mir meine *Agentin* mitgeteilt, dass sie tagsüber ein Mensch und nachts ein Vampir ist und dass du sie beschützt.« Er schlägt sich auf die Brust. »Ich werde diese Abscheulichkeit nicht mit mir in Verbindung bringen.«

Simone. Er nennt ihren Namen nicht. Das muss er auch nicht. Mir wird schlecht.

»Eine weitere Falle – Menschen, Magier, dann der Rat«, säuselt er. »Auch diese hat sie umgangen. Sie hat mich als unfähig dastehen lassen. Sie stand dort in der Halle der Stille und *hat mich beschuldigt.* Das hat mich Nocturna gekostet, eine menschliche Spionin und eine Agentin, die ich seit Jahrhunderten eingesetzt hatte.«

Valdarr neigt den Kopf. Sanft. Mörderisch. »Ja, Vater, erzähl mir von dieser Agentin. Erzähl mir von Simone.«

»Ein wunderschönes Spielzeug. Loyal. Keine Zwangs-maßnahmen nötig – Liebe macht Frauen zu Narren.« Ein leises, zufriedenes Ausatmen. »Hätte nicht gedacht, dass du sie wegwirfst.«

Valdarr geht nicht darauf ein.

»Sorge dafür, dass deine Gefährtin den Mund hält«, fährt der Großmeister fort, als würde es ihn nichts kosten, von einem Thema zum anderen zu wechseln. »Öffentlich ist sie eine Tagwandlerin. Den Rest wirst du geheim halten. Sie ist mein Geschenk an dich – *wenn* du deine Verantwor-tung annimmst und dir nimmst, was dir zusteht.«

»Ich bin alt«, sagt er, zufrieden mit Valdarrs Schwei-gen. »Das Ausweichen vor deinem Geburtsrecht ist vorbei. Du wirst den Thron besteigen, diesen erbärmlichen Rat auflösen, und ich werde mich irgendwo weit weg zurückziehen.«

Valdarrs Gesichtsausdruck verändert sich nicht. »Du wirst aufhören, Attentäter zu schicken? Meinen Clan und meine Gefährtin in Ruhe lassen, wenn ich deinen Titel annehme?«

»Ja.«

»Sonst noch etwas?«

»Die Allianz mit den Wandlern und den Magiern ist unser Untergang. Beende sie. Tu das, und ich werde dir deine ewige Liebesgeschichte gönnen.«

»Ich muss zuerst mit ihr sprechen.«

Der Großmeister lacht laut auf. »Du wirst *um Erlaubnis bitten*, um einen Thron zu erobern? Ihre Meinung ist wichtig?«

»Ja«, sagt Valdarr einfach. »Sie steht für mich an erster Stelle.«

»Was für ein Narr. Ich dachte, ich hätte dich besser erzogen.«

»Ich habe mich selbst erzogen.«

»Und das ist dein erster Fehler.« Seine Stimme wird leise. »Ich habe immer im Hintergrund gestanden. Das solltest du dir gut merken. Jedes Wort aus dem Mund der Agentin war mein Wort.«

Es herrscht Stille.

»Na gut.« Er schnippt mit zwei Fingern, großmütig und grausam. »Sei modern. Frag deine kleine Gefährtin. Während du dich daran versuchst, dieses Land zu regieren, werde ich die Welt erobern – einen blutigen Winkel nach dem anderen.«

»Ich dachte, du wärst müde«, sagt Valdarr. »Bereit, zurückzutreten.«

»Oh, das bin ich.« Das Lächeln wird breiter. »Und ich bin gelangweilt.«

»Möchtest du noch etwas besprechen?«, fragt Valdarr mit ruhiger Stimme.

»Nein. Du kannst gehen. So aufschlussreich diese Unterhaltung auch war, ich habe Dinge zu tun.«

Valdarr steht auf. Er neigt den Kopf, ohne den Blick zu senken. Ein winziges, unlesbares Lächeln umspielt seinen Mund.

Wachen treten hinzu, er nimmt die Kapuze ohne Widerrede entgegen, ein Prinz, der zulässt, dass Rituale

Macht vortäuschen, und lässt sich von ihnen zum Aufzug zurückführen.

Ich bleibe, bis Valdarr das Gebäude sicher verlassen hat. Ich folge ihnen bis zu einer Abgabestelle, und erst dann lasse ich die Vision los.

KAPITEL VIERZIG

ICH ZUCKE ZURÜCK IN meinen Körper und sinke in das Sofa, die Augen geschlossen, während ich den stechenden Schmerz in meiner toten Brust reibe. Vielleicht Herzschmerz, nach allem, was ich gerade erfahren habe. Wenigstens weiß ich nun, was mit meinen Freunden geschehen ist.

Als ich die Augen öffne, sind vier Gesichter auf mich gerichtet.

»Er ist in Sicherheit«, krächze ich. Ich werfe einen Blick auf meine Uhr: Ich war nur zwei Minuten fort. Wir haben genug Zeit, um ihn zu erreichen. »Er ist auf dem Weg zu seinem Vater. Der Großmeister ist in diesem Gebäude –«, ich nenne ihnen die Adresse. »Aber die Wachen werden ihn um zwei Uhr morgens hierher bringen.« Ich nenne ihnen den alternativen Übergabeort.

Harrison richtet sich auf, ganz geschäftsmäßig. »Können wir ihn abholen?«

»Ja«, sage ich. »Aber wir müssen die anderen Vampire meiden. Wir dürfen keine Probleme für Valdarr auslösen, also nur wir beide, und wir müssen es perfekt timen.«

Niemand widerspricht. Wenn doch jemand einen Seitenblick wagt, stößt James ihm in die Rippen und knurrt zur Bekräftigung »Orakel«. Sie bleiben misstrauisch, aber das ist mir lieber, als wenn sie denken, ich sei eine Spionin. Immerhin ein Fortschritt.

Ich breche mit Harrison auf, und wir erreichen den Treffpunkt ohne Zwischenfälle, parken ein Stück die Straße hinunter, um nicht aufzufallen. Hohe, schmale Gebäude ragen zu beiden Seiten empor, und die Straße liegt breit und unheimlich still da. Der perfekte Ort für eine Übergabe.

Wir warten. Die Stille dehnt sich, und ich zweifle daran, dass Harrison mir ganz glaubt – bis schließlich doch ein Wagen vorfährt.

»Bitte bleib hier.«

Ich trete auf den Gehweg, gerade als Valdarr aus dem anderen Fahrzeug steigt und sich die Kapuze vom Kopf reißt.

In dem Moment, in dem er mich sieht, lächelt er.

Ich gehe direkt auf ihn zu, und er schließt mich in seine Arme.

»Hast du alles mitbekommen?«, flüstert er an meinem Ohr.

»Ja«, murmele ich.

Er umfasst mein Gesicht, neigt meinen Kopf, bis sich

unsere Blicke treffen. »Wie fühlst du dich? Irgendwelche Nachwirkungen?«

»Nur müde.«

»Wie viele Visionen hast du riskiert?«

»Nur eine. Ich kann immer noch nicht glauben, dass du dir die Kapuze aufsetzen lassen hast.« Ich schlage ihm spielerisch gegen den Arm. »Du hast sie praktisch angelächelt. Du hättest die entsetzten Ausdrücke auf ihren Gesichtern sehen sollen.«

Ein schiefes Lächeln spielt um seine Lippen. »Ich war nicht glücklich, nur sicher, dass ich mit ihnen fertigwerden würde, sie haben mir nicht einmal die Hände gefesselt. Außerdem habe ich dich gespürt, du hast meine Hand berührt.« Mit einem merkwürdigen Ausdruck sieht er auf seine Finger.

»Keine Ahnung, wie ich das gemacht habe. Muss ein Gefährten-Ding sein. Ich komme mir lächerlich vor, dich so zu überwachen. Du hattest das Treffen mit deinem Vater unter Kontrolle, du brauchtest keine Rettung durch mich.«

Was ich nicht sage: dass ich Angst habe, unsere einzige Chance vertan zu haben, vorauszusehen, was mit dem Vampirrat geschehen wird.

»Ich hatte dieses Treffen unter Kontrolle, weil ich wusste, dass du zusiehst, und ich dich nicht enttäuschen wollte. Als er über dich, deine Freunde und Simone gesprochen hat, wollte ich mich über den Tisch stürzen und ihm den Kopf abreißen – aber ich habe es nicht getan, deinetwegen. Ich wollte dich nicht enttäuschen. Du bringst mich dazu, ein besserer Mann sein zu wollen. Wenn ich bei dir bin, fühle ich mich menschlich. Ich muss nicht unnötig gewalttätig sein. Und jetzt, nach mehr als tausend Jahren, habe ich endlich jemanden, für den es sich zu leben lohnt.«

Ein dicker Kloß steckt mir im Hals. »Wie schaffst du es immer, das Richtige zu sagen?«

Valdarr grinst.

Harrison ist inzwischen aus dem Wagen gestiegen. Er wirkt nicht erfreut, dass wir mitten auf der Straße stehen und plaudern.

»Los jetzt. Wir haben nicht viel Zeit, bevor die Wachen Alarm schlagen.« Ich ziehe Valdarr zurück zum Auto. »Warum sollte er dir den Titel des Großmeisters geben?«

Valdarr schüttelt den Kopf. »Er lügt, er wird niemals die Macht abgeben. Er glaubt, jeder wolle herrschen, also versteht er den Reiz eines einfachen Lebens nicht. Er würde mir den Titel geben, damit ich seine Probleme beseitige, ihn dann zurücknehmen oder gegen mich verwenden, um mich zu diskreditieren und zu töten. Mein Vater hat mich immer als Konkurrenten gesehen, während er mich gleichzeitig in die Politik gedrängt und an seiner Seite haben wollte. Ich wollte das nie. Wahrscheinlich lebe ich deshalb noch. Ich habe ihm nie offen widersprochen. Vorerst, bis wir wissen, was er plant, spielen wir nach seinen Regeln – wenn du einverstanden bist?«

Ich nicke.

Wenn überhaupt möglich, wird er noch ernster. »Wir müssen über deine Freunde sprechen.«

Ich starre auf meine Füße. »Es gibt nichts zu sagen«, flüstere ich. »Ich wollte Antworten und habe sie bekommen. Ich habe Fragen gestellt, Detektiv gespielt – und mich damit selbst umgebracht.« Was für eine Närrin ich bin.

»Er wird für seine Verbrechen bezahlen, Fred.«

»Nein. Nicht, wenn es dich oder deinen Clan in Gefahr bringt. Wir wissen beide, dass das Leben nicht fair ist. Manchmal gewinnen die Monster.« Ich schließe die Augen, damit sie sich nicht mit Tränen füllen. Ich habe genug geweint für ein ganzes Leben. »Zuerst müssen wir uns mit dem Vampirrat und meiner illegalen Verwandlung befassen.«

»Wir haben uns ihm schon einmal gestellt – und gesiegt.«

»Was das betrifft ...« Ich schlucke, die Nerven flattern. »Ich weiß nicht, ob ich nach der ersten Ratssitzungs-Marathonvision erschöpft bin oder ob meine Kraft nur einmal alle vierundzwanzig Stunden funktioniert. Vielleicht kann ich morgen nicht sehen, was geschieht.«

Er drückt meine Hand. »Wir schaffen das.« Er klopft Harrison auf den Arm, als wir einsteigen. »Danke, dass du mich abgeholt und Fred beschützt hast.«

Im Wagen lehne ich mich an ihn. Seine Arme schließen sich fester um mich, und ich fühle mich sicher, auch wenn ich mir schon Sorgen um morgen mache. Ich überlege, eine weitere Vision zu erzwingen, aber es ist das Risiko nicht wert. Wenn ich mich jetzt ausruhe, lädt sich meine Kraft vielleicht auf, bevor wir zurück vor Gericht müssen.

Vielleicht. Diese Magie ist verdammt kompliziert.

Kapitel Einundvierzig

Das Schlimmste passiert. Dieses verfluchte Murphy's Law. Ich weiß nicht, ob es Lampenfieber ist oder das Schicksal, das sich weigert mitzuspielen, aber am nächsten Abend, kaum dass die Sonne untergeht und ich versuche, eine Vision zu haben, passiert – nichts. Ich fürchte, diese Kraft wird mich irgendwann in den Wahnsinn treiben.

Warum funktioniert es nicht?

»Ich sollte mehr Selbsthilfe-Podcasts suchen«, murmele ich zu James, als er vorbeigeht.

Wenn wir überleben, probiere ich vielleicht sogar Meditation. Ich war noch nie so verängstigt, und jedes Mal, wenn ich das sage, geht etwas anderes furchtbar schief.

Ich muss dringend lernen, das Schicksal nicht herauszufordern.

Baylor, zusammengerollt zu meinen Füßen, streckt

seine Zunge heraus und leckt mir über den Knöchel. Auf unserem Spaziergang hat er etwas gefressen, das verdächtig nach Fuchskot roch, und sein Atem stinkt. Ich verziehe die Nase über den schnell trocknenden Speichel.

James reicht mir seine Flasche Handdesinfektionsmittel. »Danke«, sage ich, während ich mir das Bein damit einreibe und sie ihm zurückgebe.

»Wusstest du, dass es Vampir-Podcasts gibt? Echte Podcasts, die für Vampire gemacht sind. Natürlich nicht auf menschlichen Kanälen, und es braucht schon einen Vampir mit viel zu viel Freizeit, um zu wissen, wo man sie findet.«

Ich starre James völlig fassungslos an. »Das ist ... Das ist großartig.«

»Ich weiß«, flüstert er zurück.

Ich schnappe mir mein Handy und lade mit seiner Hilfe die App herunter, als hinge mein Leben davon ab.

Er räuspert sich. »Also ... irgendwelche Neuigkeiten zu deinem Orakel-Ding? Wissen wir, was heute Nacht passiert?«

»Nein. Meine Kraft spinnt.«

Er plumpst neben mich und zückt sein Tablet. »Hier steht, Orakel können ausbrennen, wenn sie es übertreiben. Wahrscheinlich hast du deine magischen Reserven erschöpft. Vielleicht könnten wir einen Kreis probieren, so wie du es mit dem Pflock machst?«

Ich hebe den Blick von meinem Handy und fixiere ihn. »Der Pflock.«

»Ja, der ist doch empfindend, oder? So wie dein sprechendes Haus. Willst du mir ernsthaft erzählen, dass du es warst, die sich wie eine Vampirjägerin auf diese menschlichen Attentäter gestürzt hat? Simone meinte, du könntest nicht kämpfen. Ich habe mir die Aufzeichnung angesehen, und als es vorbei war, hast du auf den Stufen gesessen und geweint.«

»Verdammter Sherlock Holmes«, murmele ich. »Der Pflock wird wütend sein, wenn sie erfährt, dass jetzt alle von ihr wissen. Sie ist sehr … angriffslustig.«

Er zuckt die Schultern. »Sie muss uns mögen. Deshalb hat sie uns vor den Attentätern beschützt. Wir sind eindeutig die Guten.«

»Woher willst du das so sicher wissen?«

»Ah, weil ich recht habe.« Er wirft mir diesen unerträglich selbstzufriedenen Blick zu.

Ich starre ihn so unbeeindruckt wie möglich an.

»Mein Leben endet nicht, weil ein empfindungsfähiger Pflock entscheidet, dass ich der Böse bin.«

»Naja, du warst der Böse, als wir uns kennengelernt haben. Sie wäre fast gestorben vor Verlangen, dich zu erstechen.«

»Ja, aber jetzt bin ich es nicht mehr, oder? Ich bin ein großartiger Kerl, wenn man mich erst mal kennt.«

Ich verdrehe die Augen. »Klar, James.«

»Also, was hast du vor?«

»Womit?«

»Mit den Visionen, natürlich.«

»Tja, ich bin völlig erschöpft. Ich habe es geschafft, Valdarr zu sehen, aber das war's. Jetzt frage ich mich, ob ich die Chance vergeudet habe.«

»Nein, hast du nicht. Du hast das Richtige getan. Es gab so viele Veränderungen, ohne unseren Gebieter war es unmöglich, nicht in Panik zu geraten. Clans brauchen einen starken Anführer, um alle zu schützen. Die durchschnittliche Lebensdauer eines frisch verwandelten Vampirs liegt bei drei Jahren, weil unsere Welt so gefährlich ist.«

Ich schüttle den Kopf. Ich wusste, dass es schlimm ist, aber nicht, dass es so schlimm ist.

»Vampire sind unberechenbar. Irgendwas in der Genetik führt dazu, dass viele von uns ihre Menschlichkeit verlieren, wir werden zu Psychopathen. Du magst mich für einen altmodischen Paragrafenreiter halten, aber ich habe Freunde so abstürzen sehen. Und selbst wenn das nicht passiert, zerstört ein so langes Leben ein Gehirn, das nie dafür geschaffen war. Es ist wie eine Art Vampir-Alzheimer – irgendwann werden sie blutverrückt.«

Wie der Großmeister.

»Hör zu, wegen der Visionen ... Ich weiß nicht, wie deine Kraft funktioniert, aber wenn unserem Gebieter letzte Nacht etwas zugestoßen wäre, hättest du dir das nie verziehen. Wenigstens bist du aufs Ganze gegangen.«

Ich stoße die Luft aus, mein Haar flattert mir ins Gesicht. »Es ist nur ... Wenn es nur um mich ginge, wäre es mir egal. Ich wäre nicht so –«

»– neurotisch?«, wirft er ein.

»Ängstlich«, fahre ich ihn an, doch ich kann mir ein Lächeln nicht verkneifen. »Aber es ist Val–«

»Und deswegen hast du Angst«, sagt er sanft. »Du liebst ihn wirklich, nicht wahr?«

»Ja. Tue ich.« Ich verschränke die Arme um meinen Oberkörper, halte mich selbst. »Ja, auch wenn sein Vater böse ist, Valdarr ist trotzdem ... ein guter Mann.«

»Er ist gut, aber er ist gnadenlos. Du willst ihn nicht wütend erleben.«

»Tja, ich schätze, man überlebt keine tausend Jahre, wenn man weich ist.«

»Oder dumm«, murmelt James. »Du musst ihm jetzt vertrauen, dass er das regelt.«

»Aber der Unterschied ist: Das letzte Mal, als wir in der Halle des Schweigens waren, habe ich uns sterben sehen – immer und immer wieder – und nichts, was er tat, konnte uns beschützen.«

»Und doch hast du ihn beschützt. Du hast übernommen, die Situation geregelt. Genau das macht eine gute Partnerschaft aus, sich abzuwechseln. Sei wieder so – ruhig, fokussiert. Und du wirst es ihnen sagen, oder? Wenn du dich als Tagwandlerin registrierst, registriere dich auch als Orakel. Mach dieses stolze Alleswisser-Ding, das du so gut kannst, und lass sie glauben, dass du schon weißt, was kommt. Wenn du ruhig und selbstsicher bleibst, werden sie es nie wagen, uns zu töten, weil sie annehmen, du hättest es vorhergesehen und den Ausgang verändert. Umgekehrte Psychologie.« Er tippt sich an die Schläfe. »Lass sie glauben, du hättest schon alles gesehen, selbst wenn du es nicht hast. Sie werden viel zu sehr in Panik sein über das, was du wissen könntest.«

»Weißt du was? Das ist ... tatsächlich genial.«

»Natürlich ist es das. Ich bin im Grunde ein taktisches Genie.«

Ich grinse – und ehe ich mich versehe, drücke ich ihm einen Kuss auf die Wange. »Danke, James. Du bist ein Superstar.«

Er prustet. »Lass dein Sabberzeug von mir – mein Gebieter wird es merken!«

»Dein Gebieter wird was merken?«

Wir fahren beide erschrocken hoch, als mein Vampir ins Zimmer schlendert, mit diesem unerträglich wissenden Grinsen.

»Hast du meine Gefährtin geküsst, James?«

»Nein! Nein, nein, nein!« James wirft die Hand hoch, das Tablet an die Brust gedrückt. »Ich habe ihr nur bei Podcasts geholfen und ihr Lebensratschläge gegeben. Kein Küssen. Gar nichts. Oh, sieh mal einer an, wie spät es schon ist. Ich muss noch die Unterlagen fertigstellen: Abkommenskodexs 201.2, 206.1 und 208.4, Gefährtenbund-Registrierung, Tagwandler-Zertifizierung und Orakel-Präkognitions-Formulare. MB-1, DW-3, OM-9. Wir brauchen Siegel und Unterschriften, bevor wir gehen.«

Er stürzt davon, stolpert fast über seine eigenen Füße.

Ich sehe ihm nach und kichere. »Das war urkomisch.«

Valdarr lächelt flüchtig. »Ich freue mich, dass ihr euch versteht.«

»Ja, er ist schon okay.«

»Ja. Das ist er.« Er setzt sich neben mich und zieht mich an seine Seite.

»Also«, murmelt er und wirft einen Blick auf mein Handy, »was machst du da?«

»Hast du diese App gesehen? Podcasts! Motivierend, hilfreich. Schau mal hier –« Ich scrolle zu etwas völlig Absurdem:

Bite Club Confidential, Episode 8, »Geständnisse eines veganen Vampirs« – ein offenes Interview mit einem Vampir, der behauptet, ausschließlich von Rote-Bete-Saft und dunkler Schokolade zu leben.

»Das ist ein … sehr ungewöhnliches Thema«, sagt Valdarr trocken.

»Ja, aber interessant.«

Ich denke an das, was James gesagt hat. So einfach und doch so clever. »Wegen des Gerichts – James meint, wir sollten mich als Orakel registrieren.«

»Ja, ich habe gesehen, dass er bereits die Formulare ausfüllt.« Wir grinsen beide. »Ich halte das für eine gute Idee.«

»Ich auch. Nicht, dass ich ein besonders gutes Orakel wäre, ich sehe immer noch nicht, was heute Abend passieren wird. James meint, ich solle so tun, als wüsste ich es. Ich neige dazu, ihm zuzustimmen.«

»Wir könnten etwas anderes versuchen. Einen kleinen Energieschub«, sagt er, legt den Kopf schief und mustert mich.

»Was für einen Energieschub?« Ich verenge die Augen.

»Nun ... Vampire können voneinander trinken.«

»Oh«, quietsche ich. Ich weiß überhaupt nicht, was ich sagen soll.

Valdarr wartet einfach – ruhig, gelassen – und gibt mir den Raum, mir darüber klar zu werden.

Ich habe genug über Vampirkultur gelesen, um zu wissen, dass das Trinken voneinander ... normal ist. Es gehört zu ihrer Natur, zu ihrer Gesellschaft. Es ist weder tabu noch monströs – zumindest für sie nicht.

Doch mein menschliches Gehirn schreit: *widerlich, unmenschlich, falsch.*

Nur sehe ich Valdarr nicht als Monster. Und mich selbst auch nicht.

Also, wenn wir keine Monster sind, warum sollte es dann so sein?

»Ich weiß, dass es natürlich ist«, murmele ich und hole tief Luft. »Es ist normal.«

»Das ist es.«

»Wird es dich schwächen?«

»Nein. Es wird uns beide stärken«, sagt er leise, »und unsere Bindung vertiefen.«

Ich nicke. »Dann ... ja. Ich habe noch nie jemanden gebissen. Ich meine, ich habe einmal in einen Pfirsich gebissen.«

Valdarr verzieht das Gesicht. »War bestimmt nicht sehr gut.«

»Widerlich«, stimme ich zu. »Also ... beiße ich einfach? Gibt es eine bevorzugte Stelle?«

»Das Handgelenk ist nicht ideal.« Er deutet auf die Seite seines Halses. »Hier ist besser. Oder die Femoralarterie am Oberschenkel, aber das könnte sich etwas ... persönlich anfühlen.«

Mein Kopf schießt sofort in diese Richtung. Ich frage mich, wen er wohl schon gebissen hat oder wer ihn gebissen hat. Ein Knurren entkommt mir, ehe ich es zurückhalten kann.

Er lacht, seine Augen funkeln.

»Entschuldige. Also ... willst du mich auch beißen?«

»Es wäre gut, wenn wir es beide machen«, sagt er.

»Okay.« Ich kaue auf meiner Lippe.

»Du kannst zuerst«, fügt er sanft hinzu. »Vielleicht hilft dir der Energieschub bei deinen Visionen.«

»Na gut.« Ich rücke näher auf dem Sofa.

Er knöpft sein Hemd auf und schiebt es von einer Schulter, enthüllt goldene Haut, Muskeln und seine kunstvollen Tattoos.

Oh, verdammt.

»Also ich soll einfach beißen?«

»Ja.«

»Und es wird dir nicht wehtun?«

»Nein.«

Er tippt auf eine Stelle an seinem Hals. »Hier.«

Ich schlucke schwer und beuge mich vor. Sein Duft – Moschus, Macht und eine feine metallische Note – erfüllt meine Nase. Ich streife seine Haut, er atmet nicht einmal. Meine Hand zittert.

Er reibt beruhigende Kreise auf meinen Rücken. »Schon gut, lass den Vampir in dir übernehmen. Deine Instinkte wissen, was zu tun ist.«

Er tippt noch einmal auf die Stelle. »Einfach beißen.«

Oh Gott. Ich werde das wirklich tun.

Aber er ist mein Gefährte, und dies wird unsere Bindung stärken. Ich drücke einen flüchtigen Kuss auf seinen Hals, dann fasse ich Mut. *Es wird schon gutgehen.*

Ich zeige meine Reißzähne und versenke sie in ihm.

Seine Haut gibt leicht nach, als wäre es dafür gemacht. Reichhaltiges, machtvolles Blut strömt mir in den Mund, prickelt wie Elektrizität. Es schmeckt ganz anders als jedes Blut zuvor. Sein Blut lebt vor Magie.

Ich nehme nur einen Schluck, ich will nicht gierig sein. Als ich mich zurückziehe, lecke ich die Wunde sanft sauber, verschließe sie und drücke einen Kuss darauf.

Ich bin nicht in Raserei verfallen. Ich habe nicht die Kontrolle verloren. Es war … schön – angenehm sogar. Wen will ich täuschen? Es war unfassbar überwältigend!

Er sieht gequält aus, und Panik ergreift mich.

»V-Valdarr, alles in Ordnung? Habe ich dir wehgetan? Es tut mir leid, wenn –«

»Nein«, sagt er heiser. »Du hast mir nicht wehgetan, Sonnenschein. Es ist nur ... viel. Von meiner Gefährtin gebissen zu werden. Es ist intensiv.«

»Oh«, flüstere ich. »Also ... möchtest du mich jetzt auch beißen?«

»Ja«, sagt er, »aber gib mir einen Moment.«

Er sitzt reglos, die Augen geschlossen. Als er sie öffnet, leuchten sie violett – hell, vibrierend, wild. Ich habe sie nur so gesehen, als er in Rage war.

Ich streiche mit den Fingern über seine Wange, er lehnt sich in meine Handfläche und küsst sie.

»Bist du bereit«, frage ich leise, »die Bindung zu besiegeln?«

Er nickt, lächelt.

Er zieht mich auf seinen Schoß. Der Beweis, wie sehr er meinen Biss genossen hat, drückt sich gegen mich, und ich tue mein Bestes, es zu ignorieren.

Ich streife mein Oberteil ab, bleibe nur im BH. Ich fühle mich schüchtern unter seinem Blick, kann ihn nicht ansehen.

»Du bist so schön«, flüstert er. Valdarr beugt sich vor, seine Nase zeichnet die Linie meines Halses nach, seine Lippen streifen meine Haut.

Er hat es nicht eilig.

Ich spüre das Lächeln an seinem Mund. Dann – langsam, vorsichtig – beißt er.

Macht durchströmt mich, Gefühle branden auf, teils meine, teils seine. Es fühlt sich an, als hielte das Universum inne und sagte: *»Da. Das sind sie.«*

Die Bindung legt sich wie ein Stahlseil um uns. Ich spüre seine Liebe, sein Verlangen, und meine eigenen Gefühle antworten darauf.

Es ist nicht nur der Biss, es ist ein Verschmelzen der Seelen.

Er trinkt nur wenig, dann verschließt er die Wunde mit einem Kuss. Auch die Narbe an meinem Hals küsst er.

»Wow«, flüstere ich.

»Wow, in der Tat«, antwortet er.

# KAPITEL ZWEIUNDVIERZIG

ICH TRAGE einen marineblauen Hosenanzug und eine blassrosa Seidenbluse. Mein Haar ist akkurat hochgesteckt, und mein Make-up ist makellos. Immer wenn ich mich schminke, denke ich an House. Ich muss versuchen, sie wiederzufinden. Immer kommt etwas dazwischen.

Valdarr lässt bereits nach ihr suchen, doch inzwischen könnte sie überall auf der Welt sein. Wir haben keine Möglichkeit, sie zu kontaktieren. Vielleicht sitzt sie dort fest, wo immer sie ist, für Jahre. Nein – mit ihrer Magie könnte sie mich erreichen, wenn sie wollte. House ist mächtig. Also muss ihr Schweigen Teil eines größeren Plans sein, auch wenn das meine Sorgen nicht lindert.

Sobald dieser Ratstermin vorbei ist – falls wir ihn überleben – werde ich meine Freundin finden und diesmal *ihr* helfen.

Beryl ist inzwischen wärmer, ich bin sicher, dass es ihr gut gehen wird. Sie befindet sich in der magischen Innentasche meiner Jacke. Harrison hat unsere Kleidung von einem Magier verändern lassen. Wenn sie aufwacht, werden wir ein ernstes Gespräch über Grenzen führen, und ich werde mich dafür entschuldigen, dass ich sie verraten habe.

Ich hoffe nur, dass der blutrünstige Pflock mich nicht absticht.

Valdarr tritt ein, gekleidet in einen perfekt geschneiderten Anzug. Irgendwie haben wir uns abgestimmt – gleiche Farbe, dieselbe zurückhaltende Eleganz – und er sieht verheerend gut aus. Er wirft mir einen stillen, fragenden Blick zu, und ich schüttele den Kopf. Er nickt. Valdarr weiß längst, dass ich keine Vision herbeirufen kann. Wenn es mir nicht gelingt, eine während der Fahrt zu erzwingen, ist unsere Zeit abgelaufen.

Ich lasse Baylor bei der Security. Roger – der Wächter, der mir mit Theresa geholfen hat – ist im Dienst und freut sich, Hundesitter zu spielen. Die Wachen lieben meinen Jungen, und ich möchte nicht, dass er aufgeregt ist, wenn wir gehen, nicht in so einem prunkvollen Haus. Er hasst es, allein gelassen zu werden.

Die Fahrt zum geschwungenen, schwarzgläsernen Wolkenkratzer verläuft zum Glück ereignislos, doch ich verkrampfe mich den ganzen Weg über im Sitz, die Knöchel weiß vor Anspannung. Die Angriffe, die wir beim letzten Mal erlebt haben, haben mich zu einem Nervenbündel gemacht.

Drinnen gleicht der Eingang nun einem Flughafen. Zusätzliche Wachen, magische Scanner, Waffen werden registriert und abgenommen. Sinnlos eigentlich, wenn

Vampire selbst wandelnde Waffen sind. Harrison spielt den Empörten, als man ihm ein paar seiner Waffen abnimmt, aber wir anderen haben nichts abzugeben. Ich habe den Clan kämpfen sehen – sie verwenden, was immer sie ihren Angreifern entreißen.

Beryl finden sie nicht.

Das offene Atrium glänzt, makellos. Als hätte die Schlacht und die Hinrichtungen nie stattgefunden. Jede Spur ist beseitigt. So viele Tote, und für die Vampire war es nur ein weiterer Tag am Rat.

Was sich verändert hat: Die geschwungenen, knochenweißen Sitzreihen sind bis auf den letzten Platz gefüllt, als hätte sich jeder Clan versammelt, um meinen Prozess zu verfolgen. Vielleicht ist es meine Anklage gegen den Großmeister, die die wahre Anziehungskraft hat – manche wollen, dass er triumphiert, die meisten, dass er fällt, und der Rest ist hier für das Spektakel.

Die dicht gedrängten, gebogenen weißen Ränge verwandeln die Halle in ein modernes Kolosseum. Einmal gesehen, brennt sich das Bild ein. Ich erwarte beinahe einen Löwen.

Wir warten schweigend, den Clan im Rücken. Valdarrs Gesichtsausdruck ist undurchschaubar.

Ich reguliere meinen Atem – obwohl ich ihn nicht brauche – und rufe mir jede Lektion ins Gedächtnis: Sei direkt, sei respektvoll. James' Ratschlag zur umgekehrten Psychologie hallt in meinem Kopf wider.

Beim letzten Mal saß ich hier und hörte stundenlang Ratsdebatten – und wir nutzten es zu unserem Vorteil. Jetzt frisst mich die Ungewissheit auf, aber ich habe es schon einmal geschafft, also schaffe ich es wieder.

Der Vampirrat zieht ein und nimmt Platz. Der Großmeister lässt sich auf seinem Thron nieder, mit einem selbstgefälligen Lächeln.

Der Herold der Stille tritt in einem königsblauen Gewand ein, den Zeremonienstab in der Hand. Er verneigt sich – zuerst vor dem Großmeister, dann vor dem versammelten Rat.

»Ordnung!«, dröhnt er. » Die Sitzung ist eröffnet.«

Der Raum verstummt, als der Stab auf den Boden kracht. Ich wappne mich gegen die knochenzermalmende Woge der Magie. Stärker als zuvor donnert die Macht durch die Halle, ein neuer Schutzzauber versiegelt den Saal und raubt mir die Luft.

»Ich, der Herold der Stille, spreche im Namen des Rates. Winifred Crowsdale vom Clan Blóðvakt, tretet hervor und werde gehört.«

Wir treten in die Mitte.

»Vor drei Nächten«, sagt der Herold, »hast du dich schuldig bekannt des nicht lizenzierten Verwandlungsvorgangs und des Versäumnisses der Registrierung, im Verstoß gegen Abkommenskodex 675.3 und die dazugehörigen Registerbestimmungen. Du hast, unter Eid und gemäß Abkommenskodex 101.4, behauptet, dass der Großmeister dein Schöpfer sei.«

Ein Raunen geht durch die Ränge.

» *Lasst die Stille verzeichnen*: Gemäß Abkommenskodex 101.4: Recht der Blutabstammung und verpflichtende Erschaffer-Verifikation, das Magieministerium hat eine Blutlinienprüfung durchgeführt. Ergebnis: Biss-Signatur – Großmeister bestätigt, eingetragener Erschaffer – keine bindende Abstammung festgestellt. Ergebnis: nicht schlüssig. Parallel dazu wurde nach Protokoll EM 12 unter Akkord 208.4 eine Ätherische Erinnerungserfassung vorgenommen. Der okulare Abdruck bestätigt den Akt der tödlichen Blutaufnahme durch den Großmeister. Eure Behauptung wird hinsichtlich Biss und Tod verifiziert. Die Frage der Verwandlung bleibt unbewiesen.«

»Ich habe keinen Einwand«, entgegnet der Großmeister glatt. »Mir war die Verwandlung nicht bekannt. Hätte ich es gewusst, hätte ich um Nachsicht für die Gefährtin meines Sohnes gebeten. Winifred Crowsdale war ein nicht registrierter, lebender Vampir, und mein Biss trug zu ihrem Tod und ihrer Auferstehung bei.«

Lügner – mir fehlt die DNA, um ein lebender Vampir zu sein.

Ich halte meinen Gesichtsausdruck neutral. Ich verstehe, warum er es sagt und warum der Rat, der zustimmend nickt, es durchgehen lässt.

Lander – so sehr ich es hasse, es zuzugeben – hatte recht. Niemand darf erfahren, dass magiedurchtränkte Häuser den Tod umgehen und die Verwandlung verdrehen können, sodass ein reiner Mensch zu einem Vampir wird. Würde man das wissen, würde jeder Magier der Welt gezwungen werden, Unsterblichkeit abzufüllen.

Diese Lüge schützt uns alle.

Sie vergessen, dass wahre lebende Vampire offensichtliche Merkmale zeigen – geschärfte Sinne, Stärke –, doch wenn der Vampirrat es beschließt, akzeptiert die Mehrheit es.

Dann begreife ich etwas, und Erleichterung durchströmt mich so heftig, dass ich beinahe in die Knie gehe. Sie geben mir einen Ausweg, ein Alibi, das alles erklärt. Wenn sie bereit sind, diese Geschichte zu spinnen, könnten wir tatsächlich überleben.

Sollen sie lügen, so viel sie wollen, solange wir leben.

»Wie wir alle wissen, ist Magie wild und unvorhersehbar«, fährt der Großmeister fort. »Niemand trägt Schuld an diesem Versehen. Und doch gestehe ich vor meinen Kollegen und Untertanen meinen Fehler ein: Niemand steht über unseren Gesetzen – am allerwenigsten ich.«

Er senkt den Kopf, legt die Hand an die Brust. »Mein Erbe und ich sind zu einer Einigung gelangt: Er wird meine Rolle als Großmeister übernehmen, ich werde zurücktreten und die Vorschriften des Abkommens bezüglich der Menschen wahren.«

Die Vampire sehen gebannt zu.

Der Herold neigt den Kopf. »Der Rat wird über Abhilfe und Sanktion unter Akkord 675.3 beraten und über Fragen der Nachfolge, die in dieser Nacht gemäß Akkord 401.1: Kontinuität des Amtes angezeigt wurden. Die Halle wird ihre Stille halten.«

Ein frisches Schutzfeld erhebt sich um die Ratsmitglieder, der Klang stirbt, und die knochenweißen Ränge beugen sich vor, um nichts zu hören.

Diesmal kann ich nicht lauschen, wie alle anderen muss ich warten. Meine Nervosität steigt, doch die Diskussion wirkt ruhig – kein Zorn, wenig Widerspruch. Sie kommen schnell zu einer Entscheidung.

Gut oder schlecht? Ich kann es nicht sagen.

Das Schutzfeld fällt.

Der Herold tritt vor, einen Stab in der Hand. Seine Stimme hallt –

KAPITEL DREIUNDVIERZIG

»WIR, der Vampirrat, haben uns beraten und sprechen nun das Urteil. Hinsichtlich deines Schuldbekenntnisses zur nicht lizenzierten Verwandlung und zum Versäumnis der Registrierung, Verstöße gegen Abkommenskodex 675.3 und die dazugehörigen Registerbestimmungen: Durch die in dieser Nacht eingeholten Feststellungen, Blutlinienprüfung des Ministeriums gemäß Akkord 101.4 und Ätherische Erinnerungserfassung gemäß Akkord 208.4, das Opfer im Register. *Lasst die Stille verzeichnen:* Winifred Crowsdale wird als lebender Vampir zur fraglichen Zeit festgestellt. Unter Akkord 675.3(b), der Ausnahme für den lebenden Zustand, greift das Verbot der nicht lizenzierten Verwandlung nicht. Das Schuldbekenntnis wird kraft Gesetzes in nicht schuldig geändert.

Hinsichtlich der Registrierung gewährt der Rat sofortige Heilung und Gnade unter Akkord 910.2(f) für anomale Zustände: Dein Status und deine Gaben werden mit ordnungsgemäßer Einreichung unverzüglich eingetragen.«

Ein gedämpftes Schweigen zieht sich zusammen, dann bebt es.

»Hinsichtlich des Großmeisters: Die Instrumente des Ministeriums bestätigen seinen Biss und die tödliche Blutaufnahme an dem lebenden Vampir Winifred Crowsdale, jedoch wird keine bindende Erschaffenslinie festgestellt. Der Menschliche Akkord 3.1 findet keine Anwendung auf den Tod eines als lebend festgestellten Vampirs, und die Grundlage für die Todesstrafe gemäß Akkord 221.9, Unrechtmäßige Prädation, wird hier durch mildernde Umstände, Geständnis und Nachfolgeregelung aufgehoben. Der Rat spricht eine formelle Rüge aus und keine weitere Anklage.«

Der Großmeister neigt den Kopf, die Augen glitzern. »Ich danke dem Rat für sein weises Urteil.«

Er hat uns und den Vampirrat meisterhaft gegeneinander ausgespielt. Er kommt mit allem durch. Aber zumindest kommen wir lebend davon.

»Der Großmeister hat seine Absicht zur Abdankung angezeigt gemäß Akkord 401.1 und 401.4. Großmeister, haben Sie Ihre Meinung geändert?«

»Nein. Der Aufstieg meines Erben bleibt bestehen, wenn der Rat es erlaubt.«

»Wir, der Vampirrat, akzeptieren die Abdankung und die Investitur des Erben. *Lasst die Stille verzeichnen:* Durch den Antrag und mit unserer Zustimmung ist dies eine Ehre, keine Strafe, festgehalten unter Akkord 401.4.«

Der Zeremonienstab kracht gegen den Marmor, Macht summt durch Knochen und Stein.

»Hört die Stille«, dröhnt der Herold, »und vermerkt es im Register: Valdarr Blóðvakt, Meister des Clans Blóðvakt, Rabe des Nordens, ist fortan Großmeister – Erster unter den Reißzähnen und dem Gesetz, Hüter des Abkommens.«

Eine schwere Woge der Magie rollt durch die Ränge. Die knochenweißen Reihen erheben sich geschlossen, dann sinken sie auf ein Knie, die Köpfe zum neuen Großmeister geneigt.

Stille herrscht. Jeder Blick richtet sich auf Valdarr.

»Rat. Herold. Ich akzeptiere.«

Der Herold wartet, alle scheinen mehr zu erwarten – vielleicht eine Rede. Kurz bevor die Stille peinlich wird, neigt er den Kopf. »Großmeister.«

James tritt vor, trägt einen Stapel dicker, cremefarbener Pergamente, mit Gold eingefasst und von Zaubern durchzogen.

»Mit Erlaubnis des Rates«, sagt Valdarr, »reichen wir folgende Registrierungen ein: gemäß Akkord 910.7, Gefährtenbund und Anspruchszeichen, den Gefährtenbund zwischen Valdarr Blóðvakt und Winifred Crowsdale, gemäß Akkord 502.3, nicht-konforme Tageslicht-Physiologie, die Bezeichnung als Tagwandlerin.«

Der Großmeister nickt und lächelt, alles läuft nach Plan.

»Und gemäß Akkord 910.2 und Akkord 903.1, Orakel-

Designation und -Handhabung, Registrierung der Gabe – Orakel.«

Stille erfüllt die Halle. Ein oder zwei Ratsmitglieder vergessen zu blinzeln.

Der Herold räuspert sich. »Der Rat nimmt die Einreichungen entgegen und trägt sie ein. Tagwandlerin- und Orakel-Status werden vorläufig registriert, bis das Ministerium gemäß Akkord 903.1 und 502.3 gegenzeichnet. Clan Blóðvakt, ihr seid äußerst ... begünstigt.«

Ein Gehilfe verneigt sich, nimmt James die Pergamente ab und trägt sie zum Rednerpult.

»Stopp!«

Das Brüllen des Großmeisters zerreißt die Halle wie ein Donnerschlag.

Alle erstarren – alle außer Valdarr.

Während ich den Herold beobachtete, hat er seinen Vater keine Sekunde aus den Augen gelassen. Der Fehler lag bei mir, nicht bei ihm. Valdarrs Vater ist außer sich.

»Ein Orakel?«, faucht er. »Warum wurde ich nicht informiert? Sie gehört *mir*. Ich habe sie in dieses Leben gebracht, ich sollte von ihren Gaben profitieren.«

Der Herold dreht sich um, seine blauen Roben rascheln leise. »Ehemaliger Großmeister, das Register verzeichnet einen ordnungsgemäß eingereichten Gefährtenbund gemäß Akkord 910.7 und eine vorläufige Orakel-Designation gemäß Akkord 903.1. Des Weiteren hebt Akkord 112.6, Verbot vorheriger Ansprüche gegen eine gebundene Gefährtin, jede frühere Behauptung auf. Ihr habt keinen Anspruch. Mit eurer Abdankung gemäß Akkord 401.4 behaltet ihr weder Anspruch noch Rechtsmittel.«

»Ich habe einen Anspruch!«, Die Stimme des alten Monsters peitscht durch den Saal.

»Ehemaliger Großmeister«, warnt der Herold, den Stab erhebend, »Akkord 12.9, Heiligkeit des Gerichts. Tretet zurück.«

Seine Finger zucken – eine vertraute, tödliche Geste.

Oh nein.

Kapitel Vierundvierzig

Die Barriere, die uns von den sitzenden Vampiren trennt, versagt diesmal nicht, sie verstärkt sich.

»IHR WERDET ALLE GEHORCHEN!« Die Worte des Großmeisters fallen wie eine magische Bombe. Die Luft verändert sich. Macht schneidet durch die Halle, Glas bebt, Balkone erzittern, Lichter flackern und verlöschen fast. Der Befehl rollt durch den Raum, und ich kann ihn beinahe sehen – zuerst trifft er den Rat, dann breitet er sich aus wie Wellen nach einem Steinwurf in einen Teich.

Er prallt am Herold ab, setzt sich jedoch fort, wie eine Woge. Er trifft die Wachen, dann durchschlägt er die Barriere und fegt über jeden einzelnen Vampir hinweg.

Der Großmeister hat sie alle gezwungen, ihre Gedanken übernommen.

Der Herold tritt vor, um einzugreifen, doch derselbe

Gehilfe, der die Unterlagen eingesammelt hat, stößt mit einem Messer nach ihm. Er greift sich an die Kehle, Blut spritzt zwischen seinen Fingern hervor, dann bricht er röchelnd zusammen.

Die Augen des Großmeisters lodern, als sie sich auf mich heften. »Du wirst tun, was ich sage.«

Der Befehl kracht in meinen Kopf, mein Körper will fast instinktiv nicken. Valdarrs Griff um meine Hand wird fester, hält mich verankert.

Er knurrt.

»Bringt sie zu mir«, befiehlt sein Vater.

Ich habe keine Zeit, zusammenzuzucken, bevor eine Hand sich um meinen Arm schließt und mich von Valdarr fortreißt.

»Tony? Was machst du –«

Seine Augen sind glasig, leer. Entsetzen packt mich: Auch er ist gezwungen worden.

»Haltet ihn auf«, verlangt der Großmeister. Während Valdarr nach vorn stürzt, meinen Namen auf den Lippen, umklammert ihn Ralph von hinten. Harrison wirft sich dazu, dann James. Selbst gemeinsam können sie ihn kaum halten. Er brüllt, seine Muskeln spannen sich an, seine Zähne sind gefletscht.

Tonys eiserner Griff zerrt mich über den Boden Richtung Podium. Ich bin stark, doch immer noch nur ein frischverwandelter Vampir und ihm nicht gewachsen. »Tony, lass los! Du tust mir weh!«

Der Großmeister lächelt, selbstzufrieden und grausam. Er schwebt näher, eine weitere Welle von geistiger Beeinflussung durchzittert die Luft wie Hitzeblitze.

»Du gehörst jetzt mir«, sagt er. Seine Macht donnert

wie eine Welle in meinen Geist. »Du liebst mich. Ich bin dein Gefährte.«

»Ich liebe dich. Du bist mein Gefährte«, wiederhole ich.

Ich liebe ihn.

Er ist mein Gefährte.

ICH BLICKE zu meinem Gefährten auf dem Podium. Warum kriechen Verzweiflung und Angst in mir hoch?

Warum ... Warum bewegt sich mein Körper nicht von selbst?

Warum werde ich quer durch den Raum geschleift, während die Hand eines Vampirs blaue Flecken auf meinem Arm hinterlässt?

Warum streckt sich meine Hand nach hinten, krallt in die Luft, greift nach etwas?

Greift nach ...

ICH SCHAUE zurück und sehe *ihn* – schön, wild – einen atemberaubenden Vampir. Er kämpft gegen zwei, nein, drei Gegner zugleich, seine Bewegungen ein Verschwimmen aus Kraft und Präzision. Er hebt den Kopf, und seine violettgrauen Augen fangen meinen Blick.

Und ich erinnere mich.

Blitz – die gelbe Tür.

Blitz – der Hoodie.

Blitz – die Rettung an der Grenzstation.

Blitz – der Kuss.

Blitz. Blitz. Blitz. Die Erinnerungen schlagen in mich

ein. Seine Stimme hallt in meinem Geist: *»Du, Winifred Crowsdale, bist Perfektion. Meine Sonne in der Dunkelheit.«*

Unser Band flammt auf. Sein Blut, das in meinen Adern singt, entzündet sich, nicht mit Schmerz, sondern mit Macht. Mein Kopf hämmert, als Valdarrs Stärke durch mich strömt, mich in Stahl hüllt, meinen Geist abschirmt.

Ich fletsche die Zähne in Richtung des Großmeisters. »Nein. Kommt nicht infrage.«

»Oh doch«, sagt er und leckt sich die Lippen. Das Burgunderrot hat seine dunkelgrauen Iriden verschlungen, seine Augen sind ganz rot. »Ich erinnere mich noch, wie du geschmeckt hast. Du gehörst mir. Dein Gefährte – mein nutzloser Sohn – wird in wenigen Augenblicken tot sein.«

»Nein«, knurre ich. »Ich werde dich aufhalten.«

»Du? Du kannst mich nicht aufhalten. Du kannst gar nichts. Du bist nichts, nur eine Missgeburt der Magie, eine Abscheulichkeit in geborgten Gaben. Tagwandeln, Vorsehung – all das ... *meins*. Mit deinen Visionen werden meine Pläne perfekt aufgehen. Die Welt wird unter meinem Befehl brennen, und ich werde sie nach meinem Bild neu erschaffen.«

Sein Lächeln verzieht sich.

»Ich werde mit den Menschen beginnen. Sie werden eingesperrt, wo sie hingehören: Unterhaltung, Nahrung, nichts weiter. Ich werde durch jedes Land fegen, sie versklaven, sie wie Vieh züchten, mir die Besten aus der Herde pflücken, bis nur gebrochene Hüllen bleiben.«

Er hebt den Blick zum Publikum, seine Stimme schwillt vor dunklem Triumph.

»Ich werde tun, was immer mir gefällt, weil ich es kann. Niemand kann mich aufhalten.«

Die Vampire ringsum stehen weiterhin still, gefangen in seinem Machtgeflecht. Ich hatte nicht begriffen, wie mächtig er wirklich ist – bis jetzt. Wie bekämpft man jemanden wie ihn?

»Ich werde uns wieder stark machen«, sagt er, die Stimme wie ein Kriegsschrei. »Ich werde die Wandler vernichten und die Magier zerbrechen, bis sie wie Haustiere zu unseren Füßen kriechen. Ich werde diese Welt in Blut und Feuer neu formen. Und du ...«

Sein Blick bohrt sich in mich, sein Lächeln dunkel, alles verzehrend.

»Du wirst meine Waffe sein.«

Er tritt näher, jede Bewegung bedacht – ein Raubtier, das Beute verfolgt.

»Und du wirst zusehen, wie ich deinen Gefährten töte.«

Ein anderer Vampir packt meinen anderen Arm. Zwischen zwei Vampiren eingeklemmt, kann ich mich kaum bewegen.

Mein totes Herz sinkt.

Valdarr schreit meinen Namen, windet sich gegen seinen Clan, während der Rest der Halle zusieht, gefesselt von der Macht des Großmeisters.

Durch die Menge tritt eine weitere bekannte Gestalt hervor, die Augen ebenso glasig wie die der anderen: der Henker, bereit, Valdarr den Kopf abzuschlagen.

Wir verlieren.

Nein. Wir haben bereits verloren.

Kapitel Fünfundvierzig

Mein ganzer Körper zittert. Wird mein Leben jetzt so aussehen? Er wird Valdarr töten und dann – dann endet die Welt. Meine Welt endet mit einem Schwertschlag. Der Gedanke ist unvorstellbar.

Ich muss ihn beschützen.

Ich kann nicht. Zwei Vampire halten meine Arme fest, die Knochen in meinen Schultern knacken. Der Henker steht bereit, das Schwert locker in der Hand. Er schwingt es träge zur Probe, als wolle er das Gewicht für den tödlichen Hieb spüren.

»Es ist entweder du oder sie, Sohn. Gib auf«, knurrt der Großmeister.

Valdarr hört auf, sich zu wehren. Seine Augen lodern – violett von innen heraus erleuchtet – heller als je zuvor. Verzweiflung brennt in diesem Licht. Wären es nicht seine eigenen Clanmitglieder, die ihn festhalten, ich glaube, er würde den ganzen Raum zerreißen.

Er zwingt ihn, sich zurückzuhalten – eine Grausamkeit jenseits allen Begreifens.

Valdarr könnte sie fortschleudern, sie töten, aber der Ring von verzauberten Wachen in den Rängen steht bereit, Münder schlaff, Augen glasig, Klingen halb gezogen. Er könnte ein paar stoppen. Er kann nicht alle stoppen.

»Du oder dein Wunder?«, verspottet der Großmeister und stößt sein Kinn in Richtung des Henkers.

»Sie«, sagt Valdarr. »Immer sie.«

»Gute Wahl.« Ein Fingerzucken. »Vollziehen.«

Tonys Griff an meinem Arm verstärkt sich. Ich kann nur zusehen, wie Ralph und Harrison Valdarr auf die Knie zwingen. Er senkt den Kopf, entblößt den Hals, und doch wendet er den Blick nicht von mir.

Das Schwert erhebt sich in einem perfekten Bogen.

Und gerade als die Welt sich auf einen einzigen niedersausenden Schlag verengt –

– regt sich meine Jacke.

Wenn man will, dass etwas richtig gemacht wird, schnarrt Beryl, *muss man es eben selbst tun.*

Sie schießt aus meiner Tasche wie ein abgefeuerter Bolzen. Das Holz summt und zieht eine Schraubenlinie durch die Luft und trifft den Großmeister mitten in die Brust.

Ein dumpfer Aufprall. Ein feuchtes, grauenvolles Schmatzen.

Er blickt hinab, fassungslos, auf den Pflock, der bis zum Schaft in ihm steckt. Seine Hände heben sich – zögern – als müsste die Realität einen Moment aufholen. Beryl bohrt weiter, die magische Vibration lässt mir die Zähne klappern – selbst von der anderen Seite der Halle – und zerreißt sein Herz.

Er hustet. Dickes, teerschwarzes Blut ergießt sich über seine Lippen und sein Kinn, Teer und Fäulnis erfüllen die Luft. Er taumelt und sinkt auf die Knie.

Beryl bricht durch seinen Rücken in einer Gischt aus Blut hervor, ein siegreicher, bösartiger kleiner Speer. Er stößt ein letztes, ersticktes Geräusch aus und stürzt mit dem Gesicht voran auf das Podium.

Die geistige Beeinflussung bricht wie Glas.

Er rauscht wie eine Druckwelle aus dem Raum, jedes glasige Auge klärt sich. Vampire in den Rängen zucken zusammen, als erwachten sie aus einem Albtraum. Ein Dutzend Klingen klirren auf den Marmor. Die Halle holt in einem kollektiven, entsetzten Atemzug Luft.

Der Herold, noch immer die Kehle umklammert, richtet sich halb auf. Heilung schließt bereits die Haut, seine Augen springen vom Leichnam zu Valdarr, und dann zu mir.

Ratsmitglieder hasten auf ihre Podien, schlagen Siegel nieder, lösen Schutzzauber aus, Panik überzieht uralte Gesichter.

»Das ... Das ist beispiellos«, krächzt ein Ältester. »Er hat das Gericht gezwungen!«

Tonys Griff an mir löst sich, als hätte er sich verbrannt. »Winifred, ich –« Die Entschuldigung stirbt, ich bin schon fort.

Ich renne. Valdarr fängt mich auf, zieht mich an sich, wirbelt uns aus der Bahn der Henkerklinge. Er riecht nach

Moschus, Metall und dem kupfersüßen Hauch von Schlacht.

»Bist du verletzt?« Er umfasst mein Gesicht mit den Händen, sucht in meinen Augen, während seine Daumen über meine Wangenknochen streichen. Dann bedeckt er mich mit leichten Küssen.

»Mir geht's gut«, flüstere ich.

Ein tiefer, körpererschütternder Seufzer entweicht ihm, und er hält mich fest.

»Erfülle deine Pflicht«, sagt Valdarr mit monotoner Stimme. Ohne hinzusehen deutet er auf das Podium. »Nimm dem Verräter den Kopf.«

Der Henker verneigt sich. »Natürlich, Großmeister.« Er überbrückt die Distanz in drei Schritten und lässt das Schwert fallen. Sauber. Endgültig. Dann rollt der Kopf von Valdarrs Vater einmal, zweimal, und liegt still.

Das war für Amy und Max. Für uns alle. Meine Knie geben nach, und nur Valdarrs Arme um meine Taille halten mich aufrecht. Beryls Schlag hätte reichen sollen, aber bei diesem Monster vertraue ich auf nichts außer Asche.

»Ich werde ihn verbrennen«, sagt Valdarr, liest meine Gedanken, den Blick fest auf die Überreste seines Vaters gerichtet. »Ihn in alle Winde zerstreuen und die Erde mit Salz bestreuen. Er wird nie zurückkehren. Er wird dich nie wieder berühren.« Als seine Augen schließlich meine finden, sind sie wild und unendlich traurig. »Es tut mir leid, dass ich dich nicht beschützen konnte.«

»Doch«, flüstere ich heiser, meine Stimme gebrochen. »Der einzige Grund, warum ich gegen ihn kämpfen konnte, bist du. Dein Blut in meinen Adern. Er wollte mich glauben machen, ich gehöre ihm, dass ich ihn liebe. Einen schrecklichen Moment lang habe ich es fast geglaubt.« Ich presse meine Hand an Valdarrs Brust, gegen sein stetiges, unnötiges Heben und Senken. »Aber dein Blut hat gesungen, und meine Seele wusste, dass ich niemals ihm gehören könnte. Ich liebe dich, und jeder Teil von mir weiß es.«

Ich schlinge die Arme um seinen Nacken und halte ihn fest.

»Ich liebe dich, Winifred. Danke, dass du mich gerettet hast«, flüstert er in mein Haar. »Und dass du deine Freundin mitgebracht hast.«

Von Blut überzogen, macht Beryl einen dramatischen Ruck, spritzt Tropfen wie Konfetti, die das Podium mit Punkten des Bösen besprenkeln. Dann zischt sie auf mich zu.

»Oh nein, komm mir nicht so.« Ich weiche aus. »Ganz bestimmt nicht. Du bist voller Großmeister-Glibber. Du kommst so nicht zurück in meine Tasche.«

Sie lacht, hell und schamlos. *Hab dich auch vermisst, Kleines. Und – gern geschehen.*

»Danke«, sage ich, atemlos, zitternd, halb hysterisch. »dass du dich um ihn gekümmert und uns gerettet hast.«

»Danke, Beryl.« Valdarr neigt den Kopf.

Während sie spricht, übersetze ich, weil er sie nicht hören kann.

Ich wollte diesen Bastard seit hundertsiebenundfünfzig Jahren kriegen. Sie schlägt eine Pirouette in der Luft, überaus zufrieden mit sich selbst. *Wer hätte gedacht, dass mir ausgerechnet ein Baby-Vampir die Gelegenheit verschafft?*

»In der Tat.«

Wenn ich eine Lunge hätte, sagt sie, *würde ich jetzt Ding*

Dong, der Vampir ist tot singen. Schade, dass ich nicht glitzernd und musikalisch bin.

»Beryl ...«

Was? Schau mich nicht so an. Ich habe gerade deinen Mann und diesen Rat des Bösen gerettet. Ein bisschen Anerkennung wird dich nicht umbringen – auch wenn es das technisch gesehen fast getan hätte.

»Du bist unmöglich.«

Und du liebst mich dafür.

Um uns herum findet die Halle zurück zum Denken. Wachen taumeln, während die letzten Fäden des Befehls zerreißen. Vampire in den knochenweißen Rängen sehen einander mit wachsendem Entsetzen an, genau wissend, was ihnen angetan wurde.

Der Herold richtet sich auf, die Hand an der Brust, die Stimme rau, doch stark genug, um gehört zu werden. Bald wird er seine Proklamationen sprechen. Es wird Asche zu fegen, Eide zu schwören, Gesetze zu heilen geben.

Doch in diesem Atemzug zwischen Katastrophe und Konsequenz legt Valdarr seine Stirn an meine.

»Wir leben.«

»Für den Moment«, antworte ich, denn Hoffnung ist zerbrechlich, und ich weiß nicht, wie ich sie aufrechterhalten soll. Ich will auch nichts verschreien. »Lass uns dafür sorgen, dass es so bleibt.«

Sein Mund verzieht sich zu einem Lächeln, und die Angst in meiner Brust löst sich.

Auf dem Podium sickert Dunkelheit aus dem Leichnam über den Marmor.

Beryl summt zufrieden.

Ich verschränke meine Finger mit Valdarrs und drücke sie. »Lass uns nach Hause gehen«, flüstere ich.

»Nach Hause«, sagt er, als hätte er die Worte schon einmal gekostet und nie so süß gefunden.

Beryl zieht eine selbstzufriedene Schleife. *Ich sitze vorn.*

»Erst ein Bad«, sage ich zu ihr. »Dann darfst du vorn sitzen.«

Und zum ersten Mal, seit ich gestorben bin, erlaube ich mir an ein *Danach* zu glauben. An den Raum jenseits von Schrecken und Gerichten und Königen. An ein Morgen, in dem der Böse tot bleibt, der Pflock abgespült wird und der Mann, den ich liebe, mit mir nach Hause kommt.

Kapitel Sechsundvierzig

Bonusszene Eins – Die erste Lieferung
Valdarrs Sichtweise

Die Schutzbarriere erzittert warnend, ein Mensch, allein, Herzschlag schnell vom Joggen den Weg hinauf. Verdammt, schon wieder eine Lieferung. James hat geschworen, er habe die Dauerbestellung für die Tageswache gekündigt. Ich habe ihm gesagt, dass das nicht mehr geht. Dass er einen geprüften Koch einstellen soll, Vaters Spione sind überall.

Ich stehe im Türrahmen, das Haus dunkel hinter mir. Bevor die Fahrerin klopfen kann, reiße ich die Tür auf.

»Guten Nachmittag.« Kopf gesenkt, Stimme warm, professionell, höflich – so, wie Menschen sprechen, wenn Gefahr auf der anderen Seite der Tür lauert.

Sonnenlicht umrahmt ihr goldblondes Haar und sprenkelt ihre Wangen mit Sommersprossen. Sie ist zart – winzig, eigentlich – und viel zu sehr mit der App auf ihrem Handy beschäftigt, um mir in die Augen zu sehen.

Ich bin irrational verärgert. Sich unvorsichtig einem Haus zu nähern, ist gefährlich, sie wird sich noch selbst umbringen. *Sieh auf, törichtes Mädchen.* Sonnenlicht leckt schon an den Dielen zu meinen Stiefeln.

»Schön, dass Sie es auch mal schaffen. Warum hat das so lange gedauert?«, knurrt er.

Fett von dem Fast Food, Hundegeruch und Orangensaft überdecken ihren natürlichen Duft. Ich atme tiefer ein und –

Alles in mir verstummt – dann brüllt es auf.

Das Band trifft mich so hart, dass ich mich am Türrahmen abstützen muss. *Mein.* Das Wort detoniert durch tausend Jahre Selbstbeherrschung. *Mein,* wispert jeder wilde Instinkt. *Meine Gefährtin. Mein zu beschützen, mein zu bewahren … mein zu zerstören, wenn ich nicht vorsichtig bin.*

Nein.

Menschlich.

Zerbrechlich.

Falsches Leben. Falsche Zeit.

»Es tut mir leid, Sir«, sagt sie beschwichtigend. »Das Restaurant liegt auf der anderen Seite der Grenze. Vierzig Minuten Fahrt. Aber bitte machen Sie sich keine Sorgen, das Essen steht unter einem Zauber, es ist noch kochend heiß.«

Ich zwinge mein Gesicht zu einem gelangweilten

Ausdruck – räuberisch, unbeeindruckt – alles außer dem panischen Hämmern in meiner Brust.

Endlich hebt sie das Gesicht.

Kein Mädchen. Sie ist ganz Frau, und meine Gefährtin ist *wunderschön*. Ihr Herz stolpert einmal – genau einmal. Helles Blau, durchsetzt mit Silber, umrahmt von tiefem Marine, trifft meinen Blick.

Ich präge mir den Moment ein.

Dann nehme ich die Tüte und fauche die ersten hässlichen Worte, die sie fortschicken sollen. »Kein Trinkgeld.« Grausam. Notwendig. Niemand darf es wissen, am wenigsten sie.

Ihr Blick flackert, sie richtet die Schultern und nickt. »Trinkgeld ist nicht verpflichtend, Sir. Guten Appetit.« Ruhig, immer noch freundlich.

Sir. Respektvoll zu dem Unhold an der Tür. »Was auch immer.« Ich schlage die Tür zu vor dem hellsten Licht, das ich seit einem Jahrhundert gesehen habe. In meinem Leben.

Wie ein Narr presse ich die Stirn gegen das Holz, bis ihre Schritte verhallen.

Harrison wird mir den Kopf abreißen. Mir egal. Ich schicke ihm das Kennzeichen ihres Wagens. *Schick unser bestes Team, um die Frau zu beobachten. Kein Kontakt. Nur Bericht.*

Kapitel Siebenundvierzig

Bonusszene Zwei – Die Grenzstation
Valdarrs Sichtweise

DIE RUND-UM-DIE-UHR-ÜBERWACHUNG HAT sie seit vier Wochen im Blick. Es brauchte ein paar Tage, um die richtigen Leute zusammenzustellen, doch drei Teams bewachen sie nun in Schichten. Jeder Bericht ist derselbe: Lieferfahrten, ein Spaziergang mit dem Hund, und sie ist vor Einbruch der Dunkelheit wieder zu Hause. Nichts Auffälliges.

Dann kommt der Anruf.

Sie haben sie verloren.

»Jemand Kleines, Schnelles, ist die Straße rauf und runter gerannt«, sagt der Wachmann. »*Vampirschnell.* Von der Grenzpatrouille aufgegriffen, beim Verlassen des Menschensektors.«

Mein Jemand.

Mein Mantel ist schon an, bevor der Anruf endet. James versucht zu reden – Agenda, Besprechungen, eine Beschwerde über Messer in der Spülmaschine. Ich lasse ihn reden und nehme zwei Stufen auf einmal.

Als ich die Station erreiche, ist sie bereits in Gewahrsam.

Das Gebäude stinkt nach Bleichmittel, Blut und alter Magie. Der diensthabende Beamte richtet sich auf, als ich den Raum durchquere.

Ihre Angst hängt wie ein schneidender Geruch in der Luft. Sie hält den Blick gesenkt, die Haltung abwehrend, und doch hämmert die Abwesenheit eines Herzschlags gegen meine Sinne. Wut schießt so scharf durch mich, dass meine Macht aufflammt.

Nein.

Unakzeptabel.

Jemand hat meine Gefährtin verwandelt.

Winifred sollte ein langes, sicheres, *menschliches* Leben führen.

Ich zwinge mich zur Ruhe.

»Sir, dieser Vampir lief vom Menschensektor über das Brachland«, berichtet ein Wachmann. »Sie hat die Schutzzauber ausgelöst, und wir haben sie festgenommen.«

»Hat sie Widerstand geleistet?«

»Nein, Sir. Sie ist geflohen, aber sobald sie verzaubert war, hat sie kooperiert. Sie hat allerdings kein Wort gesagt – offensichtlich verängstigt. Das Problem, Sir, ist, dass sie unmarkiert ist.«

Ich spüre das Fehlen. Mein Kiefer schmerzt.

»Sieh mich an«, sage ich leise.

Sie hebt den Kopf wie das tapferste Wesen, das ich je gesehen habe.

Sonnenlicht an einem dunklen Ort. Ihre ausdrucksstarken Augen zeigen Angst, ja, aber auch Erleichterung. Eine Narbe zeichnet ihre Kehle, sie ist schon Wochen alt. Das Gefährtenband schlägt durch mich – heftig und gleißend – und alles wird sehr, sehr kalt.

»In Ordnung, meine Herren, ich übernehme ab hier«, sage ich. »Vergesst die Akten. Sie war nie hier.«

»Sir? Kennen Sie sie?«, fragt ein Wachmann.

Ein Blick beendet die Diskussion.

»Natürlich, Sir«, bellt der Beamte. »Bravo, Team, der Tag bricht an. Alles verriegeln.«

Sie verschwinden. Ich führe sie in einen Verhörraum, zuerst Privatsphäre, Schutzzauber sind gesetzt, Geräusche versiegelt. Eine Dämpfungsrune summt, die Wände flirren – keine Ohren, keine Augen, nur wir.

Ich rufe Harrison an. »Ich habe sie gefunden. Ich brauche ein Auto zur Station. Notfallprotokoll Eins.« Dann stecke ich das Handy zurück in die Tasche, und endlich berühre ich sie. Ich umfasse ihr Kinn, die Narbe an ihrer Kehle unter meinem Daumen ist ausgefranst, Aasfresser-schnell. Keine saubere Wandlung.

»Wer hat dir das angetan?«, fauche ich.

Sie starrt mich an, stolz trotz der Angst.

»Du warst ein Mensch, und jetzt bist du es nicht mehr. Also frage ich noch einmal: Wer hat dir das angetan?« Ich ziehe scharf Luft durch die Zähne, schiebe die Wut beiseite und drehe den Stuhl, sodass ihr Rücken zum Tisch zeigt.

Ich umfasse sie mit meinen Armen. Schließe sie ein, ja, aber auch, um sie von der Tür, der Welt abzuschirmen.

»Der Zauber gibt uns Privatsphäre«, bringe ich hervor, meine Stimme zittert. »Winifred Crowsdale, beantworte meine Frage. Wer. Hat. Dir. Das. Angetan?«

Sie erschrickt. »Woher kennst du meinen Namen?«

Oh Sonnenschein, ich weiß alles über dich. Sie leckt sich die Lippen, meine Reißzähne schmerzen, als hätte sie sie berührt.

Fokussier dich!

»Bitte beantworte meine Frage.«

»Wann?«

»Am Tag, nachdem du mir deinen Hoodie gegeben hast.«

»Das ist unmöglich.« Reflex. Niemand hätte dort sein sollen. Niemand war eingetragen.

»Unmöglich?«, schießt sie zurück, ein wütender Tonfall liegt unter der Heiserkeit.

»Ich nenne dich keine Lügnerin«, sage ich, meine Stimme erzwungen ruhig. »Aber niemand hätte in diesem Haus sein dürfen.«

»Er hat die Tür mitten am Tag geöffnet. Genau wie *du* war er tagsüber wach.«

Ein Ältester. Es gibt so wenige von uns.

»Ich sage die Wahrheit. Es war Sonntag, der Tag, nachdem du mir den Hoodie geliehen hast.«

Ich hatte Leute, die sie überwachten ... Nein, nicht am Sonntag – wir hatten das komplette Team erst am Montag zusammengestellt.

»Jemand hatte eine Lieferung an deine Adresse bestellt. Ich habe das Essen abgeholt, dir den Hoodie zurückgebracht, und einer deiner Freunde fand, ich wäre ein guter Snack. Er hat mich an den Haaren hineingezerrt und mir die Kehle aufgerissen. Vor Schock und Blutverlust bin ich ohnmächtig geworden oder gestorben, ich weiß es nicht genau.«

Sie zuckt mit den Schultern, als wäre es unwichtig.

»Ich bin so aufgewacht, in deinem Leichencontainer.« Ihre Stimme bricht. »Ihr seid wirklich ein Haufen kranker Bastarde ohne Selbstkontrolle. Es wundert mich, dass die menschliche Regierung euch nicht längst ausgelöscht hat.«

Sie darf so nicht öffentlich reden, der Rat und die Clans würden sie töten.

»Auslöschen? Vergisst du, dass du selbst ein Vampir bist?«

»Allerdings. Dein Kumpel hat mich ermordet. Danke dafür.«

»Wir schweifen ab. Wie sah er aus?«

In monotoner Stimme beschreibt sie ihn: kreidebleiche Haut, ein blutroter Mund, dunkelgraue Augen. Wie er im Sonnenlicht verbrannte, seine Kleidung, seine Haltung, der Klang seiner Stimme – und was danach kam.

Vater. Natürlich.

Ein Muskel zuckt in meiner Wange. Ich wende mich ab, bevor ich aus Wut den Tisch zertrümmere.

Beruhig dich. Denk nach. Beschütz sie.

Es geht nicht um mich. Es geht um Fred.

»Wie bist du verwandelt worden?«, frage ich, schon Szenarien im Kopf entwerfend. Keines ergibt Sinn. Sie trug die DNA-Marker nicht. Ich habe es überprüft. *Zweimal.*

»Ich habe keine Ahnung.« Sie atmet tief und unsicher. Die Welt verengt sich zu bitterem Orange, kaltem Eisen und dem Unrecht darin, dass sie immer noch atmet. Ich zwinge mich, mich zu entfernen.

»Du bist noch so neu«, sage ich, schreite umher, um die Gewalt abzubauen. »Du atmest noch. Du bist seit über einem Monat ein nicht registrierter Vampir ohne Clan. Wie viele Leichen?« Ich muss fragen, das Gesetz verlangt es.

»Leichen?« Sie funkelt mich an. »Im Sinne von Menschen? Keine. Denkst du, ich renne herum und ermorde Menschen? Ich bin nicht wie du oder deine Freunde.«

Ich verdiene das. Der Mundwinkel zuckt trotz der Gefahr, meine Gefährtin hat Feuer.

»Es ist weniger als eine Stunde bis zum Morgengrauen. Ich muss dich an einen sicheren Ort bringen.«

»Ich will einfach so tun, als wäre dieser Tag nie passiert, und nach Hause gehen.«

»Wo ist dein Zuhause?«

»Das geht dich nichts an. Ich kenne dich nicht.«

»Ich bin die einzige Hilfe, die du hast«, höre ich mich sagen und hasse, wie wahr es ist.

Sie verzieht das Gesicht. Die Abwehr schmilzt in etwas, das näher an Resignation liegt. »Es tut mir leid, ich will nicht unhöflich sein. Ich bin nur ... verängstigt. Es war alles zu viel.«

Ein Klopfen unterbricht uns. Ich öffne die Tür einen Spalt. »Kameras gelöscht, Bestechungen geregelt«, sagt Harrison und reicht mir das Clan-Blutzeichen – nicht größer als eine Münze, mit Zaubern älter als jede Sprache. Das Eisen pulsiert schwach, Runen lebendig unter seiner Oberfläche.

Ich nicke, schließe die Tür und wende mich wieder ihr zu.

»Winifred, Vampire existieren nicht ohne einen Clan. Um zu überleben, musst du dazugehören. Es gibt kein Verstecken und kein Davonlaufen.« Nicht vor Vater, nicht vor seiner Art, mit Fehlern umzugehen. »Bisher hast du es geschafft, aber die Zeit ist abgelaufen. Lass mich helfen. Lass mich jetzt übernehmen.«

»Übernehmen? Wie?«

Mein Handy summt. Ich ignoriere es. Mein Blick bleibt fest auf ihr. Ich muss es tun. Uns läuft die Zeit davon.

»Ich wünschte, ich könnte dir mehr Zeit geben, aber du hast keine mehr«, sage ich, die Wahrheit schwer auf meiner Zunge. Wenn ich zögere, verliere ich sie. »Bitte vergib mir. Ich werde nicht zulassen, dass dir etwas geschieht, und ich werde *nicht* zulassen, dass du in die Hände eines anderen Clans fällst.« Ich überbrücke die Distanz, ergreife ihr Handgelenk, drehe es nach oben und drücke das Blutzeichen auf ihre Haut.

Sie keucht. »Aua!« Der Laut zerreißt mich.

Das Siegel brennt einen roten Raben auf einem Schild, Blut perlt am Schnabel. Ich ritze mir den Daumen, streiche Blut über das Mal, versiegelnd. »Du bist jetzt Mitglied meines Clans.« Ruhig, kalt, effizient – so tuend, als würde es mich nicht innerlich zerreißen, ihr weh zu tun.

»Es tut weh.«

»Ich weiß. Es ist zu deinem Schutz.« Zu meinem. Für meinen Verstand.

»Zu meinem Schutz? Was ist mit meiner Zustimmung?«

»Dafür war keine Zeit.« Eine Lüge, weil ich etwas

auslasse. Ich hätte sie auch mit mehr Zeit gebrandmarkt. Später werde ich mit meinem Leben um Vergebung bitten. Ich halte ihr die Hand hin. »Komm, ich habe ein Safe House für dich organisiert.«

Sie zögert.

Wenn sie Nein sagt ...

Ihre Hand gleitet in meine.

Kapitel Achtundvierzig

Bonusszene Drei – Die Hochzeit
Valdarrs Sichtweise

Der Rubin summt an meinem Finger, als ich aus dem Wagen trete, hinaus in die pralle Sonne. Hitze beißt, doch der Ring saugt sie auf – alte Magie, gefährlich und das Risiko wert. Ich streiche eine unsichtbare Falte von meinem anthrazitfarbenen Anzug und folge dem Duft von Champagner, Haarspray und selbstgefälliger Überheblichkeit rund um das Hotel.

Ich habe nur vor, zu beobachten.

Zwei Wachen sichern die Einfahrt, ein Fahrer wartet drei Straßen weiter, und ich habe einen stillen Plan, sie herauszuholen, falls etwas schiefgeht. Ich habe mir geschworen, nicht einzugreifen, es sei denn, sie bittet mich darum.

Dann treibt er sie in die Enge.

Ich spüre es in meinen Knochen – wie sich ihr Körper zurückneigt, höflicher Rückzug statt Furcht – und doch weiß ich, wohin das führt. Er tritt näher, seine Hand landet dort, wo sie nichts verloren hat. Ich überquere den Rasen.

»Aber du bist mein Mädchen«, jammert der Mann.

»Nein, bin ich nicht. Ich war seit fast sieben Monaten nicht mehr dein Mädchen und wenn wir ehrlich sind, seit Jahren nicht. Melissa ist deine *Frau*, und im Gegensatz zu dir glaube ich an Treue, an Loyalität. Ich senke meine Standards nicht und auch nicht meine Moral. Schon gar nicht für dich. Geh zurück, jetzt.«

Freds Stimme ist scharf, und sie meint jedes Wort ernst. Dann schnellen ihre Augen zu mir – weit, ungläubig.

»Ich denke, du solltest auf die Dame hören und zurücktreten, bevor ich dich dazu bringe«, sage ich und gehe an ihm vorbei. Ich hatte geübt, sanft zu sein, jetzt bin ich es nicht. »Entschuldige, dass ich zu spät bin.« Ich küsse ihre Wange. Warm. *Menschlich.* Sonnige Orangenschale und reine Haut. Ihr Puls flackert gegen meine Sinne.

Der Bräutigam, ihr Ex, bläht die Brust. »Wer zum Teufel bist du?«, fragt er.

Ich stelle mich zwischen sie und lasse die tragbare Schutzsphäre in meiner Tasche sich entfalten: ein sanftes Schimmern, das neugierige Ohren und Handys im Umkreis von drei Schritten dämpft. Ein Höflichkeitsschleier, keiner von beiden bemerkt die Magie.

»Ihre Bindung an dich war es, die dich besonders gemacht hat – das ist dir klar, oder?« Ich bleibe halbwegs höflich. »Du hättest dein Glück schätzen und sie nicht gehen lassen sollen. Sie gehört nicht mehr dir. Du blamierst dich. Geh zurück zu deiner Frau.«

»Ich nehme keine Ratschläge von einem Punk mit Lippenpiercing an«, faucht er.

Ich mustere ihn langsam, tödlich, und lasse ihn sehen, was zurückblickt. Er erblasst – Stufe um Stufe, die mir fast amüsant erscheinen würden, wenn er nicht dieselbe Luft wie mein Sonnenschein atmen würde.

»Hier der Ratschlag von einem *Punk mit Lippenpiercing*: Lerne den Unterschied zwischen besitzen und ehren. Ersteres hast du versucht. Letzteres werde ich tun.« Ich gelobe, die unglaubliche Frau *wertzuschätzen*, die er vertrieben hat.

Sein Mund öffnet sich, schließt sich.

Hinter mir höre ich Winifreds Atem stocken.

Ich senke die Stimme, beuge mich so weit vor, dass nur er es hört. Die Schutzsphäre verschluckt die Worte. »Wenn du sie noch einmal anfasst, nehme ich dir die Hände. Wenn du ihren Namen noch einmal beschmierst, nehme ich dir die Zunge. Wenn du auch nur in ihre Richtung atmest, nehme ich dir den Atem. Nicke, wenn du das verstanden hast.«

Er nickt.

Gut. Furcht lehrt Lektionen, wo Stolz es nicht kann.

Ich wende mich ihr zu. »Komm, ich begleite dich zu deinem Auto.« Ich biete ihr meinen Ellbogen an, als wäre dies ein Ballsaal und kein Schlachtfeld der Egos. Wir gehen. Es ist überraschend schwer, nicht nach ihrer Hand zu greifen.

Sie schaut zu mir auf. »Was hast du ihm gesagt?«

»Nichts Wichtiges«, antworte ich – technisch gesehen wahr. Die wichtigen Worte sind für sie.

Aus der Nähe sehe ich die kleinen Details, nach denen ich mich sehne: ihr elegantes dunkelblaues Kleid, Armbänder, die mein Mal an ihrem Handgelenk verbergen. Sie ist tausend kleine Tapferkeiten in einer Frau vereint. Sie kam, um sich zu verabschieden und ihren Namen reinzuwaschen wie eine Kriegerin.

Sie starrt das Sonnenlicht an, das meinen Ärmel vergoldet. »Ich – Ich verstehe nicht, wie du hier sein kannst, im Tageslicht, in der Sonne.«

»Ich bin ein begabter alter Vampir«, antworte ich mit einem Lächeln – fast die Wahrheit. Ich hebe die Hand, stoppe, bevor ich sie berühre, frage ohne Worte. Sie erlaubt es. Mein Daumen streift ihre Kehle. Da. Dieser Kolibri-Schlag. Lebendig. »Was ich nicht verstehe«, gebe ich zu, »... ist, warum du wach bist und *atmest*. Ich kann deinen Herzschlag hören.«

Er stockt.

»Ich weiß nicht, warum ich verwandelt wurde oder wie. Nachts bin ich ein Vampir und ... tagsüber das hier.« Sie zuckt mit den Schultern. Ehrlich, unerschrocken. »Ich habe keine Erklärung.«

»Ich helfe dir herauszufinden, was mit dir geschehen ist, wenn du mir einen kleinen Gefallen tust. Bewahre dein Geheimnis, dass du tagsüber menschlich bist. Vertraue niemandem, niemand ist sicher.«

Sie nickt, entzieht sich meiner Hand, geht weiter.

Am Wagen nehme ich ihren Schlüssel, bevor sie ihn fallen lassen kann, schließe auf – kleine Höflichkeiten, die ich nicht lassen kann. Ich öffne die Tür und trete zurück.

»Du wirst mich nicht etwa ... entführen?«, fragt sie vorsichtig.

»Nein. Ich bringe dich nirgendwohin, wo du nicht hinwillst«, sage ich und meine es. Wenn sie die Welt wollte, würde ich sie ihr wie eine Tür öffnen. Wenn sie mich fortwünschte, würde ich im Schatten verschwinden.

»Warum bist du gekommen?«

»Ich bin dein Clan«, sage ich schlicht. »Ich gehöre zu dir. Und wenn wir ehrlich sind – ich wusste, wo du warst, seit dem Moment, als du aus dem Safe House geflohen bist.«

»Du hast Leute, die mich beobachten?«

»Ja. Du bist ein Mitglied meines Clans, das im Menschensektor lebt, und wir haben Protokolle einzuhalten.« Die Wahrheit schmeckt überraschend gut.

Ihre Augen weiten sich, Panik wellt durch ihren Duft.

Ich hebe die Hand. »Keine Panik. Ich komme dir, deinem Hund oder deinem magischen Haus nicht in die Quere. Ich bin froh, dass du irgendwo sicher bist.«

Sie sieht aus, als würde sie gleich weinen, sich aber dagegen wehren.

»Von der Hochzeit habe ich durch eine Hintergrundprüfung erfahren. Ich bin gekommen, um sicherzugehen, dass es dir gut geht. Ich hatte nicht vor, einzugreifen, aber ich konnte seine Hände nicht an dir dulden. Du sahst verängstigt aus.«

Sie wird weich. »Danke. Ich weiß deine Hilfe zu schätzen.«

»Immer.«

Ich gebe ihr den Schlüssel zurück und, schwach, wo es sie betrifft, küsse ich sie erneut. Näher am Mundwinkel diesmal. Die Grenze zwischen Zurückhaltung und Selbstsucht zerreißt in meinen Händen, wenn sie so nah ist.

»Alles Gute zum Geburtstag. Wir sehen uns bald, Sonnenschein.«

Sie gleitet in den Sitz – benommen.

Jay hat es gewagt, an ihrem Geburtstag zu heiraten und sie einzuladen. Ich werde ein Denkmal für seine Verluste bauen. An diesem Jahrestag, Jahr für Jahr, werde ich mir etwas anderes nehmen: sein Vermögen, seinen Ruf und was immer danach noch bleibt. Heute beginne ich mit dem Familienunternehmen.

Ich schließe die Tür, trete zurück und warte, bis sie fortfährt.

Erst dann erlaube ich mir die Erinnerung an ihren Puls unter meinem Daumen und den Geschmack, den sie auf meinen Lippen hinterlassen hat. Jeden Kilometer wert, jedes Risiko, jeden Plan, den ich noch zu schmieden habe.

DAS ZAUBERERHAUS STÜRZT am äußersten Rand des Magiesektors zur Erde und landet genau auf einer Ley-Linie. Rohe Kraft jagt durch seine erschöpften Mauern, und die darauffolgende Explosion ist noch kilometerweit zu sehen. Als sich der Rauch verzieht, ist das Haus verschwunden. An seiner Stelle liegt eine bewusstlose Frau.

ABKOMMENSKODEX-INDEX

GERICHT UND VERFAHREN

Abkommenskodex 12.9 – Unantastbarkeit des Gerichts

Bedeutung in einfacher Vampirsprache: verbietet Gewalt, geistige Beeinflussung oder Magie, die das Verfahren stören. *»Ehemaliger Großmeister, Akkord 12.9, Heiligkeit des Gerichts. Tretet zurück.«*

Abkommenskodex 40.2 – Schweigewand-Befugnis

Bedeutung in einfacher Fang-Sprache: ermächtigt den Herold, den Saal mit einer Schweige-/Eindämmungs-Wand zu versiegeln. *Ruhe im Saal* ist wörtlich gemeint.

Abkommenskodex 104.1 – Schriftstück der Vertagung

Bedeutung in einfacher Fang-Sprache: erlaubt eine Unterbrechung, um Beweise zu sammeln oder auf ein Eingreifen des Ministeriums zu warten.

Abkommenskodex 117.5 – Notfall-Rüge

Bedeutung in einfacher Fang-Sprache: sofortiger Verweis/Sanktion wegen Missachtung innerhalb der Halle.

Abkommenskodex 233.5 – Schweigeprotokoll des Rates

Bedeutung in einfacher Fang-Sprache: *Ruhe im Saal* ist wörtlich gemeint. Ermächtigt den Herold, eine Schweigewand zu errichten.

Abkommenskodex 302.1 – Gerichtsbarkeit der Halle und extraterritoriale Reichweite

Bedeutung in einfacher Fang-Sprache: Eure Schlossmauern zählen hier nicht. Jede Handlung, die in der Halle verhandelt wird, übertrumpft die Souveränität eines Clans.

Abkommenskodex 308.6 – Zufluchtsort der Halle

Bedeutung in einfacher Fang-Sprache: Gewalt oder geistige Beeinflussung in der Halle des Schweigens ist Hochverrat mit Todesstrafe, es sei denn, der Rat sanktioniert sie formell.

Abkommenskodex 312.0 – Register der abgeleiteten Gaben

Bedeutung in einfacher Fang-Sprache: Alle Gaben und seltenen Talente müssen innerhalb von dreißig Nächten registriert werden, Versäumnis führt zur sofortigen Beschlagnahmung.

Abkommenskodex 312.1 – Versiegelungsanordnung (vorläufige Maßnahmen)

Bedeutung in einfacher Fang-Sprache: erlaubt dem Rat, Beweise, Zeugen oder Akten bis zur Prüfung zu beschlagnahmen.
» Gemäß 312.1 wird der Bericht versiegelt und das Beweismaterial beschlagnahmt. «

Abkommenskodex 347.9 – Nicht-Einmischung bei Fremdgaben

Bedeutung in einfacher Fang-Sprache: klärt, wann der Rat andere Tribunale von Fremdrassen anerkennt – es sei denn, Akkord, Schweigen oder existenzielle Risiken werden ausgelöst.

Abkommenskodex 401.4 – Abdankung und Nachfolge

Bedeutung in einfacher Fang-Sprache: Rahmen für freiwillige Abdankung und rechtmäßige Amtsübertragung.
» Gemäß 401.4, Abdankung eingetragen, die Nachfolge darf fortgeführt werden. «

Abkommenskodex 410.3 – Kriegsstatus-Protokoll

Bedeutung in einfacher Fang-Sprache: erklärt den *Kriegsstatus* und ermöglicht außergewöhnliche Sicherheitsmaßnahmen (Gerätesäuberung, gesicherter Transport).

Abkommenskodex 499.2 – Neutralität des Herolds der Stille

Bedeutung in einfacher Fang-Sprache: bekräftigt die unparteiische Rolle des Herolds und seine Funktion als Beweisstimme.

Abkommenskodex 902.1 – Auflösung wegen groben Fehlverhaltens

Bedeutung in einfacher Fang-Sprache: Wenn ein Clan schwere Verbrechen begeht (z. B. Tagesangriff, Massengeistige Beeinflussung), kann der Rat seinen Namen streichen, seine Güter beschlagnahmen und seine Ältesten hinrichten.

BLUT, VERWANDLUNG UND ERSCHAFFERANGELEGENHEITEN

Abkommenskodex 101.4 – Recht der Blutabstammung und verpflichtende Erzeuger-Verifikation

Bedeutung in einfacher Fang-Sprache: erzwingt die Identifizierung des Erzeugers durch eine genehmigte Analyse. Jeder Vampir kann einen ministeriell zertifizierten Test verlangen, um den Erzeuger zu beweisen. Ergebnisse sind bindend, falsche Behauptungen ziehen Rüge oder Hinrichtung nach sich.

»Ich berufe mich auf 101.4. Lasst das Blut sprechen.«

Abkommenskodex 101.5 – Ätherische Erinnerungsanalyse und Augenabdruck

Bedeutung in einfacher Fang-Sprache: ermächtigt eine ministerielle Erinnerungserfassung, um Blutergebnisse zu bestätigen.

Abkommenskodex 103.2 – Unerlaubte Verwandlung (Mensch zu Vampir)

Bedeutung in einfacher Fang-Sprache: definiert das Verbrechen, einen Menschen ohne vorherige Genehmigung zu verwandeln.

Abkommenskodex 103.9 – Ausnahme Lebender Vampir (genetische Anomalie)

Bedeutung in einfacher Fang-Sprache: schafft eine enge rechtliche Kategorie für »lebende Vampire« (seltene DNA-Marker) und wie sie rückwirkend behandelt werden. *Oft als juristische Fiktion genutzt, um Haftung zu umgehen.*

Abkommenskodex 104.7 – Verbot des Schurkischen Verwandelns

Bedeutung in einfacher Fang-Sprache: stuft Muster oder Absicht bei unerlaubten Verwandlungen als erschwerend ein.

REGISTRIERUNG UND STATUS

Abkommenskodex 137.2 – Empfindungsfähig Konstrukte und fühlende Häuser

Bedeutung in einfacher Fang-Sprache: erkennt Zaubererhäuser und empfindsame Artefakte als geschützte Entitäten mit eingeschränkten, aber realen Rechten an, Eingriffe erfordern einen Ratsbeschluss.

Abkommenskodex 601.2 – Protokoll zum Clanwechsel

Bedeutung in einfacher Fang-Sprache: Ein Vampir darf einmal pro Jahrhundert mit Ratsgenehmigung die Zugehörigkeit wechseln, verbundene Gefährten wechseln automatisch unter dieser Klausel.

Abkommenskodex 675.3 – Verstoß gegen Registrierungsstatus

Bedeutung in einfacher Fang-Sprache: Nichterfassung eines neuen Zustands (Verwandlung, Clan, Wohnsitz) innerhalb der vorgeschriebenen Frist. Lizenz zum Verwandeln und Registrierung neuer Vampire. Kein Mensch darf ohne eingereichten Antrag und Ratsbeschluss verwandelt werden. Die Unterlagen müssen innerhalb von zweiundsiebzig Stunden nach dem Erwachen eingereicht werden.

Abkommenskodex 703.8 – Registrierungspflichten für Tagwandler

Bedeutung in einfacher Fang-Sprache: verpflichtende Offenlegung/Registrierung von artefaktgestütztem oder angeborenem Tagwandeln.

Abkommenskodex 903.1 – Orakel-/Seher-Bestimmung und Offenlegung

Bedeutung in einfacher Fang-Sprache: Verfahren zur Anerkennung, Registrierung und Absicherung prophetischer Gaben.

» Orakel-Bestimmung vorläufig eingetragen gemäß 903.1.«

Abkommenskodex 910.7 – Gefährtenband-Registrierung und Clan-Status

Bedeutung in einfacher Fang-Sprache: formalisiert Gefährtenbande, verleiht Rechtsstellung und Schutz.

VERHALTEN UND TERRITORIUM

Abkommenskodex 112.6 – Verbot eines früheren Anspruchs gegen einen gebundenen Gefährten
Bedeutung in einfacher Fang-Sprache: hebt jeden vorausgehenden »Anspruch« auf, sobald ein rechtmäßiges Gefährtenband besteht.

Abkommenskodex 201.3 – Zustimmung bei der Nahrungsaufnahme und nicht-tödliche Protokolle
Bedeutung in einfacher Fang-Sprache: kodifiziert freiwillige Blutspende und verbietet tödliche Entnahmen, sofern keine Notlage vorliegt.

Abkommenskodex 212.4 – Territorialverletzung und sicherer Durchgang
Bedeutung in einfacher Fang-Sprache: definiert Hausfriedensbruch, erlaubt Milde bei erstmaligen oder hilfsmotivierten Verstößen.

Abkommenskodex 212.9 – Wiedergutmachung bei Bruch einer Schutzwand
Bedeutung in einfacher Fang-Sprache: Der Clan, der eine bestehende Schutzwand eines anderen beschädigt, muss alle Schäden beheben und dreifachen Ersatz leisten – in Münzen, Blut oder Gebiet.

Abkommenskodex 765.375 – Recht auf Selbstverteidigung
Bedeutung in einfacher Fang-Sprache: bestätigt tödliche/nicht-tödliche Selbstverteidigung bei unmittelbarer unrechtmäßiger Bedrohung. Jedes Derivat darf tödliche

Gewalt anwenden, Immunität ist automatisch, wenn die Absicht bewiesen wird.

»Immunität beansprucht gemäß 765.375.«

Abkommenskodex 780.2 – Verbot menschlicher Attentäter (tagaktiv)

Bedeutung in einfacher Fang-Sprache: verbietet Clans, menschliche Killerteams für Operationen bei Tageslicht einzusetzen.

KRIEG, SANKTIONEN UND EIGENTUM

Abkommenskodex 501.6 – Auflösung eines Clans wegen Missachtung und Aufstand

Bedeutung in einfacher Fang-Sprache: ermöglicht dem Rat die Macht, einen Clan wegen schwerer Missachtung oder Gewalt in der Kammer aufzulösen.

Abkommenskodex 520.1 – Kriegsbedingte Beschlagnahmung und Wiedergutmachung

Bedeutung in einfacher Fang-Sprache: erlaubt die Beschlagnahmung von Vermögenswerten zur Behebung von Kriegs- oder Clan-Schäden.

Abkommenskodex 540.9 – Wiedergutmachung für Schäden an Ratsbesitz

Bedeutung in einfacher Fang-Sprache: leitet aufgelöste Vermögenswerte zur Reparatur der Halle oder des Ratsbesitzes um.

»Wiedergutmachung angeordnet gemäß 540.9.«

Abkommenskodex 560.4 – Anti-Infiltration und Sabotage von Schutzwänden

Bedeutung in einfacher Fang-Sprache: kriminalisiert das Manipulieren von Schutzwänden, Schlüsseln oder Sigillen, die einen Clan-Sitz sichern.

Abkommenskodex 812.4 – Kriegsbestimmung und Blackout-Protokolle

Bedeutung in einfacher Fang-Sprache: ermächtigt Kommunikationsverbrennung, Verschleierung von Vermögenswerten, verpflichtende Verlegung in Safe Houses.

ZWISCHEN ABGELEITETEN UND MINISTERIUMS-KONTAKT

Abkommenskodex 600.1 – Respekt zwischen Derivaten und Nichteinmischung

Bedeutung in einfacher Fang-Sprache: legt Basisrespekt zwischen Vampiren, Wandlern und Magiern fest, definiert Zuständigkeiten.

Abkommenskodex 600.9 – Ministeriums-Kontakt und Beweisführung

Bedeutung in einfacher Fang-Sprache: ermächtigt die Überweisung an das Magieministerium für technische Analysen (Blutlinie, ätherische Erinnerung).

STRAFLEITER

Abkommenskodex 800.1 – Urteil des endgültigen Todes (Todesstrafe)

Bedeutung in einfacher Fang-Sprache: definiert die Schwelle zur Todesstrafe.

Abkommenskodex 802.3 – Hinrichtungsprotokolle der Halle des Schweigens

Bedeutung in einfacher Fang-Sprache: Methode und Reihenfolge der Hinrichtungen, die durch Ratsbeschluss durchgeführt werden.

Abkommenskodex 820.5 – Sanktionsleiter für Clans

Bedeutung in einfacher Fang-Sprache: abgestufte Strafen: Geldstrafen, Rügen, Rückzüge von Gastgeberrechten, Auflösung.

Abkommenskodex 899.7 – Gnadenaufschub und Umwandlung

Bedeutung in einfacher Fang-Sprache: Ratsbefugnis, Urteile im öffentlichen Interesse auszusetzen oder umzuwandeln.

Liebe Leserin, lieber Leser,

danke, dass ihr meinem Buch eine Chance gegeben habt!
Ich kann nicht glauben, dass die Geschichte schon wieder
vorbei ist. Ich hoffe, die Geschichte hat euch genauso viel
Spaß gemacht wie mir das Schreiben. Wenn ja, wäre ich
euch sehr dankbar, wenn ihr euch einen Moment Zeit
nehmen könntet, um eine Rezension zu hinterlassen oder
eine Bewertung abzugeben.

Jede einzelne Bewertung macht einen großen Unterschied –
sie hilft anderen Lesern, meine Arbeit zu entdecken, und
unterstützt mich als Autorin.

Eure freundlichen Worte könnten mich sogar dazu inspirie-
ren, noch mehr Geschichten wie diese zu schreiben. Und
wer weiß? Eure Rezension könnte sogar in einer meiner
Marketingkampagnen erscheinen – wie cool wäre das denn?

Tausend Dank!

Alles Liebe,
Brogan x

ÜBER DEN AUTOR

Brogan lebt mit ihrem Mann und ihren elf pelzigen Kindern in Irland: fünf pelzige Minions der Dunkelheit (auch bekannt als Katzen), vier Hellhounds (also Hunde) und zwei traditionelle Einhörner (fette, haarige Irish Tinker).

Im Jahr 2019 beschloss sie, ihre Verrücktheit auszuleben und über die imaginären Kreaturen, die in ihrem Kopf leben, zu schreiben. Ihre größte Liebe gehört ihrem pelzigen Lieblingskind Bob, dem Irish Tinker, und dann dem Lesen. Wenn sie nicht gerade liest oder schreibt, steckt sie knietief in Pferdeäpfeln und Fell und ignoriert dabei glückselig alle Erwachsenenpflichten.

WWW.BROGANTHOMAS.COM

BÜCHER VON BROGAN THOMAS

KREATUREN DER ANDERSWELT

VERFLUCHTER WOLF (FORREST)

VERFLUCHTER DÄMON (EMMA)

VERFLUCHTER VAMPIR (TRU)

VERFLUCHTE HEXE (TUESDAY)

VERFLUCHTE FAE (PEPPER)

VERFLUCHTER DRACHE (KRICKET)

———— ◆ ⟮⟯ ◆ ————

REBELLIN AUS DER ANDERSWELT

REBELLISCHES EINHORN (TRU)

REBELLISCHER VAMPIR (TRU)

———— ◆ ⟮⟯ ◆ ————

CHRONIKEN DER GEBISSENEN

GEBISSENE WANDLERIN (LARK)

GEBISSENER VAMPIR (WINIFRED)

GEBISSENE MAGIERIN (HARPER)